BM

Isabel Beto

Das Leuchten der Welt

Isabel Beto

Das Leuchten der Welt

Roman

DUMONT

FSC
www.fsc.org
MIX
Papier aus verantwortungsvollen Quellen
FSC® C083411

Originalausgabe
September 2016
DuMont Buchverlag, Köln

Umschlaggestaltung: Lübbeke Naumann Thoben, Köln
Satz: Angelika Kudella, Köln
Gesetzt aus der Sabon
Druck und Verarbeitung: CPI book GmbH, Leck
Gedruckt auf säurefreiem und chlorfrei gebleichtem Papier
Printed in Germany
ISBN 978-3-8321-6379-2

www.dumont-buchverlag.de

Macht keine kleinen Pläne! Ihnen fehlt der Zauber,
das Blut in Wallung zu bringen.

Daniel Burnham
Architekt und Direktor der Chicagoer Weltausstellung

Macht Geld! Macht es schnell! Macht es im Überfluss!
Macht es auf schmutzige Weise, wenn ihr könnt,
auf ehrliche, wenn ihr müsst.

Das Motto amerikanischer Börsenmagnaten in den
Worten Mark Twains

Prolog

Im Staat New York, Januar 1890

Der Mann, der ihm drei Schritte entfernt gegenübersaß, hob den Blick über den Rand seiner Zeitung. Sein rechter Mundwinkel deutete ein Lächeln an. Es meinte vielleicht: *Gutes Wetter heute, was?* Oder: *Hey, Junge, tut mir leid – ich bin ja der Allerletzte, der etwas dafür kann, dass du am Arsch bist.* Oder auch, was am wahrscheinlichsten war: *Fahr zur Hölle, Bastard.*

Genau das war es, was er, Häftling No. 344, soeben tat. Im wahrsten Wortsinn.

Der Vollzugsbeamte blätterte und las, während seine linke Hand nach der Lunchbox neben ihm auf der Holzbank tastete. Er förderte ein Käsesandwich zutage. Weißbrotkrümel klebten auf der schwarzen Handschuhwolle wie frisch gefallener Schnee. Er biss hinein. Dann nahm er einen Schluck aus seiner Blechtasse.

Ein weiterer Blick über den ausgefransten Rand der Zeitung, auf der die Schlagzeile *Die rasende Reporterin Nellie Bly triumphal zurückgekehrt* prangte. Von wo? 344 hatte keine Ahnung. Was sich in der Welt tat, gelangte nur schwer hinter Gitter. »Lausig kalt, der Malzkaffee, und dünn dazu.« Der Atem des Beamten bildete helle Wölkchen. Er versuchte sich an einem Lachen, das eher erbärmlich klang. »Ich lass dir was in der Tasse, Nummer 344. Du hast doch bestimmt nichts im Magen. Aber erwarte nicht, dass ich dafür deine Handschellen öffne.«

344 – auf diesen Namen hörte er seit sechs Jahren. Es erstaunte ihn, dass er es tatsächlich geschafft hatte, seinen richtigen Namen ... nun, nicht zu vergessen, das nicht. Doch auf eine Art akzeptierte er ihn nicht mehr. Es war, als kollidierten zwei Existenzen in seiner Brust, und wenn er sich daran erinnerte, dass er noch der andere war, wertvoll, geachtet, *frei*, so machte es die neue Existenz nur mehr unerträglicher.

War seine Existenz je wertvoll gewesen? Darüber ließe sich trefflich streiten.

Nicht, dass er das noch tat. Nach sechs Jahren.

Ich bin 344, dachte er und starrte auf seine Hände. Sie lagen um einen Metallstab, der vom Boden des Eisenbahnwaggons bis zur Decke verlief. Die Kette zwischen seinen Handgelenken hatte genügend Spiel, sodass er sich an dem eiskalten Stab festhalten konnte. Da er im Sitzen nur die Kante der festgenagelten Bank erreichen konnte, hatte er Mühe, das Gleichgewicht zu halten. Sich ab und an hinzustellen erlaubten seine drei Wärter nicht. Zwei oder auch mehr Stunden dauerte die Fahrt in diesem Höllenzug inzwischen. Und da das Wetter sich offenbar entschieden hatte, beschissen zu sein, war nach seiner Einschätzung erst ein Viertel der Strecke vom Allegheny County Jail Pittsburgh bis ins Auburn Prison geschafft.

Es würde eine lange Nacht werden.

»Na, was ist, 344?«

»Nein, danke, Officer«, antwortete er steif.

»Ich dachte, wir hätten uns auf ›Sir‹ geeinigt.«

»Sir.«

»Dann trink ich ihn halt selbst.«

Erstick dran.

Der Hintern seines beleibten Gegenübers schien mit der Sitzfläche verwachsen – jedenfalls ließ der Wachmann das Geruckel des Zuges teilnahmslos an sich abprallen, während er weiter in *The Plain Dealer* blätterte und kaute. Die beiden anderen Aufpasser, wesentlich jünger, unerfahrener und entsprechend unsicher, hockten an der Rückwand des Wagens und spielten mit ihren Gummiknüppeln. Niemand hatte damit gerechnet, dass das Wetter so plötzlich umschlagen würde. Am Himmel standen fette Schneewolken, die sich über den Seen bildeten und ihre Last über dem Land abwarfen, als wäre Frühwinter. Unter seiner schwarzen Wolljacke trug 344 nur das dünne, gestreifte Anstaltshemd. Auch die Nietenhose hatte bessere Tage gesehen. Und durch die Löcher in den alten Stiefeln pfiff der Wind.

Dass er fror, lag aber in erster Linie an seinem leeren Magen. Eine Schale Maisbrei und ein Kanten Brot zum Frühstück, das war's gewesen. Die Vernunft riet ihm, den verdammten Kaffee anzunehmen. Aber wäre er ein vernünftiger Mensch, wäre er niemals in diese Lage geraten. Sein Stolz überwog. Wie sollte er anschließend hier pinkeln?

»He, 344. Willst du nicht doch was?«

Er hatte es sich bereits gedacht: Nicht die beiden Jüngeren würden ihm Probleme bereiten, sondern das alte, gelangweilte Schwein. In der sicheren Gewissheit, dass der Kerl ihm noch den Becher zwischen die Zähne rammen würde, schüttelte er den Kopf. »Nein, Sir.«

»Hör mal.« Der Officer stellte die Tasse neben sich und beugte sich vor. »Du kriegst in Auburn nichts mehr. Dort gibt's nicht mal eine Henkersmahlzeit. Und weißt du, warum nicht?«

»Nein, Sir.«

»Weil …« Ein Windstoß oder marodes Geleis oder beides ließ den Waggon so heftig wackeln, dass das schwarze Gebräu aus der halb geleerten Tasse schwappte. Stirnrunzelnd nahm der Fettsack sie in die Hand, bevor sie zu Boden kullern konnte. »Was für ein Scheißwetter«, schnaubte er und trank einen Schluck. »Weil man nicht weiß, ob ein voller Magen die ganze Sache in die Länge zieht. Also, ich kenn mich ja nicht so gut aus. Ich stell's mir aber so vor: Kamerad Strom fließt durch deinen Körper und bleibt vor dem Braten in deinem Magen stehen. Hey, denkt er sich, das sieht gut aus, da werd ich mich erst mal stärken. Und dann dauert es doppelt so lange, bis die Sache erledigt ist. Haha, gut, was?«

»Ein guter Witz, Sir.«

»Gefällt dir der Gedanke, der Erste zu sein? Du wirst berühmt. Wirst mal in den Geschichtsbüchern stehen.«

344 nickte. *Der erste Mensch, der auf dem sogenannten Elektrischen Stuhl geröstet wurde, war der Gefangene No. 344. Um an sein Erbe zu kommen, hat er seinen eigenen Vater umgebracht. Hat ihm eiskalt eine Kugel in die Stirn gejagt. Und dann hat er behauptet, sein Gedächtnis verloren zu haben. Diese dämliche Lüge hat ihn allerdings nicht vor dem Todesurteil bewahrt.* So oder ähnlich würde es in den Zeitungen stehen.

Es war keine Lüge gewesen. Er konnte sich an nichts erinnern. Nicht an die Tat, nicht an die Stunden davor. Nur daran, dass er über der Leiche gekniet hatte, den Revolver in der Hand. Das Bild ging ihm nicht mehr aus dem Kopf. Auch die sechs miesen Jahre im County Jail waren ihm bestens in Erinnerung. Wegen seines Gedächtnisverlusts war er gleich zu Anfang einem Arzt vorgeführt worden. Der hatte ihm in die Augen und die Ohren geleuchtet und Simulation diagnostiziert.

Der Wachmann kniff ein Schweinsäuglein zusammen. »Du wirkst so gelangweilt, 344. Das gefällt mir nicht.«

344 schwieg.

»Sir« beugte sich noch weiter vor. Seine Dienstjacke spannte sich gefährlich. »Du wirst trinken. Und dann darfst du aufstehen, damit ich dir die Hose 'runterziehen und dich in den Eimer pinkeln lassen kann. Und wenn du Schwierigkeiten machst, wandert das Ding hier«, er hob seinen Schlagstock, »direkt in deinen Arsch.«

»Ich möchte nichts, Sir.«

Das wird eine sehr lange Nacht, dachte er.

»Wollen doch mal sehen.« Langsam erhob sich »Sir«. Wie ein Seemann an Deck machte der Wachmann drei schwankende Schritte auf ihn zu. »Trink!«

344 sprang auf. *Fick dich, Vernunft.* »Ich – will – nichts. Sir!«

Der Officer wich einen halben Schritt zurück und blähte Luft in die Backen. Sein Doppelkinn wippte. Und 344 wusste, dass er würde bezahlen müssen, die aufflackernde Furcht seines Aufpassers gesehen zu haben. Im Hintergrund glotzten die beiden Jungspunde. Von denen war keine Hilfe zu erwarten.

»Setzen, 344!« Das Gesicht vor Zorn gerötet, riss der Officer die Dienstwaffe aus dem Halfter. »Hinsetzen«, befahl er erneut, diesmal ein wenig ruhiger. Da war wieder dieses Lächeln, jetzt ganz Verachtung. Der Mann ließ den Revolver in die Höhe wandern; der dunkelstählerne Lauf näherte sich unaufhaltsam. Metall berührte 344s Stirn. »Oder ich blase dir den Schädel weg.«

»Drücken Sie ruhig ab, Sir. Oder denken Sie, ich will lieber gegrillt werden wie ein texanisches Steak?«

»Du elender Hundesohn …«

Die nächste Sekunde veränderte alles.

344 wurde nach hinten geschleudert. Der Stoß streckte seine Arme; die scharfkantigen Schellen gruben sich in seine Handgelenke. *Was, zur Hölle …?* Metallenes Kreischen wollte seine Ohren zum Platzen bringen. In der nächsten Sekunde fand er sich auf dem Boden wieder. Ebenso seine Wärter. Die dritte Sekunde brachte die Erkenntnis, dass der Zug entgleiste. Die vierte, dass der Tod schon jetzt kam.

Sein Körper war von schmerzhaftem Dröhnen erfüllt. Ihm schien, als sei der Zug über ihn hinweggedonnert. Seine Glieder waren wie zerschmettert, seine Eingeweide zusammengepresst, sein Kopf fühlte sich an wie eine geplatzte Melone. Ihm war kalt, eiskalt – offenbar war sein Kadaver bereits verscharrt worden. *Okay. Bleibt nur die Frage, weshalb ich das alles noch spüre.*

Bilder zogen an seinem inneren Auge vorbei: Er sah sich selbst als Junge, der auf sein erstes Pferd kletterte, das Shetlandpony Thunderer. Der auf Thunderer sein erstes Mädchen ausritt. Der Thunderer den Gnadenschuss gab. Er sah sich rennen, einen jungen Mann, irgendwo am Rande der Massachusetts Bay, und in die Luft schießen. Als könne er den Schmerz über den Verlust des Tieres, das ihm so nahe gewesen war wie kein Wesen zuvor, aus sich herausballern. Er sah sich an einem Felsrand sitzen, unter sich hundert Yards Tiefe. Die Beine über dem Abgrund baumelnd, das Gewehr in seinem Schoß.

Seine Finger tasteten sich ins Nasse. Blut, Urin, flüssiger Tod? Nein, es war Schnee, der auf seiner Haut schmolz.

Er war nicht tot. Er war im Freien.

Die Erkenntnis durchschoss ihn wie ein Blitz. Er zwang die Lider auseinander. Er musste sich erst mühsam sortieren: Bäuchlings lag er auf schneebedecktem, leicht ansteigendem Boden. Dahinter ragte die schwarze Wand eines Waldes in den sternklaren Nachthimmel. Nach wie vor trug er die Handschellen. Die Stange, an die er gefesselt war, lag unter ihm. Doch das Zugdach war fort. Er stützte sich auf die Ellbogen und robbte anderthalb Yards nach vorne, bis er die Hände über das Stangenende ziehen konnte. Auf den Knien richtete er sich auf. Um ihn schien die Hölle ausgebrochen – und dann erstarrt, wie eine erfrorene Kulisse. Der Zug hatte sich die Böschung hinauf in den Wald gebohrt. Von der Lok und dem Tender war nichts zu sehen, nur eine Spur verwehender Dampfes über den Wipfeln. Ein halb zerstörter Waggon lag in einer riesigen Schneewehe, die nächsten beiden auf den Gleisen, und ein vierter stand quer auf den Schienen.

Er hatte weder gewusst, aus wie vielen Waggons dieser Zug bestand, noch, in welchem er gewesen war. Auch jetzt hatte er keine Ahnung. Er wusste nur, dass er diesen Unfall überlebt hatte. Irgendwie. Und dass er frei war.

Irgendwie.

Die Fesseln schnitten in seine Handgelenke. Mühsam stemmte er sich auf die wackligen Beine. Erst als er stand, gestattete er sich, die Schmerzen in all seinen zerschundenen Gliedern wahrzunehmen. Er fühlte sich wie von einer Horde betrunkener Bauarbeiter verprügelt. Gebrochen schien fast nichts zu sein. Vielleicht die Nase und ein, zwei Finger, was praktisch bedeutungslos war. Er schnäuzte blutigen Rotz in den Schnee und hob beide Hände, um sich einen Ärmel übers Gesicht zu ziehen.

Hatte er als Einziger überlebt?

Wohl kaum. Tief aus dem Wald drang ein Stöhnen. Dann hörte er Stimmfetzen aus einem der Wagen. Rufe, Klopfen, Knirschen. Alles klang, gedämpft vom Schnee, seltsam unwirklich. Unmittelbar vor sich sah er zwei Füße aus dem Schnee ragen. Er wollte nach einem Stiefel greifen, um den Körper herauszuziehen. Doch dann bemerkte er, dass dort, wo der zugehörige Kopf ungefähr sein musste, der Schnee tiefrot gefärbt war; dieser Mann war tot. Es musste sich um einen der Wachmänner handeln: Sein Schlagstock lag nur einen Schritt entfernt. Er bückte sich danach.

Jemand fiel ihn von hinten an. Der Länge nach stürzte er in den Schnee.

»Du ... haust nicht ... ab, du Hundesohn. Du ... nicht.«

Am Kragen seiner Jacke wurde er herumgerissen. Er starrte in das fahle Gesicht des Fettsacks. Dicke Linien durchzogen dessen Wangen, als hätte ein Kind in schwarze Tinte gegriffen und ihm über die Haut gestrichen. Es war geronnenes Blut. Und eines der Augen war nichts als eine schwarze Höhle.

»Du nicht!«

Zwei wulstige Hände legten sich um seine Kehle. Er starrte in das eine aufgerissene Auge, staunte über die Kraft in diesen Fingern und wusste wieder, wer er war: 344, ein Mann ohne Namen. Ein Mann auf dem Weg in den Tod.

Nein. In die Freiheit.

Er verschwendete keine Kraft für den Versuch, sich der Finger, die wie Eisenklammern waren, zu erwehren. Der Schlagstock, wo war der verdammte Schlagstock? Er presste die gefesselten Hände gegen das Gesicht des Wachmanns und den Daumen der rechten Hand in das verbliebene Auge. Augenblicklich ließ der Druck um seinen Hals nach. Der Officer verschluckte sich an seinem Schmerzensschrei und japste erstickt. 344 warf ihn auf den Rücken. Die Hände weit gespannt, drückte er die kurze Kette gegen die teigige Kehle. Sowie der Kerl erschlaffte, stopfte er ihm einen Klumpen Schnee ins Gesicht.

»Trink!«, fauchte er. »Trink, du Hundesohn! *Trink!*«

Hör auf.

Wo war der Revolver des Fettsacks? Der Wachmann hatte ihn vorhin noch in der Hand gehabt. Oder nicht? Mit fliegenden Fingern tastete er die Hüften des Mannes ab. Und fand wie durch ein Wunder eine zweite Waffe im Halfter steckend. Er riss sie an sich. Sprang hoch, hastete die Böschung hinauf. Und suchte sein Heil im Wald. Er war nicht länger 344. Er war Henry Tyner, ein Mörder auf der Flucht.

I

THE LADY AND THE BANDIT

Das kommt für Sie überhaupt nicht infrage. Sie sind nun einmal eine Frau und brauchen einen Beschützer. Und selbst wenn Sie alleine reisen könnten, müssten Sie so viel Gepäck mitnehmen, dass es Sie beim Umsteigen aufhalten würde. Außerdem sprechen Sie keine andere Sprache als Englisch. Es ist vollkommen zwecklos, darüber zu diskutieren; nur ein Mann kann das bewältigen.

Ein Redakteur der Zeitung *The World* zu der Journalistin Nellie Bly, die sich anschickte, alleine um die Welt zu reisen

I

Syracuse, New York, 27. April 1893

Schlechter hätte der Tag für Bell nicht beginnen können: Sie kniete im Schmutz, mitten auf der Straße einer ihr fremden Stadt in einem County, in dem sie noch nie zuvor gewesen war. Die Menschen, die auf dem Weg zum Bahnhof waren, achteten nicht auf sie, und diejenigen, die von dort kamen, waren stehen geblieben, gafften. Der Schminkspiegel, das Brillenetui und die Kladde waren aus ihrer Handtasche gekullert – oh, ausgerechnet die Kladde! Außerdem ein Schokoladenriegel. Der war leider nicht mehr zu retten, denn das Droschkenpferd hatte ihn in seiner Panik zertreten.

»Darf ich Ihnen helfen, Madam?«

Ein Mann ging vor ihr in die Knie. Er scheute sich nicht, ihre Sachen mit seinem blütenweißen Taschentuch vom Staub zu befreien. Bell presste die kostbare Kladde, die er ihr reichte, an die Brust und erhob sich auf wackligen Knien. Erst dann kam ihr der Gedanke, auch den Rest aufzuheben und an sich zu nehmen. Was für eine peinliche Situation! Sie stopfte alles in ihre Brokattasche.

»Danke«, sagte sie steif.

»Haben Sie sich etwas getan?« Was ihr etwa sechzigjähriger Helfer zu groß war, war er auch zu dünn. Umhüllt von einem schwarzen und zu weiten Gehrock, erinnerte er sie an eine dürre Krähe. Etwas linkisch lüpfte er zum Gruß seinen Derby. »Horace Unger. Handelsvertreter.«

»Sehr erfreut. Miss Bennett.« Allmählich verlief sich der

Schreck, und sie konnte wieder durchatmen. »Mir ist nichts passiert, ich …«

Sie hielt inne und blickte zum Kutscher, der vom Bock gesprungen war und lauthals fluchte. »Verzeihung, Ma'am!«, knurrte er. »Daran sind nur diese *gottverfluchten* elektrischen Leitungen schuld! Man sollte sie verbieten! Überall hängt das Zeug herum und erschreckt die Pferde.«

»Mäßigen Sie sich in Gegenwart einer Lady, Mister.«

»Wenn's doch wahr ist, verdammt noch mal!«

Mr. Unger schnappte nach Luft, doch Bell winkte ab. »Schon gut. Ich komme aus New York, da errötet eine Dame wegen eines Fluchs nicht so schnell.«

Sie klopfte sich den Staub von ihrem knöchellangen Rock aus lindgrünem Leinen und den Ärmeln der dazu passenden Jacke. Dann richtete sie den Hut auf den hochgesteckten Haaren und den Kragen ihrer cremefarbenen Spitzenbluse. Ein Reisekostüm, das nicht gerade elegant war, aber respektabel und robust. Sie klemmte sich die Tasche unter den Arm und rekapitulierte, was geschehen war: Ein wilder Strang schwarzer Stromleitungen, der quer über der Franklin Street hing, hatte das Pferd erschreckt und mit ihm die zierliche Hansom-Droschke zum Schwanken gebracht. Genau in jenem Augenblick, da Bell im Begriff gewesen war, auszusteigen. Vielleicht hätte sie die wenigen Hundert Yards vom Hotel bis zum Bahnhof doch besser laufen sollen.

In diesem Moment fuhr ein schwarz glänzender Zug mit Dampfwolken und Getöse in den kleinen Bahnhof ein.

»Mr. Unger, noch einmal herzlichen Dank. Aber ich muss sehen, dass ich meinen Zug erwische.« Sie nickte ihm zu und winkte dem Kutscher. »Schnell, mein Koffer!«

Der Angesprochene eilte sich, ihn vom Gepäckträger zu schnallen. Sowie er ihn zu Boden gewuchtet hatte, eilte Mr. Unger hinzu. »Darf ich?« Noch einmal hob er ehrerbietig seinen

Hut. »Ich gedenke nämlich auch in diesen Zug zu steigen. Ich werde in Toledo erwartet. Und Sie, Madam, wenn die Frage erlaubt ist?«

»In Buffalo.«

»Oh, eine so weite Fahrt! Und das als, nun …«

Als junge Dame, ergänzte sie in Gedanken. Ja, das war ungehörig. Geradezu rebellisch. »Sagte ich schon, dass ich aus New York komme?«, tat sie seinen Einwand leichthin ab. Dass Tante Jessy gewettert hatte, sie gehöre bis zu ihrer Hochzeit in ihr Zimmer gesperrt, sprach nicht für die Weltoffenheit der New Yorker. Jedenfalls nicht für die in Manhattans Viertel Little Italy.

Wüssten Tante Jessy und der honorable Mr. Unger, wohin sie *wirklich* wollte, sie würde beide der Schlag treffen. Bell konnte ja selbst kaum glauben, dass sie so viel Mut besaß. Oder war es Dummheit? In jedem Falle bodenloser Leichtsinn.

»Dort ist man fortschrittlicher, ich weiß. Trotzdem sollte eine Dame nicht allein reisen.« Unter seinem sauber gestutzten Oberlippenbart erschien ein väterliches Lächeln, das ein wenig derangiert wirkte. Der reisende Handelsvertreter sah aus, als litte er unter Schlafmangel. Was in seiner Branche vermutlich üblich war. »Erlauben Sie mir, Ihnen Gesellschaft zu leisten?«

Bell zögerte nicht, schließlich hatte sie ihre Manieren nicht daheim zurückgelassen. Außerdem wirkte Mr. Unger so unbedarft, dass sie das Gefühl hatte, sie müsse für *seinen* Schutz sorgen.

»Es wäre mir eine Freude, Mr. Unger.«

Was er wohl in seinem Vertreterkoffer hatte? Bestimmt Stacheldrahtproben, Schnürsenkel, ein Universaltonicum oder ähnlich wenig aufregende Sachen. Plus ein Fach für die eigenen, bescheidenen Reiseutensilien. So ein Leben war bestimmt nicht leicht. Er nahm sein Gepäck in die andere Hand und hob ihren Koffer an.

»Ich hoffe, er ist nicht zu schwer?«, fragte sie mitfühlend.

»Nein, nein.« Er schnaufte. »Aber kommen Sie. Wir müssen uns beeilen.«

Rasch gab sie dem Fahrer der Droschke einen Dollar. In der Lobby des kleinen Bahnhofsgebäudes erstand sie rasch den neuesten *Harper's Bazaar* und eine Tafel Schokolade. Der Arzt der Familie empfahl sie als probates Mittel zur Nervenberuhigung. Jedoch nur der Damenwelt, der Whiskey oder Ähnliches nicht gut zu Gesicht stünde. Gottlob schlug sich der Genuss nicht allzu schnell auf Bells Hüften nieder. *Du bist so voller Energie, da setzt das nicht an*, pflegte Rick zu sagen, wenn er ihr wieder einmal eine sündhaft teure Pralinenschachtel schenkte. Rick, ihr baldiger Verlobter – aber daran wollte sie lieber nicht denken.

Vergebens hielt sie nach einem Gepäckboy Ausschau, der Mr. Unger von seiner Last befreien konnte. Draußen auf dem Perron kam ihr eine Woge von Menschen entgegen, gehüllt in weißen Dampf. Fest die Handtasche an sich gepresst, hastete sie zum nächsten Waggon. Die NYC warb damit, es von New York bis Buffalo in zehn Stunden zu schaffen – da gab es zwischendurch keine langen Haltephasen.

»Stellen Sie sich vor«, schnaufte hinter ihr Mr. Unger, »auf dieser Strecke will man jetzt den Geschwindigkeitsrekord brechen. Wissen Sie, was *mph* heißt?«

»Gewiss. Der Empire State Express, genauer gesagt die Dampflokomotive No. 999 der West Albany, will die hundert Meilen pro Stunde schaffen. Und zwar anlässlich der Weltausstellung und schon in den nächsten Tagen. Kein Mensch war je so schnell unterwegs. Kommen Sie mit dem Koffer zurecht, Mr. Unger?«

Die Röcke gerafft, stieg sie in den Waggon. Oben drehte sie sich zu ihm um und blickte in ein beinah ehrfürchtig staunendes Gesicht. Mr. Unger hatte keine Zeit zu fragen, woher sie das alles wusste. Er kämpfte mit dem Koffer. Sie wollte helfen, doch er schüttelte den Kopf.

»Wenn Sie lediglich meine Tasche nehmen würden, wäre ich Ihnen sehr verbunden.«

»Aber natürlich, Mr. Unger.« Mit seinem Handelsköfferchen schlängelte sie sich durch den Gang zu einem leeren Abteil. Ein Steward erschien und half, den Koffer hinauf ins Gepäcknetz zu wuchten, fragte dann, ob Kaffee oder Limonade mit Soda gewünscht sei.

»Für mich Kaffee.« Mr. Unger tupfte sich mit seinem ramponierten Taschentuch den Schweiß von der Stirn. Sein Haar war kurz und ergraut, der Ansatz hoch. »Die Lady? Sie sind natürlich eingeladen.«

»Sie sind so überaus zuvorkommend, Mr. Unger.« Bell strich sich den Rock glatt, setzte sich auf die ein wenig durchgewetzten Polster der Sitzbank, und schon fuhr der Zug an. »Aber ich habe keinen Durst.«

Das stimmte nicht, aber das stille Örtchen aufsuchen zu müssen, war eine lästige Angelegenheit. Zumindest für eine Frau. Sie behalf sich mit einem Bonbon aus ihrem Täschchen. In einer Linkskurve ging es über einen Kanal, dann schnaufte der Zug durch die Stadt. Überall hingen Kabelstränge quer über den Straßen, was zu den Häusern im verspielten Queen-Anne-Stil weiß Gott nicht passte. Bell zählte auf dem Weg durch das westliche Syracuse drei Kraftwerke. Man musste zugeben, dass diese neuartige Technik keine Augenweide war. Doch bald wechselte die Landschaft, sie passierten Weideflächen und einen ausgedehnten Nadelwald. Nichts als Tannen, Tannen, Tannen … Bell setzte ihre Nickelbrille auf und öffnete den Schminkspiegel. Dank ihres italienischen Erbes musste sie dem Ausdruck ihrer großen, dunkelbraunen Augen nur mit ein wenig Tusche nachhelfen, und die saß tadellos. Sie zupfte ein paar ebenso dunkle Löckchen zurecht, die sich aus der Hochsteckfrisur gelöst hatten, steckte den Spiegel zurück und holte den *Bazaar* hervor. Frühjahrsdiäten, Kochrezepte, Sommermode: Die Ballonärmel kehrten noch einmal zurück, voluminöser denn je. Wenn sie ihr … *Abenteuer* unbeschadet überstanden hatte, würde sie sich zur Belohnung in ihrer Lieblingsboutique in der Madison Avenue ein paar neue Sommerkleider kaufen. Oh, und da war ein Artikel über Paris. Paris, oh, là, là! Dorthin würde ihre Hochzeitsreise gehen. Sofern sie Ricks Werben endlich nachgab und Ja sagte.

Das wollte sie nicht.

Wollte sie?

Will ich es?

Herrgottnochmal. Wollenwollenwollen. Sie *musste* – das war die Antwort.

Außerdem wollte sie ja.

Wollte sie?

Seufzend ließ sie die Zeitschrift sinken.

»Ist Ihnen nicht gut, Miss Bennett?«

»Doch, doch.« Sie rief sich Rick vor Augen. Ricardo Vesichetti, ein schneidiger Mann, gelackt vom Kopf bis zu den Zehen. Schwarze Haare, schwarzer Moustache, schwarze Augen. Dabei nicht größer als sie – eben ganz Italiener. In Kampanien geboren, nach New York ausgewandert, wie so viele. Er stammte aus einer reichen Familie und besaß eine feine Nase für alles, was Geld brachte: Kautschuk aus Brasilien, Stahl aus Pittsburgh, Arbeiter aus Mexiko. Was, von seinen tadellosen Manieren, seinen exquisiten Anzügen, seinem feinen Makassaröl-duft abgesehen, sonst noch die Riege der Tanten und Onkel beeindruckt hatte, war natürlich die schlichte Tatsache, dass er um fünf, sechs Ecken mit den Bennetts verwandt war. Und so war letztlich auch der Vater entzückt von der Idee, dass seine kleine Bell in der Familie bleiben würde.

Rick hatte sie nach allen Regeln der Kunst umworben. Ihr jeden Wunsch von den Augen abgelesen. Ihr geschworen, sie auf Händen zu tragen. Sie zu beschützen. Notfalls mit seinem Blut.

Doch wer sein Blut zu geben versprach, forderte auch Blut. Dieser Gedanke war ihr in letzter Zeit öfter gekommen. Als sie immer wieder für eine Sekunde einen Blick hinter die Fassade des Gentlemans erhascht hatte. Wenn sein Kuss plötzlich hart wurde, seine Zunge besitzergreifend. Wenn er ihr nicht den Arm bot, sondern den seinen fest um ihren Rücken legte. Wenn er ihr nicht erlaubte, einen harmlosen kleinen Spaziergang allein zu tun.

Der Gedanke an Rick Vesichetti ließ noch immer ihr Herz pochen. Inzwischen wusste sie jedoch nicht mehr, ob aus Verliebtheit oder aus Furcht vor einer Zukunft, die sie vielleicht gar nicht wollte.

»Miss Bennett?«

Da starrte sie völlig geistesabwesend ins Leere! Sie legte den *Bazaar* beiseite und konzentrierte sich wieder auf ihren Reisegefährten. »Wissen Sie, ich habe gerade so gar keine Lust auf diese Lektüre. Heute beim Frühstück habe ich etwas wirklich Interessantes gelesen, einen Artikel über die Weltausstellung, die am ersten Mai eröffnet. Höchst erstaunlich, was dort alles veranstaltet wird!«

»Sie wissen Bescheid über den Rekordversuch der Eisenbahn, darüber, was *miles per hour* sind, und für die Weltausstellung in Chicago interessieren Sie sich auch? Sie sind wirklich eine erstaunliche junge Dame. Werden Sie sie denn besuchen?«

»Aber ja!« Sie zwang sich, ihre Stimme, die vor Begeisterung laut sein wollte, zu bändigen. »Ich bin doch gerade auf dem Weg dorthin.«

Er klappte den Mund auf und schloss ihn wieder.

»Es ist, wie ich sagte, Mr. Unger: Ich reise nach Buffalo. Morgen jedoch will ich nach Chicago weiterfahren. Ich bin Journalistin.«

»Aber …«

»Sie haben doch sicher von Nellie Bly gehört? Die Frau, die im Auftrag von Pulitzers *The World* bewies, dass eine Fahrt um die Welt in achtzig Tagen, wie sie Jules Verne in seinem Roman beschrieb, möglich ist? Die ohne männliche Begleitung reiste, mit nichts als einem einzigen Koffer?«

»Doch, doch, gewiss«, stotterte er. »Nun, ich hielt sie für die eine große Ausnahme – was, wie ich sehe, ein Irrtum war.«

Nellie Bly *war* eine große Ausnahme. Sie war bekannt geworden, weil sie sich in Fabriken, Gefängnisse oder sogenannte Heilanstalten eingeschleust und über die dort herrschenden Missstände berichtet hatte. Ein »*Girl Stunt Reporter*«, wie man sie hochachtungsvoll nannte. Von ihrer Weltreise war sie als Heldin zurückgekehrt. Gefeiert von den Frauen, verehrt von den Männern. Damals hatte Bell, kaum siebzehnjährig, einen Artikel über sie verfasst, es war ihr erster gewesen: *Wird sich Grundlegendes für die Damenwelt ändern?* Ihr Vater hatte ihn schmunzelnd abgeheftet. *Schon nicht schlecht, Kindchen, weiter so.* Veröffentlicht hatte er ihn natürlich nicht.

An die Bly würde Bell wohl niemals heranreichen. Aber sie war entschlossen, ihre eigenen bescheideneren Möglichkeiten zu nutzen.

Sie zog ihre kostbare Kladde heraus, dazu das Etui mit dem Füllfederhalter. Und die Schokolade. »Möchten Sie auch?« Sie brach einige Stücke ab und hielt Mr. Unger die Tafel hin.

»Danke.« Er schüttelte den Kopf. »Leider ist mein Magen ein wenig empfindlich.«

Sie steckte sich ein Stückchen in den Mund. »Ich schreibe für die sonntägliche Damenbeilage des *New York Observer*«, erklärte sie. »Und ich plane eine Artikelserie, die die Leserinnen darüber aufklärt, wie Elektrizität funktioniert, ob sie wirklich so gefährlich ist, wie alle glauben. Welche elektrischen Erfindungen es gibt und welche eines Tages vielleicht möglich sind.« Dass diese Tageszeitung ihrem Vater gehörte, dem stämmigen, cholerischen, fürsorglichen, liebevollen John Bennett, verschwieg sie. Dessen Vater war als italienischer Korrespondent namens Nino Benedetto in jungen Jahren aus Neapel gekommen und hatte eine Amerikanerin geheiratet. Neapel, pflegte Grandpa Nino zu sagen, war noch viel schlimmer als New York.

»Das erstaunt mich, Sie sind ja wirklich ambitioniert! Wie kommt es, dass eine Dame sich für Elektrizität interessiert? Das ist wirklich ungewöhnlich.«

»Mich hat sie schon immer fasziniert! Eine Kraft, die man nicht sieht, die so schöne Dinge verursacht – Licht, Wärme! – und so brutal ist, wenn man sie nicht sorgfältig handhabt. Als ich noch ein Kind war, erklärte mir mein Vater, wer all die Männer auf den Dollarnoten sind. Und er erzählte mir von Benjamin Franklin, dass er nicht nur ein großer Politiker gewesen ist, sondern auch den Blitzableiter erfunden habe. Ich war erstaunt. Im selben Jahr kam kurz vor Weihnachten jemand und installierte eine Stromleitung bei uns im Salon. Eine große, glänzende Glühlampe hing von der Decke, oh, ich weiß noch genau, wie hell sie war. Und mein Vater ging mit mir auf den Jahrmarkt, wo Leute mit Elektrizität allerlei erstaunliche Dinge anstellten. So fing es an. Wäre ich ein Mann, würden Sie dann auch fragen, weshalb mich das alles so begeistert?«

»Da weiß ich nichts mehr zu entgegnen, meine liebe Miss Bennett! Alles, was ich sagen will, ist, dass Sie auf sich aufpassen müssen. Sie mögen aus New York kommen. Trotzdem kann so viel passieren!«

»Glauben Sie? Das Reisen mit der Eisenbahn ist doch inzwischen so sicher.« Aber hatte nicht auch Nellie Bly in ihrem Buch über ihre Weltreise überlegt, was zu tun war, wenn ein Zug entgleiste? Das war allerdings in Frankreich gewesen. Oder in Indien?

»Das …« Der Wagen tat einen heftigen Ruck. »Das wollen wir doch hoffen, Miss Bennett.«

Als Tochter eines Zeitungsverlegers wusste sie natürlich, dass die Welt voller Gefahren war. Doch von Zugüberfällen las man inzwischen selten. Technisch bedingte Unfälle gab es eher im Winter. Ihr Vater hatte trotz alledem darauf bestanden, dass sie nicht den Nachtzug aus Syracuse nahm, sondern in einem guten Hotel übernachtete. Er liebte sie nun einmal sehr. Sie war ein spätgeborenes Kind, ihre Mutter war an den Folgen der Geburt gestorben. Seit jeher war sie das Nesthäkchen. Geliebt, verhätschelt – und nicht ganz ernst genommen. Ihr Vater *konnte* sich wahrscheinlich nicht einmal vorstellen, dass sie ein Abenteuer plante.

Außerdem – beim Gedanken daran errötete sie leicht, sodass sie rasch den Kopf über die Kladde senkte – hatte sie ihn angeschwindelt. Sie hatte ihm erzählt, sie wolle nach Buffalo, Tante Mabel besuchen, sich von ihr verwöhnen lassen, in den Zoo gehen und Bootspartien auf dem Eriesee unternehmen. Nein, streng genommen war es keine Lüge, denn sie wollte der Tante tatsächlich einen Besuch abstatten. Von der Weiterreise nach Chicago hatte Bell lediglich nichts erwähnt. *Das ist nur ein ganz klein wenig geschwindelt, oder?*, dachte sie. Und biss sich auf die Lippe. Tante Mabel würde schweigen. Die war eine Verfechterin der weiblichen Selbstverwirklichung.

Ihr Vater wäre entsetzt, wenn er von ihren Plänen wüsste. Sie schlagen würde er natürlich nicht. Sie rechnete mit einem zweimonatigen Hausarrest nach ihrer Rückkehr. Das war es ihr wert.

Blieb noch Rick. Wie er reagieren würde, konnte sie nur vermuten. Aber sie musste ihm vor der Ehe zeigen, dass sie eine selbstständig denkende Frau mit eigenen Ambitionen war.

Ich darf nicht versagen, dachte sie. *Das ist die wahre Gefahr.*

Sie fuhren durch Rochester, wo Bell gleich acht Kraftwerke zählte. Erst danach auf freiem Feld kam der Schaffner und kontrollierte die Fahrkarten, kurz darauf brachte der Steward den Kaffee auf einem Wägelchen und eilte weiter. Und kaum balancierte Mr. Unger die Tasse über den Knien, ruckelte der Zug besonders heftig.

Der Handelsvertreter tupfte sich die Tropfen von der Hose. »Ich fahre nun seit mehr als dreißig Jahren mit der Eisenbahn, aber dass es ein Risiko ist, im Zug Kaffee zu trinken, will mir trotzdem nicht in den Kopf.«

»Dreißig Jahre! Darf ich fragen, wie es Ihrem Rücken geht?« Er guckte irritiert, und sie fügte hinzu: »Der Doktor unserer Familie rät ja, Bahnfahrten zu vermeiden: Dauerhaftes Geruckel in Kombination mit Geschwindigkeit, für die der Mensch nicht gemacht ist, sei schädlich.«

»Mein Rücken plagt mich in der Tat. Ich glaube allerdings nicht, dass die Eisenbahn daran schuld ist. Machen Sie sich etwa um Ihren Sorgen?«

»Aber nein.« Bell winkte ab. »Ich trage ja ein Korsett.«

Seine Augen weiteten sich flüchtig. Hatte ihre Offenheit ihn schockiert? Schließlich begann er über das ganze faltige Gesicht zu strahlen. »Mein Stichwort! Darf ich ... hoppla! Jetzt reicht es mir aber mit dem Kaffee.« Er stellte das Getränk auf die Ablage und platzierte sein Köfferchen auf dem Schoß. Geradezu feierlich hob er den Deckel. Bell wartete gespannt darauf, dass er ihr einen Blick ins Innere gewährte. Doch zunächst holte er nur eine Broschüre hervor. »Darf ich vorstellen? *Donovan's Bestes – frisch und gekräftigt durch den Tag.*«

Also doch nur irgendein Tonikum. Ein wenig enttäuscht nahm sie die Broschüre entgegen. Die Zeichnung einer eleganten Lady mit riesigem Federhut und Abendkleidschleppe prangte auf der Titelseite. Als Bell zu blättern begann, war es an ihr, verblüfft zu schauen. »Sie reisen in Sachen ... Damenwäsche?« Allein dieses Wort in Gegenwart eines Herrn auszusprechen war ... o Gott.

»Nicht irgendeine. Darf ich?« Er beugte sich vor und blätterte weiter. »Hier ist unser neuestes Modell: ein elektrisches Korsett.«

»Elektrisch«, echote sie. »Man kann doch nicht mit einem Kabel herumlaufen wie ein Hund an einer Leine?«

»Nein, nein, nicht auf diese Art elektrisch. Obwohl es solche Kleider auch gibt. Angeblich soll ja Mrs. Vanderbilt bei einer Gala in einer Robe aufgelaufen sein, auf der tausend kleine Glühlämpchen leuchteten.«

Davon hatte Bell natürlich gelesen, aber die Gattin jenes Mannes, dem die New York Central gehörte, mit der sie und Mr. Unger gerade fuhren, hatte sicherlich mit diesem Kleid nicht mehr als nur ein paar Schritte machen können. Sie hätte einiges darum gegeben, die Vanderbilt zu sehen. Oder wenigstens dieses phantastische Kleid.

»In *Dame de Luxe* sind etwa hundert kleine Magnetplättchen eingenäht«, erklärte Mr. Unger und strich über die Seiten des Korsetts, wo die Fischbeinstäbe gewöhnlich besonders groß und hart waren. »Muss ich Ihnen eigentlich noch erklären, worum es sich bei Magnetismus handelt?«

»Um eine elektrische Kraft im Innern eines metallenen Körpers, die andere metallene Körper anzieht oder abstößt. Ein solcher Körper besitzt zwei Pole, einen Nord- und einen Südpol, die sich anziehen und so ein magnetisches beziehungsweise elektrisches Feld erzeugen.«

»Das ... ja. Ich ahnte, dass Sie es wissen, und trotzdem erstaunen Sie mich erneut, Miss Bennett.« Er räusperte sich. »Diese Felder beeinflussen die Gesundheit zum Positiven. Mit diesem Korsett gehen Sie frisch und gekräftigt durch den Tag. Mrs. Donovan, die Gattin des Herstellers, die das erste gefertigte Exemplar trägt, soll gesagt haben, sie wolle es sogar des Nachts nicht ablegen.«

»Unglaublich.«

»Ja, nicht wahr?« Er blätterte weiter. »Hier sind zwei Einstiegsmodelle, die lediglich fünfzig Magneten aufweisen – für Frauen geeignet, die ein wenig zur Hysterie neigen und etwas ängstlich sind. Aber einer so forschen und stabilen Dame wie Ihnen würde ich zu *De Luxe* raten. Selbstverständlich bekommen Sie es von mir zum Vorzugspreis. Ich meine, diese Art Korsett ist ja geradezu wie geschaffen für Sie, nicht wahr?«

»Heißt das, Sie haben eines dabei?«

»Eines?« Jetzt drehte er endlich den Koffer in ihre Richtung, und sie sah die weiße Pracht. Nun schoss ihr endgültig die Röte ins Gesicht. »Vier, und jedes in drei verschiedenen Größen. Hier hätten wir unser Luxusmodell.«

Stolz präsentierte er einen Traum aus festem Leinen, seidenen Spitzen, Schnüren und Riemchen aus weißem Leder und einer roséfarbenen Blüte zwischen den Körbchen. Die eingenähten Metallplättchen ließen sich lediglich erahnen. Bell liebte Korsetts, auch wenn sie unbequem waren. Sowieso hatte sie eine Schwäche für sogenannte *modische Torheiten.* Und der Gedanke, ein elektrisches Korsett zu tragen, auch wenn es eigentlich nur magnetisch war ... Verlockend, sehr verlockend.

Mr. Unger legte das Wäschestück vorsichtig in den Koffer zurück und senkte den Deckel. Verlegen räusperte er sich. »Eigentlich zeige ich meine Ware nur Geschäftsleuten. Diese Situation ist wirklich ungewöhnlich.«

»In der Tat.« Ihren Tanten oder gar Rick von dieser Begegnung zu erzählen, wäre undenkbar. *Und wir sind erst am Anfang der Reise*, dachte sie belustigt.

»Nun?«

»Ich überschlage gerade mein Bargeld und den Platz in meinem Koffer. Letzteres könnte ein Problem ...«

Es ging alles sehr schnell: das Erscheinen dieser düsteren Gestalt auf dem Gang. Das Öffnen der Tür. Zwei Schritte ins Innere. Das Aufblitzen blauschwarzen Stahls.

Der Revolverlauf deutete auf Mr. Unger. Zuckte kurz in ihre Richtung und dann wieder zurück.

»Dies ist ein Überfall.« Die Stimme des Mannes war rau und gedämpft. Ein schmutzig-braunes Tuch bedeckte seine untere Gesichtshälfte, eine Wollmütze sein Haar. Unter dichten Brauen funkelte ein gehetztes Augenpaar. »Bargeld, Schmuck, und zwar schnell, sonst knallt's.«

Bells erster Gedanke war: *Sie hatten alle recht. Sie alle, die sagten, eine solche Reise sei zu gefährlich für eine junge Frau.* Vor ihrem geistigen Auge sah sie sich am Boden liegen, geschändet und vielleicht sogar tot. Sie öffnete den Mund. Doch es gelang ihr, den Schrei, der ihr aus der Kehle entweichen wollte, herunterzuschlucken.

»Geld, los jetzt!«

Der Mann fuchtelte mit seiner Waffe. Bells Tasche schien unendlich schwer, als sie sie auf den Schoß hob. Ihre Finger waren plötzlich gefühllos, steif; sie vermochte den Verschluss kaum zu öffnen. Alles kam ihr so unwirklich vor. Jeden Augenblick würde dieser Mann sein Tuch herunterziehen und sagen, dass es sich um einen bedauerlichen Irrtum handele. Oder um einen dummen Scherz. Oh nein, das war natürlich viel zu weit hergeholt. Dieser Bandit war echt.

Und er war nicht allein. Auf dem Gang lauerte ein zweiter, der ungeduldig wirkte. Bell meinte in der Spiegelung des Zugfensters einen dritten zu erkennen. Wo um alles in der Welt war der Steward?

Der Revolverlauf richtete sich nun auf sie. Doch sie schaffte es nicht, die Tasche zu öffnen. Ihr kamen beinahe die Tränen, vor Wut auf diese Männer und auf sich selbst, weil sie so ängstlich war. Von Mr. Unger war keine Hilfe zu erwarten; er presste die Hände an die Seiten seines Musterkoffers und starrte den Kerl an.

»Machen Sie schon!«

»J-ja«, keuchte Bell. Endlich sprang der Verschluss auf. Sie griff hinein, bekam als Erstes ihre Kladde zu fassen, schob sie beiseite und grub tiefer. Da, die Geldbörse. Ihre Gedanken flogen – wie viel war darin und konnte sie ohne das Geld weiterreisen? –, da entriss ihr der Mann die Tasche. Alles flog heraus.

Bell rutschte halb vom Sitzpolster und bückte sich. Sie bekam das schwarze Umschlagleder der Kladde zu fassen und riss sie an sich.

»Was ist das?«

»Nichts.«

Als er sich danach reckte, hielt sie sie noch fester.

»So geben Sie ihm das Ding doch.« Mr. Unger klang so flehentlich wie verzweifelt.

»Es ist nichts!«, fauchte sie. Niemals würde sie ihre geliebte Kladde hergeben. »Da, meine Geldbörse!« Mit der Stiefelettenspitze stieß sie die aus dem gleichen Gobelinstoff wie die Tasche gefertigte Börse in Richtung des Mannes, der sie rasch aufhob. Jetzt wandte er sich wieder Mr. Unger zu. Der hatte eine Hand in den Koffer geschoben, und Bell fragte sich flüchtig, ob er seine Brieftasche denn nicht in der Innenseite seines Gehrocks trug. Etwas blitzte in seinen gesenkten Augen auf, das sie als Widerstand deutete.

»He!« Der Bandit beugte sich zu Mr. Unger und stieß den Lauf seines Revolvers gegen den halb geöffneten Koffer. Seide quoll zu Boden. Wonach Mr. Unger gegriffen hatte, war ebenfalls ein Revolver.

Langsam zog er seine Hand zurück. »Tut mir leid, Miss Bennett«, sagte er mit einem entschuldigenden Lächeln. »Ich fürchte, ich bin zu alt für so etwas.«

Die Komplizen des Banditen zischten vom Gang, der Mann möge sich beeilen. Der Räuber nahm Mr. Ungers Revolver an sich und bedrohte ihn jetzt mit zwei Waffen. »Ihr Geld, los jetzt, oder ich jage Ihnen Blei durch den Kopf.«

In Gedanken flehte Bell den Wäschevertreter an, zu gehorchen. Doch Mr. Unger reagierte nicht schnell genug. Ein dumpfes, überaus grauenhaftes Geräusch prallte an Bells Ohren. Von einer Sekunde auf die andere war das Gesicht des alten Mannes von erschreckender Blässe; sein Blick brach, und er sackte in sich zusammen. Erst dann begriff Bell, dass der Mann ihm den Revolver über den Kopf gezogen hatte. Der Bandit drängte rücklings aus dem Abteil. Er und die Männer, die Schmiere gestanden hatten, verschwanden, was Bell allerdings nur am Rande bemerkte.

Gott im Himmel! *Das ist alles nicht wahr.*

2

Zwischen Syracuse und Buffalo,
27. April 1893

Auf wackligen Knien wankte Bell zur Notleine, die unterhalb des Abteildaches gespannt war, und reckte sich danach. Sie berührte den Draht nicht. Trotzdem bremste der Zug mit einem gewaltigen Ruck, der sie auf die Sitzbank warf. Ein anderer hatte die Notbremse betätigt, vielleicht die Räuber selbst, um zu flüchten. Der Zug bockte. Sie rutschte auf den hölzernen Boden. Auf allen vieren kauernd, fragte sie sich, was schlimmer war: das Beben, das ihr Innerstes erschütterte, oder dieses grässlich schrille Quietschen, das ihre Trommelfelle fast bersten ließ. Und plötzlich stand alles still.

Drei, vier gekeuchte Atemzüge. Dann legte sich der Schwindel, der sie erfasst hatte. Sie kroch zu Mr. Unger, der am Boden lag.

»Mr. Unger! Bitte sagen Sie, dass Sie in Ordnung sind, bitte, Mr. Unger!« Vorsichtig tätschelte sie seine schneeweiße, eingefallene Wange. Er schien um etliche Jahre gealtert. An der Schläfe hatte er eine böse Platzwunde, aus der Blut sickerte und Bells Finger benetzte. »Ein Arzt!«, schrie sie. »Er braucht einen Arzt!«

Sie kämpfte sich auf die Füße. Der Gang war vollgestopft mit Menschen, die durcheinanderredeten, schimpften und erschrockene Gesichter machten. Über all dem Lärm schwebte der schrille Heulton eines Kindes. Hier war kein Durchkommen. Sie kehrte zu Mr. Unger zurück. Erleichterung durchflutete sie, als sie ihn aufrecht sitzen sah.

Er presste ein Taschentuch an die Wunde. »Geht es Ihnen gut, Madam?«

»Mir? Mr. Unger, Sie sind wirklich zu gut für diese Welt.« Trotz allem wunderte es sie, dass er ein Schießeisen unter seinen Korsetts versteckt hielt. »Sie sind es doch, der blutet!«

»Ach, das ist nicht der Rede wert. Außer dass ich mir gerade den Anzug zu ruinieren drohe.«

Bell half ihm, aufzustehen und sich auf eine der Bänke zu setzen. Sie vergewisserte sich, dass er wirklich bei Sinnen war. Langsam kehrte Farbe in sein Gesicht zurück. Sie begann die verstreuten Sachen einzusammeln. *Dame de Luxe* war schmutzig, aber beschädigt war nichts. Während sie ihre Handtasche ordnete, fragte sie sich, wie viel Geld in ihrer Börse gewesen war. Ein ganzes Bündel – es mussten an die fünfhundert Dollar gewesen sein. Sie wünschte den Banditen die Krätze an den Hals. In der Gobelinbörse, die der Räuber fallen gelassen hatte, fand sich nur noch ein einsamer Dime. Zum Glück hatte sie im Koffer ein zweites, noch dickeres Bündel versteckt. Gott sei Dank – sie würde weder Tante Mabel noch ihren Vater oder gar Rick um Hilfe bitten müssen.

»Wie es scheint, sind wir mit dem Schrecken davongekommen«, verkündete Mr. Unger. Seine Wunde blutete nicht mehr.

»Hoffentlich geht es bald weiter.«

Die Abteiltür wurde aufgerissen. »Steigen Sie bitte aus – *mit* Ihrem Gepäck.«

»Wieso das?«, fragte Bell. Doch der Steward drückte sich bereits weiter durch die Menge, all die empörten Proteste missachtend. Bell öffnete das Fenster. Die ersten Fahrgäste stolperten bereits über das Gleisbett. Frauen hielten die Hände ihrer Kinder und blickten sich sorgenvoll um, während die Männer miteinander und mit zwei weiteren Schaffnern diskutierten. Bell lauschte ihnen.

»Ich höre gerade, dass es noch fünf Meilen bis in die nächste

Ortschaft sind«, sagte sie zu Mr. Unger. »Das wäre zu Fuß kein Vergnügen.«

»Ich werde den Steward nach einer anderen Lösung fragen«, sagte er.

»Sie sollten sitzen bleiben. Ich gehe hinaus und schaue mich um.«

»Aber Miss Bennett, wenn draußen diese Schurken noch ihr Unwesen treiben?«

»Ich passe schon auf mich auf.« Sie war Journalistin, und als solche musste sie lernen, sich durchzusetzen. Der Gefahr das Gesicht hinhalten. Ihren *Mann* stehen. Sie rückte die Handtasche auf dem Arm zurecht und zog den Schirm aus der Seitentasche ihres Koffers. Draußen herrschte zwar bestes Wetter, doch das spitze Ding würde dafür sorgen, dass sie sich nicht völlig schutzlos fühlte. Der Gang hatte sich inzwischen geleert, und so gelangte sie rasch hinaus ins Freie. Den Rock mit einer Hand gerafft, stakste sie über den Schotter. Links des Gleisbetts erhob sich eine struppige Wand aus Gesträuch, dahinter einige Tannen. Zur Rechten, soweit sie erkennen konnte, Äcker in sattem Frühlingsgrün. Hinter dem Baumstreifen war eine schmale Straße erkennbar, dahinter ein Maisfeld. Im Gänsemarsch quetschten sich die ersten Fahrgäste durch das Gebüsch. Andere nahmen am Gleis in Gegenrichtung Aufstellung; offenbar hofften sie vom nächsten Zug zurück in östliche Richtung mitgenommen zu werden.

»Steward!« Bell eilte einem uniformierten Mann hinterher, der das Geschehen zu ordnen versuchte. »Warum können wir nicht weiterfahren? Wir sind doch bloß überfallen worden.«

Der untersetzte Mann wandte sich zu ihr um. »Bloß? Na, Sie haben Nerven, Ma'am.« Er zog die Dienstmütze, rückte sie wieder zurecht und fuhr fort, die Leute an sich vorbeizuwinken. »Die Notbremsung hat einen technischen Schaden verursacht. Den zu beheben, wird den ganzen Tag dauern, und es ist nicht damit zu rechnen, dass es vor Einbruch der Nacht gelingt.«

»Bitte? Hundert Meilen pro Stunde sind kein Problem, aber eine einfache Notbremsung setzt den ganzen Zug außer Gefecht? Es ist nicht zu fassen!«

»Da pflichte ich Ihnen bei.« Ihre Empörung ließ ihn offenbar kalt. Was also tun? Wieder zurückzufahren war keine Option. Also laufen, gut! Doch für Mr. Unger wäre diese Strapaze vielleicht zu viel. »Es muss doch eine andere Möglichkeit geben, in den nächsten Ort zu kommen. Wie heißt der eigentlich?«

»Corfu. Dort gibt es zwei Hotels und ein paar Pensionen. Um die Betten entbrennt jetzt ein Wettlauf, schätze ich.«

»Gibt es vielleicht hier irgendwo ein Telephon, um in diesen Hotels anzurufen, damit uns jemand abholt?«

Er starrte sie an, als hätte sie den Verstand verloren. »Selbst wenn hier eines aus dem Boden wüchse – *dort* gibt's bestimmt keins. Sie könnten sich zum Erie Canal durchschlagen und auf ein Boot hoffen.« Er machte eine unbestimmte Geste in die Wildnis hinein. »Würde ich aber nicht empfehlen. Ihre einzige Chance ist, es wie die anderen zu machen: zu laufen oder zurück nach Osten zu fahren.«

In diesem Augenblick war ein Pfeifen und Rattern zu vernehmen, das schnell lauter wurde. Der Zug nach Osten! Der Geruch verbrannter Kohle lag in der Luft; dann sah Bell über den Köpfen der Wartenden die ausladende Spitze des Schornsteins sich nähern, dem eine gewaltige Dampfwolke entstieg. Die Männer winkten mit den Hüten, die Frauen mit Tüchern, als fürchteten sie, der Zug würde einfach an ihnen vorbeifahren. Als er schließlich mit lautem Zischen bremste, stürzten die Passagiere den Türen entgegen. Hinter den staubigen Scheiben der Waggons saßen und standen sie bald dicht gedrängt wie Schlachtvieh. Ein Pfiff, ein Dröhnen und Stampfen, und das rot lackierte Gestänge an den Rädern der Lokomotive begann wieder seine schwere Arbeit. Zischend verdampften Regentropfen auf dem heißen Metall. Bell blickte in den Himmel. War der vorhin nicht stahlblau gewesen? Jetzt hatte sich eine Decke wie aus filziger Schafswolle über die Landschaft gelegt. Sie spannte den Schirm auf. An der Lok des havarierten Zuges standen die Schaffner, der Zugführer und ein über und über geschwärzter Heizer. Nur Letzterer schien mit der Reparatur beschäftigt; der Rest diskutierte. Bell hörte heraus, dass man auf Hilfe aus Rochester warten müsse. Also war mit der Weiterfahrt am heutigen Tag nicht mehr zu rechnen.

Sie stieg zurück in den Zug, der so leer war, dass ihr das Geräusch ihrer Schritte unnatürlich laut vorkam. »Mr. Unger!« Sie drückte die Tür ihres Abteils auf. »Es tut mir leid, dass ich Sie so lange … Mr. Unger?«

Kein Mr. Unger. Nur ein paar kleine Blutflecken auf dem Holzboden. Sie eilte zum Waschraum. Nach einigem Zögern klopfte sie an. Auch hier war er nicht. Zurück im Abteil sah sie, dass sein Handelskoffer fort war.

Er hatte sich einfach davongemacht.

»Großer Gott.« Sie reckte sich nach ihrem Koffer und wuchtete ihn herunter. Mit fliegenden Fingern öffnete sie die Gurte und Verschlüsse und wühlte nach ihrem versteckten Geldbündel. Erleichtert ließ sie sich ins Polster sinken – der Handelsvertreter hatte sie wenigstens nicht bestohlen. Er war ein ehrenwerter Mann, der lediglich die Gunst des Augenblicks genutzt hatte, in den anderen Zug überzuwechseln. Es war ja auch nicht seine Schuld, dass sie draußen die Zeit vergeudet hatte!

Sie blickte auf die Tropfen, die an der Scheibe hinabrannen. Es half ja nichts. Seufzend erhob sie sich, schloss den Koffer und schleppte ihn zur Zugtür.

»Hallo!«, rief sie. »Kann mir bitte jemand helfen?« Doch keiner der Männer vorne an der Lok hörte sie. Unter großen Anstrengungen bugsierte sie ihn die Treppe hinunter. Fast wäre sie auf dem regennassen Schotter ausgeglitten. Sie spannte den Schirm auf. Fünf Meilen? Gott im Himmel!

»Ach, pfeif drauf.« Sie sortierte Koffer, Handtasche und Schirm und marschierte los. *Go west, young woman.*

In der einen Hand den Koffer, in der anderen den Schirm – das erforderte Kraft. Immer wieder musste sie innehalten, um Schirm und Koffer zu wechseln. So würde es ewig dauern, diese paar Meilen zurückzulegen. Womöglich bis zum Abend! Der Gedanke, hier im Dunkeln herumzustolpern, ließ sie schaudern. Weit oben kreiste ein Raubvogel über ihr, wie aufmunternd! Bestimmt gab es hier unten Klapperschlangen und anderes gefährliches Getier. Sämtliche Passagiere schienen besser zu Fuß zu sein als sie, denn die sah sie nur von ferne und bald gar nicht mehr. Gab es hier denn nirgends einen anständigen Herrn, der sie bemerkte und sich ihr und ihres Koffers erbarmte? Einen Farmer vielleicht? Als es plötzlich zu schütten begann, war auch der Vogel verschwunden, und die Welt schien vollends leer gefegt.

Bis auf eine Vogelscheuche am Wegesrand. Bell erinnerte sie an ihre Tante Jessy. Ihr war, als würde sie ihr missbilligende Blicke zuwerfen. Tante Jessy würde ihr raten, das Zugunglück zum Anlass zu nehmen, diesen Wahnwitz abzubrechen. *So etwas macht eine junge Dame nun einmal nicht*, spukte die Stimme der Tante, rau von zu vielen Drinks, in ihrem Kopf. *Du wirst deinen Leumund ruinieren.* Tante Jessy: die schmal gezupften Brauen pikiert erhoben, in einer Hand ein Spitzentaschentuch, mit dem sie sich ständig die Oberlippe tupfte, in der anderen ein Glas mit Hochprozentigem. Und ein Blick von der Seite in Richtung des Vaters: *John, du machst alles falsch mit dem Kind. Ich habe dir das immer gesagt. Im-mer! Aber du wolltest ja partout nicht auf mich hören. Jetzt siehst du, wohin eine lockere Hand führt.*

»Hau ab, Tante Jessy!«, fauchte Bell zu der Vogelscheuche hinüber.

Sie sah Tante Jessy vor sich, unbeeindruckt an ihrem geliebten Brandy nippen. *Nur hysterische Frauen reden mit Vogelscheuchen, Bell. Gut, dass dich niemand hören kann.*

Der Regen hatte die Worte ohnehin verschluckt. Bell stellte den Koffer ab, rieb sich die geplagte Hand am Rock und packte wieder zu. *Na los, weiter, Kindchen* – so aufmunternd würde Tante Mabel klingen, wäre sie hier. Mabel war so ganz anders als die träge Jessy. Der drahtige Körper in schmucklosen Kleidern immer in Bewegung. Eine Frau muss tun, was ihr Herz sagt, war ihr Motto. *Wenn das bedeutet, einem Mann das Leben schön zu machen – bitte! Aber es gibt so viele andere nützliche Dinge, die eine Frau tun kann.* Und dem Vater riet sie in Sachen Erziehung die Zügel locker zu lassen. Ein Mensch sollte sich schließlich entfalten können. Das galt auch für Frauen.

Es war nicht leicht, von zwei so unterschiedlichen Frauen umsorgt zu werden. Jede wollte auf ihre Art Bells viel zu früh verstorbene Mutter ersetzen. Bedauerlicherweise war es Jessy, die dreimal in der Woche im Hause Bennett aufschlug, um dieser Aufgabe wenigstens für zwei Stunden am gedeckten Kaffeetisch im Salon nachzukommen, *obwohl* sie einen Gatten hatte, Onkel Mario, der sie am liebsten daheim wusste. Während es Tante Mabel vor einigen Jahren nach Buffalo verschlagen hatte. Nicht etwa der Liebe wegen, weshalb eine Frau normalerweise ihr Zuhause aufgab. Nein, sie war von der Christlichen Abstinenzunion berufen worden, dort Lokalgruppenleiterin zu werden, und half, wo Not am Mann war. Bell mochte sie beide. Auch Tante Jessy. Aber wie es war, eine Mutter zu lieben, das wusste sie nicht. Umso mehr bedeutete ihr der Vater. Er würde jetzt beschützend den Arm um sie legen, ihr einen dicken Kuss auf die Schläfe drücken und irgendetwas Aufmunterndes sagen.

Wann hörte dieser Regen endlich auf? Inzwischen schmerzte der Arm, der den Schirm hielt, fast mehr als der andere. »Wäre ich nur schon bei Tante Mabel in Buffalo«, stöhnte sie. »Was würde ich für ein Stück Apfelkuchen geben!« Mabel machte den weltbesten Apfelkuchen, Jessy den weltbesten Likör. Bell blieb stehen, um sich ein Stück Schokolade einzuverleiben.

Ob ihre Mutter ihr von oben zusah? Manchmal fragte sie sich, wie es wohl wäre, wenn sie noch da wäre. Daddy sagte immer, sie sei nach ihr geraten. So patent und lebenslustig. Und so besonders. Ob Mutters früher Tod der Grund war, weshalb er Bell so übermäßig beschützte, hatte sie sich des Öfteren gefragt.

Ich schaffe das schon, Daddy, dachte sie.

Doch eine Stunde später sah es nicht danach aus. Ständig glitt ihr der Koffergriff aus der Hand. Ihre Handflächen waren gerötet, und es blühten die ersten Blasen. Den lästigen Schirm hatte sie längst wieder im Koffer verstaut, obwohl es immer noch regnete. Ihr Hut war ruiniert, ihre Laune ebenso. Wenn sie wenigstens wüsste, wie weit es noch war. Aber in dieser Gegend gab es keinen Wegweiser, keine Menschenseele, nichts. Doch: ein windzerzaustes Plakat an einem Strommast, das den Besuch der *großartigen, einmaligen* Niagarafälle empfahl.

»So ein Mist!«, fluchte sie.

Sie hockte sich auf den Koffer. Da war so viel Dreck am Rocksaum! Und erst recht auf den Stiefeletten. Die Füße taten ihr noch nicht übermäßig weh, dafür der Rücken. Ihr Korsett fühlte sich an wie aus Eisen geschmiedet. Gerne hätte sie es gelockert, um kräftig durchatmen zu können, doch das war im Freien unmöglich. Sie kramte nach ihrem Taschentuch und wischte sich die Nässe aus dem Gesicht, die aus Regen und Schweiß bestand und vielleicht auch aus zwei Zornestränen; so genau wusste sie es nicht.

»Ich kann nicht mehr.« Hoffentlich guckte die Mutter jetzt weg. Da, ein Pferd.

Ein Pferd! Ein robuster Lastgaul trabte zwischen zwei Maisfeldern auf sie zu. Dort war ein kaum erkennbarer Weg, der in die Straße mündete, etwa hundert Yards von ihr entfernt. Bells Augen weiteten sich. Wahrhaftig, hinter dem Pferd tauchte ein mittelgroßer Karren aus dem Schatten auf. Vorne drauf hockte ein Mann.

Er lenkte das Gefährt auf die Straße, in Richtung Corfu. Sie starrte auf seinen Rücken, der in einem grauen Staubmantel mit hochgeschlagenem Kragen steckte. Den Kopf mit dem schwarzen Stetson hielt er gesenkt.

»Hallo! He, Mister!«

Das Pferd zockelte weiter.

»Mister, warten Sie!«

Keine Reaktion.

Die Furcht, das Gespann könne ihr davonfahren, verlieh ihr neue Kraft. Mit beiden Händen den Koffer vor sich hertragend, lief sie dem Karren, so schnell sie konnte, hinterher. Währenddessen kroch ihr eine andere Angst in den Nacken: Wer war der Mann, und war er gefährlich? Was machte er in dieser gottverlassenen Gegend? Steckte er womöglich unter einer Decke mit den Zugräubern? »So warten Sie doch! Bitte!«

Er zügelte das Pferd. Bells Herz schlug nicht allein vor Anstrengung. Aber für Bedenken war es zu spät, und eine Wahl hatte sie ohnehin nicht. Hatte der Mann eben über die Schulter geblickt, ganz kurz nur? Sie war sich nicht sicher. Sonderlich interessiert schien er nicht daran zu sein, zu erfahren, wer ihn aufhielt. Sein Rücken war breit; der Mantel spannte sich um seine nach vorn gebeugten Schultern. Selbst als sie den Karren fast erreicht hatte, machte der Kerl immer noch keine Anstalten, sich umzudrehen.

Sie ließ den Koffer fallen. »Würden Sie mir *bitte* helfen?«

Dass in ihrer Stimme eine leichte Empörung mitschwang, ließ sich nicht verhindern.

Um zwei Zoll hob er den Kopf.

»Ja«, knurrte er.

3

Corfu, 27. April 1893

»Sie haben sich mir immer noch nicht vorgestellt.«

Ohnehin war es dazu fast zu spät. Gleich wäre sie in Corfu und diesen Kerl los. Aber wie konnte man nur so schweigsam sein? Bell nahm ein Stück Schokolade aus dem Handtäschchen, um sich zu beruhigen. Die ganze Fahrt über hatte sie peinlich genau darauf geachtet, eine Handbreit Abstand zwischen ihrer und seiner Hüfte zu halten. Der Mann trieb seinen Gaul an, als wolle er sie schnellstmöglich wieder loswerden. Das arme Tier hatte ordentlich zu schleppen. Hinten auf der Ladefläche stapelten sich Eisenbahnschwellen.

»Wo kommen die denn hin?«, fragte sie.

»Jones.«

»Bitte?«

»Ich heiße Jones.«

Das waren jetzt insgesamt elf Wörter. Bis auf »Passen Sie doch auf!« und »Halten Sie sich fest!« hatte er nichts gesagt. Schweigend war er abgesprungen, hatte ihren Koffer auf die Schwellen geworfen, und schweigend hatte er sie auf den Kutschbock verfrachtet. Was war doch Mr. Unger für eine angenehme Gesellschaft gewesen!

»Kennen Sie sich aus in Corfu? Denken Sie, ich finde dort noch ein passables Hotelzimmer?«

»Eine Dame wie Sie?«

»Was meinen Sie mit ›wie Sie‹? Hören Sie, ich …«

Er knurrte wie ein Hund. Knurren, *das* konnte er. Ein tiefes

Rollen in der Kehle, das jedem signalisierte, einen Sicherheitsabstand von mindestens zehn Yards zu halten. Und zu schweigen. Also schwieg sie. Er konnte ihr wahrscheinlich sowieso nicht helfen: Leute wie er übernachteten in schäbigen Saloons oder Ställen.

Ein leichter Regenschauer ging nieder. Bell rückte sich den Hut zurecht und blickte in einen steingrauen Himmel. Die Landschaft hatte sich nicht verändert: Maisfelder, Äcker, die staubige Straße, die Stille. Vorhin hatten sie ein Grüppchen Reisende überholt. Jones hatte keine Anstalten gemacht, ihnen den Platz auf den Schwellen anzubieten. Aber der arme Klepper war ohnehin überfordert.

»Waren Sie schon mal dort?« Sie deutete auf ein weiteres Plakat am Wegesrand, das den Besuch der Niagarafälle anpries. Ihn zum Reden bringen. *Ein Wolf, der redet, frisst nicht.*

»Ja«, brummte er. »Irgendwann einmal.«

»Und? Schön?«

»Ziemlich beeindruckend. Und feucht.«

»Dort baut man derzeit das größte Wechselstrom-Kraftwerk der Welt. Hunderttausend PS Energie soll es erzeugen.«

Er krauste die Stirn, sodass sich seine Hutkrempe hob, und warf ihr einen Seitenblick zu. Sie kannte diesen Blick, gewöhnlich folgte die Frage, woher eine Frau das wissen könne. Jones schwieg und starrte geradeaus. Er besaß ein ausgeprägtes Profil, mit gerader Stirn, klassischer Nase und einem Kinn, das dringend einer Rasur bedurfte. Dunkelbraune Haare, dunkelblaue Augen. Sein Hautton verriet, dass er oft in der Sonne war, seine großen Hände waren schwielig. Er war nur irgendein Hobo, ein Arbeiter mit einem Allerweltsnamen. Der gewiss nicht wusste, was »PS« hieß.

Erleichtert sah sie die Häuser von Corfu aus der Wildnis auftauchen. Das Städtchen wirkte alt, wie zur Zeit der vorigen Jahrhundertwende erstarrt. Baufällige Schuppen, Ställe, altbackene Wohnhäuser, der ein oder andere Blockbau. Die Main Street zierten immerhin einige hübsche Ziegelbauten mit bunt bemalten Fassaden. Der Zustand der Straße war schlimm. Der ganze Winter schien sich in dem zu Schluchten verbackenen Schlamm verewigt zu haben. Jones fluchte in sich hinein, während er seinem Gaul das Letzte abverlangte. Bei jedem Schlagloch erwartete Bell, dass die Bahnschwellen den Wagen auf ewig in den Dreck drückten. Kein Wunder, dass nur wenige Kutschen zu sehen waren. Die Menschen waren zu Fuß oder per Pferd unterwegs.

Es herrschte eine seltsame Aufbruchsstimmung. Die Leute standen beisammen und redeten sich die Köpfe heiß. Oder sie strebten die Straße hinunter.

Bell entdeckte ein Schild, das zum Bahnhof wies. Dort würde sich ein Hotelzimmer finden lassen. Sie sollte sich rasch darum kümmern, bevor weitere Gestrandete eintrafen. »Die Fahrt ist zu Ende, Mr. Jones. Ich werde mich nach einem Hotelzimmer erkundigen und danach, wann ich meine Fahrt fortsetzen kann; wenn Sie bitte so lange noch warten wollen. Sie bekommen zehn Dollar fürs Herbringen und noch einmal fünf, wenn Sie auf meinen Koffer aufpassen.«

»Wie Sie wünschen, Ma'am«, knurrte er. Bevor er ihr auf ähnlich grobe Art vom Bock helfen konnte, wie er sie hinaufbugsiert hatte, sprang sie herunter. Sie schnappte sich ihren Schirm und marschierte los. Es war gewagt, den Koffer in den Händen dieses Kerls zu lassen. Nun, solche Risiken gehörten zum Dasein eines Reporters. Sie hatte eine Kladde, einen Stift und eine Stimme, mehr brauchte es nicht, um die Welt zu erobern. Ihren Notgroschen hatte sie außerdem längst wieder verstaut. Sie fühlte sich von Euphorie ergriffen. Welch ein Abenteuer diese Reise doch bisher war! Selbst ihr Vater und Rick wären stolz auf sie, wenn sie wüssten, wie gut sie sich schlug.

Im Bahnhofsgebäude musste sie sich in eine Warteschlange einreihen. »Bedaure, Ma'am«, hieß es, als sie an der Reihe war. »Wann der nächste Zug geht, weiß hier niemand. Wir wurden bisher noch gar nicht offiziell von der Havarie informiert; wir wissen nur von anderen Passagieren von dem Überfall.« Der Schaffner hinter dem Ticketschalter winkte sie beiseite. Hinter ihr wartete der Nächste, die gleiche Auskunft zu empfangen.

»Können Sie mir sagen, wo ich ein gutes Zimmer ...?«

»Bedaure, ganz Corfu ist längst dicht. Wegen der Show, wissen Sie.«

»Welche Show?«

Eine Kinderstimme schrillte hinter ihr: »Kommen Sie zur Penn Plaza! Großes Experiment mit Blitz und Donner!«

Erschrocken fuhr sie auf dem Absatz herum. Ein dunkelhäutiger Junge wedelte mit einem Stoß Flugblätter vor den Nasen der Reisenden. Jeder bekam einen Flyer. *Hier in Corfu – der größte Erfinder der Welt!*, stand dort in verschnörkelten Lettern. Nikola Tesla? *Er* war hier? Der Welt größter elektrischer Zauberer? Das war ja nicht zu fa...

Nein. Von Thomas Alva Edison war die Rede. Immerhin der zweitgrößte Erfinder. Bell hatte schon gehört, dass er auf seiner Reise zur Weltausstellung nach Chicago in Provinzstädtchen wie diesem tourte, um die Welt von seinem Gleichstromsystem zu überzeugen. Hierzu gedachte er die Gefährlichkeit des konkurrierenden Wechselstroms zu demonstrieren. Und zwar unter anderem hier und heute um ein Uhr am späten Mittag. Bell blickte auf die Bahnhofsuhr. Das war ja gleich! Dorthin also waren die Leute von Corfu unterwegs. Das musste sie sich ansehen!

Sie eilte zu Mr. Jones und seiner Kutsche. Beide waren noch da, Mr. Jones lehnte an einer Hauswand, die Stiefel übereinandergeschlagen, und rauchte. Sein Klepper stand vor einer Saloontür ein paar Schritte weiter am Wassertrog.

»Ein Weilchen müssen Sie noch auf meine Sachen aufpassen, Mr. Jones. Ich will zu einer Vorführung, die gleich hier stattfindet.« Um keinen Widerspruch zu ernten, bemühte sie sich um ein strenges Auftreten. »Fünf Dollar extra für Sie.«

»Worum geht's denn?« Er klang nicht interessiert. Statt einer Antwort reichte sie ihm die Flugschrift. Konnte er überhaupt lesen? Anscheinend. »Aha. Was wollen Sie denn da?«

»Ein Interview.« Sie reckte das Kinn. »Ich bin Reporterin.«

»Ach. Und ich dachte, Sie wären nur eine Stadtlady, die vor ihrem Verlobten davongelaufen ist.«

Sie biss die Zähne zusammen, um eine patzige Bemerkung herunterzuschlucken. »So kann man sich täuschen, nicht wahr?«

»Haben Sie nun ein Hotelzimmer in Aussicht?«

Ihre Festigkeit drohte in sich zusammenzufallen. »Darum kümmere ich mich später.«

»Gut. Sie finden mich im Saloon. *Mit* Ihrem kostbaren Koffer.«

Ein großes Plakat zeigte zwei bärtige Männer, zu deren Füßen in geschwungener Schrift zwei Städtenamen standen: Corfu und Raritan. Die beiden Männer schüttelten sich die Hände. Raritan war die Heimatstadt Edisons, das wusste Bell, und der Mann, der die Stadt darstellte, war eindeutig der schneidigere von beiden – *Birthplace of the modern world* stand quer über seiner Brust. Bell fand diese Werbung für Edisons Gleichstrom ein wenig plump. Sie notierte sich alles.

Der – ihrer Meinung nach – zweitgrößte Erfinder der Welt hielt sich noch im Hintergrund, wie sie bemerkte. Er schrieb Autogramme. Ein Mann noch in den besten Jahren, das ergraute Haar voll, die Statur kräftig. Seine Garderobe sei ihm egal, hieß es, und das schien zu stimmen. Er hatte sich in einen weiten, abgegriffenen Havelock gehüllt, als wolle er nicht groß auffallen. So viele Photographien hatte Bell von Thomas Alva

Edison, dem Erfinder der Glühlampe, gesehen. Und hier, völlig unverhofft, erblickte sie ihn leibhaftig! Das entschädigte sie für alle Strapazen. Ein großartiges Gefühl; wie würde es erst sein, wenn sie in Chicago vielleicht Nikola Tesla erblickte, das größte Genie von allen? *Ganz ruhig*, ermahnte sie sich. *Zu einer erfolgreichen Reporterin gehört ein kühles Herz.*

Man hatte ein hüfthohes Podest mit einem umlaufenden Geländer errichtet, vier Stufen führten hinauf. Sicherlich an die zweihundert Zuschauer hatten sich trotz des Nieselns eingefunden, sie gafften, rauchten, spekulierten. Ein Mann, wahrscheinlich Edisons Assistent, marschierte auf der Bühne hin und her, sodass die Bretter knarrten. Hinter ihm stand ein ordentlich gestriegelter Rappe, der gelassen Heu kaute. Um das Tier waren elektrische Gerätschaften verteilt.

Der Mann stellte sich als Mr. Batchelor vor. Die Vorführung begann offenbar. Er sprach einen halbwüchsigen, Priem kauenden Bengel im Publikum an. »Du«, er beugte sich zu ihm herab, »wie heißt du?«

»Ben, Sir.«

»Ich hab gehört, dass hier zuletzt ein Wandertheater *Onkel Toms Hütte* aufgeführt hat. Hast du's gesehen?«

»Ja, Sir.«

»Und, hat's dir gefallen?«

Der Junge nickte brav.

»Möchtest du etwas noch Spannenderes sehen, Ben? Etwas, das dich so richtig schaudern lässt?«

»Klar.«

»Etwas, das dich heute Nacht nicht schlafen lassen wird? Weil es *wahr* ist?«

Ben grinste über beide sommersprossige Wangen. Sein Haar leuchtete krebsrot und unverkennbar irisch. »Ich hab die Ruhe weg, Sir.«

»Na, schauen wir mal, ob das stimmt.« Batchelor zwirbelte

sich den Bart und richtete sich wieder auf. »Weißt du, was *westinghousing* ist?«

»Nie gehört, Sir.«

»Jemand anderes? Sie? Sie? Sie, junge Dame?« Bell erschrak, als sein Finger unverhofft auf sie deutete, doch bevor sie etwas sagen konnte, hatte er schon zwei weitere Zuschauer im Visier, die beide mit den Schultern zuckten. Er schob die Daumen unter seine Hosenträger. »*Westinghousing* bedeutet ›Sterben durch Wechselstrom‹.«

Sichtlich zufrieden genoss er die erstaunte Stille. Auf den Gesichtern breitete sich langsames Begreifen aus: Das Pferd würde sterben. Bell bemerkte, dass Mr. Edison das Publikum aufmerksam beobachtete. Bell glaubte den Plan zu durchschauen: Der Assistent erzählte eine hässliche Geschichte – in diesem Fall über den größten Konkurrenten Edisons, George Westinghouse, der sich für die Verbreitung des Wechselstroms stark machte. Schlussendlich würde der Meister verkünden, wie das glückliche Ende zu finden war. Wie raffiniert.

»Du willst sicher wissen, was an Wechselstrom so gefährlich ist, Ben?«, fragte Batchelor.

Ben nickte gehorsam. Batchelor nickte zufrieden. »Das ist eine gute Frage, mein Sohn. Die wichtigste aller Fragen. Ich will's dir auf eine einfache Art erklären, mein Lieber: Die Kraft des Wechselstroms springt hin und her, und dabei gerät er leicht außer Kontrolle. Wenn dich der Stromschlag trifft, dann ist das, als würde dich der größte Mustang des Universums treten. Dann, mein Sohn, wirst du dir wünschen, nie geboren worden zu sein. Und das auch nur, wenn du überlebst!«

Bedeutungsschwangeres Schweigen. Bell blickte in die Runde. Weiter hinten kamen weitere Zuschauer hinzu, und aus den Häusern glotzten die Neugierigen. Batchelor fuhr fort: »Ich darf Ihnen jetzt erklären, was wir vorhaben, Ladies und Gentlemen. Wir werden zweitausend Volt durch den Körper dieses

Pferdes leiten. Sie werden sehen, was geschieht. Und genau das kann Ihnen blühen, wenn Sie mit Wechselstrom in Berührung kommen.«

Ein Junge verteilte Prospekte. *Schenken Sie Ihrer Frau eine Steckdose, am besten für jedes Zimmer,* stand dort zu lesen. *Ungefährlich, effektiv, fortschrittlich. Lassen Sie Ihr Haus mit Gleichstrom aus dem Hause Edison erstrahlen. Eine Entscheidung fürs Leben. Eine gute Entscheidung!*

Und eine falsche, dachte Bell bei sich. Nach allem, was sie gelesen hatte, wusste sie, dass die wirklich großen Aufgaben mit schwachem Gleichstrom nicht zu schaffen waren. Und dafür sollte das Tier jetzt sterben?

»Das – das können Sie doch nicht tun«, rief sie fassungslos.

»Pferdeeintopf war eine Spezialität meiner Großmutter«, scherzte jemand im Publikum. Der Mann mit dem Sheriffstern auf der Weste erntete verhaltenes Gelächter. Ein paar Kinder begannen zu greinen. Batchelor stieg vom Podest, kniete vor einem heulenden Mädchen und strich ihm übers Lockenhaar.

»Weißt du, was ein Elefant ist, meine Kleine?«

Schüchternes Kopfschütteln.

»Ein Riesentier. Zehnmal so groß wie der alte Gaul hier.« Er richtete sich wieder auf. »Und sogar einen Elefanten könnte diese Kraft fällen.« Wie ein Arizonageier seine Schwingen, riss er die Arme auseinander. »Stellt euch vor, die Kraft, die so große Tiere von den Füßen holt, ist in euren Häusern. In unscheinbaren Drähten an den Wänden eurer Zimmer. Eure Kinder«, er legte die Hand auf das Lockenköpfchen, »spielen daneben. Wollt ihr das?«

Ratlos blickten sich die Menschen an. Batchelor kehrte aufs Podest zurück und schrie: »Wollt ihr das?«

»Nein«, sagte der Sheriff. »Aber ich habe auch anderes gehört. Jemand von der Westinghouse Company war vor ein paar Wochen bei uns …«

»Wir wollen keine Höllenmaschine!« Unzweifelhaft der hiesige Geistliche. Sein schlohweißer Backenbart bebte vor heiliger Empörung, und er stampfte mit dem Gehstock auf. Bell fragte sich unwillkürlich, ob er von der Edison Company engagiert worden war. »Von Satan ist diese Kraft, sage ich! In eines guten Christen Haus soll sie nicht.«

»Ganz recht, Reverend.« Batchelor nickte heftig. »Und damit auch jeder sehen kann, wie verheerend Wechselstrom ist, werden wir jetzt zur Tat schreiten.«

Edison hielt sich weiterhin im Hintergrund. Er war der schweigende Bürge für die Wahrheiten, die sein Assistent den Leuten verkaufte.

»Wir legen den Schalter um«, rief Batchelor.

»Warten Sie!« Bell hatte sich in die erste Reihe gedrängt, ehe sie recht begriff, was sie tat. Sie stieg auf die unterste Stufe und wandte sich zu der Menge um. »Das – das stimmt ja so gar nicht.«

»Ma'am«, zischte Batchelor hinter ihr. »Treten Sie beiseite!«

»Mein Vater hat eine bedeutende Zeitung in New York. Vielleicht hat ja der ein oder andere vom *Observer* gehört? Sein Verlagshaus wurde bereits vor mehr als einem Jahr ans Wechselstromnetz der Westinghouse Company angeschlossen. Und es ist nie etwas passiert.«

»Was mischt sich das Weib ein?« Der Reverend hob seinen Stock. Für ihn war eine junge Frau, die ihre Stimme erhob, wahrscheinlich schlimmer als alles andere. Hatte sich Bell jemals so unbehaglich gefühlt? Der Moment, als der Zugräuber mit seinem Schießeisen gefuchtelt hatte, erschien ihr kaum unangenehmer. Aber sie war so weit gegangen; jetzt gab es kein Zurück. Sie drehte sich um.

»Sie haben vergessen, etwas zu erwähnen, Mr. Batchelor.« Konnte man das Zittern in ihrer Stimme hören? Bestimmt. »Nämlich dass die elektrischen Kabel, also die Drähte, die den

Strom vom Kraftwerk ins Haus leiten, anders als diese hier, mit denen Sie zu töten gedenken, isoliert sind. Man kann sie bedenkenlos anfassen. Und deshalb ist Wechselstrom *nicht* gefährlich.«

»Hört, hört!«

»Das Weib hat's ja faustdick hinter den Ohren!«

»Unverschämtheit!«

»Kein Benehmen mehr, die Jugend von heute. Zu meiner Zeit ...«

Batchelor warf Edison einen fragenden Blick zu. Der nickte. »Wir legen den Schalter ...«, rief Batchelor.

»Nein!« Bell eilte die Stufen hoch. »Ich kaufe das Pferd.«

»Bitte?« Das Gesicht des Assistenten war rot angelaufen. Weniger aus Wut, so schien es ihr, denn aus Anstrengung. Der Schweiß lief ihm in den Kragen. »Ich ... ich lasse Sie vom Sheriff höchstpersönlich aus der Stadt werfen, Miss, wenn Sie diese Veranstaltung weiter stören.«

Der Sheriff zwirbelte höchst amüsiert seinen General-Custer-Bart und machte keine Anstalten, einzugreifen. »Ich denke nicht, dass er es tun wird, Mr. Batchelor«, sagte sie. »Was kostet das Pferd?«

»Verlangen Sie fünfzig Dollar«, rief der Sheriff unter Gelächter. »Mehr ist der Klepper nicht wert.«

»Hundert.«

Bell kramte in ihrer Tasche und holte ein paar Scheine heraus.

»Unerhört!« Das war der Reverend. Einige Frauen schimpften, sie möge sich zum Teufel scheren. Bells Mut sank. Aber das Tier tat ihr leid, und die Behauptung, *westinghousing* bedeute zu töten, erboste sie zutiefst. Von ihrem Vater wusste sie, dass es sich bei George Westinghouse um einen ehrenwerten Geschäftsmann handelte, der nie auf den Gedanken käme, seine Konkurrenten derart zu diskreditieren.

»Ich werde meinem Vater hiervon berichten«, sagte sie fest. »Was ein Verleger, der mit Mr. Westinghouse gut bekannt ist, dann im *Observer* dazu schreiben wird, muss ich Ihnen nicht sagen.«

Darüber schien Mr. Batchelor angestrengt nachzusinnen.

»Bitte geben Sie mir das Pferd.« Ihre Kraft schwand, sie spürte ihre Stimme schwanken. Hinter ihr johlten die Männer, die Buben lachten, und der Reverend schimpfte.

4

Corfu, 27. April 1893

Er rauchte selten. Aber heute musste es einmal sein, zur Beruhigung. Wie der Tag verlaufen war, gefiel ihm nicht. Dass er hier in Corfu war, gefiel ihm nicht. Dass er die Bahnschwellen noch am Hals hatte, ebenso wenig. Die mussten heute noch eine halbe Meile westlich von Corfu abgeliefert werden, wo derzeit eine Bahnlinie nach Südosten ins nächste Kaff entstand.

Wenigstens die letzte Stunde hier in einem von Corfus Saloons war erfolgreich verlaufen. Er strich seinen Pokergewinn ein und schenkte seinem Gegner ein freundliches Lächeln. Der hatte sich bereits erhoben, mit grimmigem Gesicht. Ein zwielichtiger Typ, der falsch gespielt und sich zweifellos einen leichten Gewinn versprochen hatte.

»Beim nächsten Mal läuft's besser.« Jones hob zwei Finger zum Gruß an den Stetson.

»Wird kein nächstes Mal geben.« Der Mann warf ein paar Münzen fürs Bier auf den Tisch und stiefelte durch die Schwingtür hinaus. Falsch spielen – das konnte auch er, Solomon Jones, und zwar besser als die meisten. Der Saloon war nun fast menschenleer, die Leute waren vermutlich alle bei derselben Veranstaltung, zu der Bell Bennett mit fliegenden Röcken gelaufen war.

Jedenfalls hatte er hier ein hübsches Bündel vor sich. Drei Zehner, drei Zwanziger und einen Benjamin Franklin. Er verstaute die Dollarscheine im Stiefel. Nachher würde er für die

Schwellen den Lohn kassieren – wie üblich mit dem Hut tief in die Stirn gezogen, damit ihn niemand erkannte. Eigentlich hatte er längst zurück im Wald sein wollen. Das Holzfällercamp war ein ideales Versteck; sämtliche Männer dort waren schweigsam und nicht an den anderen interessiert.

Aber dann war ihm diese Bennett in die Quere gekommen. Auf die Dollars, die sie ihm zahlen wollte, konnte er nicht verzichten. Für sein Vorhaben brauchte er jeden Cent.

»Wenn man vom Teufel spricht«, murmelte er in sich hinein, obwohl er nur an sie gedacht hatte. Bell Bennett war durch die Schwingtür gekommen. Sie entdeckte ihn, vielmehr ihren Koffer, der an seiner Seite stand, und schleppte sich an seinen Tisch.

Mit den Worten »Ich brauche einen Drink« ließ sie sich auf den Stuhl gegenüber fallen. Sie nestelte sich die Perlenohrringe ab, als seien sie unerträglich schwer.

Er winkte dem Barkeeper. »Lassen Sie mich raten: Das einzige Zimmer, das man Ihnen noch hat anbieten können, gehörte zum hiesigen Bordell.«

Das überhörte sie. Müde strich sie sich die gelösten Locken aus dem verschwitzten Gesicht. Schwarze Haare, ein frecher Mund. Er nahm an, dass ihre Familie aus Italien kam. »Hier fährt vorerst keine Eisenbahn ab«, sagte sie. »Eine Kutsche war nicht zu bekommen. Nicht mal ein Karren, hieß es – all die Leute aus dem Zug wollen irgendwie nach Buffalo kommen. Aber ich habe jetzt ein Pferd.« Sie deutete nach draußen.

»Sie haben ein Pferd gekauft?«

»Gewissermaßen. Ja.« Der Drink kam, und sie kippte ihn todesmutig und mit gequälter Miene hinunter. »Wir haben also zwei Pferde. Bis Buffalo sind es etwa fünfzig Meilen …«

»He, he! Ich habe andere Pläne.«

Sie musterte ihn von oben bis unten. Er trug einen Staubmantel, der den Namen verdiente, dreckige Nietenhosen, ein

Holzfällerhemd, das er offensichtlich seit Wochen nicht gewaschen hatte. Sie zog die Stirn kraus. »Wie wichtig können die sein? Glauben Sie mir, ich würde jede andere Möglichkeit vorziehen, aber es gibt keine.«

»Sie könnten hier auf Ihre Eltern warten.« Er grinste. »Morgen sind die meisten Zimmer ja wieder frei.«

Miss Bennett ballte eine Hand zu einer kleinen Faust. Er wartete auf die Ohrfeige – mit Vergnügen würde er ihr den Arm auf den Rücken drehen. »Das werde ich nicht.«

»Warum nicht? Haben Sie irgendwelchen Dreck am Stecken? So wie Sie benimmt sich ja keine Frau.«

»Das fragt mich ein ... ein ...«

»Windiger Typ wie ich?«

»Das wollte ich sagen. Ich bin sicher, Ihre Erfahrungen mit *zivilisierten* Frauen sind eher dürftig.« Sie hielt inne und atmete tief durch: »Wir sollten vernünftig miteinander reden. Ich brauche Ihre Hilfe. Sie haben einen Wagen, und Sie sind wehrhaft. Ich biete Ihnen hundert Dollar, wenn Sie mich nach Buffalo bringen.«

Wider Willen musste Sol der hübschen Lady Respekt zollen. Was sie tat, mochte undamenhaft sein. Gab es, von dieser Weltreisenden Nellie Bly abgesehen, überhaupt weibliche Journalisten? Unausgelastete Damen vielleicht, die für Frauenbeilagen irgendwelche Artikel übers Kochen und Kräuterziehen und den Segen der Alkoholabstinenz schrieben. Aber Elektrizität – also Physik, Technik, Fortschritt –, das war doch wirklich eine absolute Männerdomäne. Hinter so viel überhöhter Selbsteinschätzung musste immerhin auch Mut stecken.

»Also, was sagen Sie?« Ihre sauber gezupften Brauen waren gerunzelt, die Lippen aufgeworfen: *Sagen Sie jetzt nichts Falsches*, war die unausgesprochene Warnung. Erst jetzt dämmerte ihm, was sie wollte. Um nach Buffalo zu kommen, war sie zu allem bereit.

»Sorry, Lady. Die Antwort ist Nein. Aber Sie kriegen von mir einen guten Rat: Kehren Sie unter die Röcke Ihrer Frau Mutter zurück, bevor irgendjemand Sie unterwegs teert und federt.« Sol streckte die Hand vor. »Und jetzt hätte ich gerne meine zwanzig Dollar.«

Sie murmelte etwas, das ein wenig nach »Verdammt sollen Sie sein« klang. Mit fliegenden Fingern steckte sie sich die Perlen an die Ohren zurück, kramte zwei Scheine aus ihrer Börse und warf sie, zu Bällchen zerknüllt, auf den Tisch. Während er seine Dollars faltete und im Stiefel verstaute, marschierte sie mit ihrem Koffer zur Tür, stellte ihn dort ab, kehrte noch einmal zurück, um eine Münze für den Drink auf den Tisch zu werfen, und verschwand endgültig. Gemächlich erhob er sich und schlenderte zu der noch schwingenden Tür. Dort lief sie, Bell Bennett, und die Wut verlieh ihr einen schnellen Schritt.

Seltsam: Sie wurde von etlichen honorig aussehenden Leuten begrüßt. Wie kam das – sie war doch fremd hier? Ein feister Kerl mit Gehstock, Zylinder und glitzernder Krawattennadel kam in den Saloon, gefolgt von einer ganzen Meute ähnlich gekleideter Gentlemen. Der Barkeeper begrüßte ihn als den Bürgermeister und rückte ihm am besten Tisch einen Stuhl zurecht, der unter dem Gewicht seines mächtigen Hinterns knarrte.

»Ein Teufelsweib!«, rief der Dicke. »Ich ziehe den Hut vor ihr. Was ich zuletzt vor drei Jahren getan habe.«

Er warf den speckigen Zylinder auf den Tisch. Genüsslich schob er die Daumen hinter die Hosenträger und lehnte sich zurück. Er musste nicht lange warten, bis jemand aus seinem kleinen Hofstaat begann, ihm die losen Fadenenden aus den Nasenlöchern zu ziehen.

»Was war denn vor drei Jahren, Mr. Whitsman?«

»Da hab ich in Buffalo Bills Wildwestshow die legendäre Annie Oakley schießen sehen.«

»Und was hat die da jetzt getan?« Der Barkeeper nickte in Richtung der Saloontür.

»Hat eine Show platzen lassen. Hat keinen Geringeren als den großen Erfinder Edison düpiert.«

Anerkennendes Nicken und Pfiffe ringsum. Sol fingerte nach einer weiteren Zigarette.

»Ich hab mich mit ihr unterhalten«, fuhr der Sheriff fort. »Sie schreibt für eine große New Yorker Zeitung. Ist hinter diesem Genie aus Europa her. Diesem Kroaten.«

»Nikola Tesla?«, fragte Sol.

»Genau der.«

Tesla. Das Weltgenie. Der einzige Mann, der ihm helfen konnte, sein elendes Leben zu retten. Und an den heranzukommen eine verflixt große Hürde war. Wenn dieses Weib es schaffte, sie zu nehmen ... *Schafft sie nicht*, dachte er. *Die nicht.* Wie auch? Andererseits ... Lag Buffalo nicht auf dem Weg nach Chicago? Was, wenn Bell Bennett auf dem Weg zur Weltausstellung war? Dorthin, wo auch Tesla sich aufhalten würde?

He, he, vergiss das Ganze. Du musst nicht jedem saublöden Gedanken hinterherrennen.

»Verdammt.« Er zerquetschte die Zigarette. »Verdammt.« Und ließ die Tabakkrümel aus der Hand rieseln. »*Verdammt!*«

Sol stieß die Schwingtür auf und stürzte hinaus.

Bell hatte sich erschöpft auf einer Bank niedergelassen. Höflich neigte sie den Kopf, wenn jemand im Vorbeilaufen den Hut zum Gruß hob. Das geschah recht oft. Dann meißelte sie sich rasch ein Lächeln ins Gesicht. Niemand hier ahnte, dass sie sich vorkam wie ein Häuflein trotzige Verlorenheit. Mr. Jones hatte sie im Stich gelassen. Bell war so damit beschäftigt, aus dem Kampf gegen die Tränen als Siegerin hervorzugehen, dass sie nicht bemerkte, wie der Mann, von dem sie sich verraten fühlte, sich ihr näherte.

Drei Schritte entfernt blieb er vor ihr stehen. Sie sah auf. Er hob seinen Hut nicht. Seine Haltung wirkte irgendwie bedrohlich. In der Zeit, die sie brauchte, um sich zu sammeln, hatte er sich neben sie gesetzt.

Bell rückte eine Handbreit ab; mehr gab die Bank nicht her. Seine Gegenwart ließ sie frösteln. Sie hielt den Jackenkragen über der Kehle zusammen.

»Ich bringe Sie an Ihr Ziel«, sagte er.

»Sie wollen …« Ihre Stimme war nur ein Krächzen. Der Nächste grüßte im Vorbeigehen, und sie nickte ihm mit steifem Lächeln zu. »Aber sagten Sie nicht …?«

Mit einer Handbewegung schnitt Mr. Jones ihr das Wort ab. »Lassen Sie uns vernünftig reden!« Offenbar hatte er vergessen, dass im Saloon genau dies ihr Vorschlag gewesen war.

»Ich bitte darum.«

»Nun.« Ein schelmisches Blitzen trat in seine Augen. »Ich habe mir noch kein rechtes Bild davon gemacht, ob Sie ein unbedarftes Mädchen sind, das sich in einem Abenteuer befindet, das es Kopf und Kragen kosten wird – oder das durchtriebenste Weib diesseits des Mississippi.«

»Und Sie? Wer sind Sie? Ein Arbeiter? Ein Falschspieler? Nun, was auch immer … Sagen Sie, Mr. Jones …« Sie wandte ihm den Kopf zu, und auch er sah sie von der Seite an.

»Ja?«

»Halten Sie *das* für ein vernünftiges Gespräch?«

Einer seiner Mundwinkel zuckte. Die winzige Andeutung eines Lächelns? Gewiss täuschte sie sich. »Nein. Wollen Sie jetzt meine Hilfe, verdammt?«

»Ja!«

»Gut. Ich verlange …«

»Hundert Dollar, dabei bleibe ich.«

»… als Gegenleistung etwas, das ich zu gegebener Zeit einfordern werde.«

Bell sprang auf. Sie musste den Kragen loslassen, um Luft zu bekommen. »Allmächtiger!«

»Nicht, was Sie denken! Dass Frauen aber auch eine so unzüchtige Phantasie haben müssen.«

»Ich ... also ...« Ihr Gesicht glühte vor Scham. Sie sackte zurück auf die Bank. Zur Hölle mit diesem Kerl. »Könnte ich bitte etwas zu rauchen haben?«

Er gab ihr eine Zigarette und entzündete am Stiefel ein Streichholz. Ihr Bemühen, den Stängel zum Glühen zu bringen, entlockte ihm ein Grinsen. »Ist Ihre erste, hm?«

»Wenn Sie wüssten, was ich derzeit alles zum ersten Mal tue.«

Vorsichtig sog sie den Rauch ein. Natürlich rauchte eine Dame nicht, aber erstens kannte sie hier niemand, und zweitens pflegte Rick, wenn er nervös war – zumeist wegen seiner vielen Geschäfte –, zum Bourbon eine Zigarre zu rauchen, und bei ihm half es. Aber, Gott, das Zeug war ja furchtbar! Bell versuchte noch einen zweiten Zug und ließ die Zigarette dann fallen.

»Haben Sie sich beruhigt, Ma'am? Können wir weiterreden? Ich verspreche Ihnen, dass mein Preis nichts ist, was gegen Ihre Ehre geht. Sie werden ihn für annehmbar halten. Also, das *plus* die hundert Dollar.«

»Warum sagen Sie nicht einfach, worum es sich handelt?«

»Weil ich es zum gegenwärtigen Zeitpunkt für unklug halte. Haben wir einen Deal?«

Mr. Jones reichte ihr eine schwielige Hand. Bell hob die ihre.

Was mochte es sein, das seinen raschen Stimmungsumschwung ausgelöst hatte? Was war, nachdem sie den Saloon verlassen hatte, dort geschehen? Besser gesagt, was mochte er dort erfahren haben? Sie ignorierte die warnende Stimme in ihrem Kopf.

»Fünfzig Dollar.«

»Okay.«

Dass er nicht feilschte, verstärkte ihr Misstrauen. Aber es gab keine andere Möglichkeit. Ohne Hilfe kam sie nicht weiter, und *jede* Hilfe konnte sich als vom Teufel gesandt entpuppen. Wollte sie Sicherheit? Dann musste sie ihr Unternehmen abbrechen und nach New York zurückkehren.

»Und *ich* werde entscheiden, ob dieser andere Preis annehmbar ist. Nicht Sie.«

»Schlagen Sie ein, Miss.«

Sie tat es. *Gott steh mir bei*, dachte sie.

II

GO WEST

Falls das Schiff untergeht, kann ich noch genügend darüber klagen, wenn es so weit ist. Kein Klagen der Welt kann das beeinflussen. Falls das Schiff nicht untergeht, verschwende ich nur meine Zeit.

Nellie Bly, Reporterin von *The World*

5

New York, 27. April 1893

Das *Bijou Vaudeville* war klein; kaum fünfzig Gäste fanden an den Tischen Platz, aber hier traten die besten und offenherzigsten Tänzerinnen auf. Einmal im Monat zog es ihn für ein Stündchen hierher: einfach entspannt im Hintergrund sitzen, einen Whiskey vor sich, eine Zigarre im Mundwinkel. Heute saß er hier, war zum Warten verdammt und er amüsierte sich ganz und gar nicht. Die Havanna schmeckte nicht, der Straight Bourbon lockte nicht, und die Darbietung zerrte an seinen Nerven. Er wusste nicht, ob es daran lag, dass er die Höhle des Löwen zu betreten gedachte. Oder an Bells neuerlicher Tollheit. Ihre niedlichen Schrullen waren ihm ja mittlerweile vertraut – das Gejammer, wenn nicht genügend Schokolade in Reichweite war, oder ihr männlich anmutendes Interesse an Technik. *Unser gemeinsames Heim muss Strom haben, Rick*, hatte sie neulich während eines Spaziergangs im Central Park mit Vehemenz gefordert. *Wenn nicht in jedem Zimmer eine Glühlampe brennt, brauchst du mich erst gar nicht über die Schwelle zu tragen.* Ein Telephon sollte es natürlich auch sein. Ein Grammophon. Als er sie gefragt hatte, wie es kam, dass sie so begeistert von all dem war, hatte sie mit Unverständnis reagiert. *Kennst du fortschrittsbegeisterte Männer?* Auf sein Nicken hin hatte sie empört die Stimme erhoben: *Hast du je von einem von denen verlangt, dass er sich erklärt?* Er hatte sich verbeten, dass sie so frech zu ihm war. An ihren versöhnlichen Kuss erinnerte er sich gern. Nicht jedoch an den Brief, den sie ihm einige Zeit später geschickt hatte. Darin hatte sie praktisch in einem Halbsatz erwähnt, für ein paar Tage fort zu sein. Zu Besuch bei ihrer berüchtigten Tante Mabel.

Bell war noch nicht seine Frau. Aber er hätte es angemessen gefunden, wenn sie diese Sache mit ihm besprochen, seine Erlaubnis eingeholt hätte. Wenn sie zurück war, würde er mit ihr reden müssen. Bell wusste nicht recht, was sich für eine Frau schickte und was nicht. Das hing sicherlich damit zusammen, dass sie keine Mutter hatte, dafür jedoch zwei Tanten, die mehr schlecht als recht und auf äußerst gegensätzliche Art und Weise die Mutter zu ersetzen versuchten. Sie brauchte dringend seine Führung.

Endlich kam der Kellner und bat ihn, ihm zu folgen. Ruhig stand er auf, rückte den Zweihundert-Dollar-Anzug und die goldene Uhrkette an der Brokatweste zurecht und strich den gewichsten Moustache glatt. Vertraute Bewegungen, die ihm Selbstvertrauen verliehen. Im Dunkel eines rückwärtigen Durchgangs händigte er sein Stilett aus, das er unter der linken Achsel trug. Man betrat das Reich von Enrico »Der Maulwurf« Bates nicht mit Waffen.

Es war düster. Der schmale Korridor wand sich um drei Ecken und führte einige ausgetretene Stufen hinauf. Draußen war helllichter Tag, hier herrschte finsterste Nacht. Klopfen, Gemurmel, dann der Hinweis des Kellners, dass er eintreten dürfe.

Er hatte keine Angst. Vor nichts und niemandem. Nur der Maulwurf rang ihm Respekt ab. In der Dunkelheit fiel nicht auf, dass er sich rasch den Schweiß aus dem Gesicht wischte und das geknäulte Taschentuch seine Hosentasche ausbeulte.

»Hallo, Süßer.« Die weibliche Stimme und das Parfum gehörten Melly. Er spürte sie heranschweben. Ihre Hand berührte seinen Hals. »Setz dich doch.«

Sie dirigierte ihn zu einem Hocker. Steif wie ein Arthrosekranker ließ er sich nieder. Er hasste dieses Gefühl der Unsicherheit.

Den Geräuschen nach zu urteilen – Atmen, Schlucken, das Ziehen an Zigaretten – waren es vier Personen, die sich in den Ecken des kleinen Raums verteilt hatten. Die Leibwächter des Alten und Melly, seine vierzig Jahre jüngere Geliebte.

Ihre Seidenröcke raschelten, als sie an seine Seite trat. Ihr Atem strich über sein Ohr. »Du möchtest Enrico sprechen? In welcher Angelegenheit?«

Sein Herz pochte unruhig. *Reiß dich zusammen. Und vergiss nicht, dass Enrico dein Herz schlagen hören kann.*

Ruhig ein- und ausatmen. Die Stimme sichern. Keine Schwäche zeigen. »Ich will ihn allein sprechen.«

Leise lachte sie. »Ihr seid allein. Wir anderen zählen doch nicht.«

Nicht schlucken. »Okay. Kein Problem.«

»Raus mit der Sprache, Süßer.« Es klang wie »Kleiner«.

»Ich brauche deine Hilfe, Enrico. Ich habe den größten Teil meines Vermögens in die Edison Company investiert. Wie du sicher weißt.« Der Maulwurf wusste alles. »Jetzt ist es aber die Westinghouse Company, die den Zuschlag bekommen hat, die Weltausstellung mit Strom zu versorgen. Wenn die Ausstellung ein Erfolg wird, und das wird sie, ist Edisons Gleichstrom Geschichte.«

»Und dein Vermögen auch«, ergänzte Melly. Konnte das verfluchte Weib nicht endlich tun, wozu sie eigentlich hier war, nämlich Enricos alten Schwanz bearbeiten? *Ruhig*, ermahnte er sich. Der Maulwurf konnte alles hören. Selbst Gedanken.

»Du bist nicht der Einzige mit diesem Problem, Süßer.« In ihren Worten schwang die Information mit, dass man nicht untätig war. Man würde ihm die Chance geben, sich an der Lösung des Problems zu beteiligen. Man würde ihm zeigen, dass sie sich um ihn kümmerten. »Hast du eine Idee, wie man es lösen kann?«

Er spürte das Bedürfnis, einen Finger hinter den Hemdkragen zu schieben, um ihn zu lockern. Es war elend heiß und stickig hier. »Nun … ich denke, die Lösung liegt auf der Hand.«

»Ein Pferd töten?« Melly kicherte.

Er wusste, worauf sie anspielte. Die Familie hatte einige von Edisons Aufführungen finanziert, mit denen er durch die Countys tourte. Natürlich ohne dass der große Erfinder wusste, wer da seine Finger im Spiel hatte. Shows, bei denen Hunde und Pferde durch den konkurrierenden Wechselstrom getötet wurden. Recht anschaulich, wie es hieß – nichts für Kinder und zartbesaitete Damen.

»Nein.« Nicht schlucken. Stimme normal klingen lassen. Kein Räuspern. »Kein Pferd.«

»Sondern?«

Langsam schob er die Hand in sein Jackett. Er hörte, wie sich die Gorillas aufrichteten und ebenfalls in ihre Taschen griffen. Enricos Männer waren gewiss die besten ihres Metiers, aber würden sie es auch wagen, im Stockdunklen zu schießen? Rasch entfaltete er, was er aus der Brusttasche geholt hatte, und die Männer entspannten sich wieder. Es war nur ein Stück Papier, eine halbe Titelseite der *New York Post*. Er reichte sie Melly.

»Was steht da?«

»Ist schlecht aus dem Gedächtnis zu zitieren. Man muss es lesen.«

»Wir brauchen Licht, Enrico.«

Melly fummelte in ihren Seidenkleidern herum. Ein ratschendes Geräusch – eines dieser modernen Feuerzeuge flammte auf. Sie ließ es über dem Artikel schweben, Enricos Gestalt lag immer noch im Dunkeln. Melly las vor: »›Wollen Sie das wirklich tun, *Mr. President*? Sie setzen Ihr Leben und das der Nation aufs Spiel!‹« Sie hielt inne. Mit einer ungeduldigen Handbewegung forderte Rick sie auf fortzufahren. »›Präsident Cleveland will die Weltausstellung in Chicago eröffnen. Wir meinen: Man muss nicht alles mitmachen, was laut und grell ist und knistert – es könnte einem um die Ohren fliegen!‹ Au!« Das Flämmchen erlosch, und er hörte, wie Melly sich die Finger pustete.

»Die Abendausgabe«, sagte er. »Ist noch keine Stunde alt. Ich schätze, in den nächsten Tagen wird die Presse voll davon sein, dass Grover Cleveland für den Fortschritt sein Leben aufs Spiel setzt – er wird den Schalter betätigen, der die ganze Weltausstellung mit Wechselstrom versorgt. Was da alles passieren kann …«

Schweigen breitete sich aus. Wahrscheinlich war der Alte nicht überrascht. Sehr wahrscheinlich hatte seine Organisation – oder eben eine andere – solche Schlagzeilen bereits lanciert. Oder andere einflussreiche Unternehmer. Wer von denen hatte *nicht* auf Edisons Gleichstrom gewettet? Thomas Alva Edison war schließlich der größte Erfinder der Welt. Ein amerikanischer Erfinder. Wer hatte diesen Kroaten Tesla auf der Rechnung gehabt? Der angeblich ein noch größeres Genie war? Und wer hatte geahnt, dass sich Westinghouse seiner bedienen und ein Konkurrenzprodukt auf den Markt werfen würde?

»Wenn …«, Melly klang, als knete sie angestrengt den hübschen Mund, »wenn der Präsident einen Stromschlag kriegt, dann …«

Genau. Das Ende des Wechselstroms. Das Ende aller Probleme.

»Süßer. Das würdest du echt wollen?«

Ich will, dass du mal die Klappe hältst, Schlampe.

»Melly.« Das Wort klang wie das Knistern alten Papiers, stimmlos, aber mit vielen scharfen Kanten. Ein Wort, das sie zwang, aufzuspringen und in den Hintergrund zu treten. Der Maulwurf sprach. »Komm näher.«

Damit war er gemeint. Er erhob sich und machte drei vorsichtige Schritte in die Tiefe der Schwärze. Jetzt nahm er den süßsauren Geruch des Maulwurfs wahr. Sauer, weil er eben alt war. Süß, weil er seinen Mundgeruch mit Salbeibonbons zu übertünchen suchte. Dazu eine Note feinsten Tabaks.

»Ich helfe dir. Ich mag dich nämlich. Hab dich schon immer gemocht.« Der Alte hustete. Es hieß, er habe einen Tumor in der Kehle, weshalb er sein Flittchen für sich sprechen ließ. Dieses Gerücht war schon vor zehn Jahren aufgekommen, und der Maulwurf lebte immer noch. Wie alt war er eigentlich? Neunzig? »Auf welche Art Licht erzeugt wird – das ist mir egal. Aber ich helfe dir. Auch andere waren schon bei mir, die einflussreichsten Persönlichkeiten haben sich die Klinke in die Hand gegeben. Aber du bist der Einzige, der mit dieser Idee gezeigt hat, dass er mitdenkt. Aber du musst auch uns helfen.«

»Natürlich.«

»Wie gut bist du mit dem Stilett?«

»Gut.« Eigentlich wusste der Maulwurf das. Worauf wollte der Alte hinaus?

»Würdest du es tun?«

Was, den Präsidenten töten? Er saß in der Falle: Wenn er bejahte, hatte er einen Auftrag am Hals, den er keinesfalls eigenhändig ausführen wollte. Lehnte er ab, stand er als Feigling da. Sekunden verstrichen, in denen er mit sich rang. Melly lachte höhnisch auf. »Ich töte jeden, der mir in die Quere kommt«, stieß er in ihre Richtung hervor. »Jeden. Ich mache vor niemandem halt.«

Einige rasselnde Atemzüge lang rang der Alte um Luft. Dann hatte er sich wieder im Griff. »Wir werden uns nach einem kühlen Kopf umschauen.«

Rick wusste nicht, ob er erleichtert aufatmen oder sich ärgern sollte, dass man ihn nicht für gewieft genug hielt.

»Weißt du noch, Junge? Damals auf Staten Island? Du warst ein Knirps von acht Jahren. Da hab ich dir zum ersten Mal gezeigt, wie es der Schwur geht.«

»Ja.« Verdammte Scheiße. Rick ahnte, worauf der Alte anspielte.

»Wie lange ist es her, dass du ihn zuletzt getan hast?«

»Fünf Jahre.«

»Es ist also längst wieder an der Zeit.«

Verdammtes, bescheuertes neapolitanisches Ritual. Statt hier *Gaius Mucius Scaevola* aufzuführen, würde er es vorziehen, sein Vertrauen hier und jetzt auf amerikanische Art zu zeigen. Etwa indem er ein Bündel Dollars hinüberreichte. *Meinetwegen eine Vollmacht für eins meiner Konten.* Mellys Feuerzeug flammte wieder auf. Das Licht zauberte die Schatten eines Fabelwesens auf Enricos Gesicht. Ihm war, als würde er in die Fratze eines hässlichen Ogers blicken, so sehr war es von Pockennarben und Alterswarzen übersät. Eine Glatze, eine dicke Nase und ein riesiger, wulstiger Mund, der sich zu einem sinistren Lächeln verzog. Die Augen starrten in eine milchige Leere.

Mit dem Heben eines Zeigefingers forderte der Alte Melly auf, das Feuerzeug in die Höhe zu halten. Er selbst zog ein Heiligenbildchen aus der Brusttasche und hielt es hoch.

»Sprich den Eid.«

Er durfte nicht zögern. Auch wenn seine Hand zitterte, als er sie hob. »Ich, Rick Vesichetti, schwöre der Familie Treue«, stieß er hervor. »Mein Fleisch ist wertlos, meine Ehre nicht. Ich schwöre zu schweigen. Sollte ich der Familie untreu werden, wird mein Fleisch verbrennen, wie dieses Bild verbrennt. Der Heilige Gennaro sei mein Zeuge.«

Er hielt die Hand über die Flamme. Aus dem Augenwinkel sah er Mellys konzentrierten Gesichtsausdruck. *Denk an etwas Schönes*, dachte er, *denk an ...* Aber dann konnte er nichts mehr denken, biss nur noch die Zähne zusammen und versuchte, den Schmerz zu ertragen.

6

Zwischen Corfu und Buffalo,
27. April 1893

Das Abenteuer hatte die Dame müde gemacht. Sie schlief auf dem Karren, wo er ihr ein ordentliches Lager aus drei alten Armeedecken bereitet hatte. Die lästigen Bahnschwellen hatte er vorher abgeliefert und den mageren Lohn in den Stiefel gesteckt. Dem Vorarbeiter hatte er gesagt, morgen früh wieder wie gewohnt zu erscheinen. Morgen früh aber würde er weit weg sein.

Der Weg war verlassen und holprig. Sol blickte über die Schulter: Miss Bell Bennett wachte trotz der unruhigen Fahrt nicht auf. Sie lag auf der Seite, die Knie angezogen, der Kopf ruckelte hin und her. Einzig ihre Haare tanzten im Wind über ihr gerötetes Gesicht. Ihre feinen, ansehnlichen Züge wirkten ein wenig angespannt.

Miss Bennetts Koffer hatte er am Karrenende verzurrt. Ihre Handtasche hatte sie beim Einschlafen fest im Arm gehabt. Jetzt lag sie auf Höhe ihrer Knie. Er musste sich nur nach hinten strecken. Ihr Gesicht fest im Blick, nahm er die Gobelintasche an sich. Die Zügel locker ums linke Handgelenk geschlungen, öffnete er den Messingverschluss. Rasch die Rechte an der Hose abgewischt – dann grub er die Hand hinein. Er ertastete eine angebrochene Schokoladentafel, eine Geldbörse, die sich nicht allzu dick anfühlte; vermutlich befand sich der Großteil des Reisegeldes im Koffer. Eine Taschenuhr ohne Kette. Noch ein Täschchen, wohl Schminkzeug. Bestickte Taschentücher.

Ein Kämmchen. Mehrere Bleistifte. Und das da? Er zog ein hartes Etui heraus. Es enthielt ein Tintenfässchen und einen Füllfederhalter.

Ein schneller Blick auf seine Reisebegleiterin: Sie schlief. Jetzt zu den interessanteren Dingen. Als da wären eine *Dime Novel* über Calamity Jane. Ein flaches Gobelintäschchen. Es enthielt entwertete Tickets, Hotelbuchungen und diverse Visitenkarten. Auch einen Stapel ihrer eigenen, wie es bei Ladies der feineren Gesellschaft üblich war. *Bell Bennett, Journalistin.* Er schmunzelte. Als Nächstes: ausgeschnittene Zeitungsartikel. Vorsichtig entfaltete er einige. *Die Chicagoer Weltausstellung, auch* World's Columbian Exposition, *so genannt, weil die Entdeckung Amerikas durch Christoph Kolumbus vor vierhundert Jahren geehrt wird. Das größte Ereignis unserer Nation seit dem Bürgerkrieg. Wird alles rechtzeitig fertig sein?*

Unübersehbar war er auf der richtigen Spur.

Flüchtig las er von unfertigen Gebäuden, von Wegen, auf denen sich Schutt häufte, von technischen Problemen. Von einem Riesenrad, das noch im Bau war. Eine Photographie zeigte gewaltige Stahlstreben und die Andeutung eines Kreises. Er las, dass das Ding später hundert Yards im Durchmesser haben sollte. *Sind die denn wahnsinnig?*, fragte er sich. Die Riesenräder, die er von Dorffesten kannte, waren fünf Yards hohe Holzgestelle mit ein paar Sitzbänken. Welcher Mensch, der seinen Verstand noch beisammen hatte, würde in so ein Monstrum steigen?

Sol verstaute die Zeitungsausschnitte wieder in der Tasche und nahm den letzten Gegenstand heraus, den er noch nicht in der Hand gehabt hatte. Die Kladde war in schwarzes, abgegriffenes Leder gebunden, das von einem Gummiband zusammengehalten wurde. Behutsam schob er es herunter. Nicht schwer zu erraten, dass dieses Büchlein für Miss Bennett das Wertvollste in ihrem Gepäck war. Es zu öffnen war ihm unangenehm. Aber das waren die meisten Dinge, die man tun musste. Auf der ersten Seite stand ein einziger Satz.

Eine Frau muss tun, was ihr Herz sagt, ist Tante Mabels Motto. Ich mache es zu meinem.

Und das offenbar mit aller Vehemenz. Das erste Viertel der Kladde war mit einer feinen, aber energischen Damenhandschrift bedeckt. Notizen im Tagebuchstil.

Ich bin sehr auf das Ferris-Rad gespannt.

Damit meinte sie offenbar das Monstrum.

Allein die schiere Größe ist beängstigend. Hinzu kommt ja noch, dass vom Michigan-See her starke Stürme wehen können. Ob ich mich trauen werde, einzusteigen?

Tatsächlich: Buffalo war nur ein Etappenziel. Die feine, unbedarfte Dame wollte tatsächlich nach Chicago. Dass ihn sein Instinkt nicht getrogen hatte, freute ihn. Er blätterte weiter.

Habe gelesen, Annie Oakley und Calamity Jane sind auch auf der Ausstellung. Die muss ich sehen!

Nikola Tesla ist der größte Wissenschaftler der Welt. Selbst Leute wie Edison oder Graham Bell reichen nicht an ihn heran. Allein äußerlich sind es Welten zwischen Tesla und Edison. Dessen Mantelsäume waren ja ganz ausgefranst! Am liebsten hätte ich ihm einen Schneider empfohlen. Aber für so etwas bist du eh viel zu zaghaft, Miss Bennett!!!

Sie hielt sich für zaghaft? Er musste ein Lachen unterdrücken. Wahrscheinlich hatte die Dame ein paar dieser Romanheftchen über Frauen wie die Oakley oder Calamity Jane zu viel geschmökert.

Daddy, ich weiß, dass dir mein Ehrgeiz Angst macht, weil du mich behüten willst. Dabei hast ausgerechnet du so viele Möglichkeiten, mich zu unterstützen. Ich bin nicht wie Tante Mabel, keine Sorge. Aber erst recht bin ich nicht wie Tante Jessy. Ich bin vielleicht wie Mutter. Ich hab dich lieb, Daddy.

Das zu lesen war zu viel, das ging ihn am allerwenigsten etwas an, er wusste jetzt ohnehin genug. Er würde mit ihr nach Chicago fahren. Wie er sie dazu bringen wollte, sich von ihm weiter als bis Buffalo begleiten zu lassen, wusste er noch nicht. *Vielleicht solltest du etwas umgänglicher sein, hm, alter Junge?* Aber die Zeiten, da er mit einer Dame zusammen gewesen war, waren lange her … Nun, ihm würde schon irgendetwas einfallen. Er sah sie an. Sie schlief, doch ihre Stirn war gerunzelt. Vermutlich fragte sie sich im Traum, worauf sie sich eingelassen hatte.

Das fragte er sich ebenfalls. Er – in Chicago. Wobei Chicago selbst nicht das Problem war. Ja, es war ein Moloch. Ein stinkender, verrußter, kranker Moloch. Die »Schwarze Stadt« nannte man sie. Also genau richtig, um nicht aufzufallen. Nein, die Weltausstellung war das Problem. Nach allem, was er bisher darüber gehört hatte, war das Ausstellungsgelände das genaue Gegenteil eines Molochs: eine »weiße Stadt«, sauber, übersichtlich, von ehrwürdigen Bürgern bevölkert. Und ohne Zweifel bestens bewacht. Amerika würde bei einem Ereignis, auf das die ganze Welt blickte, mit Störenfrieden nicht gerade zimperlich umgehen.

Die Tinte begann zu verlaufen. Was zum Teufel …? Hatte er es plötzlich mit den Augen? Er schluckte einen Fluch und schlug die Kladde zu. Das waren fette Regentropfen, verdammt! Der Himmel hatte sich in puren Wolkendreck verwandelt. Sol drehte sich um. Miss Bennett war japsend hochgefahren und kämpfte damit, ihren Schirm aus ihrem Koffer zu zerren und aufzuspannen. Sol brauchte drei Herzschläge, um die Kladde zurück in die Tasche zu schieben. Der Schirm gab ihm die nötige Deckung, der Tasche einen Schubs in Bells Richtung zu geben. Schließlich hatte sie den Schirm über ihrem Kopf und starrte ihn wütend an.

»Was ist? Hab ich das Wetter gemacht, Ma'am?« Die Sache mit der Freundlichkeit würde er noch üben müssen.

»Sie hätten mich wecken sollen!«

»Wozu?«

Das wusste sie offenbar selbst nicht. Mit der Tasche am Arm, den Schirm in der anderen Hand, versuchte sie zu ihm auf den Bock zu klettern. Er grinste. Ihr Kleidsaum rutschte über ihre Knie. Interessiert musterte er die wohlgeformten, in zarte Baumwollstrümpfe gehüllten Unterschenkel. Blau-weiß geringelt, wie hübsch.

»Gucken Sie nach vorn!«

»Ja, Ma'am.« Er grinste. Hätte sie eine Hand frei und passendes Material zur Hand gehabt, hätte sie ihn gewiss beworfen. Schließlich hatte sie es bis nach vorne geschafft und sortierte sich schwer atmend.

»Wo sind wir hier?« Sie blickte sich um, doch die eintönige Landschaft war keiner Betrachtung wert. Das einzig Bemerkenswerte waren die Telegraphenleitung schräg über ihnen und die Bahnlinie, die etwa hundert Yards entfernt parallel zu ihrem Weg verlief. Zweimal hatte er in der guten Stunde, die sie unterwegs waren, einen vollgestopften Zug vorbeifahren sehen.

Bell kramte ihre Taschenuhr hervor. »So spät schon? Wir werden es doch noch bis nach Buffalo schaffen?«

Er konnte es sich nicht verkneifen: »Das wird schon. Stellen Sie sich vor, Sie wollten bis nach Chicago, was dann?«

Würde sie es abstreiten? »Das stelle ich mir besser nicht vor«, gab sie zurück. »Die Wildnis hier ist mir fürs Erste wild genug.«

»Dann machen Sie sich mal mit dem Gedanken vertraut, in dieser Wildnis zu nächtigen.«

»Wenn es so weit kommt, ist es Ihre Schuld! Was lassen Sie das Gespann auch so zockeln?«

»Die Pferde sind nicht aneinander gewöhnt. Der singende Draht macht sie nervös. Und der Weg ist wie ein Schweizer Käse; ich habe alle Hände voll zu tun, den Löchern auszuweichen.« Dass er darüber hinaus damit beschäftigt gewesen war, in ihren Sachen zu schnüffeln, ließ er natürlich unerwähnt.

»Der singende Draht?«

Er deutete zu den Telegraphenleitungen hoch oben. Der Wind ließ sie schwanken und entlockte ihnen unangenehm sirrende Töne. »Eine indianische Bezeichnung für solche Strippen, die die Gegend zunehmend verschandeln.«

»Klingt, als hielten auch Sie nichts davon.«

»Mein Leben hat keinen Vorteil von diesen ganzen technischen Neuerungen«, brummte er. *Ganz im Gegenteil*, fügte er in Gedanken hinzu. *Sie machen mein Leben immer nur schwieriger.* »Und jetzt – ho!, ist ja gut! – lässt das Zeug auch noch die Pferde durchdrehen.« Er stemmte sich auf die Füße, um das tänzelnde Gespann besser in den Griff zu kriegen. Jedenfalls war *ein* Pferd nervös, nämlich der Rappe, den Bell Bennett in Corfu gekauft hatte. Nach allem, was sie erzählt hatte, konnte er dem Tier nicht verdenken, dass es auf Kriegsfuß mit dem Fortschritt stand. Leider konnte er keinen Abstand zu der Telegraphenstrecke halten, denn abseits dieses lausigen Weges war alles mit Gestrüpp übersät. Drüben ratterte ein Zug von Osten heran. Ein scheppernder Güterzug, der den Rappen dazu brachte, seitwärts auszuscheren.

»Der Zug könnte uns mitnehmen«, sagte Bell.

»Vergessen Sie's. Den holen wir nicht ein. Und er würde eh nicht halten.« Sie verzog das Gesicht, und er musste wieder lachen. »Sie wollten ein Abenteuer, Lady, jetzt haben Sie eins.«

»Ja, schon«, maulte sie. »Aber das hatte ich mir doch ein klein wenig anders …«

Ein gewaltiges Krachen unterbrach ihr Klagen. Erschrocken starrte sie in den Himmel. Er jedoch wusste sofort, dass es kein Gewitterdonner gewesen war.

»Ein Radbruch? Das glaube ich jetzt nicht!« Bell stand neben dem Karren, den Schirmgriff mit beiden Händen fest umklammert. Es gewitterte nicht, doch der Regen war unangenehm, erst recht der Wind. Er pfiff in ihren Ohren. Aber nein, das war ja der »singende Draht«. Sie hatte gewusst, dass sie auf ihrer Reise einige Schwierigkeiten würde überwinden müssen. Aber ein Radbruch – mit etwas so Lächerlichem hatte sie nicht gerechnet. Chicago schien ihr in diesem Augenblick fast unerreichbar fern.

»Hier.« Solomon Jones deutete auf einen harmlos wirkenden Riss in einer der Speichen. »Das hält keine fünf Yards mehr.«

»Und jetzt?«

»Schirre ich die Pferde ab. Sie könnten mir dabei helfen, statt wie ein stachliger Kaktus dazustehen.« Unter seinem tropfenden Stetson warf er ihr einen Blick zu, den sie als ein *Hätte-ich-mich-bloß-nicht-darauf-eingelassen* deutete.

»Aber …«

»Wir sind zwei Leute – wir haben zwei Pferde.«

»Sie schlagen vor, nach Buffalo zu reiten?«

»Und schon haben Sie's kapiert. Es sind nur noch etwa zehn Meilen.«

»Wir – wir haben keine Sättel«, stotterte sie.

»Nein, bequem wird's nicht«, knurrte er, während er mit den Geschirren hantierte.

Sie starrte hinüber zur Bahntrasse, dann hinauf zur Telegraphenleitung. »So viel Technik! Und wir sollen reiten wie die Indianer.«

»Die Technik taugt eben nichts, wenn man sie wirklich mal braucht.«

Jetzt platzte ihr der Kragen. »Sie haben überhaupt keine Ehrfurcht vor der Leistung und Anstrengung all der Erfinder und Arbeiter, die dafür gesorgt haben, dass dieser Kontinent mittels Telegraphie und Eisenbahn zusammengeschweißt wurde. Wissen Sie, welche Worte Samuel Morse vor fast fünfzig Jahren benutzte, als er das erste Mal zwischen Baltimore und Washington telegraphierte?«

»Sie werden's mir gleich sagen.«

»Er morste: Was hat Gott bewirkt?«

Er starrte sie an. Seine Miene spiegelte Erstaunen, eine Prise Genervtsein und einen Hauch Belustigung.

Ich hasse ihn.

Er ging zu ihrem Pferd, legte eine Hand auf die Kruppe, nahm den Stetson ab und fuhr sich über die Stirn. Die feuchten Haare klebten strähnig an seinen Wangen. Er hatte die Brauen auf eine Art gerunzelt, als beschäftige ihn weniger das derzeitige Problem als eines, das ständig an ihm nagte. Wie alt er wohl war? Seine Züge waren jetzt hart geworden. Der Blick, wie üblich, düster. Während er die Pferde abschirrte, versuchte Bell ihn sich im Anzug eines Gentlemans vorzustellen. Es gelang ihr nur für eine winzige Sekunde, in der er jedoch verdammt gut aussah.

»Wir könnten Hilfe rufen«, sagte sie.

»Und wie sollen wir das anstellen? Mit einem Stein Morsezeichen an den Mast schlagen? Und glauben Sie, es käme irgendjemand, um uns zu holen?«

»Wir wollten vernünftig miteinander reden, erinnern Sie sich, Mr. Jones?«

»Oh, durchaus, Miss, wir wollten ...«

Eine Bö peitschte gegen den Draht, das Singen wurde zum Kreischen. Sol Jones' Pferd warf unruhig den Kopf hoch, ihres jedoch stob davon. Jones stürmte ihm hinterher, doch nach ein paar Schritten gab er es auf. Er klaubte den verlorenen Hut auf und trabte zu ihr zurück. »So eine verdammte Scheiße«, knurrte er.

»Solche Ausdrücke können Sie mit Ihren Pokerkumpanen wechseln, aber bitte nicht mit einer Dame, Mr. Jones.«

»Sie werden entschuldigen müssen, dass ich mich gelegentlich vergesse.«

»Das ist *nicht* zu entschuldigen. Mäßigen Sie sich!«

»Hören Sie, Ma'am«, er kam noch einen Schritt näher und hob den Finger vor ihr Gesicht, »ich will ja freundlich zu Ihnen sein, glauben Sie's mir, aber leicht machen Sie es mir nicht! Und ich kann mir weitaus schönere Beschäftigungen vorstellen, als mich ständig zu fragen, was Ihnen genehm ist. Also gönnen Sie mir, wenn mir ein Pferd abhaut, einen Fluch!«

»Es ist nicht meine Schuld, dass Sie sind, wo Sie sind. Sie sind mir nachgelaufen, erinnern Sie sich? Und es ist auch nicht meine Schuld ...«

»Ich denke, was das betrifft, stehen wir uns in nichts nach – oder wer war die Frau, die mir mit ihrem Koffer hinterhergekeucht kam?«

»... dass Sie insgesamt mit allem so furchtbar unzufrieden sind, Mr. Jones!«

Jetzt knurrte er wie ein gereizter Wolf und trat einen Schritt zurück. »Ob ich zufrieden bin oder nicht, geht Sie verdammt noch mal nichts an.«

»Es interessiert mich auch nicht im Geringsten. Lassen Sie uns vernünftig reden.«

»Ha!«

»Was ist jetzt mit dem Pferd? Sie können es doch nicht einfach sich selbst überlassen! Nach allem, was es erlebt hat, muss es fürchterliche Angst haben. Sie müssen es einfangen, wir brauchen es doch. Haben Sie denn gar kein Herz?«

Er seufzte und holte vom Karren ein Zaumzeug, das er seinem Pferd überstreifte, dann sprang er mit einem beeindruckenden Satz auf den blanken Rücken. Er schnalzte mit der Zunge. Unruhig trabte das Tier los. »Laufen Sie mir nicht weg!«, rief er über die Schulter zurück. So ein Unsinn. Wohin sollte sie denn hier laufen? Bell atmete durch. Es war gar nicht schlecht, dass sie ein paar Minuten für sich hatte.

Er ritt über einen Acker, den Spuren des ausgebüchsten Rappen hinterher. Zu reiten war eine angenehme Sache, dabei gingen die Gedanken besonders leicht auf Wanderschaft ... Ob sich jeder Mann in Bell Bennetts Gegenwart vorkam wie ein Trottel? Ein anständiger Kerl verabscheute Gewalt gegen Frauen, dennoch konnte er nicht verhindern, sie in Gedanken übers Knie zu legen. Was bildete sie sich nur ein? *Anständig ... Pah!* Frauen wie Bell Bennett glaubten, ihnen gehörte die Welt, und ein feines Kleid und ein koketter Augenaufschlag müssten jeden Widerstand zum Schmelzen bringen. War Sarah anfangs nicht genauso gewesen?

Große Augen machen, das hatte sie auch perfekt beherrscht. Und sie beherrschte die Pfeife, die einen Mann tanzen ließ. Sarahs Töne hatten allerdings anders geklungen als die von Bell Bennett – schärfer, berechnender.

Er atmete durch, zügelte das Pferd, nahm den Hut ab und wischte sich mit dem Ärmel über die Stirn und die Wangen. Mit zusammengekniffenen Augen sah er sich um.

In einem hatte sie recht: Er musste sich um den entlaufenen Rappen kümmern. Zu sehen war das Pferd nicht, doch auf dem vom Regen durchgeweichten Boden war eine deutliche Spur erkennbar.

Er ritt weiter und dachte an Miss Bennetts Tagebuch. Eine praktische Sache, wenn man sich später erinnern wollte.

Mit allen Mitteln hatte er versucht, sich zu erinnern. Geheimnisvolle chinesische Pulver, indianische Drogen. Mehr als ein ramponierter Magen und drei Tage auf der Pritsche, bis er wieder klar denken konnte, war dabei nicht herausgekommen. Angenehmer war die sogenannte »magnetische Kur« bei einem Quacksalber gewesen, der ihn in Trance versetzt hatte. Mit dem wohlbekannten Ergebnis: Kopfweh, Übelkeit, sonst nichts. Wider besseres Wissen war er auch bereit gewesen, es bei einem Wunderheiler auf dem Jahrmarkt zu versuchen. Jene Dummheit hatte er mit seiner Geldbörse bezahlt, die ihm der halbwüchsige Sohn des Halunken geklaut hatte – seitdem trug er sein Geld nur noch gut versteckt mit sich herum. Das Schlimmste und Schmerzhafteste waren jedoch seine Versuche gewesen, das Gedächtnis auf jene Art wiederzuerlangen, auf die er es – vermutlich – verloren hatte: mittels Stromschlägen. An das Zeug heranzukommen war ja nicht schwierig; auf manchen von Stromleitungen verdunkelten Straßen musste man nachgerade aufpassen, dass einem *nicht* eine unsichtbare Faust ins Gesicht knallte. Sein letzter Versuch war einige Monate her. Danach hatte er den Irrsinn sein lassen – er war froh gewesen, dass die Lähmung in seinem rechten Arm nach einer Woche nachgelassen hatte.

Um sich zu erinnern, gäbe er alles.

Achtzehn schwarze Stunden. Lächerliche achtzehn Stunden, die im Leben eines knapp dreißigjährigen Mannes fehlten.

Würde er ihnen den Rest seines Lebens nachlaufen?

Irgendwann hatte er von Nikola Tesla gehört. Dem Wissenschaftler, der wie kein Zweiter die Geheimnisse der Elektrizität kannte. Einen »Magier« nannte man ihn. Angeblich wusste er sogar, wie man hundertfünfzig Jahre alt werden konnte. Er war ein Mann, *der in der Umarmung einer Million Volt tanzte*, wie eine Zeitung geschrieben hatte. Der den Tod beherrschte.

Und in Sol war die Idee gekeimt, diesen Mann um Hilfe zu bitten. Doch an ihn heranzukommen war kaum leichter als an den Präsidenten der Vereinigten Staaten. Der Presse zufolge war Tesla in der High Society ein gern gesehener Gast. Er verkehrte mit Familien, deren Namen fast schon Legenden waren. Astor. Rockefeller. Morgan. Die sogenannten »New Yorker Vierhundert«. Der Name *Henry Tyner* mochte klingen wie aus einem alten britischen Adelsgeschlecht, doch hinter ihm verbarg sich ein Verbrecher mit der Nummer 344.

Was vielleicht gar kein großer Unterschied war. Diese hohen Tiere seien ganz nach oben gelangt, weil sie über Leichen gingen, hieß es. Gut möglich, dass Tesla, unwissend vielleicht, mit feinen Anzugträgern verkehrte, die in Wahrheit Gangsterbosse waren. Sol war vielleicht geschickt und gewieft genug, um sich in einer solchen Verbrecherorganisation hochzudienen, sodass er selbst irgendwann einen schicken Anzug tragen könnte. Aber das würde viel zu lange dauern.

Nein. Er musste Teslas Hilfe auf andere Weise bekommen. Er musste sie sich erkaufen. Und da Tesla vermutlich nicht so leicht zu kaufen war, brauchte er viel Geld. Ziemlich viel Geld. Dann musste er irgendwie an ihn herankommen. Wie genau, das hatte er selbst lange nicht gewusst.

Bis Bell Bennett gekommen war. Vielleicht war die Welt verrückt genug, dass genau diese Frau das schaffte, was ihm verwehrt war. Sie besaß eine ungewöhnliche Mischung aus Chuzpe, Naivität, wilder Entschlossenheit und Zähigkeit, auch wenn sie Letzteres durch damenhaftes Gejammer zu verstecken versuchte. Und – sie war verdammt noch mal sehr hübsch. Ein attraktives Charmebündel, dem sich möglicherweise sogar ein Mann wie Tesla nicht entziehen konnte.

Vielleicht nicht einmal er selbst. Was das betraf, musste er auf der Hut sein und einen kühlen Kopf bewahren.

Offenbar war der Rappe in ein Maisfeld geflüchtet. Sol folgte der erdigen Spur bis zu dessen Rand, stieg ab und band sein Pferd an einem dicken Maishalm an. Der Rappe hatte eine breite Spur getrampelt. Was mochte das Tier dazu gebracht haben, in ein Maisfeld zu preschen? Möglicherweise eine Schlange. Sorgfältig sah er sich um. Rechts und links erhob sich der Maiswald mit scharfen Blättern, und er stieß einen lauten Fluch aus – Bell Bennett hörte ihn ja nicht. Noch bevor er das Tier sah, wusste er, was ihn erwartete. Ein altes, bitter vertrautes Gefühl würgte sich seine Kehle hinauf.

Gott, lass es ein Irrtum sein, flehte er lautlos.

Doch es war keiner.

Er sah große Augen, schwarz, mit langen, dunklen Wimpern, Todesangst darin. Mochte eine Schlange oder irgendetwas anderes das Tier erschreckt haben – zu Fall gebracht hatte es ein Erdloch. Es lag auf der Seite und schnaufte schwer. Ein Hinterlauf war offenbar gebrochen. Sol schmeckte saure Übelkeit. Er kniete neben dem Kopf des Rappen und strich behutsam über die bebenden Nüstern. Das Tier war so viel größer als sein Pony Thunderer, aber die dicht bewimperten Augen, sie waren fast gleich. Er blickte in ihre Tiefen, und wieder sah er sich rennen, einen jungen Mann, irgendwo am Rande der Massachusetts Bay, und in die Luft schießen. Als könne er den Schmerz über das Wesen, das ihm so nahe gewesen war wie keines, aus sich herausballern …

Er beugte sich vor, strich über den Hals des Pferdes, über die pumpenden Adern, wünschte sich, es wäre anders gekommen.

Als er den Revolver zog, glaubte er die Erinnerung, die er seit so langer Zeit suchte, wie eine ferne Brandung herannahen zu hören. So war es manchmal. Dann wartete er, presste die Augen zusammen, wollte allein mit den Gedanken die Erlösung herbeizwingen. Der Geruch des in Todesangst erstarrten Tieres war so schmerzlich vertraut. Er fühlte sich wie jemand, der in einem Moor herumstapfte und darauf wartete, hinabgezogen zu werden. Er *wollte* in diese düsteren Tiefen, er wollte ja! Er schluckte, spürte den salzigen Geschmack einer Träne auf den Lippen. Tief atmete er ein und aus.

Die Erinnerung kam nicht näher.

Er öffnete die Augen. Zeit, dies hier zu vollenden. Mit beiden Händen packte er den Revolvergriff und zielte auf die Stirn des Rappen.

Danach erhob er sich auf wackligen Knien und stolperte zurück zu seinem Pferd. Jetzt hatte er Mühe, aufzusteigen. Schließlich ritt er zurück, langsam und erschöpft wie nach Tagen ohne Schlaf.

Mr. Jones kehrte zurück, ohne ihr Tier, dafür mit Maisfasern an der Jacke. Irgendetwas stimmte nicht mit ihm. Unwillkürlich wich sie vor ihm zurück, als er unmittelbar vor ihr von seinem Pferd absprang.

»Mir war, als hätte ich einen Schuss gehört«, sagte sie. »Waren Sie das?«

Er wischte sich über die Ärmel. »Bin über eine Klapperschlange gestolpert«, brummte er.

»Oh.« Sie musterte seine Hosenbeine, als könne die Schlange noch an ihm hängen. »Und das Pferd?«

»Ist weg.«

»Weg?«

»Was ist daran so schwer verständlich? Ich hab's nicht gefunden, Lady!«

Sie verkniff sich die Bemerkung, dass er nicht viel Zeit in die Suche investiert hatte. Ihr blieb nichts anderes übrig, als zu hoffen, dass das geplagte Tier einen neuen Besitzer fand, der gut zu ihm war. Solomon Jones bedeutete ihr, an die Seite seines Pferdes zu treten.

»Ich helfe Ihnen hinauf.«

Einige Sekunden lang musste sie überlegen, was er meinte. »O nein, vergessen Sie das ganz schnell! Ich kann ja gar nicht reiten.«

»Sie reisen mit einem Handtäschchen nach Buffalo, aber können nicht mal reiten?«

»Bedaure, nein.«

»Sie müssen sich doch bloß an mir festhalten.«

»Bloß! Vergessen Sie's. Ich halte mich an niemandem fest, schon gar nicht ...«

»... an ...«

»... Ihnen.«

»Richtig. Die feine Lady möchte lieber laufen.«

»Die feine Lady möchte, dass Sie Hilfe holen!«

»Was für ein Aufwand! Dabei müssen Sie sich doch *bloß* festhalten!«

Sie hatte schon immer Angst vor großen Pferden gehabt. Vor diesen riesigen, hässlichen Gebissen. *Herrgottnochmal,* sie war sehr viel weniger ängstlich als andere Frauen. Sie hielt sich sogar für ausgesprochen unängstlich. Da durfte man sich doch ein paar Achillesfersen leisten? »Wollen Sie Geld? Wie viel?«

Aus schmalen Augen sah er sie verächtlich an. »Sie glauben, mit Geld alles kaufen zu können, was?«

Alles nicht. Aber Leute wie Sie. Sie biss die Zähne zusammen.

Er schwang sich auf das Pferd und ritt ohne jedes weitere Wort davon. Bell stieg auf den Karren; hier oben fühlte sie sich ein wenig sicherer. Auf dem Bock sitzend, kramte sie nach ihrer Kladde und dem Schreibset. Die Zeit, die sie damit verbrachte, auf seine Rückkehr zu warten, war bestens geeignet, ihre heutigen Erlebnisse einzutragen. Wenn das mit den Abenteuern so weiterging, würden die Seiten ihrer heißgeliebten Kladde niemals ausreichen! Sie platzierte das Tintenfässchen neben sich, zog das Gummi von dem Büchlein und legte es auf die Knie. *Gestrandet in der Einöde*, begann sie die Gedanken zu formulieren. *Komme mir vor wie eine Pionierin, die mit ihrem Planwagen im Schlamm feststeckt, während ihr Mann das letzte überlebende Pferd genommen hat, um Hilfe zu holen …*

Quatsch. He, was war das?

Die letzte beschriebene Seite war fleckig. Regentropfen? Das war nicht ihr passiert, sie hütete die Kladde wie ihren Augapfel. Der Schuft musste geschnüffelt haben, während sie geschlafen hatte. Dieser Bandit! An welche Leute geriet sie nur andauernd? Erst hatte sich Mr. Unger in Luft aufgelöst, jetzt Mr. Jones davongemacht. Sie wankte über die Karrenplattform zu ihrem Koffer. Rasch löste sie die Gurte, riss den Deckel hoch und wühlte nach ihrem Geldversteck. Sie grub die Hand in den Strumpf und holte das Bündel heraus. Etwas mehr als hundert Dollar waren verschwunden. Wie nett von ihm, dass er nicht alles genommen hatte!

»Dieser verfl… Mistkerl! Dieser …« *Moment.* Das Geld hatte sie ja selbst ausgegeben. Aber auch, wenn sie Solomon Jones vielleicht in dieser Sache unrecht getan hatte, war sie stinkwütend. Und auch das noch! Kaum hatte sie ihren Koffer geschlossen, kam ein Regenguss hernieder. Sie spannte den Schirm auf. Plötzlich begann der Karrenboden zu vibrieren: Ein Zug näherte sich. Kein Güterzug diesmal, sondern eine schwarze Lok neuester Bauart mit drei feinen Pullman-Palace-Salonwagen fuhr an ihr vorbei. Wie viel Platz in den Abteilen und an den Tischen mit den glänzend polierten Messinglampen war! Geradezu anstößig viel Platz. Ein paar gut gekleidete Gentlemen lasen in Zeitungen, tranken aus Porzellantässchen und rauchten, gänzlich unbeeindruckt von der rauen Welt hier draußen, die in schrägen Fäden an die Fenster pladderte. Fast meinte Bell die Duftmischung aus Zigarren und Haaröl zu riechen und das weiche Veloursposter unter den Fingern zu spüren. Sie kam sich vor wie ein nasser Kettenhund, der niemals ins Haus durfte.

Ein schrilles Quietschen erhob sich über das Windgeheul. So klang ein Zug, wenn er stark abbremste. Ein Gedanke durchzuckte sie: Wieder ein Zugüberfall? Dann: Nein, Rick war dort drinnen, auf der Suche nach ihr, und hatte sie gesehen! Sie wusste nicht, was ihr lieber wäre.

Dampf hüllte die Lok ein. Bell sah, dass einige Passagiere die Köpfe gehoben hatten. Doch keiner war beunruhigt genug, seine Lektüre komplett beiseitezulegen. Schließlich schwang am letzten Salonwagen eine Tür auf.

Ein Schaffner stieg aus. Und stapfte herüber.

»Ma'am?«

Sie konnte ihn nur anstarren. Vor dem Karren war er stehen geblieben und hatte kurz seine Dienstmütze gelüpft. Er schlug den Jackettkragen hoch, damit ihm der Regen nicht in den Nacken lief.

»Ja ...?«

»Mr. Westinghouse lässt fragen, ob Sie Hilfe benötigen.«

Westinghouse ... Ein großer, ein bedeutender Name, doch sie war so verblüfft, dass sie einige Sekunden brauchte, um zu begreifen, wen der nette Schaffner meinte. »George ... Westinghouse? *Der* Westinghouse?«, stotterte sie.

»Ja, Ma'am.«

»Aber wie – wie kann das sein?«

Offenbar begriff er nicht, was *sie* nicht begriff. »Er ist auf dem Weg nach Chicago.«

»Das ist ... das ist doch nicht die Möglichkeit«, murmelte sie. Allmählich konnte sie wieder klar denken. George Westinghouse kam nicht vom Himmel, sondern aus New York, und wollte ganz offensichtlich zur Weltausstellung. Genau wie sie. »Ich …« Eine Regenbö presste sich gegen ihren Schirm, sodass sie den Schaffner fast nicht mehr sah. »Ich nehme die Einladung dankend an. Und ich wäre Ihnen sehr verbunden, wenn Sie meinen Koffer nehmen würden.«

»Selbstverständlich, Ma'am.« Ergeben rückte er sich die Mütze zurecht und bot ihr zum Abstieg die Hand.

7

Zwischen Corfu und Buffalo, 27. April 1893

»Sie haben in Corfu einen bemerkenswerten Auftritt hingelegt, Miss Bennett. Ich bin Ihnen zu großem Dank verpflichtet. Diese Aufführungen, die mein Gegner initiiert, sind einfach ... Was soll ich sagen, mir fehlen die Worte.«

Bell lächelte. Ein Steward hatte ihr einen Wollschal um die Schultern gelegt und warmen Kaffee kredenzt. Ihre Finger strichen über die weichen Lehnen des Plüschsessels. Alles hier, der Teppich, die Tropenholzverkleidungen, der Messingzierrat, die Kristalllüster, umhüllte sie wie eine warme Decke. Der Zigarrenqualm kam ihr wie Duft vor. Ein Bad wäre jetzt perfekt, aber das war selbst in einem schicken Pullman-Salonwagen nicht möglich. Mr. Westinghouse hatte ihr erklärt, dass dieser Sonderzug auf keinem Fahrplan stand. Und die gediegenen Herren, die Bell von draußen beneidet hatte, waren die hochdotierte Entourage eines Unternehmers von Weltrang. In dieses Abteil, das er allein für sich hatte, hätten Bänke für zwanzig Passagiere gepasst.

»*Mir* fehlen die Worte«, sagte sie. »Ich bin Ihnen wirklich dankbar, dass Sie mich mitnehmen.«

»Wer ist denn derzeit nicht auf dem Weg nach Westen?« Er winkte ab und fuhr fort, genüsslich an seiner Zigarre zu kauen. »Mr. Phelps, mein Sekretär, war bei dieser Show zugegen. Ich leider nicht. Oder soll ich sagen: gottlob nicht? Jedenfalls, eben war er hier; wir haben uns über die Weltausstellung unterhalten, und da sagte er: ›Kneifen Sie mich, Sir, aber die Dame, die die Show hat platzen lassen, steht da draußen auf einem Karren.‹«

Die öde Landschaft zog vorbei. Maisfelder, Gestrüpp, dahinter dunkle Tannenreihen. Viel war jetzt nicht zu erkennen, da der Regen sich zu einem Wolkenbruch ausgeweitet hatte. Es war so düster, dass man das Gas der Messinglampen entzündet hatte; sie spiegelten sich im Glas. Nach Solomon Jones Ausschau zu halten, lohnte sich kaum, dennoch tat sie es.

»Der Zug, in dem ich saß, war leider havariert«, sagte sie. »Wegen eines Zugüberfalls.«

»Mr. Phelps hörte davon. Das muss schrecklich für Sie gewesen sein. Diese Unannehmlichkeiten bedaure ich sehr, Miss Bennett! Aber so konnten Sie immerhin in Corfu dafür sorgen, dass wenigstens eine dieser sogenannten ›Shows‹ nicht stattfand. Ich bin Ihnen zu Dank verpflichtet. Davon abgesehen: Wer lässt denn eine Dame allein und schutzlos im Regen stehen? Wir sind doch nicht im Wilden Westen ...«

Erst als Bell Platz genommen und der Zug schnaufend seine Fahrt wiederaufgenommen hatte, war ihr bewusst geworden, dass Mr. Jones völlig umsonst zu seinem Karren zurückkehren würde. *Falls* er das tat. Nun, ein allzu schlechtes Gewissen musste sie seinetwegen nicht haben, schließlich hatte er in ihren Sachen herumgewühlt. Wer mochte wissen, was er ihr alles geklaut hätte, wäre sie bei ihm geblieben? Gott sei Dank war sie diesem Windhund entkommen!

»Miss Bennett?«

Sie stellte die Tasse ab. »Bitte entschuldigen Sie, Mr. Westinghouse. Die Anstrengung hat mich etwas unaufmerksam werden lassen.«

»Völlig verständlich! Und ich alter Narr belästige Sie mit meinen Konversationsversuchen! Ich hatte nur gerade erwähnt, dass Mr. Phelps sagte, Sie seien die Tochter eines Zeitungsverlegers aus New York. Der mit mir bekannt sei. Ich kann mich gut an Ihren Vater erinnern. Ich habe voriges Jahr dem Potter Building, in dem der *Observer* seine Büroräume hat, einen Besuch abgestattet. Erfreulicherweise haben sich sämtliche Ansässige dafür entschieden, den Strom von meiner Firma legen zu lassen, und Ihr Vater hat daraufhin einige sehr gute Artikel über die Vorzüge des Wechselstroms veröffentlicht.«

»Oh ja, ja.« Sie schmunzelte bei dem Gedanken daran, wie begeistert ihr Vater nach dem Besuch von Mr. Westinghouse gewesen war. »Sowie wir Strom hatten, bestand er darauf, dass das unpraktische Gaslicht eine Zumutung gewesen sei.« Sie lächelte kokett. »Als man Jahrzehnte zuvor die Gasleitungen installierte, hat man gewiss ähnlich über Petroleumlampen gedacht.«

»Und davor über offenes Feuer.« Mr. Westinghouse stimmte in ihr Lachen ein und schmauchte. Der Rauch waberte dicht unter der mit Präriegemälden prächtig ausgestatteten Decke. Mit seinem Walrossschnäuzer und seiner riesigen, dennoch gemütlichen Erscheinung hatte er zugleich etwas Väterliches und das Militärische eines zufriedenen Veterans an sich. »So ist es mit dem Fortschritt. Was man erreicht hat, gilt bald als selbstverständlich, und man will mehr. Mehr Sicherheit, mehr Bequemlichkeit. Und natürlich mehr Schönheit. Meiner Meinung nach ist die Schönheit elektrischen Lichts nicht zu übertreffen, aber wer weiß, was sich die Wissenschaftler noch alles ausdenken werden.«

Er war einer der größten Erfinder und Unternehmer ihrer Zeit. Hunderte nützlicher Dinge hatte er entworfen. Dank der von ihm entwickelten Luftdruckbremse, die seit diesem Jahr verpflichtend in jeden Zug eingebaut war, war das Bahnfahren sicherer geworden. Und seine Bemühungen, den Wechselstrom zu etablieren, würden die Welt verändern. *Du liebe Zeit, natürlich!* »Mr. Westinghouse! Ich ... Moment ...« Sie zog ihre

Kladde aus der Tasche, die sie neben sich im Sessel platziert hatte. »Darf ich ein Autogramm haben?«

»Selbstverständlich.« Ehe sie es sich versah, hatte er ihre Kladde und einen Füllfederhalter in der Hand. Als er das Büchlein aufschlug, staunte er nicht schlecht.

»Notizen einer Reporterin«, sagte sie verlegen.

Sein Blick blieb an der eingehefteten Visitenkarte des Chicagoer Hotels hängen, das sie gebucht hatte. »Sie sind also auch auf dem Weg zur Weltausstellung? Gewagt, gewagt! Sie kommen ganz nach Ihrem Vater.« Er blätterte weiter, ganz ungeniert. »Eine Dame erklärt also der Damenwelt die Elektrizität? Eine noble Absicht. Wussten Sie, dass auf der Weltausstellung erstmals eine vollautomatische elektrische Küche zu sehen sein wird?«

»Ähm ...« Dame und Küche; sie weigerte sich, hier zwangsläufig einen Zusammenhang zu sehen. »Nein, bedaure. Aber ich werde sie mir ansehen.« Sie wartete auf die üblichen Einwände, dass eine Dame doch nicht alleine und überhaupt ... Doch Mr. Westinghouse nickte nur, während er in ihrer Kladde unterschrieb. Er gab sie ihr zurück und Bell war froh, ihr kostbarstes Stück wiederzuhaben.

»Haben Sie schon einen Ausstellungsführer? Nein? Bob?« Er winkte dem brav im Eck wartenden Steward, der ein ledernes Etui brachte. Mr. Westinghouse reichte es ihr. »Die sind ganz exklusiv. Weltneuheit. Habe ein paar Exemplare – für Freunde. Und natürlich für Verlegertöchter, die in der Wildnis herumirren.« Er zwinkerte.

Es hatte die Form eines Gebetbuchs, war nur nicht ganz so dick. Und es war auf eine Art verschlossen, die ihr neu war.

»Darf ich?« Er nahm ihr das Etui wieder ab und machte rundum Bewegungen, als würde er ein Brot seitlich aufschlitzen. »Bitte sehr.« Es enthielt einige dünne Broschüren, einen zusammengefalteten Plan, Notizpapier, Bleistift.

»Dieser Verschluss ist ja großartig! So ein Etui brauche ich für meine Kladde, dann würde sie niemals wieder nass.«

»Die Technik nennt sich ›Reißverschluss‹. Auch der wird erstmals vorgestellt.«

Sie zog eine Broschüre heraus. »Elektrizität und ihre Wirkungen im Alltag. Ein Erklärungsversuch.« Der Text war staubtrocken, zeigte aber eine schöne Photographie von Tesla. »In Corfu Mr. Edison zu sehen, war schon sehr erstaunlich. Aber einmal Nikola Tesla gegenüberzustehen, wäre unbeschreiblich.«

»Gewöhnlich pflegen junge Damen für andere Berühmtheiten zu schwärmen«, schmunzelte er. »Für Schauspieler, Schriftsteller oder Leute wie Buffalo Bill? Wissenschaftler sind eher nicht gefragt. Allerdings wäre Teslas Aura durchaus eines Lord Byrons würdig.«

»Sie sagen es – seine Aura soll nachgerade magisch sein. Sie kennen ihn – ist das so?«

»Sie wollen, dass ich von ihm erzähle?« Sein Schmunzeln wurde breiter. Er zwirbelte den opulenten Schnauzbart mit einer Zufriedenheit, als wüsste er, dass das, was er zu sagen gedachte, außerordentlichen Anklang finden würde. »Aber wozu denn? Fragen Sie ihn selbst. Er sitzt nur drei – ich will nicht lügen, dreieinhalb Yards hinter Ihnen.«

Erschrocken warf sie sich im Sessel herum. Hinter ihr befand sich die Abteilwand mit einer kolorierten Zeichnung eines von der Westinghouse Company geplanten Kraftwerks.

Mr. Westinghouse zog seine Uhr aus der Westentasche und klappte sie auf. »Um diese Zeit esse ich immer eine Kleinigkeit, Sandwiches auf Salat. Möchten Sie auch etwas? Sie müssen ja ganz ausgehungert sein. Phelps, bitten Sie Mr. Tesla doch, uns Gesellschaft zu leisten.«

»Sehr wohl.« Der Sekretär verneigte sich und huschte durch die schmale Abteiltür auf den Gang hinaus. Gütiger Gott! Dies war ohne Zweifel der ereignisreichste Tag in ihrem Leben. Sie blätterte in ihrer Kladde. Einige Fragen hatte sie notiert. Hoffentlich würde sie diese unverhoffte Chance nutzen und nicht herumstottern.

Die Sandwiches wurden serviert, dazu Apfelsaft und Wein, Mr. Westinghouse band sich eine riesige Serviette um und langte zu. »Zu verhindern, dass Banditen Eisenbahnen überfallen, liegt leider nicht in meiner Macht.« Er tupfte sich mit dem Leinen den Bart. »Doch sollte eines Tages das ganze Land flächendeckend mit Elektrizität versorgt sein, müssen die Leute weniger schuften, und weniger Unzufriedenheit bedeutet auch weniger Kriminalität. Sie sehen, technischer Fortschritt ist ein Heilmittel für vielerlei.«

Sie nickte, während sie mit Messer und Gabel des Sandwichs Herr zu werden versuchte. Sie fühlte geradezu kribbelnde Schwingungen in ihrem Rücken, ausgehend von der Trennwand. Das war nur Einbildung. Oder Teslas Magie. Wie auch immer. Sie fühlte sich … wie elektrisiert. Wo blieb er bloß? Sie hatten das Essen fast verspeist, als ein anderer Steward erschien.

»Bedaure, Sir«, er machte vor Westinghouse einen Diener, »Mr. Tesla lässt sich entschuldigen. Ihm ist nicht wohl.«

Mr. Westinghouse nickte. »Das ist schade, aber nicht zu ändern.« Zu Bell gewandt sagte er: »Seine Sinne sind ungeheuer empfindlich.« Er schob sich ein riesiges, mit Senf beschmiertes Salatblatt in den Mund und kaute genussvoll. »Er kann Geräusche schmecken, zum Beispiel.«

Bedächtig schluckte Bell mit dem letzten Bissen ihres Sandwichs die Enttäuschung hinunter. Beim besten Willen vermochte sie kein Geräusch damit zu verbinden. Vom Schmatzen ihres Gegenübers abgesehen. In Gedanken machte sie sich eine weitere Notiz: das Genie nach dieser eigenartigen Kreuzung der Sinne zu fragen. Der Mann wurde immer interessanter! Zu schade aber auch, dass er unpässlich war. Aber sie war ihm so nah – die nächste Chance würde sie beim Schopf packen.

Mr. Westinghouse lehnte sich zufrieden zurück. »Ich wollte erst eine passende Gelegenheit abwarten, Sie zu fragen, weshalb Sie allein im Regen standen, mitten im Nirgendwo. Das hat sich ja jetzt erübrigt. Verzeihen Sie meine Neugier, aber ist für Sie, nun, gesorgt?«

»Vielen Dank der Nachfrage, aber ich komme schon zurecht. Der Zug mit dem Schlafwagenabteil, das ich bis Chicago gebucht habe, dürfte längst weg sein, aber ich werde mir ein Hotelzimmer nehmen. Buffalo wird ja sicher nicht so überlaufen sein wie Corfu.«

»Für eine allein reisende Dame sollte das beste Hotel am Platze gerade gut genug sein. Mein Sekretär wird das für Sie arrangieren. Keine Widerrede!«

Sie hatte nicht die Absicht, es war zu verlockend. »Sie sind so großzügig, Mr. Westinghouse.«

Alles würde ein gutes Ende nehmen. *Was habe ich bereits erlebt auf dieser Reise!*, dachte Bell. *Aber ich lebe noch, es geht mir gut. Es ist also alles immer noch ein Abenteuer und kein Drama.* Was würde ihr Vater sagen, sähe er sie jetzt gegenüber diesem Mann sitzen? Würde es den Ärger über ihre Eigenmächtigkeit mildern? Was die Tanten sagen würden, konnte sie sich denken. Tante Mabel: *Das ist ja schön und gut, aber vergiss nicht, dass auch ein Industriemagnat nur mit einem Bein nach dem anderen in die Hose steigen kann.* Tante Jessy, wahrscheinlich erschrocken japsend und sich einen Schluck Likör genehmigend: *Schämen muss man sich für dich. Sich zerrupft wie ein nasses Huhn auf der Straße auflesen zu lassen!* Nur an Rick mochte sie partout nicht denken.

Der Regen ließ nicht nach, die Welt dort draußen blieb düster. Verschwommen war die Silhouette einer Stadt erkennbar. Über ihr schwebte die weiße Gischtwolke der Wasserfälle wie ein Turm. Sicherlich hatte sich Jones hierhin auf den Weg gemacht. Aber die Stadt war groß. Sie lief nicht Gefahr, ihm in Buffalo zu begegnen.

8

Buffalo, 27. April 1893

Seine Ohren dröhnten, zwischen seinen Zähnen steckte Dreck. Diese zehn Meilen fühlten sich an wie zehnmal zehn. Als Junge hatte er solche Dinge hin und wieder probiert, aus Lust am Abenteuer. Aus Lust am Wunsch, sich zu spüren. Er hatte es immer nur eine Zehntelmeile ausgehalten. Seine Hände glühten, sein Gesicht war in Kälte getaucht. Sich an der Unterseite des Pullman-Wagens festzuhalten war nicht das Problem; der Unterboden bot genügend vorspringende Bolzen und Gestänge. Zu atmen war es. Er atmete Schmutz, Hitze, Kälte, Krach. Hin und wieder knallte ein Stein vom Schotterbett hoch und ihm ins Gesicht. Der dickste war ihm gegen die Lippe gesprungen. Sollte er in zehn mal zehn Jahren endlich am Ziel ankommen, wäre er sämtliche Zähne los.

Derart geschunden zu werden, war nichts Neues für ihn. Die alte ohnmächtige Wut kochte in ihm hoch. Wie Blitze zuckten die Bilder in seinem Kopf. Entfesselte, weil gelangweilte Wärter ließen ihre Stöcke auf Rücken tanzen, nur weil man einmal zu laut über das beschissene Essen nachgedacht oder zu laut gefurzt hatte. Entfesselte, weil bis aufs Blut gereizte Mitgefangene nahmen einen in die Mangel, wenn man nicht freiwillig die Anstaltshose herunterließ. Seine Phantasie gaukelte ihm Feinde vor, und in Gedanken schlug er um sich. Voller ekelhaftem Genuss überließ er sich dem tierischen Zorn, denn der half ihm, seine Kräfte zu mobilisieren. Und immer, wenn der Hass in Verzweiflung umzuschlagen drohte, spürte er in sich den allertiefsten Abgrund, diesen bis in die Hölle führenden Schacht unter all dem kranken Schutt, der zu dem verdichteten Stein aus Schmerz führte, der nach einem normalen Leben schrie.

Sol hatte Bell Bennett im Fenster des Pullman sitzen sehen und das Pferd augenblicklich hinübergelenkt. Das düstere Regenwetter war ihm bei seinem halsbrecherischen Akt zu Hilfe gekommen: Niemand hatte gesehen, dass er eine Haltestange gepackt und sich hinübergezogen hatte. Es hatte gerumpelt, als der Fahrtwind ihn an die Wand des Waggons gedrückt hatte, aber keiner der Passagiere schien daran Anstoß genommen zu haben. Ob er diesen Wahnsinn überlebte – er musste sich auf sein Glück verlassen. *Hast du je Glück gehabt?* Jetzt ja: Er war noch am Leben.

Auch auf die Männer im Waggon über ihm fühlte er Hass: sorglose Gesellen, die sich um niemanden außerhalb ihrer feinen Kreise scherten. Auf Bell war er ebenso wütend. Auf diese Eskapaden-Frau, Kalamitäten-Bell, die ihn zwang, ihr nachzuhetzen. Auf Tesla, der so schwer fassbar war wie der Geist einer orientalischen Zauberlampe.

Von der Gegend sah er fast nichts. Er spürte mehr, dass sie endlich in Buffalo einfuhren. In das Dröhnen mischten sich die Geräusche einer Stadt.

Weißer Dampf hüllte ihn ein, Bremsen quietschten, von überallher pfiff es schrill: Der Zug fuhr in den Bahnhof ein. Jetzt war er sicher, dass seine Trommelfelle platzen mussten. Eine Ewigkeit schien zu vergehen, bis der Zug endlich stand. Er zog die Beine aus dem Gestänge, löste die geschundenen Hände und ließ sich fallen.

Noch einmal Qual, als er sich über das Gleis rollte und auf dem Bauch zu liegen kam. Kaum sah er auf, stand ein Streckenarbeiter über ihm. Sol brauchte einige Sekunden, bis er begriff, dass der Mann ihm eine helfende Hand reichte.

»Ho, Boy! Was machst du da für Sachen?«

Sol warf sich herum, wollte dieser Hand entkommen.

»Schon gut!« Mit erhobenen Händen wich der Mann zurück. »Soll ja nicht mein Problem sein, wenn du dir alle Knochen gebrochen hast.«

Sol schluckte herunter, dass der Mann sich verpissen solle. Er wollte brüllen vor Schmerz – an der Sache mit den sämtlich zerschlagenen Knochen war vielleicht etwas dran. Auf allen vieren versuchte er sich hochzustemmen. Die Knochen schienen heil zu sein. Es waren eher die Muskeln, die kreischend protestierten. »Alles okay?«, fragte der Mann.

»Ja«, knirschte Sol zwischen dreckigen Zähnen hervor. Jetzt sah er, dass er selbst ebenso von oben bis unten rußgeschwärzt wie der Mann und die anderen Arbeiter war, die neugierig herüberschauten. Er wischte sich die öligen Finger an den Oberschenkeln ab, was sie nicht sauberer machte. So langsam und steif wie die Kolben einer startenden Lok bewegte er die Glieder und stapfte zwischen zwei Waggons auf die Bahnsteigseite.

In Kopfhöhe stolzierten gewichste Stiefel, feine Gamaschen und mit Rüschen verzierte Damenstiefeletten an ihm vorbei. Er kam sich vor wie in einem Erdloch. Ein schwingender Rocksaum schwebte vorbei. War es Bell, war sie so schnell aus dem Zug gestiegen? Der abziehende Dampf erschwerte die Sicht; seine Augen waren noch trüb vom Dreck. Verdammt, er durfte sie nicht entwischen lassen! Sol wuchtete sich hoch und mischte sich unter die Reisenden. Er stieß gegen einen Gepäckträger, der fluchte, und stolperte über einen Pulk Tauben. Missbilligende Blicke der in feine Tuche gekleideten Reisenden sprangen ihn von überallher an. Er wollte seinen Stetson in die Stirn ziehen, griff aber nur ins Haar; natürlich hatte er den Hut längst verloren.

Er folgte dem Strom eine Treppe hinab in eine Unterführung. Hier unten war es trotz einiger Gaslampen düster. An den Wänden standen Drehleierspieler und schreiende Zeitungsjungen.

Ein Bengel steckte in Sandwichtafeln, die für irgendeinen Drugstore warben. Das Artilleriefeuer all der Stiefelabsätze auf dem harten Steinboden durchdrang das Rauschen in Sols Ohren. Er schwankte. Musste sich setzen. Sofort. An der gekachelten Wand glitt er zu Boden, neben einen weiteren Kerl, der hier in all dem Trubel schlief. Anscheinend war die Ecke beliebt bei Leuten, die sich nicht mehr halten konnten. *Nur eine halbe Minute lang in Ruhe sterben*, dachte er. *Oder eine ganze.*

Und Bell würde ihm davoneilen.

Dass allein sie ihn zu Tesla bringen konnte, war sowieso eine dämliche Idee.

Nein. War es nicht.

»He!« Ein junger Geck in einem Samtanzug, mit Melone und vergoldetem Knauf am Gehstock, war über ihn gestolpert. »Du hast mir ein Bein gestellt!« Im Aufrappeln klopfte er sich aufs Knie. »Sieh dir das an – meine Hose ist ruiniert.«

Sol sah nichts. »Tut mir leid, Sir.«

»Das sollte es auch. Verfluchter Penner.« Der Mann rammte das Ende des Stocks zwischen Sols Beine. Sol biss sich auf die Zunge, um nicht zu schreien.

Durch den Spalt seiner zusammengepressten Augen sah er sie. Bell. Sie war nicht die Frau gewesen, der er zu folgen versucht hatte. Er riss den Sombrero an sich, den der Obdachlose neben sich liegen hatte; ein paar Münzen prasselten herunter, als er ihn sich über den Kopf stülpte. Zusammengekauert wartete er, bis sie vorüber war. Dann richtete er sich langsam auf, seine Glieder ächzten, gehorchten ihm aber. Der Schmerz zwischen den Beinen schrumpfte allmählich zu einem dumpfen Pochen. Zigmal, während er unter dem Pullman geklebt hatte wie eine Spinne, hatte er sich vorgestellt, Bell von hinten an der Schulter zu packen, sie herumzureißen, sich an dem Schreck in ihrem Gesicht zu weiden. Aber sie war eindeutig nicht allein; eine Kette gut gekleideter Herren mitsamt einer weiteren Kette

Gepäckträger folgte ihr wie eine Eskorte. Sie unterhielt sich mit einem hochgewachsenen, dicklichen Mann mit Walrossbart. Es sah aus, als habe er sie unter seine Fittiche genommen. Bell Bennett hatte offenbar ein Talent dafür, Männer aufzugabeln, die sich ausnutzen ließen.

Er wollte um keinen Preis von ihnen entdeckt werden, also folgte er der Gruppe in gebührendem Abstand. Bell wollte zur Weltausstellung, aber wo genau in Chicago würde sie einchecken? Auf dem Ausstellungsgelände würde er sie niemals finden. Er hätte zielsicherer in ihren Unterlagen suchen sollen, als er die Gelegenheit dazu gehabt hatte. Es ging eine Treppe hinauf in das Stationsgebäude. Das Foyer war klein und voll, und er ahnte mehr, als dass er es sah, dass der Pulk sich auflöste. Das Walross und die anderen verabschiedeten sich von Bell, um in Richtung Lounge zu gehen. Bell schritt dem Ausgang zu.

Draußen überquerte sie die Straße und verschwand im Post Office gegenüber. Vermutlich wollte sie ein Telegramm an die Lieben daheim aufgeben. *MIR GEHT ES GUT STOP DIE LEUTE ZUM NARREN HALTEN KLAPPT WEITERHIN BESTENS STOP ALLES LIEBE B.* Wie würde sie reagieren, wenn er sich zeigte? Jedenfalls nicht mit höflicher Zurückhaltung, dazu war sie nicht der Typ. Hier draußen liefen einige Constables herum – keine Chance, er konnte es nicht wagen. Wäre er erst in den Griffeln der Polizei, würde ihm auch der Bauarbeiterdreck als Tarnung nicht länger nutzen.

Sie kam aus dem Post Office heraus. Er kniete hinter einem Pfeiler, tat, als wolle er die Stiefel schnüren. Kaum mehr als fünf Schritte von ihm entfernt stieg sie mit energisch schwingendem Rock die Stufen herauf und verschwand wieder im Bahnhofsgebäude. Er hielt gebührenden Abstand. Während sie einen Fahrplanaushang studierte, aß sie ein Stück Schokolade, leckte sich die Finger, tastete in der Tasche herum, wohl auf der Suche nach einem Taschentuch, und wischte sich schließlich die Finger am Rock trocken. Plötzlich weiteten sich ihre Augen, ihr Blick glitt suchend nach einer Uhr durch den Raum. Hektik erfasste sie. Sie eilte zum Durchgang, der zu den Gleisen führte. Hier wurde es kompliziert für Sol: Ohne Ticket kam man an den Schaffnern nicht vorbei.

Sol eilte hinüber zu einem freien Schalter. »Ein Ticket für den nächsten Zug – wohin geht der?«

Der Schalterbeamte schob seinen Augenschirm in die Stirn, um ihn verächtlich zu taxieren. »Cleveland, Ohio.« Cleveland, natürlich. Die nächste Etappe westwärts. »Bedauere, die dritte Klasse ist ausgebucht.«

»Dann eben eine andere Klasse, schnell!«

»Ich lasse dich *schnell* entfernen, wenn du nicht verschwindest, Hobo.«

Verdammt. Sol zog sich zurück. Er musste den Dreck loswerden. Dort drüben war eine Tür mit der Aufschrift *Gents*. Er ging hinein, in der Hoffnung, hier für wenigstens zwei Minuten allein zu sein. An den Urinalen erleichterte sich ein Samtanzug. Sol ging zum Waschtisch gegenüber und betrachtete sich im Spiegel. Seine Lippe sah nicht so schlimm aus wie erwartet. Dafür hatte er eine fette Schramme quer über der Wange. Er drehte den Hahn auf. Teufel auch, der Typ, den er im Spiegel sah, war das nicht der, der ihn vorhin so angeblafft hatte?

Verdammt …

»Bist du nicht der Penner von vorhin?« Der Geck sah über die Schulter. »Ich sollte dich …« Von draußen ertönte ein durchdringender Pfiff. Er murmelte etwas wie »Scheiße« und knöpfte seinen Hosenstall zu. Bedeutete das, dass er ebenfalls nach Cleveland wollte? Es musste so sein! Sol dachte nicht länger nach – dazu war keine Zeit. Er stieß die drei Klotüren auf: Er und der Geck waren unter sich. Gut. Zwei Herzschläge später hatte er sein Messer aus dem Stiefel gezogen und es, hinter den feinen Herrn tretend, an dessen Gemächt wohl platziert.

Der Samtanzug quiekte vor Entsetzen.

»Ruhe«, zischte Sol. »Und den Blick schön geradeaus lassen.« Mit der freien Hand tastete er in der Innenseite des Gehrocks nach der Brieftasche. Plötzlich drehte der Mann sich und versuchte ihm den Stockknauf ins Gesicht zu stoßen. Sol war schneller, er schmetterte den Ellbogen gegen die Schläfe des Mannes. Bewusstlos sackte der feine Pinkel in seine Arme.

»Ich hatte doch vorhin gesagt, dass es mir leidtut«, sagte Sol. Er schleppte den Mann in eine der Klosettkabinen. Wenn er Glück hatte, blieb alles still, bis er im Zug und weg war. Tatsächlich fand er ein Erste-Klasse-Ticket nach Cleveland. Dazu goldgeprägte Visitenkarten, die den Mann als Besitzer eines Herrenbekleidungsgeschäfts in New York auswiesen. Das passte weiß Gott nicht zu ihm, dennoch steckte Sol ein paar ein. Noch einmal ertönte der Pfiff. Mit fliegenden Fingern wusch er wenigstens Gesicht und Hände und strich sich die Haare glatt, dann rannte er hinaus. In der Zugtoilette würde er sich eingehender säubern. Sofern er den Zug erwischte.

»Erste Klasse? Sie?«

»Hätte ich Zeit, Sir, würde ich Ihnen erklären, warum ich so aussehe. Aber die hab ich nicht.«

»Wohl wahr.« Der Schaffner entwertete das Ticket. »Der Zug fährt gerade an. Dann laufen Sie mal.«

9

Cleveland, 27. April 1893

In der Nacht war der Zug ohne weitere Zwischenfälle in Cleveland eingetroffen. Eine kurze Droschkenfahrt, ein schnelles kaltes Abendessen, und jetzt, es war weit nach Mitternacht, wanderte Bell durch das großzügige Zimmer, dass sie dank Mr. Westinghouse für diese Nacht ihr Eigen nennen durfte. Edle osmanische Teppiche, glänzende Seidentapeten, ein Telephon, vergoldete Wandlampen, die warmes Glühlampenlicht verbreiteten. Sogar deren Stromkabel waren mit einer goldenen Faser umwickelt. Das Beste aber war die Etagere mit Obst und Pralinen. Wobei auch das Badezimmer nicht zu verachten war. Von zu Hause war sie einigen Luxus gewöhnt, die Familie besaß zwei Stockwerke eines zehnstöckigen Wolkenkratzers, sogar mit eigenem Aufzug. Aber eine Emaillewanne wie hier hatten sie nur in der Villa auf Long Island. Bell drehte die Hähne auf und goss aus einer Kristallkaraffe einige Tropfen Badeöl dazu. Rasch entkleidet ... und sie sank in das Wasser.

Welch Wohltat! Welch ein Kontrast zu gestern, als sie mit ... ihm ... durch die Wildnis ...

Da habe ich so viel erlebt, dachte sie, während sie an einer Praline knabberte. *Und was sehe ich zuerst, wenn ich die Augen schließe?*

Solomon Jones' Gesicht war allerdings bemerkenswert. Man *konnte* es nicht so leicht vergessen.

Zur Entspannung hatte sie sich ihr Calamity-Jane-Heftchen mit in die Wanne genommen. Doch auf deren Abenteuer mit dem engelslockigen Wild Bill Hickok konnte sie sich nicht so recht konzentrieren.

Nicht an Sol denken.

Unbestreitbar hatte er etwas Geheimnisvolles an sich. Es war ihr Reportersinn, der sich dafür interessierte, nichts anderes, oder? Natürlich. Erneut stellte sie sich die Frage, wo er jetzt war. Hatte er seinen Karren geholt? War er nach Buffalo weitergezogen? Oder ganz woandershin? Das schlechte Gewissen stellte sich langsam ein. Auch Neugier – wozu, zum Donner, war es ihm so wichtig gewesen, sich an ihre Fersen zu heften? Was hatte sie, außer Geld? Und Geld war nicht der Grund; es wäre ein Leichtes gewesen, sie auszurauben, statt sie mit lächerlichen Forderungen zu behelligen und sich über Nichtigkeiten aufzuregen, wie etwa darüber, dass sie nicht reiten konnte.

Nicht an ihn denken, Miss Bennett!

Wie zur Mahnung flackerte die Messinglampe, die an der Wand über der Wanne angebracht war. Bell legte das Heft beiseite und seifte sich ein; während der ganzen Fahrt bis Cleveland hatte sie sich darauf gefreut. Bedauerlicherweise hatte sie von Buffalo, einer Stadt des Stahls und Fortschritts, nicht viel gesehen. Sie hatte nur Zeit gehabt, im Post Office mit Tante Mabel zu telephonieren; in den über den Haufen geworfenen Zeitplan passte kein Besuch mehr. Mabel hatte es wortreich bedauert. Natürlich hatte Bell keinen der seltsamen Vorfälle auf ihrer Reise erwähnt. Mabel war zwar die unerschrockenste Frau, die sie kannte, doch *das* hätte sogar sie veranlasst, in New York anzurufen. Sie hatte nach dem Namen des Hotels in Cleveland gefragt. *Bell, wenn doch etwas passiert! Dein Vater weiß ja gar nicht, wo er deine Leiche abholen soll!* Tante Mabel und ihr manchmal spezieller Humor.

Nach dem Telephonat war sie in denselben Zug wie Mr. Westinghouse und seine Entourage gestiegen, wo dieser einen ganzen Salonwagen reserviert hatte. Dieses Mal war dort für sie kein Platz gewesen: Einige wichtige Leute aus Politik und Wirtschaft waren zugestiegen, und bei diesen Gesprächen war die Presse nicht erwünscht gewesen. Offenbar ging es um die bedeutungsvolle Entscheidung, ob die Westinghouse Company die Generatoren für das Niagara-Kraftwerk liefern durfte. Sie hatte sich ein wenig geärgert, aber sie war ja selbst schuld. Was musste sie auch immer gleich herausposaunen, dass sie eine Reporterin war! Sie würde lernen müssen, diskreter zu sein. Wenigstens hatte sie, den Blick auf ihrer Kladde oder dem herrlichen Lake Erie, in Ruhe ihren Gedanken nachhängen können, da niemand wie üblich auf die Idee gekommen war, sie zu fragen: *So allein unterwegs, junge Dame?* Mr. Westinghouse hatte sich vieltausendmal entschuldigt und sie aufs Hotel vertröstet, wo sie Mr. Tesla sicherlich beim Frühstück treffen werde.

Sicherlich. In jedem Falle! Sie war wild entschlossen, ihn sich nicht wieder durch die Lappen gehen zu lassen.

Ihre Lider glitten zu.

Blaue Augen, gerade Nase, die Züge so fein wie markant, ein schön geschwungener Mund, dunkle Stimme, beißender Spott.

Mach die Augen auf! Entschlossen hob sie das Heft vors Gesicht und schlug es wieder auf.

Ein Brummen von irgendwoher, ein Flackern und Knacken. Plötzlich war es stockdunkel. So ein Mist!

Wäre Bell ein Mann, hätte sie etwas höchst Verwerfliches getan: ihre gesamte Barschaft darauf verwettet, dass sie nach all der Aufregung in der Nacht, noch dazu in einem fremden Zimmer, kein Auge zutun würde. Aber sie hatte geschlafen wie ein Stein. Als sie die Beine über die Bettkante schwang, fühlte sie sich erfrischt und war frohen Mutes. Gleich beim Frühstück würde sie hoffentlich Mr. Tesla sehen! Wie spät war es? Oh, der Blick auf die Kaminuhr zeigte schon neun Uhr! Hoffentlich gehörte der Erfinder nicht zu den Frühaufstehern. Aber Genies, so sagte man ja, arbeiteten bis in die Morgenstunden. Bell zog die Nachttischschublade auf und unter dem *Buch Mormon* die Bibel hervor. Tante Jessy pflegte immer zu sagen, dass man die am besten jeden Tag stach, in jedem Falle aber, wenn man unterwegs war. Gestern im Hotel in Syracuse hatte Bell es nicht getan, und war der Tag nicht katastrophal verlaufen? Sie legte das Buch auf den Schoß und stach einen Finger zwischen die Seiten ... *und die Feinde hören Jammergeschrei den Weg von Horonajim herab.* Tante Jessy und ihre blöden Ideen!

Bell putzte sich rasch die Zähne mit Zahnsalz, guter Atem war heute wichtig. Während sie ein frisches Korsett aus ihrem Koffer holte, dachte sie an Mr. Horace Unger und seine magnetischen Dessous. Wohin es ihn wohl verschlagen hatte? An einem einzigen Tag hatte sie so viel erlebt und war so vielen Menschen begegnet, was würde sie heute erwarten?

Das Korsett anzulegen war leicht, es im Rücken festzuschnüren eine akrobatische Herausforderung, die sie unter Zähneknirschen meisterte. Eine reisende Reporterin musste nun einmal ohne Zugehfrau auskommen. Dann ein frisches Kleid und ein dazu passendes Jäckchen in Altrosa, mit dunkelroten gekräuselten Paspeln. Eine Perlenkette. Ein Hauch Gesichtspuder. Rasch die Haare gekämmt und mit einer Spange seitlich aus der Stirn gehalten, bis auf eine lose Locke, die ihr ein freches Aussehen verlieh. Bell bleckte die Zähne. Nun noch das weinrote Barett festgesteckt. Alles gut. Jetzt aber los!

Mit dem Aufzug fuhr sie hinunter in den Speisesaal, einen herrlichen Raum mit Stuckgewölbe und ionischen Säulen. Ein Kellner führte sie zu einem größeren Tisch, an dessen Ende ein älteres Ehepaar saß. »Darf ich?«

»Selbstverständlich.« Der ältere Herr erhob sich zum Gruß, und seine Gattin nickte Bell freundlich zu, die sich in der Mitte platzierte, den Saal mit Eingang gut im Blick. Ihr würde Tesla nicht entgehen.

Es gab Toast, gebratene Wachteleier, Speck, Pfannkuchen und Schmalzgebackenes. Bell langte tüchtig zu und tat über alles ein wenig Ahornsirup. »Sie haben aber einen guten Appetit.« Die Dame schielte auf ihren mageren Tellerinhalt und den üppigen Bauch. »Und das bei Ihrer Figur! Wie machen Sie das?«

Bell öffnete den Mund. Das Flackern der Glühlampen in den Kristalllüstern unterbrach sie.

»Sam!« Die Frau packte die Hand ihres Mannes. »Schon wieder! Das macht mir Angst. Wir hätten ein anderes Hotel nehmen sollen, wo es noch gutes altes Gaslicht gibt.«

Der Ober trat an den Tisch. »Es ist alles in Ordnung, Madam, bitte machen Sie sich keine Sorgen«, sagte er gelangweilt. Er schien der einzige Mensch zu sein, den die Strompanne nicht irritierte.

Bell nutzte die Gelegenheit: »War Mr. Tesla schon da?«, fragte sie. Ihr war ein Durchgang zu einem Séparée aufgefallen, in dem ein langer Konferenztisch stand. Die Hotelboys räumten dort bereits ab; und jene zwei Herren, die stehend damit beschäftigt waren, ihre Unterlagen in Aktentaschen zu verstauen, erkannte sie aus Mr. Westinghousens Sonderzug. Wenn Mr. Tesla an dieser Besprechung teilgenommen hatte, würde er wohl kaum noch …

Der Kellner guckte sie an, als erwache er gerade erst. »Ach so, Mr. Tesla. Bedauere, er ist noch nicht erschienen.«

Erneut flackerte das Licht, begleitet von einem tiefen Brummen. Das erschrockene Aufkeuchen der Gäste folgte als Echo. »Die Hölle tut sich auf«, hauchte die Dame.

»Es ist doch überhaupt nicht schlimm«, sagte Bell und erntete einen fassungslosen Blick.

»Es soll aufhören!«

»Ist wirklich alles in Ordnung?«, fragte der Gatte den Kellner. Der war schon zwei Schritte entfernt. Verwirrt nuschelte er: »Bedaure, Sir, aber da müsste ich den Koch fragen.«

»Bestimmt macht der verrückte Wissenschaftler, der auf demselben Stock wie wir wohnt, irgendwelche Experimente.«

Wenn das stimmte, und ja, es klang absolut schlüssig, würde Tesla nicht zum Frühstück erscheinen. So ein Mist! Das Brummen verstärkte sich, wurde dann leiser, nur um jäh wieder anzuschwellen. Nervös klapperten die Gäste mit den Bestecken. Einige brachen hastig auf. Dann war es wieder still.

Bell hob die Serviette vom Schoß und tupfte sich die Mundwinkel. Beiläufig fragte sie: »Wo wohnen Sie denn?«

»Im fünften Stock«, antwortete die alte Dame prompt. »Wir haben die Nummer 8. Dieser Erfinder ist schräg gegenüber; es könnte die 13 sein. Oder gibt es überhaupt eine 13? Sam, was meinst du?«

Bell erhob sich und setzte ihr strahlendstes Lächeln auf. »Ach, das ist ja auch nicht wichtig. Ich wünsche Ihnen einen schönen Tag.« Betont ruhig schlenderte sie aus dem Speisesaal. Auf den Korridoren wurde ihr Schritt schneller. Noch vor ein paar Jahren hatte sie vor Fahrstühlen Angst gehabt; heute bereitete es ihr keine Schwierigkeiten mehr, in einen verschnörkelten Käfig einzusteigen und den Gedanken auszublenden, dass sich unter ihren Füßen ein tödlicher Abgrund befand. Das Zimmer – es war Nr. 11 – war rasch gefunden. Zwei Ehepaare standen vor der Tür und trugen eine ungehaltene Miene zur Schau. Hier war das Brummen stärker, und unterhalb der Tür gleißte Licht heraus wie Wasser aus einem überfluteten Bad.

»Wir haben schon nach dem Service geklingelt, damit das aufhört«, sagte ein Mann im gelbseidenen Morgenrock, als Bell zu ihnen trat.

»Hat denn schon jemand von Ihnen angeklopft?«

Hinter seiner Empörung versuchte der Mann vergeblich, seine Furcht zu verbergen. »Natürlich nicht!«

Ein Knall ließ alle zusammenzucken.

»Es ist empörend«, schimpfte er und erntete ringsum zustimmendes Nicken.

»Wenn nun das Gebäude zusammenfällt«, jammerte eine Frau. »Jemand muss etwas tun!«

Bell musste sich überwinden, schlug dann aber kräftig an die Tür. Sie war nervös. Das lag nicht nur an den Geräuschen – gleich würde sie Auge in Auge mit dem weltgrößten Wissenschaftler stehen. Würde sie es schaffen, das Richtige zu sagen, schaffen, seine Neugier zu wecken? Was, wenn er ihr gar kein Interview geben wollte? Nur Mut; er war als seltsam, aber nicht als eigenbrötlerisch bekannt. »Mr. Tesla?« Sie klopfte erneut. »Mr. Tesla, geht es Ihnen gut?«

Die Tür flog so plötzlich auf, dass ihre Hand wie zu einem Faustschlag erhoben in der Luft schwebte. Der Mann, der ihr geöffnet hatte, war nicht Nikola Tesla. Wohl sein Assistent. Aber der große Erfinder war da, ja, dort hinten stand er, elegisch schön und schlank wie eine Tanne, die Arme mit den hochgekrempelten Ärmeln erhoben wie zum innigsten Gebet. Um ihn waberte grellviolettes Licht. Das Brummen kam plötzlich. Ein Lichtblitz explodierte. Bell schrie auf, riss die Hände vors Gesicht und taumelte zurück. Ihr Stiefelettenabsatz verfing sich irgendwo, sie verlor das Gleichgewicht. Grelle Kaleidoskope tanzten wie die Arme hungriger Kraken. *O Gott, mein Augenlicht!* Sie fiel, unfähig, sich zu fangen; ihr Kopf schlug gegen einen steinharten Gegenstand. Schlagartig wichen die Farben einer hässlichen Schwärze.

Farben und Gebilde tanzten vor ihren geschlossenen Augen. Mit jedem *Riiing* blitzten Zacken, Wellen und Flecken auf. Wie eine Wassernixe schwebte sie durch buntes Schwarz. Allmählich verlor sich alles in aufkeimendem Licht, schnödem Tageslicht, das durch ein Fenster fiel. Und mit dem Erwachen begriff sie, dass ein Telephon geklingelt hatte. Nun war es still.

Sie fand sich auf dem Kanapee ihres Hotelzimmers wieder. Wer …? Was …? Oh, Tesla, natürlich! Stöhnend versuchte sie sich zu erheben; es gelang ihr nur halb, und sie sackte in die Samtpolster zurück. Gottlob war ihr Augenlicht nicht geschädigt. Dafür hämmerte ihr Kopf, als würde er beim Schmied bearbeitet.

»Bleiben Sie liegen.«

Diese Stimme … O nein, nein, das konnte nicht wahr sein. Er *konnte* nicht hier sein. Sie musste noch träumen.

Solomon Jones saß auf einem Sessel, die in schwarzen Tuchhosen steckenden Beine übereinandergeschlagen. Eine Hand balancierte einen Drink auf dem Knie. Die andere ruhte lässig auf der Lehne. Er war es, und doch war er ein anderer. Statt seiner abgewetzten Arbeiterkleidung trug er einen teuren dunkelgrauen Anzug, eine cremefarbene Brokatweste, ein blütenweißes Hemd mit schwarzem Seidenbinder. Sein Kinn war frisch rasiert. Mehrmals kniff sie die Augen zusammen, nur um festzustellen, dass er, wenn sie wieder hinsah, immer noch da war. Er war ganz und gar real, mit seiner ganzen wuchtigen Präsenz, so verrückt das sein mochte.

»Wie … wieso sind Sie …?«

Aus schmalen Augen betrachtete er sie, und sie musste den Blick senken. Sein Schweigen war beredt: Irgendwie hatte er es geschafft, ihr zu folgen. In Buffalo musste er sie gefunden haben, wahrscheinlich am Bahnhof. Wie ein klebriges Insekt hatte er sich an ihren Rocksaum gehängt, bis hierher … Es war unfassbar. Sein souveränes Auftreten im schicken Aufzug bewies, dass er in verschiedene Häute zu schlüpfen wusste, je nachdem, welche ihm nützlich war. Das machte ihn noch geheimnisvoller. Noch bedrohlicher. Aber auch … anziehender, zugegeben. Ein so gut verpacktes Geheimnis wollte gelüftet werden. Sie fasste sich an den Kopf. Kopfschmerzen und Grübeleien passten wahrlich nicht zusammen.

Sie musste sich zusammenreißen und sich der Situation stellen. *Schänden und töten wird er dich schon nicht, andernfalls wüsstest du es schon.* »Wer«, sie musste sich räuspern, »wer hat eben hier angerufen?«

»Hm? Ach so, das Telephon. Ein Rick Irgendwas, keine Ahnung.«

Rick? Rick ... Der Name sollte ihr etwas sagen, irgendwas. Das tat er aber gerade nicht. Ihr Kopf hämmerte im Takt ihres Pulses.

»Er wollte Sie sprechen. Hab aber nicht nachgefragt. Ich telephoniere nicht gerne. Wissen Sie, die Vorstellung, mit jemandem zu reden, der sich einige Hundert Meilen weiter ostwärts befindet, verursacht mir ein unangenehmes Gefühl im Magen.«

»Ihnen wird vom Telephonieren schlecht?«

»Soll's geben.«

Wider Willen musste sie kichern. »Mir wird schlecht, wenn ich aus dem zehnten Stockwerk eines Hauses gucke. Ist das so ähnlich?«

Pikiert zog er die Brauen zusammen. »Ungefähr. Ich würde es eher mit Seekrankheit vergleichen. Nicht alles, was sich die Menschheit so ausdenkt, ist für den menschlichen Körper auch ausgelegt.«

Er ging ins Bad, legte dabei den Gehrock ab. Im Rücken war der Griff eines Revolvers zu sehen, der über den Hosengürtel ragte.

»Dafür haben Sie also das Geld gebraucht? Für einen Anzug aus dem Hause Rogers Peet?« Sie versuchte anerkennend durch die Zähne zu pfeifen, es kam nur ein klägliches Zischen. »Sind Sie hier, um mich auszurauben? Weil Ihr Geld aufgebraucht ist?«

Der Wasserhahn rauschte. Mit einer Waschschüssel kam er zurück. »Ich hatte keine Zeit, mir Gedanken darüber zu machen, von welchem Schneider ich mir einen Anzug hole. Ja, für meinen Geschmack war er zu teuer. Aber es ist ganz angenehm, nicht ständig als ›Hobo‹ bezeichnet zu werden. Ich erwarte jedoch nicht, dass Sie mich jetzt mit anderen Augen sehen, keine Sorge.«

»Tu ich auch nicht. Sie sind ein Dieb und ... Schnüffler und ... Halunke. Das können auch Kleider nicht leugnen. Sie haben sich ...«, sie fasste sich an die Wange, dort, wo sie an seiner eine verkrustete Schramme sah, »... geprügelt.«

»Jedem sage ich, ich hätte mich beim Rasieren geschnitten, und jeder glaubt's. Nur Sie nicht. Weil Sie eine Reporterin sind, hm?« Der Schnitt bewegte sich, als er lächelte. Er konnte ganz ohne Spott lächeln? Das war ihr bisher nicht aufgefallen.

»Weil ich ... Sie kenne.«

»Nichts kennen Sie. Gar nichts. Und jetzt hören Sie mal für ein, zwei Minuten auf, zu reden; es strengt Sie an.«

Er setzte sich auf die Sofakante und schob den klitschnassen Lappen unter ihren Hinterkopf. Sie wollte protestieren, weil die Kälte unangenehm war. Doch augenblicklich ließ das Pochen nach. Ihr war danach, sich tiefer ins Kissen zu pressen. Weil er keine Anstalten machte, wieder aufzustehen. Weil er sich ein wenig tiefer beugte. Weil seine Augen von so durchdringendem Blau waren. Sein Aftershave drang sanft in ihre Nase.

»Hören Sie«, sagte sie. »Es tut mir leid, dass ich Sie im Regen habe stehen lassen. Obwohl – es war ja umgekehrt, wenn ich mich recht entsinne.«

»Wie kriegt man Sie zum Schweigen?«

»Sie wollen mir drohen?«

»Nein!« Er hob die Hände. »Ich meine, Sie sind doch sicherlich in ein Lyzeum für höhere Töchter gegangen. Hat man Ihnen da nicht beigebracht, auch mal *ruhig* zu sein?«

»Wie soll ich jetzt ruhig sein?« Sie hob sich auf die Ellbogen. »Ich weiß nicht einmal richtig, was passiert ist! Au!« Der ruckartigen Bewegung folgte ein Schmerz, wie ein Messer im Hinterkopf. Stöhnend ließ sie sich wieder fallen.

Solomon Jones erhob sich. »Sie sind mit Ihrem Dickkopf gegen eine Bodenvase geschlagen. Bevor Sie fragen: Nein, die ist nicht kaputt. Sie wurden ohnmächtig. Ich habe Sie hochgehoben und hierhergebracht. Sie waren so freundlich, mir Ihre Zimmernummer zu verraten.«

Daran konnte sie sich nicht erinnern. Auch nicht, ihm den Zimmerschlüssel gegeben zu haben. Wozu auch, der Kerl war sowieso gewohnt, in fremden Taschen zu kramen.

»Ein Mann auf meinem Zimmer«, seufzte sie. »Was sollen die Leute sagen?«

»Sonst ist Ihnen doch auch egal, was die denken. Niemand hat es bemerkt, es herrschte ein riesiger Tumult. Alle kamen aus ihren Zimmern gestürzt. Jetzt scheint aber alles wieder ruhig zu sein.« Er zog an einer Lampenschnur, das Licht ging an. »Und der Strom fließt auch.«

»Verraten Sie mir endlich, was Sie von mir wollen? Sie sollten mich nach Buffalo bringen, was sich erübrigt hat, aber Ihre fünfzig Dollar sollen Sie haben. Als eigentlichen Preis für Ihre Hilfe wollten Sie eine Gegenleistung, die ich für *annehmbar* halten würde, so Ihre Worte. Nun, da Sie Ihren Teil der Abmachung *nicht* durch eigene Schuld nicht eingehalten haben, bin ich immerhin bereit, mir Ihre Forderung anzuhören. Also?«

Die Rede hatte ihre ganze Kraft gekostet. Ihr Kopf sank zurück ins nasse Kissen; sie war so erschöpft. In diesem unpassenden Augenblick kam die Erkenntnis, woher Rick die Telephonnummer ihres Hotels hatte. *Tante Mabel, du hast gequatscht. Das hätte ich dir nie zugetraut.*

»Irrtum, Lady«, sagte er. »Der Deal war, dass ich Sie an Ihr Ziel bringen werde.«

»Bitte?!«

»Und da sind wir noch nicht.«

»Ich entbinde Sie von dieser Abmachung!«

»Wollten Sie sich nicht zuerst einmal anhören, was ich von Ihnen will?« Solomon Jones' Stimme schwebte über ihr. Sie konnte spüren, dass er neben dem Kanapee stand, die Hände eine Armlänge von ihrer Kehle entfernt. Dennoch sah sie nicht auf. Sein raues Timbre ließ die Härchen ihrer Haut erzittern. Erschöpft schloss sie die Lider. Schlafen, schlafen – aufwachen und feststellen, dass das alles nur ein Albtraum gewesen war.

»Was«, murmelte sie, »ist es?«

Rick, oh Rick, was soll ich dir sagen? Wie soll ich dir all das erklären?

»Ich will, dass Sie meine Frau werden.«

10

New York, 28. April 1893

Er war keiner von den Männern, die jedes Problem mit der Faust lösten. Er war verständnisvoll zu seinen Freunden, gnädig zu den Feinden. Daher schmerzte es Rick zutiefst, wenn er jemandem wehtun musste. Ginge es nach ihm, würde er diese Begebenheiten auf ein Minimum reduzieren. Aber es ging nicht immer nach ihm. Nicht, wenn all seine Werte, all das, was er sich aufgebaut hatte, in Gefahr waren. Alles, was er für Bell aufbauen wollte. Er wollte Kinder mit ihr, einen ganzen Stall voll. Er wollte sonntags in die Kirche mit seiner fröhlichen Familie, dann Ausflüge nach Long Island unternehmen. Die Kinder am Long Beach tollen sehen. Mit einer dieser neuartigen selbstfahrenden Droschken bis zum Orient Point fahren und Treibgut sammeln. Und hier oben im Büro seiner Firma wollte er sie auf den Teppichen spielen sehen, während er am Schreibtisch arbeitete. Wollte sie anleiten, in seine Fußstapfen zu treten. Wollte mit ihnen am Fenster stehen, wo er jetzt stand, hier, im zehnten Stock des Argon Building, hoch über Manhattans Südküste, über die Upper Bay schauen und auf Ellis Island deuten: *Dort landeten einst eure Vorfahren, vergesst nie, woher sie kamen.* Er würde sich bemühen, ihnen alles zu sein. Vater, Ernährer, Beschützer.

Schwierig nur, wenn die Frau, die er als Mutter seiner Kinder erwählt hatte, Probleme machte.

Mabel, Bells in Buffalo lebende Tante, angeblich Ziel von Bells Reise, war ihrem Gewissen gefolgt und hatte ihm mitgeteilt, dass sich Bell in Cleveland befand. *Sie kennen meine Meinung, Mr. Vesichetti: Eine Frau sollte das Recht haben, sich so frei zu bewegen wie ein Mann. Wenn sie ihre Grenzen sprengen will, bin ich die Letzte, die sie daran hindern wollte. Aber dass sie diese Dinge nicht einmal mit ihrem baldigen Verlobten bespricht, geht zu weit. Daher sage ich es Ihnen und nicht Bells Vater. Das Hotel, in dem sie wohnt, heißt … Verflixt, wo ist meine Brille? Ah, hier. Haben Sie etwas zum Schreiben? Gut. Old City Hall, die Nummer ist …*

»Rick?«

»Sorry, Bruder, ich war in Gedanken.«

»Bell?«

Er nickte.

»Die prächtige Bell. Tanzt dir gerne auf der Nase herum. Meinen Rat kennst du ja, Ricky: Lass nicht zu, dass das ausufert. Irgendwann stürzt sie. Eine harte Hand hat noch keiner Frau geschadet.«

Gedankenverloren nippte Rick am Whiskeyglas, während sein Blick über die mit jungem Grün geschmückten Bäume des Battery Parks und hinaus über die Bay schweifte. Eine Frau zu schlagen war zuallererst die Aufgabe eines Vaters, und in dieser Hinsicht hatte John Bennett kläglich versagt. Wahrscheinlich wusste er gar nichts von den Eskapaden seiner Tochter. Eskapaden? Ein zu geringes Wort für ihre Verrücktheiten. Was – bei allen Heiligen – tat sie in Cleveland, Ohio?

»Oh, was hast du denn da?«, fragte Gianluca hinter ihm. Rick wandte sich von der Fensterfront ab und seinem fünfzig Quadratyards großen Büro zu. Irgendwo hinter der mit Leder verkleideten Eingangstür war das gedämpfte Klappern von Schreibmaschinen zu hören. Die Vesichetti Co. kaufte und verkaufte Immobilien, was aber nur eine Tünche für Geschäfte aller Art war. Sein Investitionsportfolio wies alles auf, was Geld einzubringen versprach. Dazu ein wenig Schmuggel, Glücksspiele,

Kreditwucher natürlich. Hinter dem Schreibtisch aus rötlich schimmerndem Brasilholz lümmelte sein Bruder auf dem Sessel, ein Bein über der Lehne, und blätterte interessiert im Prospekt einer deutschen Maschinenbaufirma, in die Rick einzusteigen gedachte. Sein Anblick ließ Rick schmunzeln. Gianluca war eine Faust größer, seine Schultern eine Faust breiter. Die Weste über dem offenen Hemd spannte sich bei jedem Atemzug. An diesem Schreibtisch wirkte er völlig fehl am Platz. »Hey, Ricky! Diese Maschinen kosten ein Vermögen, und wozu sind sie eigentlich gut?«

Rick schlenderte zum Schreibtisch, wo er das Glas abstellte. »Sie haben ungeheuer viel Kraft, und außerdem sehen sie verdammt gut aus.«

»Nun, darüber kann man streiten.«

»Und sie sind praktisch. Schau, was da steht.« Rick beugte sich über die ordentlich aufgeräumte Schreibfläche und deutete auf das Datenblatt. »Sie sind in einer Viertelstunde fahrbereit.«

Gianluca schnaubte verächtlich. »Mag sein, aber hat es dich je gestört, dass dein Kutscher eine Stunde zum Anschirren der Pferde braucht?« Er blätterte weiter. »Und schneller als ein Pferd im Galopp sind diese Dinger auch nicht.«

Rick rieb sich die Nasenwurzel. Das stimmte alles. Es war nur ein Gefühl, dass sich die Investition lohnen würde. Dass diese Erfindung *nicht* in Vergessenheit gerieten. Dafür hatte er eine Nase. Allerdings hatte er das auch geglaubt, als er sich entschieden hatte, sein Vermögen auf Edisons Gleichstrom zu setzen. »Ich brauche einen Kaffee. Du auch?«

»Immer.« Gianluca griff hinter sich und zog an der Klingelschnur. Sofort erschien Mr. Fisk, Ricks Sekretär, und nahm ihre Wünsche entgegen. Die halbe Nacht hatte Rick nur mit Triester Kaffee und Tennessee-Bourbon überstanden. Die andere Hälfte mit wirren Träumen verbracht. Bell. Immer wieder Bell. Der Kaffee wurde gebracht, er trank einige Schlucke, wechselte wieder zu Whiskey über und dachte nur an Bell, Bell, Bell.

Er hätte ihre neuerliche Verrücktheit akzeptieren können, auch wenn ihm nicht passte, dass seine Zukünftige ihm auf der Nase herumtanzte. Später, wenn sie erst verheiratet waren, war Zeit genug, ihr einige Regeln *etwas deutlicher* zu erklären.

Er hätte es akzeptieren können. Wäre nicht dieser Kerl gewesen, der in Bells Hotelzimmer ans Telephon gegangen war – da schlug nicht nur seine Nase, sondern auch sein Magen Alarm. Einen Fremden aufs Zimmer zu holen, so etwas gehörte nicht in Bells Eskapadenrepertoire. Aber irgendein Angestellter war das nicht gewesen. Kein Hotelboy sagte mit rauer, genervter Stimme: *Sie liegt im Bett. Stören Sie später.*

Wer war der Kerl? Warum war er bei ihr? Worum, zum Teufel, ging es überhaupt?

»Du bist schon wieder bei Bell.«

»Und du bist der Einzige, der immer weiß, was ich denke. Wärst du nicht mein Bruder, müsste ich dich töten.«

Gianluca lachte.

»Also gut, kommen wir zu Wichtigerem.« Rick lehnte sich an die Schreibtischkante und nickte in Richtung des Zeitungsstapels, der ordentlich auf einer Ecke lag. Gianluca nahm die oberste herunter und studierte mit fragendem Blick die Titelseite. *Wollen Sie das wirklich tun,* Mr. President*? Sie setzen Ihr Leben und das der Nation aufs Spiel! Das Wohl des Präsidenten sollte über der Lust am Abenteuer stehen. Lesen Sie den Kommentar auf Seite 2: Warum die Weltwirtschaft bei einem Unglück Schaden nähme*. Andere hatten den Faden aufgegriffen. Das Rauschen im Blätterwald schürte die Furcht vor der Technik des Wechselstroms auch an der Wall Street. Die Stimmung dort war ohnehin schlecht, seit die Goldreserven der Vereinigten Staaten massiv geschrumpft waren, der Dollar an

Wert verlor und immer mehr Firmen Konkurs anmeldeten. Alle Hoffnungen lagen auf der Weltausstellung.

»Im Weißen Haus hat man vor zwei Jahren elektrischen Strom installiert. Dem Präsidenten ist untersagt, die Schalter zu berühren; er muss dazu eigens beauftragte Diener rufen. Und das, obwohl es sich um eine vergleichsweise harmlose Gleichstromanlage handelt. Die Gefahr, der er sich auf der Eröffnungsfeier aussetzt, ist also ungleich höher.«

Gianluca starrte ihn an.

»Der Präsident muss mittels eines Stromschlags sterben«, sprach Rick das Ungeheuerliche aus. »Um die Weltwirtschaft zu retten.« Davon war er überzeugt: Edison und der Gleichstrom, das waren bereits etablierte Größen. Warum davon wieder abkommen? Das machte alles nur komplizierter.

Er zog einen *New York Observer* aus dem Stapel und zeigte Gianluca einen Artikel, in dem es um einige Gebäude auf der Weltausstellung ging. Unter anderem das Elektrizitätsgebäude. Man dürfe sich dort auf einige erstaunliche Exponate freuen, hieß es. Wie etwa …

»›… den originalen, von Thomas Alva Edison erdachten Eletisch … nein, Elektrischen Stuhl‹«, las Gianluca stockend vor. Er war nicht der Beste im Lesen und musste es laut tun. »›Erstmals in Betrieb genommen bei der Hinrichtung eines gewissen William Kem … mler, der seine Frau mit einer A … xt erschlagen hatte. Diese neue Art der Ex … eko …‹«

»Exekution.«

»›… ist nicht unumstritten, aber höch … st wirkungsvoll.‹«

Nun ja, dachte Rick. *Viel schlimmer als hängen*, hatte damals die *New York Times* getitelt. Aber das Gedächtnis der Öffentlichkeit war schlecht.

»›Der verurteilte Mörder, dem ur … sprünglich die Ehre zuteil werden sollte, als erster Mensch per … per … www …‹«

»*Westinghousing.*«

»Was ist denn das?«

»Sterben durch Wechselstrom.«

Gianlucas Dackelaugen bohrten verwirrte Löcher in die Luft. »Okay«, sagte er gedehnt und fuhr fort: »›... per *westingdings* hingerichtet zu werden, ist immer noch flüchtig.‹« Er ließ die Zeitung sinken. »Schau einer an. Na, der kann sicher auch einiges erzählen, wenn er mal als Großvater im Lehnstuhl sitzt. Sollte er je alt werden. Was hat er denn angestellt, um sich diese, ähm, Ehre zu verdienen?«

»Seinen Vater umgebracht. Erschossen wie einen alten Gaul, weil er nicht abwarten konnte, das Erbe einzustreichen. Ich habe heute früh ein wenig im Archiv des *Observer* recherchiert. Dieser Mann ist skrupellos und wird für Geld alles tun. Da er flüchtig ist, wird er es auch nötig haben. Gelernt hat er nichts Gescheites, er tingelte als Kunstschütze durch die Lande, bis hinauf nach Maine. Soll sogar in Buffalo Bills Show aufgetreten sein, aber das ist nicht gesichert. Die Leute, die ihn kannten, haben ausgesagt, dass er eine in die Luft geworfene Münze aus zwanzig Schritt Entfernung trifft. Er wird alles tun, mit uns zu kooperieren. Denn die Alternative – dass wir ihn den Behörden ausliefern – wird ihm gar nicht gefallen.«

»Er soll also die Drecksarbeit für uns tun und den Präsidenten töten. Aber wozu ein Schütze, wenn Cleveland durch einen Stromschlag sterben soll? Und wie sollen wir ihn finden?«

Rick kannte seinen Bruder wie niemanden sonst, und doch war er wieder überrascht, wie schnell Gianluca alles, was er wollte, widerspruchslos akzeptierte. Den Präsidenten der Vereinigten Staaten töten – jedem Amerikaner, selbst jenen, die *nicht* direkt aufrechte Bürger waren, würde sich bei diesen Worten der Magen umdrehen. Der Präsident war sakrosankt.

Rick nickte langsam. »Ich habe heute Nacht mit dem Berater des Maulwurfs gesprochen. Wie sich herausgestellt hat, ist die Organisation längst dabei, Antworten auf diese Fragen zu finden. Dass es einen Schützen braucht, hat einen technischen Grund, soweit ich das verstanden habe. Und was den Aufenthalt der gesuchten Person betrifft ... Man hat ihn bereits aufgespürt.« In der weltbesten Detektei, der Chicagoer Pinkerton, arbeitete seit Langem ein Mitglied der Familie, Deckname *Pitbull*, und der hatte den Mörder jetzt in irgendeinem Nest in Genesee County aufgestöbert.

»Was ist nun meine Aufgabe bei der ganzen Geschichte, Ricky?«

»Du wirst mich begleiten; ich brauche einen guten Schläger an meiner Seite. Wie du weißt, bin ich derzeit«, er hob die bei dem Ritual des Maulwurfs angesengte Handfläche, die mit einer dünnen Binde umwickelt war, »ein wenig indisponiert.«

»Meine leichteste Aufgabe! Du weißt doch, schon auf dem Schulhof habe ich jedem ein blaues Auge verpasst, wenn ich nur ein paar Moneten dafür absahnen konnte. Für dich mache ich es sogar gratis.«

Rick lachte. »Was warst du nur für eine Rotznase! Na ja, viel besser war ich auch nicht.«

»Waren schöne Zeiten. Eigentlich kommt's mir heute so vor, als hätten wir uns täglich nach der Schule mit irischen Banden geprügelt, irgendwem das Geld aus den Taschen geklaut und dann in Solman's Café Eis gekauft.« Gianluca lächelte. Ein Schneidezahn war schräg abgesplittert. Er hatte diesen Makel nie richten lassen, und so war es Rick irgendwann so vorgekommen, als sei sein Bruder damit geboren worden. Rick liebte dieses Lächeln. Und er wusste, was Gianluca jetzt aus der Hosentasche zog.

»Du warst faul, Brüderchen«, sagte Rick. »Das Ding hat in den letzten Monaten Rost angesetzt.«

»Da wartet ja nun eine Visage, die es wieder poliert.« Gianluca schob den Totschläger über die Finger seiner Rechten und ballte eine Faust. Von jedem der vier Ringe stand ein gekrümmter Eisendorn ab. »Die *Pranke* ist wieder im Einsatz.«

II

Cleveland, 28. April 1893

An einem besseren Tag wäre es nicht so weit gekommen. Aber dies waren keine guten Tage, und die Strapazen der Reise hatten seinen sonst so guten Reflexen zugesetzt. Er hatte Bells Ohrfeige noch abfangen können, doch nicht ganz. Während er am Abend an ihrer Seite das Old City Hall verließ, befingerte er den neuen Kratzer am Kinn.

Vielleicht war seine Benommenheit auch dem Übelkeit verursachenden Telephongespräch geschuldet. Der Italo-Typ am anderen Ende des Telephonkabels hatte Bell sprechen wollen. War das vielleicht ihr großer Bruder gewesen? Ihr Mann? Verlobter? Eigentlich konnte er sich nicht vorstellen, dass irgendein Mann Bells *Ich-mach-was-mir-gefällt-und-pfeif-auf-meinen Ruf*-Ding freiwillig ertrug. So nahm er an, dass der Herr der Repräsentant ihrer äußerst ungehaltenen Familie war. Konnte es sein, dass derjenige bereits auf dem Weg hierher war? Bell schien nicht weiter beunruhigt. Er auch nicht. Nun, er würde es merken, sollte jemand auftauchen, um ihr den hübschen Hintern zu versohlen und anschließend einen Sack überzustülpen …

»Es scheint, als würden Sie zur Abwechslung an etwas Nettes denken, Mr. Jones.«

»Tut es das?«

»Sie lächeln.«

Die Aufgabe, die Straße zu überqueren, enthob ihn einer Antwort. Sol bot ihr den Arm, in dessen Beuge sie nur zögernd die Hand schob. Dann machten sie sich daran, dem Verkehr zu trotzen. Einige klingelnde, hupende, quietschende Pferdetrams und Droschken mit fluchenden Kutschern später betraten sie das italienische Restaurant. *Lassen Sie uns beim Essen darüber reden*, hatte er nach ihrer Ohrfeige gesagt. Sie hatte nur zögernd eingewilligt.

Vielleicht hatte sie sein Argument überzeugt, dass sie in diesem vom Concierge wärmstens empfohlenen Restaurant schräg gegenüber dem Hotel vielleicht Mr. Tesla begegnen würden. Wer nicht zum Frühstück erschienen sei, müsse wenigstens am Abend Hunger haben. Wie auch immer, Bell Bennett hatte ihn lange und böse taxiert und schließlich mit ungnädigem Nicken ihr Einverständnis erteilt. Danach war sie tatsächlich eingeschlafen. Er hatte den Tag in einem drittklassigen Hotel zwei Blocks weiter totgeschlagen. Rogers Peet hin oder her – er wollte auf keinen Fall sein Geld für eine edle Unterkunft aus dem Fenster werfen. Als er nun vortrat, um Bell die Tür zu öffnen, fiel ihm ein Mann hinter ihnen auf der Straße auf. Der blickte recht auffällig herüber und noch auffälliger wieder zur Seite. Unwillkürlich griff Sol nach seinem Hut und zog ihn tiefer in die Stirn, als wolle er verhindern, dass der Wind ihn fortwehte. Vielleicht wartete der Mann auf den abendlichen Glockenschlag der Postuhr dort drüben; es war zwei Minuten vor sechs Uhr, und einige Herren am Fuß des Turms hatten bereits ihre Taschenuhren gezogen, um sie neu zu stellen. Und wirklich, jetzt griff auch er sich in die Westentasche und holte seine Uhr hervor. So, als wäre es ihm eben erst eingefallen. *Der wartet nicht auf die Zeit*, dachte Sol, *der wartet auf etwas anderes.*

Aber auf ihn? So oft während der letzten Jahre hatte er Verfolger und Verräter im Nacken zu spüren geglaubt. Fast immer hatte er sich getäuscht. Doch dass er noch lebte, verdankte er auch seiner Vorsicht und seinen Instinkten.

Mittlerweile war Bell in die warme Schummrigkeit der Trattoria getreten. Ein schmalbrüstiger Kellner mit viel zu stark pomadiertem Haar führte sie in eine Ecke, von wo aus sich das gesamte Lokal gut überblicken ließ. Sobald Bell saß, entschuldigte sich Sol für einen Augenblick, um einen möglichen Fluchtweg auszukundschaften. Nicht wegen jenes Mannes dort draußen – den tat er als harmlos ab –, sondern um sich für alle Eventualitäten zu wappnen. Nur ein paar Schritte entfernt begann ein von einem fadenscheinigen Samtvorhang verhängter Korridor, der zu einem Séparée und weiter hinten zu einem Abortraum und dem Hinterausgang führte. Was das feine Lokal am Eingang versprach, hielt es hier nicht.

»So angespannt?«, fragte Bell, als er ihr gegenüber Platz genommen hatte.

»Nun, es ist schon eine Weile her, seit ich zuletzt mit einer feinen Lady aus war. Noch dazu mit einer so hübschen.«

Sie hatte eine interessante Art, die linke Braue zu heben, während die rechte wie festgemeißelt blieb. Sol versuchte sich klarzumachen, dass er soeben eine Dame zum Essen ausführte; es gelang ihm nicht recht. Wie lange war es her, seit er mit Sarah …? *Du Irrer, wie kannst du jetzt an Sarah denken?* Sarah und Bell – dass beide schöne Frauen waren, war die einzige Gemeinsamkeit. Sein Leben teilte sich in zwei Abschnitte, das Davor und das Danach. Sarah gehörte ins Davor, in die Zeit vor den verlorenen achtzehn Stunden. Er wollte sie auf ewig vergessen. Und für gewöhnlich gelang ihm das auch.

»Alles in Ordnung?« Ihr Ton war ein wenig spitz, als habe sie erraten, dass eine andere Frau in seinem Hirn spukte.

»Bestens.« Der Kellner, der die Menükarten brachte und wild gestikulierend seine Empfehlungen aussprach, enthob ihn weiterer Erklärungen. Bell starrte auf das handgeschöpfte Papier, rieb sich die Augen und holte eine Brille aus ihrer Tasche. Das schien ihr ein wenig peinlich zu sein, denn kaum war sie fertig, ließ sie die Sehhilfe wieder verschwinden. »Abends ist das Lesen doch ein wenig anstrengend. Ich nehme das Tagesmenü.«

Sol wusste nicht, was er entzückender fand: die niedliche Schwäche oder die süße Verlegenheit. Er gab die Bestellung auf und orderte den empfohlenen Wein, einen Malvasier aus Padua für ihn und den süßen Picolit für die Dame. Gehobene Tischetikette hatte man ihn als Kind gelehrt, aber nach all den Jahren mit den Hobos und Halunken musste er sich erst darauf besinnen. Er stellte sich vor, jetzt mit Bell irgendwo auf einer Waldlichtung zu sitzen und Speck und Bohnen auf einer rostigen Pfanne am Lagerfeuer zu braten.

»Sie verlangen von mir Ungeheuerliches«, riss sie ihn aus diesen angenehmen Gedanken. Sichtlich aufgebracht bediente sie sich aus einem Körbchen mit Weißbrotscheiben und trockenen Brotstangen. »Ich soll meinen Ruf aufs Spiel setzen, indem ich Ihre Gattin spiele?« Ihren *Ruf*. Unwillkürlich musste er grinsen, aber bevor er etwas entgegnen konnte, sprach sie schon weiter: »Sagen Sie mir, warum. Reden Sie endlich, zum Donner. Und zwar vernünftig. Sie erinnern sich, wie das geht?«

»Sie wollen mit Mr. Tesla sprechen. Das will ich auch.« Er schnupperte an seinem Wein und nippte. »Mit Ihrem Charme und Ihren Kontakten wird es Ihnen viel leichter gelingen, zu ihm vorzudringen. Wenn er Sie anhört, wird er auch mich anhören – weil ich Ihr Mann bin. Im anderen Fall bin ich nur einer von vielen, die es schwer haben, von ihm beachtet zu werden. Oder von seiner Entourage. Nachdem ich Sie in Ihr Zimmer verfrachtet hatte, habe ich bei ihm angeklopft. Sein Sekretär hat mich abgewimmelt.« So nah war er ihm nie gewesen, daher hatte er diese Chance zu ergreifen versucht. Es war natürlich zwecklos gewesen. Alternative: Den Sekretär ausschalten, durchs Fenster eindringen, Tesla zum Gespräch *zwingen* … Alles Dinge, die den Mann nicht für ihn einnehmen würden.

»Wenn es jemandem gelingt, ihn um den Finger zu wickeln, dann sind Sie ...«

»Augenblick!« Ihre südländisch dunklen Augen hatten sich empört gerundet. »Sie sind ein Reporter? Ich soll mich mit der Konkurrenz verbünden? Das könnte Ihnen so passen!«

»Ich bin kein Reporter. Ich habe für dieses Gespräch rein persönliche Gründe.«

»Als Ihre, nun, Gattin in spe – wäre die Frage erlaubt, was das für persönliche Gründe sind?«

»Ich mache Ihnen einen Vorschlag: Wenn es zu dem Gespräch mit Tesla kommt, sollen Sie meinetwegen zugegen sein.«

»Das heißt, Sie gedenken jetzt darüber zu schweigen.«

»Jeder hat so seine kleinen Geheimnisse. Ich denke, das verstehen Sie?« Er lächelte und zwinkerte und glaubte kaum, was er sah – sie errötete auf eine ganz und gar entzückende Art.

Die wohlklingende Vorspeise wurde gebracht: *Vitello tonnato* und *Sauté di vongole veraci.* Den Thunfisch schmeckte er heraus. Die Venusmuscheln nicht.

»Deshalb also waren Sie hinter mir her«, sagte Bell nach einer Weile. »Damit ich Sie zu ihm führe. Hätten Sie mir das nicht von Anfang an sagen können?«

»Vielleicht.« Aber ein Mann in seiner Lage durfte niemandem vertrauen. »Bedenken Sie außerdem: Einen Mann an seiner Seite zu haben kann nützlich sein, wie Sie längst festgestellt haben. Der Weg nach Chicago ist noch weit, und kennen Sie Chicago? Ich kenne es. Eine Frau, die allein und schutzlos dort herumläuft, ist entweder eine Angehörige des leichten Gewerbes oder anderntags eine Leiche im Fluss. Und nein, ich übertreibe nicht.«

Aus schmalen Augen unterzog sie ihn einer Musterung, die er offenen Blickes über sich ergehen ließ. »Sie sind ein Halunke, das kann ich riechen, da mag Ihr Rasierwasser noch so gut sein. Mit Ihnen bis nach Chicago reisen?« Ihr entfuhr ein schnaubender Laut, und er begann seine Argumente zu sortieren, um sie zu überreden. Doch zu seiner Überraschung sagte sie: »Sollte ich mich auf dieses Theater einlassen, verlange ich dafür einen Preis. Den Sie jetzt und gleich bezahlen werden, und Sie werden riskieren müssen, dass Sie ihn nicht für angemessen halten. Sie erinnern sich, dass Sie in Corfu Ähnliches von mir verlangten? Also seien Sie jetzt nicht geizig!«

Der Fisch war am Haken. »Hat Ihnen schon mal jemand gesagt, dass Sie ein ziemlich raffiniertes Weibsstück sind?«

Sie lächelte geschmeichelt. »Zurück zum Thema. Sie wollen also mit Nikola Tesla reden. Aus persönlichen Gründen. Obwohl Sie, wie mir bisher schien, mit dem elektrischen Fortschritt nicht viel anfangen können. Wie passt das zusammen?«

Das passte perfekt zusammen. Wenn man die Hintergründe kannte. »Wie oft hören Sie, dass Interesse an Technik und eine Dame zu sein nicht zusammenpassen? Manche Dinge sind, wie sie sind. Woher stammt Ihr Interesse?«

»Im Ausweichen sind Sie sehr geschickt, Mr. Jones.« Aber sie schnappte dankbar nach dem nächsten Köder, erzählte voller Begeisterung und mit leuchtenden Augen, wie der Fortschritt im Hause Bennett Einzug gehalten hatte. Wie sie die erste Glühlampe bewundert und wie sie auf dem Jahrmarkt eine Elektrische Show gesehen hatte. »Solche Tingeltangel-Shows haben nichts mit dem zu tun, was Tesla zeigt.« Sie winkte ab, doch in ihren Augen lag der Glanz ferner Erinnerungen. »Das waren nur Tricks. Man ließ einen Zuschauer über ausgelegtem Goldflitter schweben, elektrisierte ihn mittels Reibung, und der Flitter flog unter ihm in die Höhe – solche Dinge. Ich war ein Kind, ich glaubte wirklich, das müsse Magie sein. Noch vor hundert Jahren nannte man solche Leute ›Elektriker‹; sie traten in feinen Salons zur Abendunterhaltung auf, so wie man heute Liederabende gibt oder zum Scharadespielen zusammenkommt. Mein Vater schenkte mir ein Buch über die Anfänge der Forschung, in dem ich viele lustige Dinge las. Wissen Sie, was eine *Venus electrificata* ist? Man war tatsächlich auf die Idee gekommen, eine lebensgroße Damenpuppe unter Strom zu setzen. Das Spiel bestand darin, die Dame zu küssen. Das war manchmal prickelnd, manchmal schmerzhaft. Und die Herren haben für jeden Kuss bezahlt!« Sie lachte und strahlte, und er genoss ihren Anblick. »Andere mutige Männer haben sich die Haare zu Berge stehen lassen. Und niemand wusste so recht von den Kräften, die am Werk waren. Eine Macht, ein Prinzip, Zauberei? Sie galten als Magier. Wie heute auch Nikola Tesla. Wobei er keiner ist; er weiß genau, was er tut. Die Shows, die er auf der Weltausstellung zeigen will, sollen *unglaublich* spektakulär sein.«

Ihm kam der Gedanke, dass sie Romanhefte über Tesla, sofern es sie gäbe, ebenfalls verschlingen würde.

»Ich kann es kaum erwarten, ihn zu sehen«, schloss sie. Ihr Atem hatte sich beschleunigt; ihre Wangen waren gerötet, und ihm entging nicht, wie sich ihre wohlgeformte Büste unter dem eng anliegenden Kleid hob und senkte.

»Elektrizität«, sagte er. »So richtig habe ich ja nie begriffen, wie sie funktioniert. Ein Strom aus Kraft, der Motoren antreibt, okay. Man legt einen Schalter um, um sie zu aktivieren. Und man sollte nichts anfassen, das unter Strom steht, weil es gottverdammt und zur Hölle verdammt weh tut und sogar töten kann.«

»Nicht fluchen, Mr. Jones.«

»Verzeihung.« Er legte die Gabel beiseite und lehnte sich zurück. »Zeigen Sie mir, was Sie können: Erklären Sie mir das Zeug.«

Sie hielt im Gestikulieren inne. »So aus dem Stegreif? Das ist nicht leicht.«

»Tun Sie's. Stellen Sie sich vor, ich sei ein Leser Ihrer Artikel, hm?«

»Also gut.« Sie strich sich eine vorwitzige Locke aus der Stirn; ihr Blick irrlichterte über die Damastdecke. Dann atmete sie tief ein. »Was ein Magnet ist, wissen Sie?«

»Diese Dinger, die Zeug aus Metall anziehen?«

»So *Zeug*, ja. Zum Beispiel reagieren Eisenspäne, wenn man sich ihnen mit einem Magneten nähert; das haben Sie bestimmt mal im Schulunterricht gesehen. Magnetismus ist eine ungeheure Kraft ... Und nun stellen Sie sich vor, Strom ist eine andere Art von Kraft, die in Kupferkabeln schlummert. Wie die Kraft in Ihren Muskeln, von der Sie nichts merken, solange Sie schlafen. Ein stilles Fluidum aus Molekülen, so genau weiß man das nicht. Was fehlt, ist Spannung, die Kraft, die das Fluidum fließen, es zum Strom werden lässt. Diese Kraft steckt in dem Feld, das der Magnet erzeugt. Sagt Ihnen der Name Faraday etwas?«

Er zuckte mit den Achseln.

Sie langte in den Brotkorb und holte einen länglichen Grissino heraus. Zu seinem Erstaunen tunkte sie die Spitze in ihren Picolit. Und drehte das Stäbchen im Kreis. »Michael Faraday installierte vor über siebzig Jahren einen frei schwingenden Kupferdraht über einem Glas mit Quecksilber, in dem sich ein Magnet befand. Dann setzte er die Konstruktion unter Strom, und der Draht begann sich mit dem erzeugten Magnetfeld um den Magneten zu drehen. Es war die Urform des Elektromotors. Der Magnet ist das Geheimnis.« Sie biss die weindurchtränkte Spitze ab. »Hält man einen Magneten an ein Kupferkabel, passiert jedoch noch gar nichts. Bewegt man den Magneten – oder den Draht, das ist egal –, verstärkt sich das Magnetfeld und somit die Spannung.« Sie winkte dem Kellner. »*Cameriere*! Ich hätte gerne ein Tellerchen Spaghetti.«

»*Aglio e olio*?«

Sie nickte, und die Spaghetti kamen rasch. »Jetzt passen Sie gut auf, Mr. Jones.« Vorsichtig zog sie eine Nudel aus dem

Knäuel und wickelte sie um einen der Grissini. Äußerst sorgfältig, Windung an Windung, bis etwas entstand, das entfernt an eine Garnrolle erinnerte. »So. Das ist eine Kupferspule. Und dies hier ein Magnet.« Sie nahm ihre Gabel und bewegte sie neben dem Grissino hin und her. »Zwei Dinge verstärken das Kraftfeld: zum einen die Windungen des Kupferdrahts, zum anderen die Bewegung des Magneten. Ich erzeuge gerade eine elektrische Spannung, die sich messen ließe. Stellen Sie sich vor, man könnte sie auf dem Brotkorb ablesen. Vergessen Sie, dass die Anschlusskabel fehlen.«

An den Nachbartischen schauten einige Gäste missbilligend herüber. Der Kellner wippte unruhig auf den Schuhspitzen, als könne er nicht ertragen, dass jemand mit dem Essen herumspielte. Sol ertrug es nicht nur, er fand Bells Eifer hinreißend.

»Der Strom ist wie ein Fluss. Die Wassermenge entspricht der Stromstärke. Die Fließgeschwindigkeit der Spannung. Felsen, die Stromschnellen erzeugen, sind der Widerstand. Jetzt denken Sie an den Draht einer Glühlampe, der ist so ein Widerstand, weil er viel dünner als die Kupferleitung ist. Und das Licht, das bei der ganzen Sache erzeugt wird, ist die Gischt der auftreffenden Wellen. Können Sie mir folgen?«

Überallhin.

»Die Strömung verstärken wir jetzt. Halten Sie das.« Sie reichte ihm den Grissino. Eine weitere Nudel kam um den nächsten, den sie ihm gab. »Schön hochhalten. Jetzt drehe ich den Magneten zwischen beiden Spulen.« Sie ließ die Gabel zwischen den Spaghettispulen kreisen. »Die Spannung steigt, sehen Sie die Nadel zittern?« Sie nickte zum Brotkorb, dem fiktiven Messgerät, hinüber. »Ihr Ausschlag ist aber noch recht dürftig. Man müsste mehrere solcher Spulen bauen und den Magneten schneller drehen. Es wäre sehr hilfreich, wenn man etwas hätte, das einem die Arbeit abnimmt, finden Sie nicht auch?«

»Absolut.«

»Was nehmen wir denn da?«

Der *cameriere* kam mit dem ersten Gang ihres Menüs, einem duftenden Risotto, und füllte die Weingläser. Bell ließ sich artig unterbrechen, doch dann nahm sie die Malvasierflasche an sich. »*Scusi*! Darf ich?« Zum Entsetzen des Kellners und der Gäste um sie herum legte Bell sie mitten auf den Tisch. Hoffentlich saß der Korken fest. »Wir haben also ganz viele riesige Spulen. Und wir haben einen Fluss, den hier.« Sie klopfte auf die Flasche, die auf die beiden Grissini zeigte, die Sol noch immer in Händen hielt. »Man könnte also ein Wasserrad bauen«, sie legte das letzte Stückchen Brot vor den Flaschenhals, »und es mit den Magneten verbinden. Dann hätte man was?«

»Ein Kraftwerk?«

»Ganz richtig.«

Sol biss in eine der Spaghettispulen und schmeckte Olivenöl und einen Hauch Knoblauch. »So einfach ist das also?«

»Aufs Allernötigste heruntergebrochen.«

»Und der Unterschied zwischen Gleichstrom und Wechselstrom?«

»Gleichstrom fließt in eine Richtung, Wechselstrom wechselt sie ständig. Was ihn stärker macht – aufs Allernötigste heruntergebrochen natürlich. «

»Natürlich.«

»Eine Maschine, die Gleichstrom erzeugt, ist viel wartungsanfälliger. Sie verträgt nur eine geringe Spannung, die nur über eine geringe Distanz reicht, weshalb Kraftwerke an allen Ecken und Enden stehen müssen. Wechselstrom ist so stark, dass er Energieströme über große Entfernungen transportieren kann. Deshalb wird das Niagara-Kraftwerk genügen, um den gesamten Nordosten der Vereinigten Staaten zu versorgen. Während der schwache Gleichstrom …« Sie hob einen Finger. »Hören Sie das?«

»Ich höre Gläserklirren; die Gäste unterhalten sich leise, und mir scheint, in der Küche wird gerade jemand gescholten. Was davon meinen Sie?«

Ungeduldig schüttelte sie den Kopf. »Das Brummen aus dem Keller!«

Man musste genau hinhören, um es unter all den Geräuschen wahrzunehmen, doch er nickte.

»Das ist ganz sicher ein Gleichstromgenerator. So etwas braucht man nicht mehr, wenn man an ein Wechselstromsystem angeschlossen ist. Wie auch immer, ich glaube, wir sollten weiteressen.« Sie schien bemerkt zu haben, dass die halbe Trattoria ihre Präsentation verfolgt hatte, und beugte sich tief über ihren Teller. Aber sie konnte nicht verbergen, dass sie sich ein Lachen verkneifen musste. Schweigend aßen sie von dem herrlichen Pilzrisotto. Der Kellner hatte die Flasche an sich genommen und eine neue gebracht. Sol kostete den Malvasier. Jetzt hörte er das Brummen ständig. Dennoch hätte er stundenlang hier sitzen können. Ihr einfach zuhören. Sie dabei anschauen. Was für eine prächtige Frau. Bell schob ihren Teller beiseite. »Wo waren wir eigentlich stehen geblieben? Ach ja, bei meinem Preis.« Sie griff in ihre Tasche und holte ihre Kladde hervor. Dazu einen Bleistift. »Der wäre: Antworten auf einige Fragen.«

»Vielleicht bekommen Sie sie.« Mit Nachdruck legte er eine Hand auf ihre. »Aber mitschreiben werden Sie nicht.«

Es kam ihm fast unanständig vor, seine raue Hand, in deren Rillen noch ein Rest hartnäckigen öligen Drecks steckte, um ihre zarte Damenhand zu legen. Aber es fühlte sich gut an. Erstaunlicherweise riss sie ihre nicht sofort zurück; sie schien ebenso über diese Berührung nachzusinnen. Es dauerte lange, sicherlich zehn Sekunden, bis sie Anstalten machte, ihre Hand wegzuziehen. Er nahm seine herunter.

»Gut.« Sie verschränkte die Finger über der geschlossenen Kladde. »Reden wir. Vernünftig.«

»Bitte.«

Kurz schloss sie die Augen, ging in sich. Ihre Wimpern flatterten leicht, ihr Mund stand einen Spalt offen. Langsam hob sie die dezent bepuderten Lider und sah ihn an. »Solomon Jones ist nicht Ihr richtiger Name, stimmt's?«

»Nein, ist er nicht.«

»Und der richtige lautet?«

»Falsche Frage, Lady.«

Sie nickte. »Dachte ich mir.« Ihre Fingerspitzen glitten über ihre Kladde, als mache sie sich Notizen im Kopf. »Haben Sie den Anzug geklaut?«

»Nein, Ma'am.« Nicht den Anzug, nur das Geld dafür. Er dachte an den Herrenausstatter, dessen Visitenkartensammlung ihm den Weg zu Rogers Peet gewiesen hatte. Wüsste Bell, auf welche Weise er in ihren Besitz gekommen war …

Irgendwo aus den Tiefen des Speisesaals wehten Pianoklänge heran. Etwas begann sich zu verändern. Zunächst konnte er es nicht benennen. Eine eigenartige Stimmung legte sich über sie beide. Die Klaviermusik war warm, das Licht gemütlich, die Luft roch angenehm, die Menschen ringsum wirkten fröhlich. Und Bell hatte ihre stachelige Schale endlich abgelegt.

»Beginnen wir ganz von vorn. Aus was für einer Familie kommen Sie?«

Puh. Wo sollte er anfangen, was durfte er sagen, was musste er auslassen? Würde Bell wirklich hören wollen, aus welch üblem Stall er kam? Nicht übel, was den Ruf seines Vaters William Abraham Tyner betraf. Doch wenn er ihr zeigte, was sich dahinter verbarg … Bell würde zu Anfang neugierig zuhören. Und sich mit dem Ende der Geschichte entsetzt abwenden.

»Gedanken kann ich leider nicht hören«, murrte sie.

Er räusperte sich. *Bedaure, Miss Bennett.* Er musste alles unerwähnt lassen, was auf seine wahre Identität schließen ließ. »Mein Vater ist Pferdezüchter. Ziemlich erfolgreich.« Halb gelogen. Sein Vater war ein *toter* Pferdezüchter. »Wie es so ist mit erfolgreichen Vätern – sie sind nur schwer zu ertragen. Er war der Meinung, dass seine Fußstapfen zu groß für mich seien, und ich war der Meinung, dass es ohnehin sinnlos wäre, es zu versuchen. Und wie es so ist mit erfolgreichen Vätern, die man enttäuscht – sie wollen, dass man auf die harte Tour zu leben lernt. Also tat ich genau das.«

»Aber mit den paar Dollars, die man als Bahnarbeiter verdient, kann man sich nicht eine solche Garderobe leisten.«

»Ich habe vorher Dinge getan, die ein wenig einträglicher waren.«

»Zum Beispiel?«

»Eine Zeit lang trat ich als Kunstreiter in Wildwestshows auf. Ein bisschen habe ich auch beim Pokern gewonnen. Und zwar absolut ehrlich.« Nicht gelogen. Oder nur in Details. Kunstreiter war er nicht gewesen, dafür Kunstschütze. Egal.

»Wildwestshows? Im Ernst?« Oh, ein strahlendes Lächeln. Ihre Augen glühten. »Kennen Sie womöglich Annie Oakley?«

Little Miss Sure Shot? Natürlich. »Was heißt ›kennen‹? Ich hab ihr mal die Hand geschüttelt. Die Dame pflegt sich vom gemeinen Zirkusvolk abzuschotten. Fragen Sie mich nach Calamity Jane – mit der bin ich wirklich geritten, und gepokert haben wir auch.«

»Ehrlich?« Ihr stand der Mund offen. »Das ist ja unglaublich! Ist sie wirklich so, wie man sagt?«

»Noch viel schlimmer.« Er grinste. »Sie kann saufen und fluchen wie eine ganze Kompanie. Das ist wirklich nichts für Ihre Ohren.«

Ihr Lächeln war frech. Verdammt, er wäre imstande, hier noch bis in die Nacht zu sitzen, um ihr immer wieder aufs Neue eines zu entlocken. Zu schade, dass er ihr nicht die Wahrheit sagen konnte. Aber er lebte, weil er niemandem traute. Diesen Grundsatz durfte er niemals missachten, niemals.

»Meine Ohren haben schon mehr gehört, als Sie denken, Mr. Jones.«

»Das glaube ich durchaus, Miss Bennett.«

Der *cameriere* brachte den zweiten Gang, Lachs auf buntem Gemüse mit Oliven. Gut, dass es sich um ein italienisches Lokal handelte, da zog sich das Essen hin. Andererseits würde Sol zunehmend Probleme haben, mit seinen Antworten so zu jonglieren, dass sie keinen Verdacht schöpfte. Nun, das musste er einfach auf sich zukommen lassen; bisher war er es ihm noch immer gelungen zu verschweigen, was es zu verschweigen galt. »Darf ich nun einige Fragen stellen, Miss Bennett?«

Über dem Weinglas wurden ihre Augen schmal. »Haben Sie sich nicht bereits in meinen Unterlagen informiert?«

Langsam nippen. Gewitzt die Brauen heben. So tun, als sei es keine große Sache, des Schnüffelns in ihren Sachen überführt worden zu sein. »Oh, die Regentropfen auf Ihrer Kladde«, sagte er lächelnd. »Das verdammte Luder ist mir nass geworden, und Sie haben's gemerkt.«

»Ganz recht. Lassen Sie das Fluchen. Diese Kladde ist mein wertvollstes Stück.«

»Sicher. Das Handwerkszeug einer Reporterin.«

»Mit wertvollen Aufzeichnungen.«

»Natürlich.«

»Haben Sie je von Nellie Bly gehört?«

»Ja. Aber ich muss gestehen, dass ich ihre Reportage etwas weniger unterhaltsam als das Original fand.«

»Kunststück. Jules Verne konnte sich alle möglichen Abenteuer ausdenken, während Bly einfach nur darlegte, wie es sich wirklich anfühlt, in so kurzer Zeit um die Welt zu reisen. Aber mit welcher Courage sie das getan hat! Wussten Sie, dass sie auf ihrer Reise Jules Verne in Frankreich besucht hat?« Sie schien keine Antwort zu erwarten; sie hielt das Kinn auf die Fingerspitzen gestützt und sagte mit schwärmerischem Glanz in den

Augen: »Ich glaube, ich würde auch gerne einmal mitten im indischen Dschungel von einer Eisenbahn auf einen Elefanten überwechseln. Oder ein Abenteuer in einem Indianerdorf erleben. Und später mit ›*Hail, Columbia*‹ begrüßt werden und mit blumengeschmückter Lok heimfahren, wie die Bly.«

»Jetzt werfen Sie aber beide Bücher zusammen.«

»Ist doch egal. Es wäre ja *meine* Reise.«

»Sie sind bereits unterwegs, schon vergessen? Eine Reise von New York nach Chicago ist keine Kleinigkeit …«

»… für eine Dame«, ergänzte sie spöttisch und zeigte ihm ihre glänzenden Zähne. »Sie waren bestimmt auch schon überall, Sie Kunstreiter.«

»Ja, und gerade bin ich in Ihren Diensten, Bell. Wahrlich das schwierigste Engagement. Sie sind ja sozusagen ein weiblicher Phileas Fogg.«

Langsam ließ sie das Glas sinken, sah ihn an und schluckte. Sie war so nah, er konnte jede einzelne Faser in ihrer Iris erkennen, jede einzelne Haarlocke, die im Takt ihrer Gesten tanzte.

»Sie haben das Buch auch gelesen?«, fragte sie erstaunt. »Aber wissen Sie, ich bin nicht wie Phileas Fogg, Sie sind es! Wie hieß es noch im Buch? ›Er glich Byron, sein Kopf und seine Füße waren tadellos … Ein mysteriöser Gentleman … und wenig mitteilsam. Er schien umso geheimnisvoller, desto mehr er schwieg. Man wusste nichts von Weib oder Kind, noch von Verwandten oder Freunden …‹«

»Sie haben die *Reise um die Erde in achtzig Tagen* anscheinend öfter gelesen.«

»Mein Vater schenkte mir den Roman, da war ich zwölf. Das ist das Alter, ab dem ein Mädchen für gewöhnlich nur noch erbauliche Lektüre zu lesen bekommt. Also erbaulich in dem Sinne, dass diese es lehren soll, später einen ordentlichen Haushalt zu leiten. So war mein Vater nie. Das rechne ich ihm hoch an, und auch deshalb habe ich das Buch sofort geliebt.«

»Das ist schön.« Ehe er sichs versah, hatte er seine Hand auf ihre Fingerspitzen gelegt, die locker um den Stiel des Glases lagen. Er spürte, wie sie erschrocken zuckte. Doch sie hielt still.

»Für mich sind Sie eine echte Lady Philea Fogg, und ich bin vielleicht wie dieser Passepartout, ein treuer Begleiter auf Ihrer Reise.« Überrascht stellte er fest, dass er sich auch an ein paar Zitate erinnern konnte. »›Denn ich glaube, ein braver Bursche zu sein, meine Lady, wenngleich ich, offen gesagt, schon viele Geschäfte betrieben habe …‹«

»Ein braver Bursche! Sie?!«

»Und ein unverschämter Tölpel, war's nicht so?«

»Nein, das war Passepartout in dem Roman ja gerade nicht.«

»Nicht? Dabei komme ich mir in letzter Zeit des Öfteren so vor. Jetzt, zum Beispiel.«

»Passepartout war mitteilsam. Phileas Fogg nicht.«

Sein Daumen rieb über ihren Zeigefinger. »Phileas Fogg war edel. Passepartout nicht.«

»Phileas Fogg war stolz. Passepartout nicht.«

»Phileas …«

Da. Da war er, der neugierige Typ von vorhin. Erschien im Durchgang und ließ den Blick schweifen. Bevor er Sol entdecken konnte, schritt ein voluminöses Paar Richtung Ausgang, dazu kamen zwei Ober, die den neuen Gast in Beschlag nahmen, und die Sicht war versperrt. Sol zog seine Hand von Bells zurück, was sie zu einem Stirnrunzeln veranlasste. Er glitt von seinem Stuhl, zwei Schritte an der Wand entlang und um die Ecke. Hatte der Mann ihn noch gesehen? Er schlüpfte in das leere Séparée. Flucht durch den Hinterausgang, wie geplant? Bell hier sitzen lassen? Sie wäre zu Tode beleidigt, zu Recht, und würde ihn mitsamt seines schönen Plans sitzen lassen. Er griff ins Innenfutter seines Gehrocks und tastete nach seinem Colt. Fünf Minuten gab er sich. Dann würde er sich wieder hinauswagen und sehen, ob der Mann gegangen war oder Hunger hatte. Besser zehn. Aber Bells Geduld würde so lange nicht reichen. Die Hand am Revolver, verließ er das Séparée. Langsam hob er die linke Hand, um den Samtvorhang zum Speiseraum einen Spalt zu öffnen.

»Mr. Tyner?«

Eine Stimme. Hinter ihm. Die seinen wahren Namen kannte.

Er packte den Griff fester. Zu schießen wollte er vermeiden, aber wenn er sich schnell genug drehte und den Revolver an den Kopf des Mannes knallte …

»Tun Sie das nicht, Mr. Tyner.« Der kalte Lauf einer anderen Waffe berührte seinen Nacken.

»Sie verwechseln mich, Mister.«

»Tu ich das? Ob ich gerade einem Irrtum erliege, werden andere entscheiden. So, und jetzt die Waffe her, aber schön langsam. Und dann machen wir einen kleinen Spaziergang, Mr. Tyner.«

12

Cleveland, 28. April 1893

»Ich bin nicht Tyner. Sie verwechseln mich. Wenn Sie mich gehen lassen, werde ich die Sache auf sich beruhen lassen und die Polizei nicht einschalten.«

»Polizei? Sie? Der Witz ist gut. Setzen Sie sich.«

»Bitte! Ich *bitte* Sie!«

»Setzen!«

Er gehorchte.

»Hände auf die Lehnen.«

»Bitte ... So glauben Sie mir doch. Ich ... ich bin ein Geschäftsmann, ich hatte mit Leuten Ihres Schlags noch nie zu tun ... bitte.«

Sol hatte jedoch keine Angst, er wollte sehen, wer ihn enttarnt hatte, wollte dem Feind in die Fratze blicken.

Ein Gesicht schälte sich aus dem Dunkeln und beugte sich über ihn. Mit seinem kahlen Schädel wirkte der Mann seltsam alterslos, der Kopf eines Kindes auf überaus breiten Schultern. Mit einer dünnen Schnur und erstaunlicher Gelassenheit, als täte er dies jeden Tag, fesselte der Mann Sols Hände an die Lehnen.

»Den Geck mit der vollgeschissenen Hose spielst du wirklich gut. Kannst du aber lassen, Tyner – wir glauben dir diese Nummer eh nicht.«

Wir – das waren drei in dunkle, teure Anzüge gekleidete Männer, die ihre italienische Herkunft nur schwer leugnen konnten. Ebenso wenig, dass Mord zum Dessert für sie etwas ganz Normales war. Mobster, Angehörige einer Verbrecherorganisation. Dazu brauchte es nicht den Beweis in Form eines Schlagrings, den der Glatzköpfige aus seiner Jacketttasche zog und spielerisch auf der Handfläche drehte.

»Hören Sie, ich war nicht allein unterwegs«, versuchte es Sol noch einmal; er hoffte, dass sie etwas sagten, aus dem sich schließen ließ, wie es Bell erging. »Man wird sich gewiss Sorgen machen.«

Die Glatze warf einem der anderen einen fragenden Blick zu. Der machte eine wegwerfende Handbewegung. »War mit einer Frau unterwegs.«

»Ach«, Glatze wandte sich Sol wieder zu, »Sie sorgen sich um Ihr Flittchen? Müssen Sie nicht, die interessiert uns einen Scheiß.«

Das klang eine Winzigkeit beruhigend. Bell war hoffentlich in ihr Hotelzimmer zurückgekehrt, wo sie nicht mehr tat, als zornige Kreise in die Teppiche zu laufen. Würde sie die Polizei rufen? Diese Männer fühlten sich offenbar sicher genug, um keinen Gedanken daran zu verschwenden. Weit war sein Entführer mit ihm nicht gelaufen, aber es war stockdunkel gewesen und der Weg durch Hinterhöfe und Gassen verwinkelt. Er hätte nicht einmal sagen können, in welche Himmelsrichtung sie gelaufen waren. Oder wer diese Menschen waren, die seinen Namen kannten.

Ihre Visagen sagten ihm jedenfalls nichts.

»Was wollen Sie von mir?«

»Na, das klingt doch schon kooperativer.« Glatze zog einen Hocker heran, auf den er sich breitbeinig setzte. »Also, fangen wir an: Wir wissen, wer du bist.«

»Wer ist ›wir‹? Ihr drei Hosenscheißer?«

Die Beleidigung entlockte dem Mann nur ein Lächeln. »Wir sind die, die dich in deinen Albträumen verfolgen werden, wenn du nicht mitspielst.« Er ließ den Schlagring am kleinen Finger kreisen. »Wir sind aber auch die, die aus dir einen gemachten Mann machen können. Einen *freien* gemachten Mann. Du hast die Wahl, es kostet dich nur einen kleinen Job. Na, hörst du's dir an?«

Sol zuckte mit den Schultern. »Könnte mir jemand Wachs in die Ohren stecken? Nein? Dann muss ich es mir wohl anhören.«

»Ganz recht, Klugschwätzer. Wir haben einen Auftrag für dich. Um es kurz zu machen: Du sollst uns helfen, eine hochgestellte Persönlichkeit auf der Weltausstellung zu töten.«

»Was soll ich? Soll das ein Witz sein?«

»Du kriegst zwanzig Riesen und ein neues Leben in Südamerika für diesen Job. Einen jetzt gleich, als Anzahlung. Später ...«

»Nicht so schnell, ja? Wie kommt ihr Typen auf mich? Gibt's in euren Kreisen nicht genug, die sich als Attentäter eignen?« Das Ganze war ein Witz, oder? Gleich würde ihn jemand losbinden, ihm auf die Schulter klopfen und sagen ... ja, was? Ihm fiel verdammt noch mal kein Grund ein, warum jemand diese Art Scherz mit ihm veranstalten sollte.

Der Kahlschädel kippte den Hocker nach vorne. Sein Gesicht schwebte drei Handbreit von Sols entfernt in der Luft. Langsam griff er in seine Jackentasche. Um ein Minzbonbon herauszuholen, das er sich in den Mund steckte. »Ich sehe ja ein, dass das alles ein bisschen plötzlich für dich kommt. Aber du bist doch Profi, oder? Du steckst das weg.«

»Profi im Leute-Erschießen?«

»Im Väter-Erschießen. Hm?«

Aha. Natürlich. Die wussten, wer er war, wie auch immer sie es herausgefunden hatten. Allmählich begriff er, um was es hier ging. Wer seinen Vater umgebracht hatte, würde auch bei der auf der Weltausstellung auflaufenden Prominenz nicht mit der Wimper zucken. Und wer seit Jahren vor der Justiz flüchtete, würde zwanzigtausend Dollar und eine Zuflucht in Caracas oder Rio herzlich willkommen heißen. Das Ganze war im Grunde fürchterlich logisch.

»Warum ich? Ihr habt in euren Reihen doch sicher einige veritable Mörder.«

Glatzes rechter Mundwinkel hob sich zufrieden. »Man kann ja doch mit dir reden. Du schießt so gut wie nur wenige, heißt es. Deal, mein Freund?«

»Wenn ich zusage – wie geht es weiter?«

»Du wirst dich unverzüglich nach Chicago begeben. Weitere Anweisungen folgen.« Aus einer prall gefüllten Brieftasche holte der Kerl ein Bündel Dollarscheine und legte es auf den Tisch. Dann holte er aus der Innentasche seines Jacketts eine zusammengefaltete Zeitung und legte sie daneben.

»Du bist also einverstanden?«

Sols Kopf arbeitete fieberhaft. Aber er kam zu keinem anderen Ergebnis als dem, das Spiel erst einmal mitspielen zu müssen. »Okay.«

»Gut. Besiegeln wir das Ganze.« Der Mann erhob sich zu voller beeindruckender Größe und stieß den Hocker mit dem Fuß zur Seite. »Sagt dir Mucius Scaevola irgendwas?«

Sol hasste es, zu ihm aufsehen zu müssen. »Bedaure.«

»War so 'n alter Römer. Dem drohte man mit dem Tod, wenn er seine Komplizen nicht preisgab, und da hat er sich lieber gleich selber die Pfote verbrannt, statt seine Leute zu verpfeifen. Schmerzen können einen gut daran erinnern, wem man die Treue zu halten hat, stimmt's?«

»Keine Ahnung, ist mir auch egal. Ich will eurem Verein nicht beitreten, falls du das meinst.«

»Nein, so meine ich das nicht. Sag mal«, der Kerl legte die Pranke mit dem Schlagring auf Sols Schulter und ließ sie langsam an seinem Arm hinabgleiten, »brauchst du eigentlich zum Schießen alle deine Finger?«

»Was …?«

In einer aberwitzig schnellen Bewegung packte er Sols kleinen Finger und hebelte ihn hoch. Eine Wolke aus Schmerz explodierte in Sols Hand und in seinem Kopf. Er brüllte, warf sich nach vorne und stieß den Kopf in Glatzes Bauch. Jemand packte ihn an den Haaren, rammte ihm ein Knie in den Hals. Ihm blieb die Luft weg. Er fiel, mitsamt dem Stuhl, an den er gefesselt war. Stürzte. Fand sich irgendwann auf dem Boden wieder, wo er auf der Seite lag, die Stiefel der drei Mobster im tränenverschleierten Blickfeld.

Glatzes Stimme schwebte über ihm. »Wenn du nicht mitarbeitest, kriegst du sämtliche Knochen gebrochen, und du wirst staunen, wie viele so 'n Körper hat. Und jetzt Ohren auf: Morgen im Lauf des Tages wirst du Chicago North Side 1450 anrufen und erhältst weitere Instruktionen. Bindet ihn los.«

Das taten sie; die Mobster verschwanden, und Sol fragte sich, ob das alles real war. Minuten verstrichen, in denen er nur seinen Herzschlag und das wilde Pochen in seiner rechten Hand spürte. Irgendwann begriff er, dass sie ihn tatsächlich losgeschnitten hatten. Er setzte sich auf, die Hand an den Leib gepresst.

Neben ihm lag die Zeitung. Die Titelzeile sprang ihm ins Auge.

Wollen Sie das wirklich tun, Mr. President? *Sie setzen Ihr Leben und das der Nation aufs Spiel!*

Sie wollten, dass er den Präsidenten tötete.

13

Cleveland, 29. April 1893

Bell hatte am Schreibtisch in ihrem Hotelzimmer gesessen und zu lesen versucht. Sie hatte ihre Notizen gesichtet, einen Brief an den Vater und Postkarten an die Tanten geschrieben und unzufrieden im Papierkorb unter dem Schreibtisch entsorgt. Es half alles nichts. Sie kam über den Zorn und die Enttäuschung nicht hinweg. Von Solomon Jones sitzen gelassen worden zu sein! Was hatte ihn bloß geritten? Zum Teufel mit Solomon Jones. Oder wie er heißen mochte. Sollte er sich doch eine andere suchen, die er zum Narren halten konnte.

Mittlerweile lag sie im Bett. Eine Kirchturmuhr irgendwo dort draußen schlug Mitternacht. Bell war sich sicher, dass sie nicht würde schlafen können, aber reckte sich doch nach der Schnur über dem Bett und zog, wie die Vernunft es ihr riet. Mit sattem Klacken erlosch das Licht.

Dunkelheit. Die Gedanken wirbelten wild durch ihren Kopf. Morgen früh um halb neun ging ihr Zug. Die letzte Etappe. Für ein Frühstück blieb praktisch keine Zeit, weshalb sie vorhin, als sie von ihrem missglückten Dinner zurückgekehrt war, an der Rezeption einen kalten Pfannkuchen für sieben Uhr früh aufs Zimmer bestellt hatte. Die Hoffnung, Nikola Tesla im Speisesaal anzutreffen, hatte sie ohnehin aufgegeben. Zufällig war Mr. Westinghouse in der Lobby aufgetaucht und hatte sich wortreich entschuldigt, dass noch kein Treffen mit Mr. Tesla zustande gekommen war. *Und dabei hatte ich noch zu ihm gesagt, dass Sie in unserem Hotel sein werden, Miss Bennett.*

Wie bedauerlich! Es war wirklich wie verhext. Nun, sie würde ihn sich auf der Ausstellung schnappen. Im Elektrizitätsgebäude, wo er seine Shows abhielt, konnte er ihr nicht entkommen. Während der Zugfahrt würde sie noch einmal alle Notizen und Artikel durchgehen. Tesla, ganz recht, Tesla, war jetzt der Mann, um den es ging. Nicht so ein Windhund namens Solomon Jones.

Wo er jetzt wohl war?

Bell!

Ob ihm etwas passiert war?

Schluss! Aus!

Sie warf sich auf die Seite und den Quilt über sich. Das half für einen Moment, doch schnell wurde es ihr zu warm. Nanu? Hatte es wirklich eben an ihrer Zimmertür geklopft? Sie schlug die Decke zurück und lauschte.

Tatsächlich. Wer …?

Natürlich. Er.

Ihr erster Impuls war, sich wieder hinzulegen und die Decke auf die Ohren zu pressen. Stattdessen war sie schon auf den Beinen. Ihre Augen hatten sich an die Dunkelheit gewöhnt; sie fand den über einer Lehne liegenden Morgenmantel und schlang ihn sich um. Eine Hand auf der Türklinke, die andere am Schlüssel – halt, sollte sie wirklich einfach öffnen? Mitten in der Nacht und mit viel zu wenig am Leib? Verflixte Neugier.

Mit entschlossenem Ruck riss sie die Tür auf.

»Verzeihung«, murmelte Solomon Jones und wankte an ihr vorbei ins Zimmer. Rasch blickte sie auf den von einer einsamen Wandlampe erhellten Flur hinaus. Totenstille. Wenigstens hatte niemand sein Kommen bemerkt. Leise schloss sie die Tür. Zielsicher war er ins Badezimmer gewankt, wo sie das Wasser rauschen hörte. Sie knipste alle drei Wandlampen an. Den Morgenmantel fest um sich geschlungen und sicherheitshalber ihren Schirm in der Hand ging sie ins Bad.

Er stand über die Zinkwanne gebeugt und spritzte sich Wasser ins Gesicht. Blind tastete er nach dem Hahn und schloss ihn. Als Bell ihn genauer betrachtete, stockte ihr der Atem.

»Ihre Hand! Wie ist das passiert?«

Seine Antwort war ein leises Knurren. Er legte die andere Hand über die verletzte und wischte sich mit dem Unterarm das Wasser vom Kinn. »Muss mich mal setzen«, murmelte er und ging unsicheren Schrittes an ihr vorbei ins Zimmer zurück. Hier ließ er sich aufs Kanapee fallen. Schwer atmend legte er den Nacken auf die Rückenlehne und schloss die Augen.

Sie verkniff sich die Frage, weshalb er das nicht in seinem eigenen Hotelzimmer tat. Vielleicht war seine Absteige zu weit entfernt. Vielleicht brauchte er einfach Hilfe.

»Ich werde unten anrufen und um einen Arzt bitten«, sagte sie und eilte zum Telephon.

»Nein! Unterstehen Sie sich.«

»Aber weshalb?«

»Meinetwegen bitten Sie den Concierge um ein Schmerzmittel …«

»Hören Sie, Mr. Jones. Erst lassen Sie mich sitzen, dann tauchen Sie mitten in der Nacht in diesem Zustand hier auf. Ganz sicher sagen Sie mir nicht, was ich zu tun und zu lassen habe. Sie können ja nicht mehr stehen vor Schmerzen! Und deshalb werde ich jetzt einen Doktor rufen, haben Sie das begriffen?«

Er stöhnte und warf sich nach vorne, die verletzte Hand an die Brust gepresst. Der kleine Finger war geschwollen und stand in einem unnatürlichen Winkel ab. Rasch griff Bell zum Hörer und teilte dem etwas müde klingenden Concierge ihr Anliegen mit. Erst als sie das Telephonat beendet hatte, fiel ihr auf, dass sie den Männerbesuch nicht mehr würde leugnen können, sobald Hilfe eingetroffen war. *Was soll's, morgen bin ich hier weg.* Aber Mr. Jones im Anzug, sie im Negligé? Sie nutzte die Zeit, sich im Bad anzukleiden. Bald klopfte es. Sie öffnete einem kleinen, dicklichen Mann, der verstohlen gähnte.

»Sie baten um einen Arzt, Ma'am? Weston Clarke, zu Ihren Diensten.« Er lüpfte seinen Derby. Die Arzttasche unter die Achsel geklemmt, eilte er ins Zimmer und zu dem Verletzten. Der hatte sich nicht mehr gerührt. Als Sol den Arzt erblickte, straffte er sich, als ginge von ihm Gefahr aus.

»Was ist mit Ihnen geschehen? Wer hat Sie derart in die Mangel genommen?«, wollte der Doc wissen. Angesichts des vollkommen derangierten Zustands von Mr. Jones war die Frage mehr als berechtigt.

»Bin ... gestolpert.«

»Soso. Na, dann zeigen Sie mal her.« Dr. Clarke zog sich einen Stuhl heran und setzte sich ein Monokel vors Auge. Er berührte den geschwollenen Finger nur leicht, was Sol sogleich aufstöhnen ließ. »Eindeutiger Fall einer Fingerluxation. Ja, das tut weh, was? Ich werde Ihnen den Finger wieder einrenken. Kommen Sie, ich helfe Ihnen, den Rock auszuziehen.« Mit vereinten Kräften halfen er und Bell Sol aus dem Jackett. »Und jetzt, Ma'am, ein Glas Wasser bitte.«

Bell beeilte sich, ihm das Gewünschte zu bringen. Der Doc träufelte aus einer braunen Flasche einige Tropfen ins Wasser.

»Trinken Sie das, Sir«, befahl er, was Jones gehorsam tat. Morphium, vermutete Bell. Der Arzt holte unterdessen einige schmale Binden aus seiner Tasche und reihte sie ordentlich auf dem Tisch auf. Dann ging alles sehr schnell; er packte Mr. Jones' Hand, zog an dem Finger, als wolle er ihn ausreißen, und drückte ihn in die richtige Position zurück. Sol warf den Kopf in den Nacken und stieß einen heiseren Schrei aus. Mit der anderen Hand wollte er den Arzt von sich stoßen, als habe er noch nicht begriffen, dass er keinem Feind gegenübersaß. Seine Bewegung war vollkommen kraftlos. Völlig gelassen wickelte Dr. Clarke die Binden straff um die Hand.

»So.« Er griff in seine Brusttasche. »Ich sag's Ihnen, Ma'am, weil er es jetzt nicht begreift: Er soll die Hand in einer Schlinge tragen. Und morgen früh zur Kontrolle in meine Praxis kommen. Hier ist meine Visitenkarte, es ist nicht weit. Das Morphin wird ihn jetzt schlafen lassen. Um die Begleichung der Rechnung bitte ich sofort.«

»Selbstverständlich.« Bell holte ihre Handtasche. Danach begleitete sie den Doc zur Tür. Als er fort war, atmete sie auf. Hoffentlich hatte niemand Sols Schrei gehört.

Er lag halb niedergesunken auf dem Kanapee, ein Bein über die Lehne geworfen.

»Schlafen Sie?«, fragte sie. Keine Antwort. Seine Augen waren geschlossen. Offenbar hatte die Wirkung des Morphins bereits vollständig eingesetzt. Bell seufzte. Was tat eine junge Lady wie sie mit einem betäubten Rowdy auf ihrem Sofa? Wie auch immer, er tat ihr leid. Es sah unbequem aus, wie er so dalag. Vorsichtig setzte sie sich auf die Sofakante. Schweißtropfen hatten sich auf seiner Stirn gebildet; sie zog ein Taschentuch aus dem Ärmel und tupfte sie weg. Sanft schob sie eine feuchte Strähne beiseite. Seine Nasenflügel blähten sich, sein Mund stand einen Spalt offen. Sie musste dafür sorgen, dass er ordentlich atmen konnte. Sie zog die Krawattenspitze aus der Weste, knotete sie auf und zog sie ab. Dann öffnete sie ihm die beiden oberen Hemdknöpfe. Sie erahnte zarten Flaum unterhalb der Schlüsselbeinkuhle. Ganz kurz nur erspürten ihre Fingerkuppen seine erhitzte, schweißfeuchte Haut. Ein Kribbeln jagte durch ihren Körper, wie ein leichter Stromschlag. Hastig zog sie die Hand zurück.

Sie wollte aufstehen, Abstand zwischen sich und diesen schlafenden Unruhestifter bringen, doch sie konnte sich nicht rühren. Sie *wollte* hier sitzen, so ganz nah bei ihm, jetzt, da niemand es bemerken würde.

Es war schön, wenn er friedlich war. Nicht knurrte. Nicht

spottete. Nicht wie ein Vulkan brodelte, der jederzeit auszubrechen drohte.

Himmel, Bell! Mit einem Ruck stand sie auf. *Hast du je solche Dinge gedacht, wenn du mit Rick zusammen warst?*

Ruhelos wanderte sie durchs Zimmer, vergewisserte sich mit einem raschen Blick, dass Sol weiterschlief, wanderte weiter und kehrte zu ihm zurück. Setzte sich.

Nur mal sehen, wie es war.

Du hast den Verstand verloren. Sie legte eine Hand an seine Wange. Äußerst behutsam glitt ihr Daumen über seine Haut. Seine Lider flatterten. Wenn er sie jetzt aufschlug? Doch sie konnte die Hand nicht zurückziehen. Schlimmer, sie neigte sich über ihn und küsste ihn sanft.

Bell!, hörte sie die entrüsteten Stimmen von Tante Jessy und Tante Mabel in ihrem Kopf.

Still, ihr zwei! Gegen diese Kraft kommt man nicht an. Sie schloss die Augen, hoffte, dass er seine nicht öffnete, und verlor sich ganz in diesem Moment.

O Gott. Sie sprang auf und rannte ins Bad. Nur langsam beruhigte sich ihr Herzschlag. Ihr eigenes Bild im Spiegel, das sie aus dem Augenwinkel sah, zeigte eine Frau, die eine andere zu sein schien.

Okay. Du hast es getan. Aber es ist nichts passiert.

»Alles ist gut«, murmelte sie. »Alles ist gut. Niemand hat's gemerkt. Er nicht, und Rick sowieso nicht.«

Ihre Finger, mit denen sie sich die Haare ordnete, zitterten. Doch allmählich fasste sie sich, atmete tief ein, kehrte ins Zimmer zurück.

Sol lag unverändert da.

Sie bemühte sich, nicht in sein Gesicht zu schauen, um diese Kraft nicht wieder heraufzubeschwören. Er würde die Nacht hier verbringen, also begann sie, seine Stiefel aufzuschnüren, um es ihm ein wenig bequemer zu machen. Behutsam zog sie erst den einen, dann den anderen ab. Aha, was sein Anzug versprach, hielten seine löchrigen Socken nicht. Das nach unten hängende Bein schob sie aufs Sofa. Sie stellte die Stiefel beiseite … Irgendein Zeug war darin. Sie schüttelte sie aus. Ein Messer. Geld! Und zwar zwei dicke Bündel. Eines hielt eine goldene Klammer zusammen. Irgendetwas kam ihr daran seltsam vor – seltsam vertraut –, doch da hatte sie das Geld wieder zurückgestopft. Noch einmal nachsehen wollte sie nicht. Fremdes Geld ging sie nichts an.

14

Zwischen Cleveland und Chicago,
29. April 1893

Ihm gegenüber saß Bell, die Kladde auf dem Schoß, und schrieb mit fliegenden Fingern. Ihre geschwungene Damenhandschrift war kaum zu entziffern. Ab und zu hob sie den Kopf, blickte aus dem Zugfenster in den trüben Vormittag – oder ihm in die Augen. Schließlich hatte sie sich bereit erklärt, das Spiel mitzumachen, sich als seine Frau auszugeben. Aber nicht nur das: Ihr Lächeln hatte sich verändert. Sie wirkte irgendwie … glücklich.

Sein Wunsch, ihre Notizen zu lesen, war plötzlich brennend. Was war in der Nacht noch geschehen? Außer dass sie die Risse in seinem Gehrock genäht hatte, und das sehr gekonnt. Er konnte sich erinnern, ihren Duft in der Nase gehabt zu haben. Dass ihr Atem über sein Gesicht gehuscht war. Er glaubte sogar, ihren Mund auf seinem gespürt zu haben. Das hatte er sicherlich nur geträumt.

Die eine große Gedächtnislücke genügte ihm vollauf – eine zweite, selbst eine kleine ohne Folgen, wollte er nicht auch noch am Hals haben, verdammt.

»Möchten Sie vielleicht hierin lesen?« Sie zog ein Büchlein aus ihrer Tasche und reichte es ihm. Es war ein Weltausstellungsführer.

»Danke.« Er hatte sich bereits informiert, aber sein Wissen zu vertiefen, konnte ihm nur nützen.

Elektrizitätsgebäude: Dimensionen in Fuß 345 mal 690. Kosten $401,000. Hier sind die allerneuesten und glänzends-

ten Triumphe der Forschung ausgestellt. An der südlichen Seite befindet sich ein großer viereckiger Hof; das Nordende blickt zur Lagune hin, die Ostseite zum Manufakturgebäude und die Westseite zum Minengebäude. Das Gebäude verfügt über einen Längengang von 115 Fuß bei einer Höhe von 114 Fuß, der in der Mitte von einem Quergang ... Du liebe Zeit, das war ja einschläfernd wie eine Gallone Milch mit Honig. Er musste ein Gähnen unterdrücken; er fühlte sich sowieso, als hätte er am Vorabend drei doppelte Whiskey auf ex getrunken. Seine Gedanken kehrten zum gestrigen Tag zurück. Nachdem ihn seine neuen *Freunde* malträtiert hatten, war er ziellos durch die Straßen Clevelands geirrt. Erstaunlich, dass ein ausgerenkter Finger solche Schmerzen verursachen konnte. Dabei hatte er nachzudenken versucht, und er tat es wieder: War es nicht einfach nur dämlich, dem Attentäter, den man beauftragt hatte, das Werkzeug – die Hand – zu beschädigen? Und war es nicht *komplett* unvorsichtig und unprofessionell, mit einem solch brisanten Anliegen an einen Fremden heranzutreten? Handelte man so, wenn man das Verbrechen des Jahrhunderts plante?

»Müde, Mr. Jones?« Bell lächelte.

»Ich fürchte«, er hob eine Faust vor den Mund, »das ist die Nachwirkung des Morphins. Legt sich hoffentlich bald.«

Oder ist das Ganze doch irgendwie schlüssig?, überlegte er weiter und kam zum selben Schluss wie am Abend zuvor: Sofern man glaubte, dass er wirklich getan hatte, wofür er einst verurteilt worden war, besaß das alles eine grausame Logik. Auf ihn wartete das *westinghousing*. Der Stuhl. Ganz egal, ob er auf seine Sündenkartei noch den Mord am Präsidenten draufpackte. Der Tod blieb derselbe.

Sie wussten nicht, dass er seinen Vater vielleicht gar nicht getötet hatte. Dass er vielleicht unschuldig verurteilt worden war.

Vielleicht, vielleicht ... Zum Teufel damit.

»Sie haben übrigens im Schlaf gesprochen, Mr. Jones.«

Verdammt. Auch das noch. »War's interessant?«

»Ich habe nichts verstanden. Aber Sie wirkten recht ... angespannt.«

»Ich pflege mich nicht an meine Träume zu erinnern.« Zum Glück. »Tut mir leid, wenn ich Sie gestört habe.«

»So schlimm war es auch wieder nicht.«

»Ich habe übrigens geträumt, dass Sie mich küssen«, sprach er es ganz unverblümt aus.

Die Röte schoss ihr bis unter die Haarspitzen; sie murmelte etwas Unverständliches und beugte sich tief über ihr Notizbuch.

Also doch. Er musste ein Grinsen unterdrücken.

Sie saßen in einem Waggon, der in kleine Logen mit niedrigen Wänden unterteilt war. Ein Trainboy kam und bot belegte Brote an, auch Limonade, doch bedauerlicherweise keinen anständigen Drink. »Ich könnte etwas Hochprozentiges gebrauchen«, sagte Sol und legte den Guide beiseite.

»Alkohol hilft in solchen Fällen ganz sicher nicht. Was Sie brauchten, wäre ein starker Kaffee.« Bell warf einen Blick auf den an der Wand hängenden Fahrplan. »Bald sind wir in Kalamazoo, da haben wir einen einstündigen Aufenthalt.«

Wenn es dazu noch eine Zigarette gab ... Bedauerlicherweise verfügte dieser Zug über keinen Speisewagen, lediglich eine Bar, die jedoch geschlossen hatte. Nun, sich im nächsten Ort ein wenig die Beine zu vertreten und frische Luft zu schnappen würde ihm guttun. Außerdem musste er sich bei seinen Auftraggebern melden. Vorerst musste er sie glauben machen, dass er das Spiel mitspielte. Zum einen, damit sie keinen anderen anheuerten, der womöglich wirklich Cleveland ermordete. Zum anderen, weil er nicht zwei Parteien gebrauchen konnte, die ihn jagten. *Die da* – wer immer sie waren – und die Polizei.

Es war ein gutes Gefühl, Bell an seiner Seite zu wissen. Ihre Hand in seiner linken Armbeuge, ihr Duft in der Nase und ihre Stimme gaben ihm für einen langen Augenblick die Illusion, tatsächlich eine Frau und ein normales Leben zu haben. Die lästige Schlinge, derentwegen er das Jackett lose über der rechten Schulter trug, erinnerte ihn allerdings deutlich daran, dass sein Leben alles andere als gewöhnlich war.

Doch Bells Anwesenheit schützte ihn. Niemand würde in ihm den gesuchten Verbrecher Henry Tyner vermuten. Es sei denn, jemand erkannte ihn. Aber wer sollte das in diesem Kaff tun?

Die Straße vor dem Bahnhof des Städtchens South Bend besaß immerhin einen Drugstore, ein Restaurant und dazwischen ein Post Office. Über dessen Dach bündelten sich die wirren Knoten und Stränge des hiesigen Stromnetzes. Sol hielt Bell die Schwingtür auf und betrat hinter ihr die gekachelte, von gusseisernen Deckenlampen erhellte Halle. Fünf Postschalter reihten sich aneinander. Es gab einen Zeitungsverkaufsstand und einen für belegte Brote; ein alter Mann tauschte die an den Wänden verteilten Spucknäpfe gegen frische aus, und zwei Schuhputzerjungs lauerten auf Kunden. Davon schien es mehr als genug zu geben, vor jedem Schalter warteten Leute. Gut so: Im Gedränge fiel er nicht weiter auf.

Bell wirkte plötzlich nervös. Sie wollte ein Telegramm an ihre Lieben daheim aufgeben. Nur einen Gruß, soweit er wusste. Offenbar keine so simple Angelegenheit, wie er gedacht hatte. Als sie sich von seinem Arm löste, glitt ihre Hand wie von selbst in seine.

»Alles in Ordnung?«, fragte er.

»Sicher, sicher.« Sie rang sich ein wehmütiges Lächeln ab.

»Dort drüben ist der Telegrammschalter.« Er nickte zur linken Wand neben den Postfächern.

»Ja.«

»Ich muss dorthin.« Er wies zum Telephonschalter an der gegenüberliegenden Wand.

»Ja. Okay. Bis gleich …« Sie löste sich und ging, während er sich seinem Ziel zuwandte. Hinter dem Eichenholzgehäuse des Telephonschalters kaute ein Mann in speckiger Postuniform an einem Sandwich. Das Glasfensterchen war nur halb geöffnet.

»Ich möchte ein Gespräch nach Chicago anmelden«, sagte Sol.

Ohne seine Zwischenmahlzeit zu unterbrechen, schob der Beamte eine Liste über den Tresen, auf der die Preise für ein- bis zehnminütige Telephonate für verschiedene Ortsnetze vermerkt waren. Sol fragte sich, wie er im Voraus wissen sollte, wie lange das Gespräch dauern würde. Die wenigen Telephonate seines Lebens hatte er an Privatanschlüssen geführt. Von öffentlichen Telephonen verstand er so viel wie ein Kojote, der sich in eine Stadt verirrt hatte. Er schob einen Nickel über den Tresen. »Ich brauche nur eine Minute, denke ich.«

»Bedienen Sie sich.« Der Beamte nickte zu den Wandtelephonen hinüber und drehte sich halb zur Seite, um anzuzeigen, dass er beim weiteren Verzehr seines Hühnchentoasts nicht länger gestört werden wollte. Zwischen den drei Apparaten waren halbhohe Bretter angebracht, die aber kaum Schutz vor Mithörern boten. Wenigstens war Sol der Einzige, der in diesem Augenblick ein Gespräch führen wollte. Er entschied sich für den Apparat in der Ecke, über dem ein Blechschild hing: *Fassen Sie sich kurz. Sprechen Sie deutlich. Fluchen Sie nicht. AT&T.* Wie ging das noch gleich? Den Hörer abnehmen, die Kurbel an der Gehäuseseite drehen … Ohne die Hand aus der Schlinge zu nehmen, ging es nicht.

»Vermittlung hier«, meldete sich eine blechern klingende Frauenstimme. »Sie wünschen?«

Augenblicklich setzte die Übelkeit ein. Dass er noch die Nachwirkungen des Morphins verspürte, machte es nicht besser. Er nannte die Chicagoer Nummer, bei der er sich melden sollte, dann war es still in der Leitung.

Und wenn das Ganze eine Falle war und die Nummer einer Polizeistation oder gar dem Secret Service gehörte?

Die Leitung knackte. »Ja?«

»Hier ist … Tyner.« Sein Name wollte ihm kaum über die Lippen.

»Henry Tyner?« Eine Männerstimme, die er schon einmal gehört hatte. Oder? Sicher war er sich nicht.

Verdammt, was fragst du? »Ja.« *Der, der den Präsidenten töten soll.* Er musste sich mit der freien Hand an der Wand abstützen. Aber das war zu auffällig. Besser umdrehen. Durchatmen. Nach Bell Ausschau halten.

»Am ersten Mai um neun Uhr früh wirst du dich in Chicago in die Michigan Ave Ecke Washington begeben. Neben Bates' Pharmacy gegenüber dem Park ist ein schmaler Hauseingang; geh in den dritten Stock, öffne die blaue Tür. Halte dich unter allen Umständen an diese Anweisung.«

»Was, blaue Tür? Was soll der Schwachsinn?«, knurrte Sol.

Bell war jetzt die Zweite am Telegrafenschalter. Sie schaute über die Schulter in seine Richtung; ihre Blicke trafen sich, und sie hob zum Gruß eine Hand.

»Du wirst dort deine endgültigen Instruktionen erhalten, Tyner. Jetzt noch mal die Ohren auf, ich wiederhole nichts: Geht irgendetwas schief, begibst du dich anderntags um neun Uhr abends auf das Weltausstellungsgelände im Jackson Park, und zwar ins Deutsche Haus. Treffpunkt Stollwerck.«

»Was ist das?«

»Kriegst du schon raus. Keine weiteren Fragen mehr, ist gesünder.« *Klick.*

Er hatte ihr zurückgewinkt, sich dann aber sogleich wieder der Wand zugedreht. Sie erinnerte sich, dass er erzählt hatte, das Telephonieren bereite ihm Übelkeit. Bestimmt musste er sich jetzt konzentrieren.

»Verzeihung«, raunte eine ältliche Dame von hinten in ihr Ohr, und sie drehte sich um. »Ich wollte bloß sagen …«

»Ja?«

»Sie beide sind wirklich ein entzückendes Paar!« Die Frau mit dem ausladenden Federhut zwinkerte.

Bell schluckte. »Oh, danke, das ist sehr nett von Ihnen.« Offenbar war ihr Winken nicht unbemerkt geblieben. Sie kehrte der Frau wieder den Rücken zu, damit der nicht auffiel, dass sie keinen Ehering trug. Es musste doch auf ihrer Stirn geschrieben stehen, dass das alles eine Lüge war. Nein? *Wie hast du dich nur darauf einlassen können, Bell?* Hunderte Male hatte sie sich diese Frage gestellt. *Was war das? Abenteuerlust? Dummheit?*

Vermutlich von allem etwas.

Nellie Bly hatte solche Finten bestimmt nicht nötig gehabt. Und wenn Chicago auch ein gefährlicheres Pflaster als der Rest der Welt war … Sie dachte an die angeblichen Frauenleichen. *The Black City*, verrucht und verraucht. Aber wirklich viel hatte sie darüber nicht gelesen; solch schlimme Lektüre war auch im Hause Bennett nicht üblich. Ohnehin würde sie kaum mehr als *The White City* sehen, das gut bewachte Ausstellungsgelände. Aber Mr. Jones' Einwand war nicht von der Hand zu weisen gewesen. Wenn jemand sie schützen konnte, dann er.

Sie zählte die Münzen für das Telegramm ab. Eigentlich hatte sie, kurz bevor sie ihr Ziel erreichte, daheim anrufen wollen, um dem Vater reinen Wein einzuschenken. Sie sehnte sich nach seiner Stimme. Aber nun fürchtete sie viel zu sehr, sich zu verraten. *Daddy, also, ich hab da einen Banditen kennengelernt …* Er würde das alles nicht verstehen.

Endlich schien es weiterzugehen. Der Herr vor ihr spuckte in einen der Näpfe und stiefelte von dannen. Bell trat an den Schalter und bat um ein Telegramm.

»Füllen Sie das hier bitte aus.« Der Beamte schob ihr ein Formular und einen Bleistift entgegen. Sie nahm das Schreibwerkzeug entgegen und grübelte.

Liebster Daddy …

Sich als Mr. Jones' Gattin auszugeben hatte natürlich Nachteile – zum Beispiel, ihn ständig um sich zu haben. Wobei – war das wirklich einer? Anders als zu Beginn empfand sie seine Nähe nicht mehr als abstoßend. Im Gegenteil. Er konnte nett plaudern und sogar gelegentlich lächeln, wenn er nicht gerade knurrte. Wenn Dritte sie beide wohlwollend betrachteten, so wie eben, überkam sie sogar ein bisschen Stolz. Aber dennoch, da war irgendetwas an ihm, das nicht stimmte. Und dann war da der Gedanke an Rick: Sie ließ die Vorstellung nicht los, er könne plötzlich wie aus dem Nichts auftauchen und der ganzen Sache ein Ende bereiten.

»Ihr Text, Ma'am.«

Ein weiterer Nachteil war, dass sie getrennt von Mr. Westinghouse und seiner Entourage weiterreisen musste: Sie konnte ja schlecht erklären, wie sie plötzlich zu einem Gatten gekommen war. Somit reiste sie auch getrennt von Tesla. Inzwischen glaubte sie nicht mehr, ihr Interview auf der Reise zu bekommen; vielleicht hätte sie nicht so leichtfertig ihr Wort geben sollen. Mr. Wie-hieß-er-wohl-wirklich war nicht der Typ, einen Partner ziehen zu lassen, der es sich anders überlegt hatte.

»Ma'am?«

Trotz allem – Solomon Jones verursachte in ihr ein inneres Flattern, das ihr neu war. Völlig neu. Ein völlig irrwitziges, absonderliches, schönes Flattern …

»Wenn Sie so lange überlegen müssen, machen Sie das bitte dort drüben, dort ist ein Tisch.«

Bells Kopf ruckte hoch. »Es tut mir leid, Sir. Ich hab's gleich.«

Sie erstarrte, als ihr Blick hinter den Schalter fiel. Das war ... unmöglich. Sie rieb sich die Augen.

Doch das Bild blieb. Es war eines von mehreren, die an der Wand hinter dem Beamten hingen. Einige neu, dieses war deutlich vergilbt. Schwer zu erkennen, wenn man nicht nahe am Tresen stand. Körnige Photographien. Verbrecherbilder.

Steckbriefe.

WANTED
Henry Tyner
DEAD OR ALIVE
$4,500 REWARD

Bell schob dem Beamten Zettel und Bleistift so hastig zurück, dass die Sachen ihm in den Schoß kullerten, und rannte hinaus.

15

Zwischen Cleveland und Chicago,
29. April 1893

Sie war kaum auf der Straße, als Mr. Jones sie am Arm herumriss.

»Was ist mit Ihnen?«

»Ich ... ich war nur ... war ...«

»Was? Was war?«

»Ich war vor mir selbst erschrocken, als ich den Text für das Telegramm aufgeben wollte. Plötzlich dachte ich, nur weg hier, bevor ich ... etwas Falsches schreibe.«

Sie konnte das Beben in ihrer Stimme nicht unterdrücken. Langsam ließ er sie los. Seine Miene war angespannt – er hatte sie mit der versehrten Hand gepackt.

»Ich dachte, der Teufel wäre hinter Ihnen her«, sagte er und drückte die Hand gegen seinen Bauch. Ganz überzeugt klang er nicht.

So fühlt es sich gerade jetzt an.

Was tun? Die Gedanken rasten. Sie musste zurück, die Polizei anrufen. Sie musste sich in jedem Fall unauffällig verhalten. Sie musste, Himmel, was nur?

»Unser Zug pfeift schon, wir dürfen keine Zeit mehr vertändeln.«

Ja, sie hörte es, aber wie durch Watte. Er nahm sie an der Hand, und sie liefen zum Bahnhofsgebäude. Die Tickets vorzeigen, hinaus auf den Perron treten, rasch in den Zug steigen und auf die Sitze sinken, all das nahm sie kaum wahr. Erst als die Landschaft vorbeiglitt und ein Trainboy heißen Tee aus Blechtassen anbot, vermochte sie sich darauf zu besinnen, dass sie jetzt einen kühlen Kopf bewahren musste. Lächeln. Sich das innere Zittern nicht anmerken lassen. Um nichts sagen zu müssen, versuchte sie in ihrem Calamity-Jane-Heft zu lesen, vergeblich. Nach einer Weile steckte sie es wieder weg.

»Ich werde wohl ein wenig die Augen schließen.« Sie tat so, als müsse sie ein undamenhaftes Gähnen unterdrücken. »Es ist ja doch alles recht anstrengend.«

»Sicherlich hat meine Anwesenheit Ihre Nachtruhe gestört, das tut mir leid.«

Wie freundlich er sein konnte ... Sein knurriges Ich war ihr plötzlich lieber, es passte wenigstens zu seinem wahren Wesen. Sie lehnte sich in die Ecke und ließ die Lider sinken. Jones – nein, Tyner – blickte unschlüssig ins Leere. Zwischen den Wimpern hindurch sah sie nach einigen Minuten, wie er aufstand und die Loge verließ.

Was mochte er vorhaben? Sie wartete. Ihr Herz schlug lauter. Schließlich überwand sie sich und hob seine Tasche auf den Schoß; diese Gelegenheit würde vielleicht nie wieder kommen. War er wirklich dieser Henry Tyner? Der Mann auf dem Steckbrief hatte einen Oberlippenbart getragen. Es konnte doch sein, dass sie sich getäuscht hatte. Sie wollte, dass es so war, wider besseres Wissen.

Es war eine einfache schweinslederne, ein wenig abgenutzte Reisetasche. Zu seinem guten Anzug passte sie nicht. Bell öffnete die Schnalle und klappte sie auf. Sie fand nur ein Fläschchen Cologne, Zahnbürste, Zahnsalz, zerknülltes Unterzeug, ein Paar alte Armeefußlappen. Ein Kartenspiel; es sah ungezinkt aus. Doch keine Papiere, keine Photographien, nicht den geringsten Hinweis auf seine Identität. Ganz unten im Futter vergraben ertastete sie einige in Brotkrümel panierte Münzen.

Die Belohnung erschien ihr sehr hoch. Was musste man für

eine solche Summe getan haben? Etwa jemanden getötet? Gott im Himmel, das *wollte* sie sich nicht ausmalen. Aber sie *musste* den Tatsachen ins Gesicht blicken: Sie war – schon wieder – in allerhöchster Gefahr.

Oh, was war das? Ein angebrochenes und mit einem Gummi versehenes Patronenpäckchen, Kaliber .45. Von den ursprünglich zwölf Stück enthielt es nur noch zwei. Nun, das war nichts Ungewöhnliches. Sie dachte an Horace Unger, den Handelsvertreter, der sogar eine Waffe unter seinen Dessous verborgen hatte. Ein Blick zur Tür am Ende des Waggons – Sol blieb fort. Was tat er nur?

Im Futter ertastete sie einen verborgenen Schlitz, griff hinein und fand ... Geld. Viel Geld. Sie zog ein Bündel heraus. Ja, das hatte sie aus seinem Stiefel geschüttelt, sie erkannte die Klammer, die es zusammenhielt.

Die Erkenntnis traf sie wie ein Blitzschlag.

Die goldene Klammer, die Arabesken an den Spitzen ... Jetzt wusste sie, was ihr am Abend zuvor so seltsam daran erschienen war. Hätte sie nur näher hingeschaut!

Es war alles wahr. Solomon Jones war nicht der, der er zu sein vorgab. Es war ein Verbrecher namens Henry Tyner.

Es gab keinen Zweifel: Er war einer der Zugräuber, und dieses Geld mitsamt der Klammer war ihres.

O Gott.

Die Messingbeschläge der Tasche schienen plötzlich zu glühen. Hastig stopfte sie alles zurück und stellte die Tasche wieder ab. Sie war wie gelähmt.

Ich – muss – hier – raus.

Sol brauchte Luft. Er knotete den Binder auf und zog ihn aus seinem Hemdkragen. Zwei Knöpfe öffnen. Tief durchatmen.

Er nahm die Armschlinge ab, schob das milchige Fenster des Waschraums hoch und warf sie hinaus. Sollte ihn irgendjemand im Post Office erkannt haben, war es besser, nicht mehr der *Mann mit der Armschlinge* zu sein. Als er die verletzte Hand sinken ließ, zuckte es einem Nadelstich gleich seinen Arm hinauf. Vorsichtig lockerte er ihn.

Das Morphin wirkte nicht mehr, doch er fühlte sich matt. Er drehte den Hahn auf und spritzte sich einige Wassertropfen ins Gesicht. Der Blick in den Spiegel zeigte ihm einen gehetzten Mann. Irgendwann würde es vorbei sein. So oder so. Dieses Leben hielt er nicht mehr ewig durch. War das überhaupt ein Leben?

Blitzschnell griff er hinter sich, unter seinen Gehrock, und riss den Revolver aus dem Gürtel. Die Hand protestierte mit kreischendem Schmerz. Er zielte auf sein Spiegelbild. Ja, schnell war er auch dann, wenn er sich mies fühlte.

»Gestatten, Henry Tyner. Nummer 344. Solomon Jones.« Er starrte in den Lauf. »In dieser Reihenfolge.«

Mörder. Vatermörder.

Zum tausendsten Mal versuchte er sich zu erinnern. Zum tausendsten Mal – vergeblich. Sein Gedächtnis war verschüttet wie eine Haustür, gegen die eine Gerölllawine gedonnert war.

Er sollte abhauen. Die Mobster mit ihrem bescheuerten Plan sich selbst überlassen. Sich irgendwo verkriechen wie ein Wurm. Den eigenen bescheuerten Plan, an Tesla zu gelangen, vergessen.

Doch die Angst, dann an seiner eigenen Verzweiflung zu ersticken, war zu groß. Aber irgendwann würde er dem Gesetz ohnehin nicht mehr entkommen können. Noch einmal durch diese Mühle? Sich wieder brutalen Wärtern, noch brutaleren Mitgefangenen, unfähigen Pflichtverteidigern und arroganten Ärzten ausliefern?

Wie oft hatte er solche und ähnliche Gedanken gewälzt?

Aber ein neuer war hinzugekommen.

Er wollte nicht von Bell lassen. Sie gab ihm Kraft, bestärkte ihn in dem Drang, nicht aufzugeben. Er wusste, dass er sich Gefühle nicht leisten konnte. Aber sich für ein paar Augenblicke vorzustellen, er täte es, ließ ihn sich wie ein Mensch fühlen.

Der Zug ruckelte, er musste die Beine spreizen, um nicht zu schwanken. Er steckte den Revolver wieder in den Gürtel. Mit beiden Händen stützte er sich auf das Emaillebecken. Noch einmal durchatmen. Noch einmal das Gesicht kühlen. Dann straffte er sich.

Weitermachen, hoch mit der Maske: Gesichtsmuskeln glätten, einen Mundwinkel hoch zu einem Lächeln. Ein anderer schien ihm entgegenzublicken. Ein Mann voller Kraft, jung, lebensfroh und gut gelaunt. Ja, er konnte so tun als ob, wenngleich es immer schwieriger wurde. Den Binder steckte er in die Jacketttasche; das geöffnete Hemd verlieh ihm etwas Rebellisches. Er zog die Schöße glatt, öffnete die Tür und trat auf den Gang.

Sie war aufgestanden und starrte zur Notbremse hinauf. Das letzte Mal, als sie in einem Zug gesessen hatte, der auf diese Art zum Halten gebracht worden war, war ihr bestens in Erinnerung: technische Panne, Abbruch der Fahrt, sie allein mit ihrem Koffer und einem Windhund namens Jones.

Alles in ihr drängte ins Freie. Sie glaubte zu ersticken, wenn sie nicht augenblicklich den Waggon verließ. Sollte sie Schutz bei einem Schaffner suchen? In solchen Situationen wurden Frauen gerne als hysterisch diffamiert. *Ihre Gattin wollte mir tatsächlich weismachen, Sie seien ein Verbrecher, Sir. Hier haben Sie sie wieder, passen Sie gut auf sie auf.* Sich im Waschraum einschließen? Spätestens im Chicago Union Depot würde er sie schnappen. *Denk nach, Bell!* Die Scharade weiterspielen? Das hielte sie niemals durch.

Der Waggon ruckte; sie hielt sich an der Kante der Logenwand fest. Pfeifend und Dampf ausstoßend verlangsamte der Zug seine Fahrt und stoppte. Bell blickte aus dem Fenster, sah nur Wiesen, ein paar Krähen, sattgrüne Getreidefelder. Ein Schaffner eilte durch den Waggon. »Alles in Ordnung, Ladies und Gentlemen. Ein paar Rinder haben sich aufs Gleis verirrt. Es geht gleich weiter.« Bell zögerte nicht lange, eine derartige Chance würde sie nicht noch einmal bekommen: Sie zerrte ihren Koffer aus dem Gepäckfach und wuchtete ihn durch den Gang. Ein Herr sprang auf, wollte ihr helfen oder vielleicht fragen, was sie vorhabe, doch da war sie schon durch die Tür und auf der Außenplattform. Dem Koffer gab sie einen Stoß; er polterte die Treppe und die Böschung hinab. Kein Schaffner und kein Passagier hielt sie zurück. Den Koffer ließ sie im Gras liegen; rasch verbarg sie sich hinter einem Gestrüpp. Vor der Lok lief ein Heizer im dreckigen Overall und scheuchte zwei Kühe vom Gleis, dann schwang er sich wieder aufs Führerhaus hoch, er schien sie nicht bemerkt zu haben. Mit elender Langsamkeit fuhr der Zug wieder an. Wenn Jones sie gesehen hatte, würde er ihn erneut zum Halten zwingen. Sie wartete. Zählte ihre Herzschläge. Nichts geschah.

Als der Zug außer Sichtweite war, holte sie den Koffer und stapfte zurück aufs Gleis. Von hier oben hatte sie einen besseren Blick. Es war im Grunde genau wie vor zwei Tagen im Genesee County zwischen Rochester und Corfu: Einöde, Äcker, eine gottverlassene Gegend. Sie hatte das Gefühl, in ausgebackenem Schlamm zu stecken und niemals wieder weiterzukommen. Sollte sie erneut auf einen einsamen Kerl auf einem Lastkarren stoßen, würde sie sich eher den Mund zunähen, als ihn um Hilfe zu bitten. *Ich schwör's.*

Sol warf einen alarmierten Blick aus dem Fenster. Weshalb hatte der Zug gehalten? Seine Phantasie gaukelte ihm hereinstürmende Constables vor. Aber dort draußen in der einsamen Landschaft gab es außer einer Vogelscheuche keine einzige sichtbare Gestalt. Unauffällig begab er sich zur anderen Seite, doch auch hier – nichts. Er lauschte, doch alles, was er hörte, waren einige Stimmen, die sich über den Halt wunderten.

Inzwischen war die Bar geöffnet, und es hatten sich bereits einige Herren eingefunden. Er gesellte sich zu ihnen. Bell so lange allein zu lassen, war nicht gentlemanlike, aber sie würde hoffentlich noch schlafen. Er setzte sich an den schmalen Tresen. »Whiskey Soda«, sagte er zu dem Steward.

»Kommt sofort.«

So geschah es. Der weiche, runde Geschmack tat ihm gut. Dazu passte eine Zigarette. Mit dem Daumen entzündete er ein Streichholz und sog tief die Würze ein. Ein farbenfrohes Plakat an der Wand über dem Spirituosenregal pries den Besuch der Weltausstellung an. Er fing den Blick seines Sitznachbarn auf und hob zum Gruß sein Glas. »Warum wir wohl halten?«, fragte er beiläufig. »Dachte schon, wir werden überfallen.«

»Na, dann sollen sie mal kommen, die Banditen«, sagte der Mann, dem Akzent nach aus Virginia. »Mehr als einen Zehner hab ich nicht. Aber dafür einen einschüssigen Deringer. Sollte genügen.« Er lachte.

»Kommt aber keiner, wie's scheint«, bemerkte der Sitznachbar zur anderen Seite, ein dickbäuchiger Mann, der kaum auf den Barhocker passte. »*Cheers, Gentlemen.* Bestimmt liegt bloß irgendetwas auf dem Gleis.«

»Oder da ist was kaputt.« Der andere zog an seiner Zigarre.

»Mir war so, als wäre jemand ausgestiegen«, warf Sol ein. Erleichtert bemerkte er, dass der Zug wieder anfuhr.

»Ein Extrahalt für einen Passagier? Wo gibt's denn so was?«

Sol zuckte mit den Achseln. Mehr wollte er dazu nicht sagen;

dieses Samenkorn musste ab jetzt von allein aufgehen. Sollte später die Polizei die Fahrgäste befragen, würde sie vermuten, Henry Tyner habe sich unterwegs aus dem Staub gemacht.

Die Herren holten ihre Taschenuhren hervor und klappten sie auf. Handelsreisende vielleicht, für die es auf jede Minute ankam. Sol warf einige Münzen auf den Tresen und ging. Es wurde Zeit, zu Bell zurückzukehren.

Sie war nicht am Platz. Vermutlich hatte auch sie einen Waschraum aufgesucht, aus *Frauengründen*. Er griff nach dem Ausstellungsführer, den er zwischen die Polster gesteckt hatte, und schlug ihn auf. Aber etwas stimmte nicht. Er ließ den Blick wandern.

Ihr Koffer fehlte.

Er steckte den Guide in seine Tasche und erhob sich, um den Zug abzugehen. Doch er wusste, dass er Bell nicht finden würde.

16

Zwischen Cleveland und Chicago,
29. April 1893

»Es ist wirklich zum Aus-der-Haut-Fahren«, klagte Bell. »Ich hatte mich so auf das alles gefreut. Auf die Ausstellung, auf all die Prominenten, Nikola Tesla und all die verrückten Dinge. Ich wollte sein wie Nellie Bly, abenteuerlustig und unerschrocken; ich wollte eine Frau sein, die ihren Weg geht. Sie haben nicht zufällig das Buch von Nellie Bly gelesen?«

»Nein.«

»Aber Jules Verne sagt Ihnen schon etwas, oder?«

»Hmm ... ja. Doch. Hab ich mal in einem Buchladen in der Stadt gesehen. Aber das ist lange her, und ich war schon ewig nicht mehr in der Stadt.«

Zweifellos sprach er nicht von Chicago und auch nicht von South Bend, sondern vom nächstgelegenen Einhundert-Seelen-Kaff. »Sie ist in weniger als achtzig Tagen um die Welt gereist.«

»Im Ernst? Warum?«

»Weil sie beweisen wollte, dass sie es konnte. Die Weltausstellung, die sollte *mein*e Chance sein, es allen zu zeigen.«

»Ihr Englischen seid schon verrückt. Verzeihung, das ging nicht gegen Sie.«

Ach, wirklich nicht? »Ich habe Nellie Blys Berichte gelesen, und sie ist fast überall, selbst in Arabien oder China, mit Hochachtung behandelt worden. Bis auf Zugverspätungen und dergleichen hatte sie weiter keine Probleme. Na ja, unruhige See auch. Und ich? Habe Schwierigkeiten am Schuh, kaum dass ich aufgebrochen bin, und dabei wollte ich bloß nach Chicago.«

»Chicago!« Er sprach es so verächtlich aus, als handele es sich um *Babylon.*

»Ich schaffe es nicht mal, von A nach B mit dem Zug zu fahren, ohne dass etwas passiert. Können Sie mir das erklären?«

Sie sah den Mann von der Seite an. Er hatte seinen Strohhut in den Nacken geschoben, weiße Haare quollen wie Watte darunter hervor, und sein Kinnbart war wie eine dunklere Wolke, aus der es Fäden zu regnen schien. Sein Gesicht mit der knorrigen Nase war von Wind und Hitze gezeichnet. Nachdenklich zupfte er mit der einen Hand an den Bartfäden, während die andere locker die Zügel seines Einspänners schwang. Eine Stunde lang hatte Bell sich mit ihrem Koffer geplagt, dabei höchstens eine Meile zurückgelegt, als der alte Mann auf seinem Maultierkarren aufgetaucht war. Nun saß sie wieder auf einem holprigen Gefährt, in Begleitung eines Fremden, und dass es so gekommen war, verwirrte sie fast so sehr wie die Geschehnisse um Solomon Jones.

»Nun, Miss Bennett«, sagte der Alte in seinem eigentümlichen harten Dialekt. »Vielleicht ist es der Herr selbst, der nicht will, dass Sie diese Sache tun, weil sie eben doch nicht gut ist, und er legt Ihnen Holzscheite in den Weg, damit Sie in Ihr schützendes Heim zurückkehren.«

»Sie meinen Steine.«

»An Steinen stößt man sich die Zehen. Holzsplitter im Fleisch sind schlimmer. Beten Sie. Hören Sie auf Ihr Herz. Und den Verstand nicht vergessen.«

Was waren das für kluge Sprüche! Da hätte sie auch weiter die Bibel stechen können, statt sich hier von einem streng religiösen Amischen belehren zu lassen. Seufzend stützte sie den Kopf in die Hand.

Der knorrige Herr hatte sich als Gabriel Schrock vorgestellt. Er war auf dem Weg nach Hause, hatte einem Nachbarn geholfen, eine Scheune auszubessern. Auf der Ladefläche lagen Hämmer, Nagelschächtelchen und ein Weidenkorb, unter dessen blütenweißer Decke vermutlich die Belohnung der Nachbarsfamilie lag, ein fettes Lunchpaket. Bell knurrte der Magen. Sie holte ihre Schokolade heraus und bot Mr. Schrock ein Stück an. Er rümpfte die Nase. Vermutlich war er die Art Asket, die nur Brot und Feldfrüchte auf dem Teller akzeptierte. Ungeniert verspeiste sie die Tafel bis auf einen winzigen Rest. Dringend musste sie sich um Nachschub kümmern, um all den Widrigkeiten weiterhin die Stirn bieten zu können.

Bell ging im Geiste den Fahrplan des Zuges durch, aus dem sie gerade geflohen war. Sie waren im St. Joseph County, und der nächste Halt war Michigan City. Wie weit es wohl noch bis dorthin war? Zwei, drei Meilen vielleicht. Angenommen, Mr. Schrock brachte sie später dorthin – würde Sol auf sie warten? Wenn nicht dort, dann anderswo; er hatte bereits bewiesen, dass er sich wie Teer an ihre Fersen heften konnte. Es wäre sicherer, sich an den Bahnhöfen entlang der Strecke nicht mehr blicken zu lassen. Doch wie um alles in der Welt sollte sie dann nach Chicago gelangen? Nein, das war auch keine Lösung.

Immerhin kam sie ein wenig voran. Die Fahrt ging über sanfte Hügel; ein tiefblauer Himmel spannte sich über sattgrünen Feldern und ließ das regnerische Wetter der vergangenen Tage vergessen. Der Wind zauberte Wellen aus Glanz auf hüfthohes Gras. Überall blühten Weißdorn und Sumach. Zum ersten Mal wurde Bell bewusst, dass der Frühling in voller Pracht gekommen war. Mr. Schrock lenkte seinen Muli in einen Wirtschaftsweg, wo junge Männer in einem Obsthain arbeiteten. Sie sahen weitgehend gleich aus – schwarze Tuchhosen, graue oder braune Hemden, breitkrempige Strohhüte, die sie zu einem freundlichen Gruß hoben. Eine Scheune kam in Sicht, ein Bach mit einem kleinen Wasserrad, weiß getünchte Holzhäuser mit tief herabgezogenen Giebeln. Drei Frauen fütterten Hühner und Gänse vor einem Haus, auch sie in züchtiger schwarzer Kleidung mit weißen Schürzen und niedlichen Häubchen. Tatsächlich waren es die ersten Amischen, die Bell sah; New York war für diese Leute wohl doch ein bisschen zu groß.

Mr. Schrock sprang vom Kutschbock und bot ihr zum Absteigen die Hand. Aus allen Richtungen kamen Kinder gelaufen, die in ihren Anzügen und Kleidchen wie puppenhafte Ausgaben der Erwachsenen wirkten. Auch die Frauen waren herangekommen und murmelten das in Bells Ohren seltsam klingende »Grüß Gott«. »Das ist Tirzah, meine Frau«, sagte Mr. Schrock. »Tirzah, wir haben Besuch!«

Die Frau, die Bell in Empfang nahm, war um einen Kopf größer als er, stämmig und eher reserviert. »Ich möchte wirklich keine Umstände machen«, entschuldigte sich Bell.

»Machen Sie nicht.« Mr. Schrock wuchtete ihren Koffer von der Ladefläche. »Ob zehn oder elf Mäuler am Tisch sitzen, macht keinen Unterschied.«

Inzwischen war wohl das halbe Dorf herangelaufen. Bell kam sich vor wie ein kurioses Fundstück, ein bunt bemalter Marterpfahl vielleicht, den man bei der Feldarbeit ausgegraben hatte. Die Kleinen machten große Augen, die größeren Kinder grüßten schüchtern, und die Erwachsenen blickten skeptisch. Offenbar kam es nicht oft vor, dass ein Fremder diese Gastfreundschaft in Anspruch nahm. Was immerhin für die Zuverlässigkeit der Ohio Central Railroad sprach.

»Das Mittagessen ist schon fertig«, sagte Mrs. Schrock. Das Haus, das Bell betrat, war eng und düster, die Küche jedoch hell und riesig. An dem aus dicken Bohlen gezimmerten Tisch hätten problemlos drei Familien Platz gefunden. Anderthalb Dutzend Leute versammelten sich darum. Mr. Schrock betete und las, während die anderen zulangten, aus dem Lukas-Evangelium die Geschichte vom verlorenen Sohn vor, dann aß auch er. Auf Bell wirkte das alles unwirklich. Es gab Maisbrei, Speck und Bohnen. Danach schwärmten die Amischen wieder zu ihren Pflichten aus, bis auf ein paar kleine Kinder, die sich noch die Zeit damit vertrieben, Bell anzuglotzen.

»Haben Sie nochmals vielen Dank«, sagte sie zu Mr. Schrock, der sich ebenfalls auf den Weg machte.

»Keine Ursache.« Weg war er. Zu ihrem Erstaunen bot ihr Mrs. Schrock eine Tasse Bohnenkaffee an. Und ein steifes Lächeln. »Den gibt's bei uns nur sonntags, aber mir ist nicht entgangen, dass Sie anderes Essen gewohnt sind, und daher … Allerdings ist er noch nicht gemahlen, können Sie das machen? Ich muss noch mal weg, die Kleinen zu den Yoders drüben bringen. Die sind heute dran mit dem Bibelunterricht. Auf, Kinder!« Sie klatschte in die Hände, und alle rannten zur Tür. »Bitte passen Sie auf Jakob auf. Der darf nicht mit, er hat Läuse.«

Sprach's und eilte hinaus. Bell nahm die Kaffeemühle und die Schütte mit den Bohnen vom Küchenschrank. Sie hatte noch nie Kaffee gemahlen, aber so schwierig konnte das ja nicht sein: oben den Deckel öffnen, eine Handvoll Bohnen hineintun, die Kurbel drehen. Das Drehen war allerdings anstrengender als gedacht.

»Ist Mr. Schrock dein Großvater?«, fragte sie den Jungen. Er hockte auf dem Boden und hatte gedankenverloren drei Finger im Mund. »Oder dein Urgroßvater, hm? Wie alt bist du denn?«

Jakob sagte nichts.

»Aua!« Sie war mit der Hand von der Kurbel gerutscht. Im Schublädchen befanden sich nur ein paar Krümel. »So ein Mist! Das dauert ja ewig! Aber ich muss doch weiter! Was tue ich überhaupt hier?«

War Nellie Bly je in einer solchen Situation gewesen? Plötzlich kam sich Bell von Gott und aller Welt verlassen vor. Warum war alles so schwierig, selbst dieses blöde Mahlgerät? Sie wollte ja gar keinen Kaffee.

»Kann man hier eigentlich Schokolade kaufen?« Sie nahm das allerletzte Stückchen aus ihrer Handtasche und hielt es Jakob hin. Er tappste auf seinen dicklichen Beinchen auf sie zu, steckte sich die Schokolade in den Mund, und erst, als er sie heruntergeschluckt hatte, schüttelte er den Kopf.

»Dachte ich mir.« Sie klemmte sich die Mühle wieder zwischen die Schenkel. »Aber immerhin weißt du, was das ist.«

Er nickte.

»Wenn ich noch welche hätte, würde ich mich besser fühlen«, erklärte sie. »Und ... Was ist denn jetzt schon wieder?« Das Mahlwerk hatte sich verhakt; die Kurbel ging nicht vor und nicht zurück. Sie bot alle Kraft auf, doch vergebens. Ihr war danach, das Ding auf den Boden zu schleudern. *Oh, verdammtnocheins!* Daran war nur Solomon Jones schuld! Ohne ihn wäre sie im Zug, nein, ohne ihn wäre sie in Chicago! Sie schlug auf die Kurbel und tat sich nur weh. Schließlich stellte sie die Mühle auf den Tisch. Tränen ballten sich hinter ihren Augenlidern. Es war lange her, seit sie zuletzt geweint hatte; sie hatte sich stets für stark gehalten, doch jetzt konnte sie nicht mehr an sich halten. »Ach Jakob«, schluchzte sie, hastig nach einem Taschentuch kramend. »Ich habe so viel durchgemacht, seit ich von daheim aufgebrochen bin. Das war alles zu viel ... und jetzt ... bin ich hier ... gestrandet. Wie ein kaputtes Schiffswrack. Und so fühle ich mich auch.«

Seine Schuld. Solomon. Sol ... Tyner ... oder wie er sonst heißen mochte.

Sol.

Sie presste das Taschentuch vor die Augen.

Sol.

Ganz deutlich sah sie ihn.

Ganz deutlich sah sie jenen Mann, der sie und Mr. Unger im Zug nach Buffalo überfallen hatte. *Dies ist ein Überfall.* Die Stimme des Mannes war rau und gedämpft gewesen. Ein schmutzig-braunes Tuch hatte seine untere Gesichtshälfte bedeckt, eine Wollmütze sein Haar. Unter dichten Brauen hatte ein gehetztes Augenpaar gefunkelt. *Bargeld, Schmuck, und zwar schnell, sonst knallt's.* Sol war das nicht gewesen, nur sein Kumpan; er selbst war wohl einer derjenigen gewesen, die auf dem Gang gewartet hatten. Er, der Mann, mit dem sie beim Dinner einen zauberhaften, wenn auch abrupt unterbrochenen Abend erlebt und mit dem sie die Nacht im selben Hotelzimmer verbracht hatte.

Den sie geküsst hatte.

Die Tränen waren nicht aufzuhalten. Nicht das Beben ihrer Schultern, nicht die hässlichen Geräusche, die aus ihrer Kehle platzten. In diesem Augenblick fühlte sie sich wie der eine Mensch auf der Welt, der am bittersten betrogen worden war. Ihr Traum war zertreten, lag im Schmutz. Sie war wie der verlorene Sohn, der einsam in der Ferne hockte und feststellte, dass all das, dem er nachgerannt war, nur Illusion gewesen war.

Sie versuchte sich die Dinge in Erinnerung zu rufen, die sie begeisterten – Tesla, Bly, die Ausstellung, ihr aufregendes Leben als Reporterin, der Ruhm. Stattdessen sah sie einen besorgten Vater, einen enttäuschten Rick und sich selbst am Boden. Panik erfasste sie. Sie riss den Mund auf, wollte schreien.

Bell! Um Gottes willen. Mach die Augen auf.

Sie tat es. Irgendwie hatte sie gehofft, woanders zu sein, doch sie befand sich nach wie vor in der großen Amisch-Küche, in der der schwere Geruch des Lunchs noch in den Gardinen und Häkeldeckchen hing. Auch Jakob war noch da. Er stand an ihrer Seite und hatte eine Wange auf ihren Schenkel geschmiegt.

»Uh, Kleiner … hast du wirklich Läuse?«

Jakob nickte.

Es gab Apfelkuchen mit heißer Butter. Die Kinder bekamen Milch, auf der dick der Rahm schwamm. Danach schmauchten die Männer Pfeifen zum Kaffee. Sie ließen es sich gern gut gehen, diese Leute, auch ohne Schokolade. Bell hatte sich gefasst. Sie dachte an ein Zitat aus Blys Buch: *Falls das Schiff untergeht, kann ich noch genügend darüber klagen, wenn es so weit ist. Kein Klagen der Welt kann das beeinflussen. Falls das Schiff nicht untergeht, verschwende ich nur meine Zeit.* Das Schiff schwankte zwar schwer, aber noch war ihr Kopf über Wasser.

Doch bis ins Mark erschüttert war sie immer noch. Sol hatte sie betrogen. Aufs Allerallerschändlichste. Mehr noch, er hatte sie belogen.

»Sie sehen nicht glücklich aus«, bemerkte Mr. Schrock. Er nahm seinen Kaffee im Schaukelstuhl zu sich, der neben dem noch warmen Herd den Dielenboden zum Knirschen brachte. In den Gardinen klebte die würzige Luft. Das Gebrumme der Fliegen um die von der Decke hängenden Fangstreifen wirkte geradezu heimelig. »Was verlorene Söhne – Töchter erst recht – für gewöhnlich ja auch nicht sind. Die Welt dort draußen ist wie das Fangeisen für einen Bären: Man fühlt sich stark und denkt, so ein hübsches, glänzendes Fangeisen könne einem nichts anhaben, aber entweder verliert man eine Pfote oder, wenn man Pech hat, sogar sein Leben.«

Bell fragte sich, ob je ein Bär irgendwo herumgestreift war, der ein Fangeisen als hübsch empfunden hatte. Auch wenn die Vergleiche Mr. Schrocks gelegentlich hinkten, begriff sie, was er meinte.

»Sie sollten nach Hause gehen, Miss Bennett.« Offenbar fühlte er sich genötigt ihr gute Ratschläge zu geben. »Erst einmal bleiben Sie selbstverständlich hier; oben haben wir eine hübsche Gästekammer. In drei Tagen fährt der junge Yoder nach South Bend. Er wird Sie bestimmt mitnehmen. Zeit genug, um zu entscheiden, welche unserer Frauen als Ihre Anstandsdame mitfährt.« Er zwinkerte ihr zu. »Die große Stadt ist für jeden eine Gefahr.«

Die große Stadt. Sie musste sich noch einmal vergegenwärtigen, dass er von South Bend sprach. Und von drei Tagen! Allmächtiger! »Das ... das ist sehr freundlich von Ihnen«, stammelte sie matt. Zurück nach South Bend. In drei Tagen. Sie würde die Ausstellungseröffnung verpassen.

Na und?, dachte sie trotzig. *Wartet dort irgendjemand auf dich?* Tränen wollten aus ihren Augen rinnen; sie tupfte sie unauffällig weg. Der alte Herr sah es dennoch; nachdenklich bearbeiteten seine großen Zähne den Pfeifenstiel. Diese drei Tage lagen wie Felsgestein auf ihren Schultern. Es musste doch eine andere Möglichkeit geben!

Ächzend erhob sich Mr. Schrock. »Die Yoders habe ich allerdings noch gar nicht gefragt. Das sollten wir gleich tun. Wären Sie so freundlich, einen alten Mann zu begleiten?«

Sie stopfte ihr Taschentuch in die Handtasche, schob sich die Henkel über den Arm und stand ebenfalls auf. »Gewiss, Sir.«

Brav trabte sie hinter ihm her aus dem Haus. Ob sich die Hilfe dieser feinen Leute erkaufen ließ? Ein Gespann mitsamt Kutscher, der sie morgen früh nach Michigan City brachte? Heute war es sinnlos, den letzten Zug würde sie nicht mehr erwischen. Aber was machte man sich hier aus Geld, und wie viel hatte sie dann noch?

»Ben!«, rief Mr. Schrock. »Ich brauche den Buggy!« Ein Junge sprintete Richtung Schuppen. Gemächlich, mit weit schwingenden Armen, schlenderte Mr. Schrock über den Dorfplatz, wo ein paar Frauen Wäsche aufhängten – das Wetter war wirklich herrlich – und die Kinder die Hühner fütterten. Aus dem Schuppen hörte Bell Wiehern und das Knirschen von Lederzeug. »So schnell wie Ben spannt keiner die Kutsche an«, sagte Mr. Schrock. »Dauert nur einen Augenblick.«

Der sich zu einer halben Stunde dehnte. Bell dachte an die Automobile, die man in Windeseile starten konnte. Eine Maschine, die sie in rasender Geschwindigkeit westwärts brachte, so etwas brauchte sie jetzt. Schließlich kam Ben zungenschnalzend aus dem Schuppentor gefahren, sprang ab und überließ die Zügel Mr. Schrock, der ihr zum Aufsteigen die Hand reichte. Es war ein kleines, altmodisches Gefährt, in das sie besser mit einer Haube auf dem Kopf gepasst hätte. Mr. Schrock lenkte den Buggy aus dem Dorf. Bell beschloss, sich in ihr Schicksal zu fügen. Wenigstens für eine Viertelstunde. Danach würde sie weitergrübeln.

Die war verstrichen, als sie zu einem anderen, aus mehreren weiß getünchten Holzhäusern bestehenden Gehöft gelangten. Mr. Schrock sprang ab und klopfte mit der Faust gegen eine Tür. »Elias«, sagte er zu dem Mann, der stirnrunzelnd öffnete, »heute ist es so weit.«

»Tatsächlich?« Der Mann, schmal, klein und mit Backenbart, sah nicht viel anders aus als Mr. Schrock, bestimmt waren sie Vettern. Seine wässrigen Augen weiteten sich. »Ist etwas passiert?«

Mr. Schrock hatte die Daumen in den Hosenträgern und das Kinn oben, sodass sein Bart forsch in die Luft ragte. »Ich bin hier wegen ... Du weißt schon.«

Elias' Miene erstrahlte. »Ah! Ist der Tag also gekommen. Dafür musst du dich nicht schämen, mein Bester.« Was Mr. Schrock aber offenbar tat, er presste widerwillig die Lippen zusammen, und Elias fügte mit dem gleichen kantigen Akzent hinzu: »Der Herr hat mit der Natur auch die Kraft erschaffen, deren sich das Telephon bedient.«

»Ich halte nichts von dem, was diese Kraft bewirkt, für natürlich«, schnaubte Mr. Schrock.

Ganz offensichtlich spielte sich ein solcher Disput nicht zum ersten Mal zwischen den alten Herren ab. Schließlich wandte sich Elias Yoder in ihre Richtung. Bisher hatte er sie nicht beachtet, jetzt musterte er sie von oben bis unten. »Die Englische ist also der Grund, weshalb du hier bist.«

»Vergeben Sie diesem Maulesel«, sagte Mr. Schrock zu ihr. »Er hat keine Manieren.«

Mr. Yoder antwortete mit einem Schnauben. Auf einen Gehstock gestützt stiefelte er auf sie zu und verneigte sich. So tief, dass sie sein Rückgrat knirschen zu hören meinte. »Herzlich willkommen, Ma'am. Womit kann ich dienen?«

»Womit wohl?«, schnaubte Mr. Schrock. »Ich sagte doch, heute ist es so weit.«

»Oh ja. Halleluja! Esther soll zur Feier des Tages einen Kuchen backen.«

»Danke. Wir hatten schon Kuchen. Ist Reuben da?«

»Ja.« Mr. Yoder kehrte zur Haustür zurück und schlug mit dem Stock gegen die Zarge. »Reuben! Komm mal raus da!«

Ein junger, schlaksiger Bursche zwängte sich an den Hausbewohnern vorbei, die den Flur verstopften. Bells Anblick ließ ihn zurückzucken. Süß sah er aus mit seinem goldblonden, wallenden Haar und seinen strahlend blauen Augen, die sie unwillkürlich an Sol denken ließen. Nur dass Sol sie nie so überrascht und unschuldig aufgerissen hätte.

»Die Dame braucht deine Hilfe«, sagte Mr. Yoder. »Bei – du weißt schon.«

Die Frauen im Flur begannen zu tuscheln. Reuben Yoder hob zum Gruß den Strohhut, straffte sich und zog sein himmelblaues Hemd glatt. »Jetzt gleich?«

»Ja, soll sie warten, bis es wieder schneit?«

»Okay, okay«, murmelte der junge Yoder, was die alten Herren zum gemeinschaftlichen Kopfschütteln veranlasste.

»Solche modischen Ausdrücke wollen wir nicht hören«, brummte der alte Yoder. »Und jetzt spute dich. Mein Stock hat keine Angst vor ausgewachsenen Hintern.«

Reuben Yoder marschierte grinsend voran, und alles, was Beine hatte, folgte ihm. Es ging in einen großen Schuppen. Zwei Kutschen standen an der linken Wand, an der rechten waren Holz und Heuballen gestapelt. Der junge Yoder stapfte an den Kutschen vorbei und über das Stroh hinweg in die hinterste Ecke des Schuppens. Die Amischen stellten sich hinter ihm im weiten Viertelkreis auf, als gäbe es eine unsichtbare Grenze, die nicht überschritten werden durfte. Während Bell mehr ahnte als sah, dass er mit einer Petroleumlampe hantierte, wisperte eine Frau ein Gebet. Bell nahm den öligen Geruch wahr, dann schaute sie in das Licht. Der junge Yoder hängte die Lampe an eine von der Decke baumelnde Kette.

Ganz in der Ecke stand ein Tisch. Was darauf lag, war von einer geölten Plane bedeckt. Feierlich zog Reuben sie herunter.

»Ein Telephon«, hauchte Bell.

»So ist es«, sagte der alte Yoder mit tiefem Ernst in der Stimme. »Ich war auch lange dagegen, aber Reuben ging in die Welt und brachte es mit. Die Ältesten haben nach Tagen des Betens und Fastens entschieden, dass es im allergrößten Notfall benutzt werden darf. Das ist jetzt drei Jahre her.«

»Elektrizität nutzen zu wollen ist Hochmut«, konstatierte Mr. Schrock. »Wenn Sie es nicht anfassen wollen, ist das eine Entscheidung, die wir alle verstehen, Miss Bennett.«

»Ja, ist es denn angeschlossen?« *Das kann doch nicht wahr sein.*

»O ja, Madam.« Reuben Yoder hob hinter dem Tisch ein Kabel in die Höhe. »Es funktioniert ganz tadellos.«

»Die Leitung von AT&T verläuft ganz hier in der Nähe«, erklärte Mr. Yoder. »Reuben hat einen Draht gelegt.«

Das war bestimmt illegal, aber ob die guten Leute das wussten? Bell würde sie gewiss nicht darüber aufklären. »Ich habe auf meiner Reise schon viel Seltsames gesehen, aber *das* …« Noch ganz verwirrt schüttelte sie den Kopf. »Darf ich?«

»Bitte sehr.«

Sie trat an den Tisch, betastete den Eichenkasten. Ein Fabrikat von Edison Co., nicht das neueste Modell. Sie hob den Hörer ans Ohr, drehte die Kurbel und seufzte. So wie die Dinge lagen gab es keine andere Möglichkeit. Eine weibliche Vermittlungsstimme meldete sich am anderen Ende. Unfassbar. »Hier ist Miss Bell Bennett. Bitte geben Sie mir Lower Manhattan 1818«, sagte sie. Ihre Stimme zitterte.

»Sehr wohl, Ma'am.« Stille, dann ein Knacken. »Bell? Bell?« Das war ihr Vater; ihr Herz machte einen Satz. Sie hatte schon oft telephoniert, dennoch durchlief sie bei dem Gedanken, dass ihr Vater hier und gleichzeitig in New York war, ein heiliger Schauder.

»Ja, Daddy, ich bin's.«

»Wo bist du?«

»In Indiana, St. Joseph County.« Fragend drehte sie sich zu den Amischen um.

»Fünf Meilen südwestlich von South Bend«, rief Mr. Schrock. »Bei den Schrocks.«

Anscheinend hatte die Siedlung keinen Namen. Sie wiederholte es. »Bei Amisch-Leuten«, fügte sie hinzu und atmete aus.

»Wär's nicht so verrückt, würde ich jetzt lachen.« Ihr Vater sprach wie üblich laut. Das war seinem schlechten Gehör geschuldet – ein Andenken an die Schlacht von Gettysburg. Nach dieser einen poltrigen Entgegnung schwieg er. Bell wünschte sich, durch die Luft greifen und seine Wange streicheln zu können.

»Daddy, du weißt, warum ich das tun musste«, presste sie hervor. Sie umklammerte den Hörer mit beiden Händen. »Erinnerst du dich daran, dass ich dir sagte, ich würde gerne diese Artikelserie schreiben, über …«

»… Elektrizität? Ja, ja. Du wolltest mit Nikola Tesla reden … Himmel, ich hätte niemals gedacht, dass es dir so ernst damit ist. Du hättest es mir sagen sollen!«, dröhnte er. Bestimmt konnten ihn alle hier hören.

»Du hättest es mir verboten.«

»Ja, vielleicht! Aber ich liebe dich doch, mein Schatz. Wir hätten reden können. Stattdessen läufst du einfach davon, als sei dein Elternhaus ein schrecklicher Ort.«

»Oh, das ist es nicht, nein, nein, du sollst nicht glauben, dass ich das denke, wie könnte ich?«

»Rick war außer sich vor Sorge und Enttäuschung.«

»Er war bestimmt sehr zornig.«

»Du hättest ihn mal hören sollen! Ich habe ihm gesagt, wenn er dich anfasst, sind wir geschiedene Leute. Meiner kleinen Bell tut keiner etwas an.«

Bells Brust wollte platzen vor Liebe und Sehnsucht. Ihr Vater war ein so starker, fürsorglicher Mann. Er hatte nicht verdient, wie sie sich aufführte.

»Wenn er mich anfasst?«

»Nein, so hat er das natürlich nicht gesagt. Ich glaube nur, er hat Angst, dass ihm seine Braut für immer entwischt. Kann das sein?«

»Ich – ich – kann dazu jetzt nichts sagen.« Sie drehte sich zu den Amischen um. Sie hatten sich zum Scheunentor zurückgezogen, aber ihre Ohren waren groß wie Kohlblätter.

»Rick ist auf dem Weg nach Chicago.«

»Was?!« Sie musste sich verhört haben.

»Ist die Verbindung schlecht? Ich sagte, er ist auf dem Weg nach Chicago! Ganz plötzlich wollte er zur Weltausstellung. Er sagte irgendetwas von neuen Automobilen, die es dort zu sehen gebe. Warte, ich schaue auf die große Karte – du bist ja gar nicht mehr so weit weg von Chicago; er müsste jetzt in seinem Hotel in Cleveland sein. Ich werde mich bei ihm melden, du musst dich um nichts mehr kümmern. Kann man dich anrufen?«

»Ich glaube nicht, dass dieser Anschluss eine Nummer hat.«

»Na schön. Bleib bitte, wo du bist. Morgen früh wird er dich holen. Ich verspreche es, bei meiner Ehre. Komm nach Hause. Ich versohle dir auch nicht den Hintern, obwohl du es verdient hättest.«

»Daddy …«

»Hab keine Angst, ja? Ich liebe dich, mein kleines Mädchen. Du rufst mich an, wenn du in Chicago bist. Versprich mir das.«

»Daddy …«

»Versprich es mir!«

»Tu ich.«

»Bye, mein Schatz. Ich umarme dich!«

»Ich dich auch, Daddy«, murmelte sie, doch er hatte bereits aufgelegt. *Die anderen werden nicht so nachgiebig mit mir sein*, dachte sie wie betäubt. Die Tanten und Rick … Sie presste die Lippen auf das Sprechrohr. Tränen waren darauf getropft; sie schmeckten metallisch.

Eine Nacht in der Dachkammer, ein gutes Frühstück und einen langen Sonntagsgottesdienst später saß Bell wieder in der Küche der Schrocks. Und schälte und zerkleinerte schrumpelige Möhren. Sie hatte das Gefühl, die Zeit war hier zäh wie Sirup. Ständig musste sie ein Gähnen unterdrücken. Ihre Gedanken hatten sie nachts wach gehalten, und die Predigt von geradezu epochaler Länge hatte ihr den Rest gegeben. Sie wollte zurück ins Bett, unter die große Decke, unter der man sich vollständig verkriechen konnte. Ein schöner, bunter Quilt, dick wattiert, sodass Rick, wenn er kam, um sie zu holen, sie gar nicht finden würde.

Ihr Vater hatte ihr verziehen. Natürlich.

Rick wäre wütend.

Er war wütend.

Sie dachte an die Worte ihres Vaters. *Ich habe ihm gesagt, wenn er dich anfasst, sind wir geschiedene Leute.*

Rick hatte noch nie die Hand gegen sie erhoben. Sie war ja auch noch nicht seine Frau. *In der Ehe kracht's mal*, entsann sie sich einer Bemerkung von Tante Jessy, die sie hatte fallen lassen, nachdem sie ein Glas Brandy in einem Zug geleert hatte. Bell hatte mit großen Augen zugesehen. *Schau später immer, dass genügend Alkohol im Haus ist. Wenn nicht für deinen Gatten, dann für dich.* Dabei hatte sich die Tante ein Taschentuch auf die blutige Lippe gedrückt. Es war kein Geheimnis, dass Onkel Mario eine straffe Hand hatte.

Aber Rick war doch nicht so ...

Bell dachte an Tante Mabel, die Kämpferin für die weibliche Selbstverwirklichung. Die hatte Little Italy den Rücken gekehrt. Unverheiratet! Ein Skandal. In Buffalo hatte sie geholfen, ein Haus einzurichten, das gefallene Frauen beherbergte. *Die sind nicht alle aus armen Familien, wie es sie in Little Italy so viele gibt*, hatte Tante Mabel einmal gesagt. *Schimpf und Schande gibt's auch in feinen Häusern.*

Aber Rick war doch nicht so ...

Alle Männer sind so, stahl sich Tante Jessys Stimme in ihren Kopf. *Sie müssen ja so sein. Sonst hätten sie nicht den Kontinent mit nichts als der Bibel und der Faust erobert. Die Aufgabe eines Mannes ist es, einer Frau ein sicheres Heim zu bieten. Das tut Rick.*

Und was ist die Aufgabe einer Frau?, fragte Bell in Gedanken.

Dem Manne ein schönes Heim zu bieten. Ich weiß – Bell malte sich aus, wie Tante Jessy das Kristallglas mit abgespreiztem Finger an die Lippen führte und beim Trinken die Augen so weit nach oben verdrehte, dass ihre Wimpern flatterten – *Mabel sieht das anders, aber deine Mutter, Gott hab sie selig, wäre mit mir einer Meinung.*

Bell meinte Mabel schnauben zu hören.

Glaubst du, ein schönes Heim entsteht ganz von selbst,

während man in der Weltgeschichte herumfährt und auf Abenteuer aus ist? Jessys Stimme ähnelte jetzt der Mrs. Schrocks. *Die Frau soll sich um den Mann sorgen, nicht umgekehrt. Rick hat genug andere Sorgen.*

Welche denn?, fragte sich Bell. Manchmal war er sehr verkniffen, das musste sie zugeben. *Geschäftsmänner haben nun einmal tausend Dinge, um die sie sich gleichzeitig kümmern müssen*, erklärte Tante Jessy. *Tausend Dinge, die ihnen zu schaffen machen. Frauen gleichen mit Milde aus.*

Bell lag die Frage auf der Zunge, ob Tante Jessy je ihren eigenen Ansprüchen genüge. Oder warum knallte es zwischen ihr und Onkel Mario, wie Tante Mabel bei einem Familienfest einmal unverblümt herausposaunt hatte, so oft so laut?

Wie auch immer – Rick war nicht so. Bestimmt nicht. Unmöglich!

»Die Schalen sind aber dick, Miss Bennett.«

Bell erschrak. Sie hatte Mrs. Schrock nicht hereinkommen hören. Die Küche hatte sich geleert, sobald die weiblichen Mitglieder der großen Familie mit den Essensvorbereitungen fertig geworden waren. Von draußen erklang das Gejauchze der Kleinen. Bell hob den Kopf. Durchs Fenster sah sie ein Mädchen auf dem Gras knien, das Jakobs Haare mit einem Läusekamm bearbeitete. Die Junge blickte verkniffen drein, hielt aber still.

»Das tut mir leid, Mrs. Schrock. Gemüse putzen gehörte bisher nicht zu meinem bevorzugten Tätigkeiten.«

Mrs. Schrock hob eine Braue; sie hatte die kleine Spitze herausgehört. Bell biss sich auf die lose Zunge. Die gute Frau konnte nichts dafür, dass sie sich furchtbar fühlte.

»Ich bin sicher, in der Stadt beschäftigen sich Damen mit *anderen Dingen.*« Mrs. Schrock schloss die Tür und blickte durch sämtliche Fenster. Dann zog sie ein Zigarrenkästchen aus der Schürzentasche und reichte es Bell. »Nehmen Sie das.«

Bell fragte sich, was sie mit Havannas sollte. Das Kästchen sah alt aus und klapperte. Vorsichtig hob sie den Deckel. Zwischen krummen Nägeln, Krammen und einer rostigen Zange lag einen Deringer.

»Ich bin sprachlos«, sagte Bell nach einer langen Minute. »Erst das Telephon, jetzt das? Sind meine Vorstellungen von den friedliebenden, aber etwas rückständigen Amischen so falsch?«

»O nein! Wenn dem so wäre, würde ich ihn ja selbst tragen. Los, stecken Sie ihn ein.« Mrs. Schrock nahm die Emailleschüssel mit den Karottenwürfeln und ging zum Herd. »Vor ein paar Wochen ist mein Jüngster, Isaac, als er in der Stadt war, von Englischen belästigt worden. Sie haben ihm den Hut und die Hosenträger geklaut. Und mit ihren Gewehren auf den Boden zu seinen Füßen geschossen, damit er tanzt! Als er mir das erzählte, habe ich angefangen zu zweifeln, ob es wirklich richtig ist, alles immer nur still zu ertragen. Stunden um Stunden habe ich danach mit mir gerungen, ob ich diese Waffe meinen Kindern geben soll. Oh, dieser Zorn, Gott vergib mir!«

Bell drehte die winzige Pistole in den Händen. Der Deringer war ein einschüssiger Vorderlader, und die Patrone steckte im Lauf. »Aber woher haben Sie sie?«

Mrs. Schrock zog Schubladen und Schütten auf und klapperte mit den Töpfen. »Vor etlichen Jahren gabelte Abraham, der Onkel meines Mannes, eine Hure auf. Eine richtige babylonische Hure, eine Saloondame. Die war mit ihrem Wagen und noch anderen Mädchen durchs Land getingelt. Indianer hatten ihren Tross überfallen; sie lief allein herum, so wie Sie, und wir gewährten ihr für eine Nacht Obdach. Diese Waffe hat sie hier vergessen.«

»Danke«, murmelte Bell. Ob das Ding noch funktionierte? Voller Staub und Dreck, wie er war, wirkte der Deringer mindestens fünfzig Jahre alt.

»Onkel Abraham hat erzählt, dass sie ihn unter ihren Seidenröcken im Strumpfband getragen hat«, krähte es von der Tür her. Ein junges Mädchen war eingetreten.

»Miriam!« Wie ein Blitz war Mrs. Schrock bei ihr und riss die Hand hoch. »Nimm nicht solche Worte in den Mund!«

Das Mädchen duckte sich. »Da draußen kommt ein Automobil, Großmama.«

»Ein *was?*«

Rick!

»Geh, Miriam. Und Sie, Miss Bennett, stecken Sie das Teufelsding schon ein.«

17

Zwischen Cleveland und Chicago,
30. April 1893

Ein Automobil. Sie konnte sich kaum vorstellen, dass Rick gleich aus dieser hellblau lackierten Maschine aussteigen würde. Es war doch alles kaum zu fassen! Bell betrachtete das ungewöhnliche Gefährt. Vorne saß ein Lenker, »Chauffeur« genannt. Er trug eine Lederkappe und eine dicke Brille mit runden Gläsern. Hinter ihm gleißte das Dach der Kabine im Sonnenlicht. Der Wagen knatterte und federte ungelenk über den Weg aus löchriger, festgestampfter Erde.

Bell wusste nicht, ob sie diese Kiste albern oder beeindruckend finden sollte. So ging es wohl auch den Amischen, die sich neugierig vor ihren Häusern versammelt hatten. Wo die Straße in den Dorfplatz mündete, blieb das Automobil röhrend wie ein zorniger Drache stehen. Ein Tröten ließ die Menschen zusammenzucken – der Chauffeur hatte sich einen Spaß daraus gemacht, zu hupen.

Bell stand nicht in vorderster Reihe; sie saß, ihren Koffer neben sich, die Handtasche auf dem Schoß, auf der Bank neben Mr. Schrocks Hauseingang. Von der Kraftdroschke aus war sie kaum zu erkennen, sie hingegen sah jede Einzelheit.

Dass er hier war, konnte sie kaum glauben. Sie hatte ihn bis vor Kurzem in New York geglaubt. Dies hier war Indiana, kurz vor Chicago. Nun, der Kontinent war in den letzten Jahrzehnten kleiner geworden, und um die Welt konnte man in weniger als achtzig Tagen reisen.

Sol könnte jetzt vielleicht in Kalifornien sein – oder in Mexiko, dachte sie. Der Chauffeur schob sich hinter dem Lenkrad hervor und zog mit einer weltmännischen Geste die Tür des Fonds auf. Die andere Tür wurde von innen geöffnet; ein stämmiger Mann im schwarzen Anzug schälte sich aus der Kabine. Bell kannte ihn, er war einer von Ricks Männern fürs Grobe. Der Mann umrundete den Wagen und nahm neben dem Chauffeur Aufstellung. Es war wie eine Zeremonie. Früher hatten Bell diese Auftritte von Rick gefallen. Aber hier, im Dorf dieser harmlosen Leute, wirkte das Getue albern.

Sol. Er ging ihr einfach nicht aus dem Kopf. Sie dachte nicht mehr an ihn als einen Feind, sondern als jemand, der ihr Freund hätte werden können. Ihr Seelenpartner. Wie kam sie auf diese verrückten Gedanken? Sol war ein Verbrecher, er gehörte in Gewahrsam und dann vors Gericht und ... Das war nicht ihre Sache. Gar nichts, was Solomon Jones betraf, war ihre Sache. Es sei denn, er wurde irgendwann geschnappt und man benötigte ihre Aussage. Dann würde es zu einer Begegnung kommen, und ... Kreuzdonner, Rick war gekommen, und sie grübelte über Sol, besser gesagt: Tyner nach?

Doch sie konnte nicht verhindern, sich auszumalen, dass es nicht Rick war, der gleich aus dem Fond des Automobils steigen würde. Unterhalb der Tür erschien ein Fuß in einem Lackschuh, der nach dem Boden tastete. Eine Hand, die die Türkante umfasste.

Sol. Wäre doch er es. Sie würde auf ihn zulaufen und ...

Rick stieg aus, straffte sich, ordnete seinen Anzug. Doch sie sah nur Sol vor sich, hörte seine dunkle, vom Spott angehauchte Stimme. Ganz deutlich erinnerte sie sich an jede Strähne seines dunkelbraunen Haars, wie es ihm in die Stirn und zwischen die Brauen fiel. Jede Linie seines Gesichts. Seines Mundes, geschwungen, ein Mundwinkel leicht oben, die Andeutung eines Grübchens in der Wange, wenn er lächelte.

Der Kuss. Sie dachte an den gestohlenen Kuss, während Rick sich streckte, sie entdeckte und auf sie zukam.

Auch er sah gut aus, aber auf eine völlig andere Art; er war ein Dandy, mit Pomade im Haar und gezupftem Moustache, mit Diamant in der Ascot-Krawatte, Nadelstreifen im Anzug und schwarz-weiß karierten Hosen von Darrow's. Den schwarz glänzenden Gehstock mit Messingknauf schwingend, schritt er auf Bell zu. Sie erhob sich so mechanisch wie eine Puppe, deren Schlüssel im Rücken von einer unsichtbaren Macht gedreht wurde.

»Bell.« Er ergriff ihre Hand und deutete einen Handkuss an. »Ich bin so froh, dich wohlauf zu sehen. Was du getan hast, hätte fürchterlich schiefgehen können. Aber ich bin ja jetzt da.«

Sie hatte nach Worten gesucht, um ihm klarzumachen, dass er umsonst gekommen war, weil sie nicht die Absicht hatte, ihre Reise abzubrechen. Nichts davon klang plausibel. »Ich wollte zur Weltausstellung«, begann sie hilflos.

Rick winkte ab. »Die ist ja auch mein Ziel. Wir sehen sie uns gemeinsam an. Freust du dich?«

Das sollte sie wohl, oder? Sie freute sich nicht.

»Wollen Sie zum Essen bleiben?«, fragte Mr. Schrock.

Rick runzelte die Stirn; erst jetzt schien ihm bewusst zu werden, dass an die hundert Menschen Zeuge seines extravaganten Auftritts waren. »Nein«, sagte er. »Wir fahren gleich weiter. Haben Sie Dank für Ihre Hilfe.« Ein geschmeidiges Lächeln erschien auf seinem Gesicht. Er strich sich über den Moustache – ein Zeichen, dass er sich fasste – und trat, die Hand in der Innenseite seines Gehrocks, auf den alten Herrn zu. »Ich zeige mich gerne erkenntlich.«

»Das ist nicht nötig. Unser Lohn kommt von oben.«

»Wie Sie meinen. Komm, Bell.« Großen Schritts marschierte er zum Wagen und öffnete den hinteren Schlag.

Bell eilte zu Mr. Schrock. »Ich danke Ihnen«, sagte sie. »Von Herzen. Ihnen allen.«

»Keine Ursache. Wir werden alle für Sie beten.«

Rick legte seine Aktentasche auf den Schoß. Er ließ die Messingbeschläge aufschnappen und hob den Deckel, Handgriffe, die vertraut und beruhigend waren. Andererseits war das, was sich in den Mappen befand, alles andere als beruhigend ... Er legte die Fingerspitzen auf die ledernen Kanten, als könne er die Mappen dadurch zum Verschwinden bringen. Wie er auch die letzten Tage aus seinem Leben tilgen wollte. Und all diese sonderbaren Dinge aus Bells Kopf.

Stocksteif saß sie neben ihm, den Blick geradeaus gerichtet. Er nahm an, dass das schlechte Gewissen sie niederdrückte. Einfach wegzulaufen! Er hatte hier im Auto seinen besten Bodyguard. Und seine Zukünftige spazierte allein und schutzlos quer über den halben Kontinent! Es würde ihr guttun, sie zunächst mit Schweigen zu bestrafen. Ausgiebig zelebrierte er das Anzünden einer Havanna, und die Würze in den Lungen beruhigte sein aufgewühltes Gemüt. Ein Bourbon dazu wäre jetzt passend. Man müsste in dieses Automobil dafür ein Fach einbauen, wie es das auch in Kutschen gab.

Der Anruf John Bennetts am vorigen Abend war eine positive Überraschung gewesen. In aller Herrgottsfrühe war er aufgebrochen. Die Gegend zu finden, in der sich Bell der Schilderung ihres Vaters nach herumtreiben musste, war leicht. Den richtigen Hof aufzutun hatte hingegen elend viel Zeit gekostet; es gab einfach zu viele Amische gleichen Namens. Die ganze Sache war ein Ärgernis, zu dem es nicht gekommen wäre, hätte Bell eine normale Erziehung genossen. Bei dem, was er in Chicago zu tun gedachte, konnte er sie absolut nicht gebrauchen. Nun gut. Ob ihr das Autofahren gefiel? Bis Toledo war er mit dem Zug gefahren, dort hatte er diesen brandneuen Wagen mitsamt Chauffeur geliehen, um zu testen, wie sich so ein Motorwagen außerhalb des Stadtverkehrs machte. Es war ein wenig mühselig, musste er zugeben. Mit der Eisenbahn war mittlerweile jedes Kaff erschlossen, doch das Straßennetz war erbärmlich.

Er blätterte durch die Geschäftsbriefe, die ihn kurz vor seinem überhasteten Aufbruch erreicht hatten. Der harmloseste war eine Einladung von Rogers Peet zur Präsentation der Sommerkollektion, inklusive Champagner und einer kostenlosen Krawatte. Der Milliardär Hogwood schrieb, dass er ein neues Varietétheater im Süden Manhattans eröffnen würde, auch hierzu war Rick mit Anhang eingeladen. Milton Hogwood, der, wie Rick um einige Ecken erfahren hatte, ebenfalls bei dem Maulwurf vorstellig geworden war, weil er aufs falsche Pferd gesetzt hatte. Hogwood war ein für sein Alter verteufelt gut aussehender Mann, ein eiskalter Gelackter, groß und athletisch, spielte wie kein Zweiter Polo und verausgabte sich jeden Winter in den Alpen beim Skilaufen. Seit dreißig Jahren war er mit einer Carnegie verheiratet; doch seine Geliebten waren so zahlreich wie die Tänzerinnen in seinen berühmt-berüchtigten Vaudevilles. Ein Geschäftsmann par excellence.

Gut möglich, dass er bei der Durchführung *des Plans*, wie Rick die ganze Angelegenheit bei sich nannte, eine entscheidende Rolle spielte. Dass man ihm, Rick, diesen Plan nur in groben Zügen dargelegt hatte, ohne ihn näher an der Ausarbeitung zu beteiligen, zeigte ihm deutlich, dass er an seiner Stellung in der Organisation arbeiten musste. Wie ein Schuljunge vor den Maulwurf getreten und von seiner Entourage mit dem Feuerzeug traktiert worden zu sein, stieß ihm bitter auf.

Dann war da noch ein ungeöffneter Brief des Bankhauses J. P. Morgan. Er schob ihn zuunterst.

Er hatte versucht, ins Kautschukgeschäft einzusteigen, und Kontakte nach Manaus, Brasilien, geknüpft. Er hatte seinen

Vorschlag, eine erhebliche Investition zu tätigen, mit einer Kiste feinsten Champagners unterstrichen – angeblich tränkten die reichen Kautschukbarone sogar ihre Pferde damit. Doch die dort ansässige Wittstock Company hatte ihm eine Absage erteilt. Es gab einfach zu viele, die das boomende Gummizeug haben wollten. Die die horrenden Preise anstandslos zahlten und wohl auch besser wussten, womit diese unzivilisierten Neureichen bestochen werden wollten. Rick würde es später mit einem Automobil oder Turnierpferd noch einmal versuchen.

Er holte das bunte Bildchen des Heiligen Gennaro, das er immer mit sich trug, heraus. Die Finger auf dem Papier, bat er um Beistand. Dann steckte er es zurück in seine Brieftasche.

So, genug der Strafe.

»Liebes, gefällt dir die Kraftdroschke?«, fragte er.

»Ja, gewiss«, murmelte Bell.

Das Automobil war eine Pracht aus glänzendem Messing, kraftstrotzendem Eisen und duftendem Hirschleder. Es gab ihm Sicherheit. Ein eindeutiges Zeichen, dass er als Sieger auf die Ausstellung gehen und von dort wieder zurückkehren würde. Konnte man dort eigentlich aufs Gelände fahren? Bell wusste derlei ganz sicher. Doch er verkniff sich die Frage.

Ihm entging nicht, dass Bell ihn ab und an aus dem Augenwinkel musterte. Warum sagte sie nichts? Plötzlich fühlte er sich so steif, wie sie dasaß. Seine Finger, die in den Unterlagen blätterten, kamen ihm unbeholfen vor. Er suchte ein unverfängliches Thema. Aber er hatte ja gerade eines begonnen, und sie hatte ihm einsilbig signalisiert, dass sie keine Unterhaltung wünschte. Ärger packte ihn. Was bildete sie sich ein, das unnahbare Unschuldslamm zu spielen? Als hätte sie all diese ungeheuerlichen Dinge *nicht* getan? Er glaubte vor gerechtem Zorn zu platzen.

»Du wolltest nach Chicago«, begann er. *Ruhig*, mahnte

er sich. Er war hier der Überlegene, er musste nicht schreien. »Weshalb?«

Ihre Hände über dem lindfarbenen Baumwollrock suchten und fanden sich; ihre Finger umschlangen einander. »Das sagte ich doch schon.«

»Ja.« Er blätterte weiter, tat gelassen. »Aber ich verstehe es einfach nicht. Erklär es mir noch einmal.«

»Ich wollte ...«

»Ja?«

Sie schwieg.

Also gut. Zur Weltausstellung wollte sie, das war ja nicht die Frage. Warum die Geheimniskrämerei? Warum hatte sie sich ihm nicht anvertraut? Wenn ihre Beziehung so begann, wie würde sie weitergehen? Was konnte er tun, um Geheimnissen und Eigenmächtigkeiten einen Riegel vorzuschieben? *Wir sind eine Familie, Bell.* Er betrachtete die versengte Innenfläche seiner Hand. Die rotlederne Haut spannte sich über eine feste Stelle, die nicht mehr ihm zu gehören schien. Es drängte ihn, den Kopf zu drehen, um Bell anzusehen. Doch das hätte er als Schwäche empfunden. Jäh packte ihn der Wunsch, alles möge wie früher sein. Er war ihr zugeneigt, er wollte sie behüten, vor den Gefahren der Welt und notfalls vor sich selbst. Er malte sich aus, Bells Hand zu packen, sie über eine Flamme zu halten, ihre Ambitionen auszubrennen, ihr den Treueschwur abzuverlangen.

»Bell.« Er tat einen schweren Seufzer. »Wir beide gehen auf die Ausstellung. Wir sehen uns alles an. Was du magst. Ich kaufe dir auch, was du haben willst.«

Er fand, er klang einigermaßen heiter. Bell sah ihn von der Seite an, hob die Lider. Ihr Blick traf seine Augen nicht ganz.

»Und dann?«, fragte sie.

Er zuckte die Schultern. »Dein Vater hat doch Ende des Monats Geburtstag. Wir schauen, ob wir ein schönes Geschenk für ihn finden, etwas Außergewöhnliches. Er wird immerhin sechzig. Bestimmt kommen an die dreihundert Gäste, und du wirst die Schönste sein.«

Sie blinzelte. »Das ist am 28. Bis dahin bin ich längst zurück«, murmelte sie.

»Natürlich. Wir beide werden bis dahin zurück sein.« *Wird John Bennett denn feiern, wenn der Präsident ermordet worden ist?* Er schob den Gedanken beiseite. »Und nun stell dir das vor: Dreihundert Leute, wir beide eröffnen den Tanz und verkünden unsere Verlobung.«

Sie schluckte.

»Du wirst die Königin von Manhattan sein.«

»Ich …«

»Ja?« Er ergriff ihre Hand.

»Ich brauche … Zeit.«

Wozu, verdammt? Er wollte sie schütteln, sie anschreien, dass sie aufhören solle, sich in ihren Träumen zu verlieren. Er hatte doch viel gescheitere Träume für sie! Ihre leblose Hand war kalt und leicht, sie erinnerte ihn an einen erschlagenen Fisch. »Du hast ja noch ein wenig Zeit. Aber wie lange überlegen wir schon, zu heiraten? Seit zwei Jahren; es ist einfach an der Zeit, es festzumachen. Und wenn wir das getan haben, wirst du auch klarer sehen, wo dein Platz ist. Du wirst dich wohlfühlen.«

»Wo mein Platz ist?«

»Bei mir! Ich gebe dir alles, alles, was du brauchst, was du willst.« Oh, wie scheußlich billig er sich anhörte! Er meinte es so, und doch klang dieses Gespräch wie ein Dialog aus dem Schmierentheater. Er wollte sie in den Arm nehmen, sie küssen, als bedürfe es nur eines Kusses, um all das dingfest zu machen. Er packte ihren Arm, riss sie herum. Aus erschrocken geweiteten Augen starrte sie ihn an.

»Rick, du tust mir weh.«

»Bell … ich bitte dich.« Er bat sie? Grässlich, er klang wie ein Schuhputzerjunge, der Angst vor Schlägen hatte. Mit beiden Händen ergriff er ihren Kopf, zwang ihn heran, presste den Mund auf ihren. Seine Kehle erstickte ihren Schrei.

Sie schlug ihn. Verwirrt ließ er von ihr ab und strich sich über die brennende Wange. »Das war ein wenig ungestüm.« Er ließ offen, ob er sie oder sich meinte. Die Tatsache, dass er gerade von ihr geohrfeigt worden war, versuchte er mit einem Lachen abzutun. Es klang so unecht, dass es ihn anwiderte.

Aus der Tasche zog er seinen silbernen Flachmann. Ein guter Schluck Whiskey, und die Welt sah ein wenig besser aus.

Er nahm an, dass Bell unter einer Frauenkrankheit litt. »Hysterie« war das Wort dafür. Nervenzerrüttung. Woher sollte sie das haben? Hatte sie sich irgendwo angesteckt? Von Frauenleiden verstand er ja rein gar nichts, woher auch?

Betont gelassen lehnte er sich ins Polster, blätterte erneut in seiner Mappe und blickte aus dem Fenster. Vorne kämpfte der Chauffeur mit dem Lenkgestänge; vermutlich hatte er gar nichts bemerkt. Bell saß wieder da, als habe sie ein Rückgrat aus Holz. Rick tastete nach einer Havanna, riss ein Streichholz an und entzündete sie. Das Fenster kurbelte er ein Stück herunter.

»Es gibt oben in Maine eine Heilanstalt mit einem hervorragenden Ruf«, begann er behutsam. »Die Damen aus den besten Häusern verbringen dort ein paar Wochen, wenn ihnen nach Erholung ist. Es soll ein bisschen wie eine Reise nach Europa sein; ich glaube, es würde dir gefallen. Wir werden ganz unverbindlich einen Prospekt anfordern und einen Doktor konsultieren. Was sagst du dazu?«

Er sah, wie sich ihre Wimpern hoben. Ihr Blick, soweit er das im Profil erkennen konnte, wurde kalt. Sie sagte nichts.

18

Chicago, 30. April 1893

Chicago. Die zweitgrößte Stadt nach New York, die höchsten Gebäude der Welt. Die verkommene *Black City.* Eine graue Dunstglocke hing über der abendlichen Stadt, in die sie mit dem Wagen von Süden her einfuhren. Schluchten aus Fassaden; Häuser, deren oberste Stockwerke an den Wolken kratzten. Und der Gestank, der durch die Ritzen der Wagenfenster drang, war erbärmlich. Bell glaubte, noch nie etwas derart Scheußliches gerochen zu haben. Chicago roch nach Verwesung, Schweiß, Kohle und Unrat. »Das kommt von den Schlachthöfen«, sagte Rick sichtlich angewidert. »Das größte Fleischverarbeitungsunternehmen der Welt ist hier ansässig. So übel hätte ich mir den Gestank allerdings nicht vorgestellt. Sieh dir die Häuser an, alles ist schmuddelig und grau. Und *hier* präsentiert sich Amerika der Welt? Man hätte New York den Zuschlag für die Ausstellung geben sollen.«

Mit jemandem, der so penetrant herummäkelte, würde es kein Vergnügen sein, sie zu besuchen. Rick tat selten etwas nur Bell zuliebe, für gewöhnlich suchte er in allem auch seinen eigenen Vorteil. Was hatte er vor?

Sie musste zugeben, dass all der Stuck und der Verputz der im neogriechischen Stil gehaltenen Häuserfassaden einen Anstrich bitter nötig hatten. Die auf den Trottoirs dahineilenden Leute waren jedoch farbenfroh und elegant, zumindest hier im Stadtteil Englewood, der einer der gehobeneren war. Der Verkehr war nicht anders als in Manhattan: laut, quirlig und gefährlich. Der Chauffeur hielt an der Seite, entzündete die Karbidlampen, sprang wieder hinters Steuer und fädelte sich in das Gewirr aus Droschken, Pferdetrams und Reitern ein. Die Fußgänger drehten die Köpfe nach dem Automobil. Sie mussten vor einem Gleis anhalten und wurden sofort von einer Horde neugieriger Jungs umringt. Sogar auf die Schienen stellten sie sich, und erst als sich mit Getöse die Eisenbahn ankündigte, sprangen sie beiseite. Schwarzer Dampf füllte die schmale Straßenschlucht, als von rechts die Lok heranstampfte, so nah an den Häuserfassaden, dass Bell sich fragte, ob die Passagiere gleich durch die Fenster in ihre Wohnungen sprangen. Vielleicht mussten sie das ja, denn so manche Haustür war von Müllbergen versperrt. Beinahe täglich werde eine Leiche geborgen, die der Chicago Limited zu nahe gekommen sei, hatte sie gehört. Von Sol? Der Dampf hüllte das Automobil ein, und Bell hörte den Chauffeur draußen husten und fluchen. Dann ließ er das Gefährt über die Gleise rumpeln. Er musste wild kurbeln, um den schlimmsten Löchern auszuweichen.

»Da sage noch mal einer, die Straßen von New York seien schlecht«, beschwerte sich Rick. »Und das hier soll ein anständiges Viertel sein? Jetzt sehe ich erst, wie schön Manhattans Little Italy ist.« Er zuckte zusammen, als ein Zeitungsverkäufer an sein Fenster klopfte und mit Stentorstimme eine Abendausgabe anpries. Rick warf einen Blick über die Schulter, wie um sich der Gegenwart Mr. Buffums, des Leibwächters, zu versichern, als lauerten in all den düsteren Ecken bösartige Gestalten, die nur darauf warteten, einen achtbaren Geschäftsmann wie ihn zu überfallen. Bell dachte an eine Aussage des Schriftstellers Rudyard Kipling, der gesagt hatte, dass in Chicago nur Barbaren hausten. Ihr lief ein Angstschauer über den Rücken. Und sie hatte allein kommen wollen?

Lass dich nicht anstecken, ermahnte sie sich, *das war doch nur ein Zeitungsverkäufer.* Trotzdem atmete sie auf, als Rick nach vorne deutete. »Das Alcazar. Endlich.«

Die Straßenbeleuchtung war aufgeflackert. Trotz der auch hier allgegenwärtigen Stromleitungen handelte es sich noch um bläulich schimmernde Gaslampen, die Mühe hatten, die dreckige Luft zu durchdringen. Fünf, sechs Pferdedroschken, deren Kutscher auf Kunden warteten, reihten sich vor dem Hotel aneinander. Ein Grauschleier lag auf dem Baldachin, der sich vor dem Eingang wölbte. Zwei Portiers öffneten die Wagenschläge. Bell stieg aus. Sogar hier meinte sie den Geruch von Verwesung und verbranntem Fell aus dem Schlachthof wahrzunehmen. An Ricks Seite eilte sie ins Foyer, schnell, als müsse sie einem Regenguss entkommen. Sie hatte das Gefühl, eine andere Welt zu betreten. Hier glänzte der Messingschmuck an Möbeln und Türen; schimmernde Mosaikarabesken in Grün und Gold bedeckten die Wände, und der Stuck an den gewölbten Decken strahlte wie gestern aufgetragen. Es duftete nach Kaffee und frischen Blumen, und kein Stäubchen lag auf dem Empfangstresen oder gegenüber auf den unzähligen Spirituosenflaschen hinter der Bar. Rick geleitete sie zu einer Sitzgruppe und ging zum Empfang. Mittlerweile hatten die Pagen ihre beiden Koffer hereingetragen. Es herrschte ein unruhiges Kommen und Gehen; das Hotel schien aus allen Nähten zu platzen. In den Loungesesseln und auf den Kanapees rauchten und tranken an die dreißig Gäste, die sich angeregt unterhielten. Die Stimmung vibrierte – jeder, wie Bell hörte, brannte darauf, die Ausstellungseröffnung zu sehen. *MORGEN!*, verkündeten die größten Lettern, die sie je auf einer Zeitung gesehen hatte. Dass sie noch vor Stunden im Sonnenlicht in einer beschaulichen Amisch-Siedlung gewartet hatte, erschien ihr absurd.

Rick hatte ihr angekündigt, als Mr. und Mrs. Rick Vesichetti einchecken zu wollen. Sie mochte nicht glauben, dass sie eine solche Farce ein zweites Mal mitspielen sollte. Wenigstens musste sie nicht danebenstehen und sich das strahlende Lächeln einer verliebten Gattin ins Gesicht hämmern. Unweigerlich kehrten ihre Gedanken in die Trattoria in Cleveland zurück. Jenes Dinner, das zunächst so zauberhaft verlaufen war. Das so jäh geendet und in der Nacht in einem heimlichen Kuss gegipfelt hatte. Damals – oh, es war erst zwei Tage her! – hatte sie sich vehement dagegen gewehrt, eine Ehefrau zu spielen. Um es dann insgeheim aufregend zu finden. Als Rick diesen Vorschlag geäußert hatte, hatte sich alles in ihr gesträubt. So war es auch bei Sol gewesen, oder nicht? Trotzdem. Bei ihm hatte es sich auf eine aufregende Art verwerflich angefühlt. Bei Rick einfach nur falsch.

»Ich halte das für keine gute Idee«, hatte sie gesagt.

»Oh, ich schon, Liebes. Zwei Einzelzimmer nebeneinander, das wäre ja noch verrufener. Und du wärst schutzloser. So kann Mr. Buffum auf uns beide aufpassen. Davon abgesehen ist sicher nichts anderes frei.«

Der Rick von früher hätte ihren Wunsch erfüllt und die Brieftasche gezückt, um das Zimmerproblem zu lösen. Er hätte es geschafft, dass man ihm die Präsidentensuite freigemacht hätte. Aber vielleicht gab es jetzt zu viele Reiche in der Stadt, die Präsident spielen wollten. Die Formalitäten waren erledigt, er kam zu ihr und ließ sich in den Ledersessel ihr gegenüber sinken.

»Willst du das Zimmer erst sehen, Liebes? Dich ein wenig frisch machen? Oder möchtest du gleich zu Abend essen?«

»Du hast es wirklich getan, ja? Mich als deine Ehefrau ausgegeben? Ich möchte das nicht.«

Er runzelte die Stirn. »Ich denke, es ist ganz gut, wenn ich für dich entscheide. Entspanne dich, lass diese ganze Bürde einfach los. Ich passe auf dich auf.« Er nahm sie nicht ernst. Er hatte für sich beschlossen, dass sie geleitet werden musste. Weil er sie für dumm und naiv hielt? Aber so war er doch früher nicht gewesen, oder hatte sie die Zeichen nicht erkannt?

»Ich kann sehr gut auf mich selbst aufpassen.«

»Dass es nicht so ist, haben dir die letzten Tage doch bewiesen, hm?« Sein leises Lachen klang gekünstelt. Mit den Fingern schnippend sah er sich um. »Ober! Bringen Sie der Lady eine Limonade und mir einen Whiskey Soda.«

»Sehr wohl, Sir.«

Eisgekühlte Zitronenlimonade. Bell verspürte einen gewaltigen Durst. Undamenhaft trank sie in einem Zug das halbe Glas leer, und Rick schmunzelte. Er hatte ihre kleinen Unzulänglichkeiten, was die gute Höhere-Tochter-Etikette betraf, stets gemocht. Seine Augen blitzten, und sie dachte an den Rick, den sie kannte, den Rick, der sie auf Händen trug, fröhlich und liebevoll war. Aber der andere Rick schob sich vor dieses Bild, ein gehetzter, gereizter Mann, jener Rick, der ihr mit einer Heilanstalt gedroht hatte. Der plötzlich ständig durchblicken ließ, dass er über sie bestimmen wollte. Den sie mit einer Ohrfeige hatte abwehren müssen.

Dieser andere Rick machte ihr Angst.

Der Concierge eilte auf sie zu. »Mrs. Vesichetti?« Galant verneigte er sich in ihre Richtung, bevor er sich Rick zuwandte: »Mr. Vesichetti, es gibt ein kleines Problem mit Ihrem Kraftwagen.«

Rick stellte das Whiskeyglas ab und sprang auf. »Ist er beschädigt?«

»Nein, nein! Er lässt sich nur nicht starten. Ihr Fahrer meinte, es fehle an Treibstoff. Ich habe schnell einen Pagen hinüber zu Crocker's Pharmacy geschickt, aber dort hat man nur Spiritus vorrätig. Der Chauffeur weiß nicht, ob man das nehmen kann. Er sagt, Sie hätten eine Gebrauchsanleitung dabei.«

»Das ist doch nicht zu fassen«, schnaubte Rick. »Hat er denn keinen Ersatzkanister dabei? Wieso kommt er nicht selbst?«

»Bedaure, Sir, aber mit seinen öligen Händen kann ich ihn unmöglich in die Lobby lassen.«

Rick ergriff seine Aktentasche. »Bitte entschuldige mich, Bell; es dauert sicher nur eine Minute.«

Der Concierge führte ihn durch die Halle zu einem rückwärtigen Durchgang; vermutlich hatte es der Wagen noch in die Nähe des Hinterhofes geschafft und blockierte jetzt den Zugang zum Haus. Bell sah Rick verschwinden, und wie in Trance erhob auch sie sich. Es gab nichts mehr zu grübeln. Nur zu handeln. Schnell. Sie ging hinüber zu den Koffern, packte ihren und trug ihn, beschützt vom Kommen und Gehen zahlreicher Gäste, durch den vorderen Eingang hinaus. Bevor irgendjemand sie ansprechen konnte, war sie zwischen zwei wartenden Droschken auf die Straße getreten und winkte einem Kutscher. Er sprang hinab, öffnete ihr den Schlag, und während sie einstieg und sich sortierte, wuchtete er den Koffer aufs Gepäckdach. Die Peitsche schnalzte; er fuhr los. War die Minute schon vorbei? Egal. Sie war entkommen und nicht mehr Mrs. Vesichetti.

19

Chicago, 1. Mai 1893

Weiter hinten im Park erhob sich eine große Standuhr; sie war von Sols Position aus leicht zu erkennen. Er saß an der westlichen Seite auf einer Bank, verborgen von weiß blühenden Büschen. Hier fiel er nicht auf, denn der Park platzte aus allen Nähten. Die überwiegend fein gekleideten Menschen wirkten aufgeregt. Sol konnte die Schlagzeilen von sechs, sieben unterschiedlichen Tageszeitungen erkennen, die honorige Herrschaften, auf Bänken lesend, hochhielten; ein riesiges *HEUTE!* prangte auf einer und erinnerte am deutlichsten daran, dass in wenigen Stunden, genau um zwölf Uhr, die Weltausstellung eröffnet würde.

Und der Präsident soll sterben, dachte Sol. Durch seine, Henry Tyners, Hand.

Noch eine Viertelstunde. Er zupfte eine weiße Blüte ab und zerrieb sie zwischen den Fingern. Ein Bein über das andere geschlagen, den Hut zum Schutz vor der Sonne, die hoch über dem Lake Michigan stand, ein Stück in die Stirn geschoben, ein Arm über der Rückenlehne: Auf die Passanten wirkte er wohl wie ein zufriedener junger Mann, der wie alle anderen auf den blumengeschmückten Zug der Festgäste wartete, der sich bald die Michigan Avenue südwärts zum Ausstellungsgelände wälzen würde. Man mochte denken, er sei der Vater jener Kinder dort, die probehalber ihre *Stars-and-Stripes*-Fähnchen schwenkten. Oder der Sohn einer der älteren Herrschaften, die, zwischen hüfthohen Schachfiguren stehend, über die letzten Ergebnisse der Chicago Cubs debattierten, die am andern Ende des Parks ihr Spielfeld hatten. »Glaubst du, wir werden den Präsidenten sehen?«, wehte die Frage eines halbwüchsigen Mädchens herüber, das am Arm seiner Mutter ging. Die lächelte und nickte. Über diesen Korso hatte Sol in der gestrigen Abendausgabe der *Chicago Tribune* gelesen: Mehr als zwanzig Landauer sollten Präsident Cleveland, den Chicagoer Bürgermeister Harrison, Senatoren, Kongressabgeordnete und Industrielle, berühmte Künstler und ausländische Gesandte zur Weltausstellung bringen, begleitet von Soldaten der sogenannten *Columbian Guard* in historischen Kostümen. Die Anwohner der Michigan Ave hatten ihre Fenster und Laternenmasten mit weißen Tüchern und Blumen geschmückt. Quer über der Straße hingen Wimpelketten, und ein paar Verrückte hatten sogar die Stromleitungen mit buntem Zeug dekoriert.

Zwei Minuten vor neun. Es war Zeit.

Verdammt. Alles in ihm schrie danach, die Sache abzubrechen. Warum, zur Hölle, hatten sie den Treffpunkt ausgerechnet in diesem Haus gewählt? Dort war die Apotheke, auch der schmale Seiteneingang, doch dass sich auf dessen anderer Seite ein District Office der Chicago Police befand, hatte der Kerl am Telephon verschwiegen.

Quer über das Trottoir ragten beschriftete Holzschilder, offenbar gab es hier außerdem ein Anwaltsbüro und die Praxen eines Nerven- und eines Zahnarztes. Vor dem Haus standen ein Pferdetrog und drei schmiedeeiserne Pfosten; an einen war ein Pferd gebunden. Er wartete in seinem Schutz und trat dann die drei Stufen zum Eingang hoch. Die Tür, die ins Police Office führte, war geöffnet; geschäftige Schritte und Schreibmaschinengeklapper drangen heraus. Sol konnte sehen, wie ein wohlbeleibter Blauuniformierter hin und her marschierte, ein Klemmbrett auf dem Arm, ihm gegenüber ein Herr in Reitstiefeln. Und dahinter, über einem Schreibtisch, Steckbriefe. Würde er eintreten, so sähe er wahrscheinlich in seine eigenen schwarzweißen, drei Jahre jüngeren Augen. Er machte, dass er die Treppe hinaufkam. Im zweiten Stock kam ihm eine Frau mit verweinten Augen entgegen; entweder war sie beim Arzt gewesen oder beim Anwalt. Höflich hob er den Hut und grüßte, doch sie nahm von ihm keine Notiz.

Ein Schrei ließ ihn zusammenzucken. Er hielt inne, lauschte. Ein sirrendes Geräusch, dann ein Stöhnen. Das kam unzweifelhaft aus der Zahnarztpraxis, die sich eine Etage über ihm befinden musste. Sol grinste sardonisch. In seiner Haut zu stecken war seit Jahren kein Zuckerschlecken, aber mit einem armen Hund, der beim Zahnarzt das Maul aufreißen musste, hätte er jetzt auch nicht tauschen wollen. Er gelangte in den dritten Stock. Mehrere Türen gingen von dem schmalen Korridor ab. Er rief sich die Anweisung in Erinnerung: ... *Geh in den dritten Stock, öffne die blaue Tür ... Du wirst dort deine endgültigen Instruktionen erhalten.* Die Eingänge waren fast alle mit abgeblättertem Lack überzogen, das leuchtende Blau einer Tür weiter hinten stach hervor. Sie befand sich nur zwei Schritte neben einer Tür, deren Messingschild die Zahnarztpraxis verriet. Er ging daran vorbei bis zu einem Fenster, das zum Hinterhof hinausging. Von hier aus führten drei abzweigende Stufen zu einer winzigen Klosettzelle. Er blickte die Treppe hinauf, doch oben schien alles ruhig zu sein. Das Fenster reichte bis fast zum Boden; probehalber drehte er den Riegel und zog es ein Stück auf. Die Feuerleiter machte einen wackligen Eindruck, und der Hofschacht erinnerte in seiner Schwärze an einen riesigen Kamin. Doch einen Fluchtweg gab es; er konnte von hier den Durchgang zur Straße erkennen.

Er fragte sich, ob seine Auftraggeber ihn beobachteten. Ob sie ahnten, dass er seinen eigenen Plan hatte. Der nicht darin bestand, den Präsidenten zu töten. Er war kein Mörder. Das hoffte er zumindest.

Wen auch immer er gleich treffen würde, er würde sich ihn schnappen und mit der Kanone an der Schläfe Antworten erpressen.

Wer waren sie?

Er kehrte zu der dunkelblauen Tür zurück, legte die Hand um den Knauf. Sie war verriegelt.

Tief atmete er durch. Er versuchte sich zu konzentrieren, schloss die Augen, lauschte den Geräuschen – und dachte an Bell.

Warum war sie verschwunden? Und wo war sie jetzt?

Er sollte sie vergessen, einen anderen Weg suchen, Tesla zu treffen. Dort weitermachen, wo er gewesen war, bevor die junge Dame mit dem viel zu großen Koffer im Niemandsland fünf Meilen vor Corfu seinem Karren hinterhergekeucht war.

Aber das konnte er nicht.

Er wollte sie wiedersehen. Er musste wissen, weshalb sie vor ihm fortgelaufen war. Wollte hören, dass es mit ihm gar nichts zu tun hatte. Er wollte …

Der Schrei der Patientin riss ihn aus seinen Gedanken. Er schüttelte sich kurz, mahnte sich zur Konzentration.

Mochte die Tür verschlossen sein; sie hatte reichlich Spiel. Im Grunde brauchte es nur einen kräftigen Ruck.

Sollte er die Sache hier und jetzt abbrechen? Nein, viel zu früh; er musste die Zeit, bis sie begriffen, dass er den Präsidenten nicht töten würde, so lange wie möglich dehnen, um zu verhindern, dass sie rechtzeitig einen Plan B aus der Tasche zogen. Er lauschte auf das Geräusch des Bohrers und das Stöhnen der Patientin; ein Rhythmus kristallisierte sich heraus. Er wartete. Als er den nächsten Schrei vernahm, drückte er die Schulter gegen die Tür. Wie erwartet flog sie leicht auf; nur sein beherzter Griff verhinderte, dass sie gegen die Wand donnerte.

Wände voller Akten, Instrumente, Flaschen mit Alkohol; eine Ahnung des süßlichen Dufts von Lachgas hing in der Luft. Ein ausrangierter Zahnarztstuhl, ein Waschbecken. Und ein wuchtiger Eichenschreibtisch.

War der Zahnarzt sein Informant? Warum hatte er durch eine verschlossene Tür eintreten müssen? Wo war seine Information zu finden? Sollte er einfach die Unterlagen auf dem Schreibtisch durchwühlen? Die verfluchten Dielen unter seinen Sohlen quietschten. Durch eine Seitentür konnte er ins Behandlungszimmer blicken; er sah einen Teil des Stuhls, die nervös wackelnden Stiefeletten der Patientin und ihre Hände, die sich weiß um die Armlehnen krallten. Er gelangte zum Schreibtisch, der mit Zetteln übersät war. Hier herumzusuchen, würde zu keinem Ergebnis führen.

Er trat durch die Seitentür.

»Was …?« Der Zahnarzt, ein älteres Semester, hörte auf, mit dem Fußpedal den Bohrer zu bedienen, und richtete sich von seinem Hocker auf. »Wie sind Sie in dieses Zimmer dort gelangt?«

»Entschuldigen Sie bitte«, sagte Sol. Aus leidenden Augen blickte die junge Frau zu ihm herüber. Glücklich über die unverhoffte Pause, tupfte sie sich Tränen und blutigen Speichel vom Gesicht. »Sie wissen, weshalb ich gekommen bin.«

»So, weiß ich das? Ich denke nicht! Wer sind Sie?« Der Arzt marschierte an ihm vorbei ins Nebenzimmer. »Die Tür war verriegelt! Was zum Teufel soll das?«

»Bleiben Sie ruhig«, sagte Sol und wich zurück, diesmal zur richtigen Eingangstür. »Und fluchen Sie nicht in Gegenwart einer Dame.«

»Verschwinden Sie, oder ich rufe die Polizei! Weit hat die's nicht, wie Sie hoffentlich bemerkt haben!«

»Habe ich.« Sol lüpfte seinen Hut. »Bye. Und gehen Sie zart mit der Lady um, ja?«

Er würde nicht darauf bauen, dass der Zahnarzt nicht doch im Erdgeschoss des Nachbarhauses anrief; er wählte den Fluchtweg über die Feuerleiter. Und wahrhaftig hörte er, als er auf Höhe des ersten Stocks war, zwei Männerstimmen unten am Hofeingang, die ein paar spielende Buben beiseitescheuchten. Möglich, dass es deren Väter und keine Bullen waren, aber das herauszufinden, hatte er nicht die Absicht. Er hob den Ellbogen, um das Fenster zum Korridor einzuschlagen, als ein Mann es von innen öffnete.

»Tyner?«

Verblüfft nickte Sol.

»Kommen Sie.« Der Fremde machte kehrt, ohne zu schauen, ob Sol ihm folgte, und stapfte in eine Wohnung. Hier blieb er im Flur stehen. Ein Mittvierziger in abgetragenen Hosen und vergilbtem Hemd, das Bierflecken zierten. »Ich hoffe, damit ist die Sache jetzt erledigt.«

Sol schloss hinter sich die Tür. »Das hoffe ich auch.«

»Sagen Sie das den anderen aus Ihrer Bande!« Der Mann war erregt vor Angst; sie dünstete aus seinen Achseln.

»Was genau?«

»Ich will mit euch nichts mehr zu tun haben, verdammte Scheiße!«

»Ganz ruhig.« Sol hob eine Hand. »Ich sollte oben jemanden treffen. Das sind nicht zufällig Sie?«

Der abgehalfterte Kerl starrte ihn an. »Die haben mir gesagt, dass ich das tun soll, weil so 'n Typ wie Sie vielleicht genau dieses Problem hat.«

»Was tun?«

»Das Fenster aufmachen, falls Sie etwa zu dieser Zeit über die Feuerleiter runterkommen. Ich hab's getan, das können Sie denen ausrichten, und, verdammte Kacke, ich will jetzt meinen Frieden!«

Sol knurrte. »Für *die* kann ich nicht garantieren«, sagte er. »Aber ich lasse Sie in Frieden. Darf ich?« Ohne eine Antwort abzuwarten, schob er sich an dem Mann vorbei. So schmal der

Flur war, so groß waren die Zimmer. In einem saßen eine Frau, vermutlich seine Gattin, und ein jüngeres Mädchen, vermutlich die Tochter, und hielten sich ängstlich bei den Händen. Die Einrichtung ließ darauf schließen, dass die Familie aus weit mehr als drei Köpfen bestand. Weshalb sich diese Leute eine große Wohnung an der Michigan Ave leisten konnten, verrieten die geschwärzten Zimmerdecken und der bittere Gestank nach Rauch, der hier wohl seit dem großen Brand vor mehr als zwanzig Jahren klebte. Halb Chicago war damals abgefackelt worden.

Fanfaren ertönten draußen auf der Avenue. Fröhliches Stimmengewirr, Hurra-Rufe, aufbrandender Applaus und die Hufschläge Dutzender Pferde. »Entschuldigen Sie.« Er nickte den Frauen zu, doch da er seine Waffe gezogen hatte, beruhigte sie das nicht. Er trat an eines der hohen Fenster. Inzwischen säumten Aberhunderte von Menschen die Straße, und es strömten weitere herbei. Über der endlosen Weite des Lake Michigan stand die Sonne. Einige Landauer waren bereits vorübergezogen, und in exakt diesem Augenblick kam der des Präsidenten unten vorbei, seine Karosse glänzte schwarz in der Sonne, und er war mit einer Blumengirlande geschmückt. Grover Cleveland erinnerte in seiner erhabenen Massigkeit an den Industriemagnaten Westinghouse; wie ein feister Bulle hockte er breitbeinig im offenen Fond, den Schnauzbart und das schüttere Haar gewichst, den Bowler in der winkenden Hand. An seiner Seite die First Lady, eine hübsche, zierliche Frau. Links und rechts des Landauers trabten sechs Bodyguards, dahinter ritt ein Uniformierter mit einer Armeeflinte quer über den Schenkeln. Sol nahm an, dass auch die Männer vom CPD nach draußen ausgeschwärmt waren; er entdeckte zwei Polizisten in der Menge, die sich betont unauffällig umschauten. Hinter dem Fenstervorhang trat er einen Schritt zurück.

Plötzlich wurde ihm die Situation bewusst. Er, mit dem Revolver in der Hand. Der Präsident nur ein paar Yards entfernt. Ein freies Schussfeld, eine perfekte Deckung.

Hatten die Auftraggeber es so geplant? Nicht auf dem Ausstellungsgelände, sondern hier?

Wie auch immer, er wusste nun, wie er verduften konnte.

Die Kutsche des Vizepräsidenten Stevenson folgte, dann kamen andere mit Honoratioren, deren Gesichter er nicht aus den Zeitungen kannte. Er sah die mit spanischen Flaggen geschmückten Prachtkutschen der Landsleute des Entdeckers Kolumbus. Damen mit voluminösen Hüten und glitzernden Colliers, und er sah auch die Männer der Columbian Guard, die zu ihren bunten Kostümen sogar Hellebarden trugen. Ein Fanfarenzug folgte, und dann geschah, worauf er gewartet hatte: Die versammelte Menge schloss sich hinter dem Festzug wie die Wogen hinter einem Raddampfer. Weitere Kutschen, Karren, Reiter reihten sich ein. Sol wartete, bis ein gelber Pferdebus, auf dessen Dach etliche Leute saßen, Sichtschutz bot. Dann sprang er aus dem Fenster.

20

Chicago, 1. Mai 1893

Um zwölf Uhr war es endlich so weit: Bell wartete inmitten unzähliger Menschen am Rande des Jackson Parks, dass die Eröffnungszeremonie der Weltausstellung begann. Den Präsidenten der Vereinigten Staaten wollte sie keinesfalls verpassen. Sie hatte ihn noch nie gesehen, nicht einmal von Weitem. Mit einem Seufzen ließ sie ihre Taschenuhr zuklappen. Gegen die letzte Nacht war die davor im Haus der Schrocks ein Traum gewesen. Nachdem sie vor Rick geflohen war, hatte sie im Hayes and Annex angerufen. Wie befürchtet hatte sie die Verspätung das reservierte Zimmer gekostet. Sie hatte es weiter versucht, in billigen Absteigen wie teuren Etablissements angerufen – nichts. Chicago platzte aus allen Nähten. Lediglich ein Mister Holmes offerierte ihr ein Zimmer in seinem World's Fair Hotel in der Dreiundsechzigsten. Sie hatte zusagen wollen, als ihr Blick aus dem Post Office auf ein kleines Schild gegenüber fiel: *Zimmer frei.* Es war nur eine Pension mit einer alten Wirtin, die unfasslich nach Irish Stew stank. Doch die Verlockung, sich sofort aus den Kleidern schälen und duschen zu können, war zu groß.

Die Matratze war hart gewesen, das Zimmer muffig, das Frühstück ein spatzengroßer Klecks Porridge in einer Blechschale. Bell war von Reue und Furcht erfüllt gewesen, doch beides wandelte sich mit der Zeit in zornige Energie. Sie würde es allen schon zeigen! Schließlich war sie in der vollgestopften Hochbahn – eine Kutsche war nicht zu bekommen – zum Jackson Park gefahren, dem Ort der Ausstellung. Es war ein Segen, sich endlich ohne den lästigen Koffer bewegen zu können. Sollte irgendjemand darin herumschnüffeln wollen, die irische Wirtin zum Beispiel – von ihr aus gerne. Im Grunde war fast alles darin unnütz und hinderlich. Sie hätte von Anfang an auf Nellie Bly hören sollen, die in ihrem Buch erzählte, dass sie nur eine Kleidergarnitur in einem winzigen Koffer auf ihre Reise mitgenommen habe. Alles Wichtige, ihre Papiere und ihr Geld, hatte Bell in der Handtasche. *Der Besucher möge auf seine Wertsachen achten, denn das Ausstellungsgelände wird bedauerlicherweise auch von zwielichtigen Gestalten besucht, denen man ihre Absichten nicht ansieht*, las sie auf einem Schild. Bell wusste aus leidvoller Erfahrung, dass Letzteres nur allzu wahr war: Zwei Banditen war sie entkommen, dann der Fessel namens Rick. So an ihn zu denken weckte ihr schlechtes Gewissen. Aber war es ihre Schuld, dass sie frei sein wollte? Ihre Tanten würden sie nacheinander schütteln und dem Vater vorwerfen, zu nachgiebig mit ihr gewesen zu sein. *Alle* würden sagen, es sei ihre Schuld. Sie würde …

»Sind Sie geladen, Ma'am?«

»Geladen?« Sie erwachte aus ihren Gedanken. Sie hatte sich mit dem Strom treiben lassen. Hier, am südlichen Ende des Parks, hatte sie vom Gelände nur wenig gesehen. Zwischen den jubelnd hochgereckten Händen, die Hüte, Fähnchen und Blumen schwenkten, ließen sich strahlend weiße Gebäude erahnen. Männer der Guard versuchten die Menge zu ordnen. Sie sahen lustig aus mit ihren Schleifenapplikationen auf den Uniformjacken und den Kinnriemen ihrer Tschakos unter den Lippen.

»Zur Eröffnung eingeladen«, erläuterte der Ordner. »Wenn nicht, dürfen Sie nicht weiter.«

Sie begriff, dass sie vor einem Absperrseil stand. Ein Mann drängelte sich mit einem gebellten »Presse!« vorbei und wurde prompt eingelassen. So ein Mist! Einen Presseausweis besaß sie nicht. Daheim hatte sie mit dem Gedanken gespielt, sich heimlich einen aus den Redaktionsräumen des *Observer* zu besorgen, aber sie hatte es nicht gewagt. Wäre sie so berühmt wie die Bly, würde man ihr ehrfürchtig eine Gasse bilden, bis hin zur Tribüne, und der Präsident würde sie hinaufwinken. *Irgendwann bin ich so weit*, dachte sie bissig. Den Befehl des Ordners, sie solle beiseitetreten, befolgte sie eiligst. Zu Tausenden standen die Leute am Seil, und sie fragte sich, ob die Ständer, die es hielten, nicht umkippen mussten. Von irgendwoher war Gerangel zu hören, und Bell sah über den Köpfen der Menge den drohend erhobenen Säbel eines Guard. Doch die meisten Chicagoer, allesamt in ordentlicher Sonntagskleidung, obwohl heute Montag war, benahmen sich gesittet. Wenigstens hatte Bell einen halbwegs passablen Stehplatz; die Tribüne ließ sich gut überblicken. Das Wetter hätte kaum besser sein können: strahlender Sonnenschein, nicht zu warm. Ein erwartungsvolles Schwirren lag in der Luft. Sogar die hässliche Stadt jenseits des Parks gab sich Mühe, weniger zu stinken.

Als der Präsident der Vereinigten Staaten die Tribüne erklomm, brandete Jubel auf. Ihm folgten ehrwürdige Männer in Fracks und Zylindern und ihre Frauen in prächtigen Kleidern, deren Schmuck über Meilen hinweg glänzte. Unter der Tribüne drängelten sich eine Blaskapelle und Hunderte von Journalisten; etliche hatten ihre Kameras aufgestellt. Bell beneidete sie glühend. Unter den Klängen eines schmissigen Stückes stiegen einige der Männer, unter ihnen der Präsident, auf ein Podest. Es folgten kurze Reden, von denen kein Wort zu ihr herüberdrang. Dann trat die mächtige Gestalt Grover Clevelands hinter einen mit kleinen Flaggenständern geschmückten Tisch. Bell wusste, was jetzt folgen würde: Er würde mit dem Umlegen eines Schalters die Weiße Stadt zum Leben erwecken. Ihr Herz pochte. Sie würde es sehen! Sie war hier! Allen Unkenrufen und Gefahren zum Trotz – sie *war hier.*

Der Präsident zog ein Tuch von der Vorrichtung mit dem sicherlich vier Zoll großen Schalter. Plötzlich war es totenstill. Sicherlich dachte jeder hier an die von den Gazetten heraufbeschworene Gefahr: Dies war Wechselstrom, und Wechselstrom konnte töten.

Er machte mit der Hand eine Bewegung – und in der Tiefe erwachten die Kräfte, die die *World's Columbian Exposition* ins Leben riefen. Der Boden vibrierte. Die Menschen juchzten und schrien erschrocken. Wie von Geisterhand schwebten riesige Flaggen – *Stars and Stripes* und die gelb-roten Spaniens – an Masten hinauf. Hinter der Tribüne schossen Wasserfontänen in die Höhe, dreißig, vierzig Yards hoch; der Wind trieb feinste Tropfen auf Bells Wangen. Vom Lake Michigan her knallten Salven, Pulverdampf waberte im Sonnenschein – ein Schiff leerte stolz seine Geschützbatterie. Ob das Orchester aufspielte, konnte Bell nicht hören, doch plötzlich stimmte jeder im Publikum »*America*« an.

»My country, 'tis of thee,
Sweet land of liberty,
Of thee I sing;
Land where my fathers died,
Land of the pilgrims' pride,
From every mountainside
Let freedom ring!«

Auch Bell presste eine Hand auf ihr Herz und schmetterte, was die Kehle hergab. Das Dröhnen und Tosen um sie herum hüllten sie ein, hob sie hoch und ließ sie fliegen. Sie war hier. Sie war frei. Dieses Land bot ihr grenzenlose Möglichkeiten. Sie musste nur fest genug zupacken.

»Sir?« Eine schwere Hand legte sich auf seine Schulter. Sol fuhr herum und packte den Revolvergriff in seinem Rücken. »Vergeben Sie mir, Sir, ich wollte Sie nicht erschrecken. Großer Gott, ich hab mich nicht getäuscht. Peter? Peter Smith?«

Verdammt. War er auf diese Wunderausstellung gekommen, um Leute aus seinem alten Leben zu treffen? Sol sortierte sich, streckte die Hand vor. »Mr. Cody! So eine Überraschung.«

»Eigentlich nicht. Sagen Sie bloß, Sie wissen nicht, dass wir vor dem Haupteingang unsere Zelte aufgebaut haben? Sie wissen *gar nicht*«, erneut landete die Hand auf seiner Schulter, »dass wir hier sind? Aber mit Ihrem Namen stimmt etwas nicht. Warten Sie, ich komme gleich drauf.«

»Paul. Nicht Peter. Paul Smith.« Diesen Namen hatte er sich vor vierzehn Jahren zugelegt, als er von daheim abgehauen war.

»Ja, stimmt. So war's, mein Sohn.« Ein dritter Schulterhieb. So gewaltig, wie sich die Leute ihn vorstellten, sah Buffalo Bill aus der Nähe nicht aus. Doch das verstand er durch seinen Aufzug wettzumachen. Auch jetzt zogen seine Lockenmähne mitsamt Spitzbart und seine Lederkluft, an der überall, wo man sich nur denken konnte, zehn Zoll lange Fransen baumelten, jeden Blick auf sich. In den nicht mehr jungen Armen steckte die Kraft, die ein Leben im Sattel erforderte.

»Wie geht's den Mädchen?«, fragte Sol.

»Prächtig, alles beim Alten. Jane hat immer noch ein Maul wie ein Kutscher und Annie eine tödliche Hand. Brauchst du einen Job? Für dich habe ich immer einen Platz. Ich habe es sehr bedauert, dass du damals einfach weitergezogen bist.«

»Weitergezogen« – ein harmloses Wort dafür, dass Sol lediglich für ein paar Wochen hatte untertauchen wollen, dann geschnappt worden und im Knast gelandet war. »Tut mir leid, aber ich war anderweitig beschäftigt. Und das bin ich auch heute.«

»Tja. Kann von einem wie dir nicht erwarten, dass du auf mich wartest. Wo bist du jetzt?«

»In einem Varieté hier in der Stadt.«

Cody sollte beschäftigt genug sein, um diese Aussage nicht näher zu prüfen. Sein Bart zuckte, als er den Mund abschätzig verzog. »Du kannst jederzeit auf mich zukommen.«

»Vielen Dank, Sir. Glauben Sie, ich könnte den Damen einen kurzen Besuch abstatten? Ich würde sie gern wiedersehen ...«

»Zur Feier des Tages geben wir heute eine besonders lange Premiumvorstellung; sie beginnt in einer guten Stunde und endet etwa um sechs, danach ist Feierabend. Annie verschwindet immer gleich in ihrem Zelt, aber Jane, die hebt erst mal einen, du kennst sie ja. Sag mal, hast du irgendein Wort verstanden?« Cody nickte in Richtung der Tribüne. »Ich höre leider nicht mehr so gut.«

Sol nickte. Das war wirklich kein Wunder. Zu viel herumgeballert, der Gute. »Der Präsident sagte, dass dieser Schalter nicht nur die Ausstellung mit Licht versorgt, sondern auch ein Zeichen dafür ist, dass diesem Land Wohlstand, Würde und Freiheit zukommen wird.«

»Von dem Licht sieht man ja noch nicht so viel«, meinte Cody. »Da müssen wir uns wohl bis zum Einbruch der Dunkelheit gedulden. Der Präsident lebe hoch!« Er riss einen Revolver aus dem Halfter und in die Höhe. Sol zuckte zurück. Doch Amerikas berühmtester Bisonjäger feuerte nicht. Sich den breitkrempigen Boss of the Plains vom Kopf zu reißen und ihn johlend zu schwenken, ließ er sich nicht nehmen. Sol schob sich den eigenen Hut in die Stirn. Solche Aufmerksamkeit konnte er nicht gebrauchen.

Die Festlichkeiten waren vorbei, die Columbian Guard hakte die Seile auf. Alles strömte durcheinander. Bell stieß gegen eine Frau, die ein Theaterglas hielt. *Oh, was für eine entzückende*

Idee! »Verzeihen Sie, Madam«, sagte Bell. »Dürfte ich wohl einmal ...?«

Die junge Dame, in Begleitung eines eleganten Mannes, nickte eifrig. Noch berauscht von dem Erlebten, strahlte sie über das ganze gerötete Gesicht. »Oh, gewiss! Schauen Sie auch nach oben, da ist ein Ballon. Es ist alles so unglaublich phantastisch!«

Bell erblickte Hunderte von Tauben, die man freigelassen hatte. Die Gischt der Fontänen hatte einen Regenbogen in den Himmel gezaubert. Doch sie zielte auf die Tribüne. Vielleicht erkannte sie ja eine Berühmtheit? Dort, diese Dame mit voluminösem Federhut und fünfreihiger Perlenkette, die soeben an der Hand ihres Gatten im Begriff war, mit den Herren Politikern an der rückwärtigen Tribünenseite herabzusteigen, war das nicht die Vanderbilt? Und ein anderes Paar die Astors? Diese Aura von Verruchtheit und Glanz, sie war selbst auf diese Entfernung spürbar. Hatte sie zuvor jemals eine zehnreihige Perlenkette gesehen? Der Kragen des Kleides der jungen Mrs. Astor war wie eine goldene Lanzenspitze, der Hut griff die Form auf, ein seidenumhüllter Kegel wie aus dem Mittelalter. Er wog bestimmt fünf Pfund. Spanische Gesandte hatten sich mit Seidenschärpen in den Farben ihrer Heimat geschmückt. Bell ließ den Blick über die Presse an ihren Tischen schweifen. Sicherlich war auch der *New York Observer* dort vertreten. Dann sah sie über die Köpfe der Zuschauer. Dort schwenkte ein Mann besonders leidenschaftlich einen riesigen weißen Hut. War das nicht ...?

Aber ja.

Ein spontanes Interview mit William Frederick Cody *aka* Buffalo Bill? Dann hätte sie für den Anfang ein wenig Material. Mit Mühe schaffte sie es, sich seitlich in seine Richtung zu schieben. Offenbar sprach er mit einem Mann, von dem sie aber nur die Hutspitze sah. Als sie schließlich vor dem berühmten Fährtensucher stand, war der Mann komplett von der Menge verschluckt. Gut, so musste sie Mr. Codys Aufmerksamkeit nicht teilen. »Mr. Cody?« Sie musste die Stimme heben, um sich bemerkbar zu machen. »Guten Tag, Sir! Ich bin Bell Bennett vom *New York Observer.* Darf ich Ihnen eine Frage stellen?« Ihre Stimme zitterte ein wenig. Der Mann konnte sie ja kaum hören. »Wie hat Ihnen die Zeremonie gefallen?«

»Stets zu Diensten, Miss.« Mit zwei Fingern tippte er an seine Hutkrempe; es sah aus, als wolle er weitergehen, ohne sie wirklich bemerkt zu haben.

»Bitte warten Sie. Nur ganz kurz, Mr. Cody.« *Du liebe Zeit, etwas mehr Selbstvertrauen!* Wenn sie Nikola Tesla mit solch schüchternem Gestammel kam, konnte sie ihr großes Interview sofort vergessen. »Was sagen Sie zu diesem großartigen Tag?«

Jetzt erst schien er sie richtig zu bemerken. »Ein weiblicher Reporter, schau einer an. Hatte ich auch noch nicht. Woher kommen Sie? Vom *Observer*? Nie gehört.«

»New York«, ergänzte sie.

»Ah. Das Tor zur Welt.« Er nestelte ein Flugblatt aus der Hemdtasche. »Kommen Sie doch zu einer unserer Aufführungen. In einer knappen Stunde beginnt die große Premiumvorstellung. Die Arena ist am Ende der Dreiundsechzigsten, gleich vorm Haupteingang zum Park. Journalisten bekommen die besten Plätze.«

Bell blickte auf den Zettel, auf dem *Buffalo Bill's Wild West Show* angekündigt war. *A Congress of Rough Riders of the World.* Indianer, Cowboys, Beduinen, Kosaken, sogar japanische Schwertkämpfer. 800 Männer. 500 Pferde. 18 000 Plätze. »Verzeihung«, murmelte Bell, während sie das Programm überflog. »Aber wegen der ›Eilpost von Deadwood, im Sturm von Banditen genommen‹ bin ich ja gar nicht hier. Ich möchte Sie ...«

»Und Journalisten bekommen selbstverständlich Freikarten.« Er steckte ihr ein Ticket zu.

»Mr. Cody ...«

»Wollen Sie nicht die berühmten Ladies meines Zugs treffen? *Little Miss Sure Shot* und die verrückte Calamity? Sicherlich werden sich die Damen über ein Interview freuen, noch dazu von einer Frau. Drei Suffragetten auf einem Haufen!« Er lachte.

»Ich bin keine Suffragette, Mr. Cody.«

»Gut zu wissen. Eine Calamity Jane reicht der Welt. Probieren Sie es nach der Vorstellung. Sprechen Sie einen Ordner an, der bringt Sie hin. Ma'am.« Er tippte sich an den Hut und stiefelte weiter.

Sie sandte seinem Rücken ein gemurmeltes Danke nach. Annie Oakley und Calamity Jane? Die beiden waren so etwas wie Heldinnen für sie! Bell verstaute Handzettel und Ticket in ihrer Handtasche. Eine Wild West Show? Kein schlechter Ort, um den ersten und schlimmsten Ansturm auf die Ausstellung abzuwarten, obwohl sie darauf brannte, alles zu sehen. Aber nach all dem Gehetze erschienen ihr fünf tatenlose Stunden auf dem Gesäß verheißungsvoll.

Hatte Solomon Jones nicht gesagt, er sei in solchen Shows aufgetreten? Früher. Heute war er Verbrecher. Trotzdem musste sie vorsichtig sein. Die Wahrscheinlichkeit, ihm hier in die Arme zu laufen, war bei diesem Andrang äußerst gering. Desgleichen, was Rick betraf. Aber man wusste ja nie.

21

Chicago, 1. Mai 1893

Martha Jane Clinton Burke, genannt Calamity Jane, trug noch dieselbe Kluft, in der sie in der Arena vor vielen Tausend Zuschauern eine Postkutsche in halsbrecherischen Manövern gelenkt, mit sechs unterschiedlichen Waffen auf in die Luft geworfene Ziele geballert und ein Fort gegen Indianer verteidigt hatte. Jetzt, am späten Abend, hockte sie breitbeinig auf einem Stuhl in ihrem Zelt, die Lehne vor sich, die bestiefelten Füße in einem Wust von Decken, Blechgeschirr, Flaschen und zerdrückten Blumen, welche begeisterte Zuschauer von den Rängen geworfen hatten. Sie kritzelte ihren Namen in Bells Kladde und gab sie ihr zurück.

»Nimm dir auch eine.« Offenbar meinte sie eine von dem Dutzend angebrochener Whiskeyflaschen, die aus dem Durcheinander wie Kerzen aus einem krümeligen Kuchen ragten. »Was willst du wissen? Wie ich die Weltausstellung finde? Hab doch noch gar nichts gesehen, Schätzchen.«

»Auch nicht die Eröffnung, Madam?«

»Zugucken, wie ein paar alte Säcke erhabenes Zeug quatschen und bunte Ballons fliegen lassen? Den Kindergeburtstag hab ich mir geschenkt. Musste eh noch mal meinen Text durchgehen. Mein Gedächtnis ist nicht mehr das beste.« Sie hatte nicht nur akrobatische Kunststücke vollführt, sondern auch aus ihrem bewegten Leben erzählt. Es hatte nicht so geklungen, als hätte sie dafür noch üben müssen. Das ganze Publikum hatte an ihren Lippen gehangen, und Bell war fasziniert gewesen:

von Calamity und von ihrer lauten Stimme, aus der die Rauheit eines verlebten Lebens klang. »Und vergiss die ›Madam‹, das hab ich zuletzt bei meiner letzten Hochzeit vor acht Jahren gehört.«

»Waren Sie wirklich die Frau von Wild Bill Hickok?«

Mrs. Burke setzte die Whiskeyflasche an. Calamity Janes Alkoholkonsum war legendär. Ebenso ihr Gefluche. »Verdammte Scheiße, wie oft hab ich diese Frage in meinem Leben gehört ... Hast du nie irgendwo die Antwort gelesen?«

»Doch, öfter. In den Geschichten von *Die Heldin der tausend spannenden Abenteuer* sogar komplett auserzählt.«

»Ach, du liest solches Zeug?« Errötete Calamity tatsächlich? Es machte die Frau, die mittlerweile über vierzig sein musste, ein wenig jünger.

»Ich liebe solches Zeug.«

»Dann kennst du ja die Wahrheit. Bill und ich, das war wie diese Kraft, die man erfunden hat. Elektrizität. Wenn wir uns ansahen, hätte man mit dieser Kraft einen ganzen Saloon beleuchten können. Hätten die Idioten damals gewusst, wie man so was macht.«

»Elektrizität war schon immer da, man hat sie lediglich gefunden, nicht erfunden.«

»Schnauze, du Luxusweib. Rede ich oder du?«

»Verzeihung.« Bell konnte sich ein Lächeln nicht verkneifen. Dieser verrückten Frau konnte man kaum böse sein. Sie war eine Legende und sie zu sehen, war wirklich etwas Besonderes. Die Aufführung war großartig gewesen. Sie hatten sogar das Gem Theatre von Deadwood nachgestellt, einen berüchtigten Saloon, in dem damals in den Siebzigern fast mehr Blut als Whiskey geflossen war – jedenfalls behauptete dies der Autor einer ihrer Romanheftchen. Wild Bill selbst, nein, ein Schauspieler, war durch die Kulissen gestapft, mit wallendem Haar, im schwarzen Greatcoat mit Schultercape, an den Hüften

Colts mit Elfenbeingriffen. Der Höhepunkt der Show war die Inszenierung seines Todes: hinterrücks beim Pokern erschossen. *Wie konnte Calamity Jane nur ertragen, bei diesem Theater mitzumachen?*, hatte sich Bell gefragt. Die zig geköpften Flaschen hier im Zelt waren wohl ein Teil der Antwort.

Mutig sein. Harte Fragen. »Wie sehen Sie Ihr Engagement in dieser Show?«

»Ach, scheiß drauf«, presste die Frau zwischen den verhärteten Lippen hervor. Mit dem Stiefel stieß sie eine Dose mit Kochfleischresten beiseite; die Fransen ihrer *chaps* flatterten. »Verdammt.«

Sie stemmte sich hoch, packte ihren federgeschmückten Zylinder an der Krempe und schleuderte ihn quer durchs Zelt. Ihre zerzausten Haare, ihre Kleidung, alles sah aus, als habe sie damit gestern noch in Deadwood nach Gold geschürft, speckig, zerschlissen, der Kragen ihres Männerhemdes wie seit Jahren nicht gewaschen. Waren die Kostümbildner hier so hervorragend? Bell hätte es auch nicht gewundert, wenn Calamity immer so herumliefe. Allerdings hingen an einer Zeltwand Kleiderbügel mit halbwegs ordentlichen Röcken und Blusen.

»Meine Eltern starben früh, und da stand ich junges Ding mit fünf kleinen Geschwistern da. Hab sie alle durchgebracht, verdammt soll ich sein, wenn ich's nicht gewissenhaft getan habe, und da hat mich niemand gefragt, ob ich diese oder jene Arbeit gerne mache. Hätte mich jemand gefragt: ›Willst du ein Leben in Luxus?‹, hätte ich mich gefreut, aber es fragte ja niemand. Ich hab geschuftet wie ein Vieh, das hätte kaum ein Kerl hingekriegt. Ich habe alles getan, was man sich nur denken kann, gegen Rothäute gekämpft, Postkutschen gelenkt, Gold gesucht, ein Wirtshaus geführt, sogar eine beschissene Saloondame war ich – und da fragst du mich, ob es unter meiner Würde ist, in einem nachgebauten Goldsucherkaff mit einem Kerl zu spielen, der nicht mein wilder Bill ist?«

Bell war danach, sich zu entschuldigen, aber sie hatte keine Zeit, sie kritzelte alles mit. Breitbeinig, eine Hand an der Hüfte, die andere an der Flasche, wandte Calamity ihr den Rücken mit der viel zu weiten, durch einen breiten Gürtel gehaltenen Fransenjacke zu. Sie rülpste so laut, dass Bells Füllfederhalter verriss.

»Trinken ist nicht gut, Luxusweib. Man verpasst so manches, und anderes tut man zu viel.«

»Bereuen Sie manches, was Sie zu viel taten?«

»Mhm.« Mit einem trockenen Lachen fuhr sie herum. »Ja. Wollte mal nach Fort Russell mit dem Buggy, es war nur eine beschissene Meile. Aber ich war so besoffen, dass ich nicht mitkriegte, wie ich am Fort vorbeifuhr. Neunzig Meilen weiter, mit 'nem kaputten Pferd in Fort Laramie, hab ich kapiert, wie scheißvoll ich war. Die sagten mir, ich sei in Laramie! Ihr Ärsche, hab ich denen gesagt, ihr seid ja durchgeknallt wie ein Goldgräber in den Bergen, der drei Monate lang keinen Saloon und keinen Weiberhintern gesehen hat.«

Der Länge nach warf sich Calamity auf die mit Kleidungsstücken übersäte Matratze, die blank auf dem Boden lag, und stellte die Flasche neben sich ab. »Ich verrat dir was, Schätzchen: All deine Fragen hab ich schon damals in Deadwood gehört. ›Waren Sie wirklich die Frau von Bill Hickok? Was sagen Sie dazu, dass ihm jemand vor ein paar Minuten in den Rücken geschossen hat?‹«

»Was haben Sie denn gesagt?«

»Leckt mich, ihr Wichser, zieht Leine und nehmt euer blödes Schreibzeug mit, sonst ramm ich euch eure Federhalter in eure verschissenen Ärsche.«

»Okay«, sagte Bell, nahm die Brille von der Nase und packte ein. »Bevor Sie anfangen, Ihren Rausch auszuschlafen, würden Sie mir bitte noch verraten, wo ich Mrs. Frank Butler finde?«

»Was, Annie? Finden Sie leicht.« Calamity Jane zog sich den Hut über die Augen. »Ist das einzige Zelt mit 'nem Garten davor.«

»Hallo.« Sol blieb am Eingang des Zeltes stehen. Die Frau, die es während der Tour bewohnte, war so gut mit dem Schießeisen wie ihre Kollegin. Nein, nur fast. Doch was die andere beherrscht und diszipliniert war, war diese hier ein Vulkan. Kurz vor dem Ausbruch, ihrem rasselnden Schnarchen nach zu urteilen. Er rief ein zweites Mal: »Hey! Jane!«

»Wwwas?« Jane ruckte auf ihre Ellbogen hoch. Ihr Zylinder mit den drei rot angepinselten Adlerfedern fiel hintenüber.

»Schön, dich zu sehen, altes Haus.«

Er zwinkerte ihr zu, trat näher, die beiden Pabst Blue Ribbon Beer in den Händen. Mit der neuen Biersorte, die der Hersteller an die Ausstellungsbesucher verschenkte, würde er mit ihr auf das Wiedersehen anstoßen.

»Ach du Scheiße. Peter? Peter Smith?«

»Paul. Wie geht's dir, Jane?« Hatte er damals wirklich Paul geheißen? Zu viele Namen taten einem nicht gut.

Sie wälzte sich auf die Seite und tastete, die Augen noch halb geschlossen, nach einer ihrer Fuselflaschen. Dass sie sie umstieß, kommentierte sie mit wildem Gefluche. Solche Kesselflickerworte hatte er zuletzt in schmierigen Spelunken wie dem Saloon in Corfu gehört, und selbst dort nicht in solcher Konzentration. Wer Jane besser kannte, kapierte irgendwann, dass das Fluchen ein Teil ihrer Rolle war, der sich irgendwann verselbstständigt hatte. Ebenso ihre Sauferei. Schon damals, als sie zusammen aufgetreten waren, hatte er sich gefragt, wie sie zu den alten Goldgräberzeiten wirklich gewesen war.

Stöhnend setzte sie sich auf. »Paul. Hallo, Pilger.« Sie zauste sich das wirre Haar. »Wieso bringst du mir blödes Bier? Warst du zu geizig für einen gescheiten Whiskey?«

Er ging vor ihr in die Hocke und reichte ihr eine Flasche. »Bier sollte reichen; du hast genug intus.«

»Bäh.« Sie schnappte sich die Flasche und roch daran. »Bist du nicht der, der schon damals so getan hat, als sei er ein Mitglied der Alkoholabstinenzunion?«

»Nur bei dir. Und es spricht für die Menge, die du zu saufen gewohnt bist, dass deine Zunge über solche Wörter nicht stolpert.«

»Na komm, du blöder Arsch.« Sie tippte ihre Flasche gegen seine und trank. »Den Durst löscht's ja. Wo hast du all die Jahre gesteckt? Hast du etwa geheiratet?« Ihr Blick wanderte über seine Hände – kein Ehering. »Immer noch nicht? Was machst du jetzt? In die Zeitungen hast du es jedenfalls nicht geschafft.«

Da hatte sie wohl nicht richtig hingeschaut. Hastig setzte er die Flasche an, damit sie seine Miene nicht sah. Im Lügen war er fast unschlagbar, sie im Wittern von Unwahrheiten. *Wenn du wüsstest*, dachte er. *Wie oft. Und weshalb.* »Was sollte ich auf Dauer bei euch? Einer, der lediglich beim Pokern oder beim Faro seine kleine Show abzieht ... Und dann das bisschen Rumgeschieße ... Ich hatte einfach keine Lust mehr, Jane.« Gelogen war das nicht. Er hatte immer öfter festgestellt, dass das Ballern von einem galoppierenden Pferd und das Gejohle der Zuschauer ihm nichts mehr gaben. Er hatte gegen seine Erziehung angeballert, gegen das, was sein Vater getan hatte, aber je mehr Schüsse er gegen diese Schatten abgegeben hatte, desto weniger fühlte er dabei.

Jane hockte im Schneidersitz auf der Matratze. »Ja. Kann ich verstehen.«

Kannst du nicht. Konntest du noch nie. Auch nicht in den wenigen Nächten, in denen sie versucht hatten, einander in seinem oder ihrem Zelt zu wärmen.

»Ja, und sonst?« Sie stieß ihm den Flaschenhals gegen den Arm. »Rede weiter!«

Au. Kraft hatte sie nach wie vor. Er rieb sich über den Arm. Paul Smith besaß keine letzten Jahre, die er zum Besten geben konnte; Paul Smith war seit Jahren eine tote Hülle. Und Solomon Jones musste unerwähnt bleiben. »Hab in Alaska nach Gold gesucht.« Völliger Blödsinn. In Alaska war er nie gewesen.

»Hab schon mal gehört, dass Alaska aussichtsreich wäre«, überlegte Jane. »Vielleicht gehe ich da ja auch mal hin. Obwohl – diese kalten Flüsse möchte ich meinen alten Knochen nicht mehr zumuten.«

»Lass es lieber.« Er stemmte sich hoch.

»Was, du willst schon wieder abhauen? Nicht mal ein lausiges kleines Kartenspielchen, du Dreckskerl?«

»Später. Kann ich für ein, zwei Nächte hier schlafen?«

Sie lachte. »Nur, wenn du mich nicht anfasst.«

»Hab ich nicht vor. Passt du auf meine Tasche auf?«

»Sogar auf deinen Schlaf, Süßer.«

»Und du sagst niemandem, dass ich hier war oder sein werde oder – was auch immer.«

»Du existierst nicht. Klar. Hast Dreck am Stecken mit reingeschleppt, ja?«

»Ich mache dir keinen Ärger, versprochen.« Sie würde niemandem etwas sagen, dazu war sie zu treu und zu hart.

Es gab noch einen anderen Grund, weshalb er hier war. Er musste jemanden finden, der die Menschen warnte, dass der Präsident in Gefahr war. Das konnte er unmöglich selbst tun. Calamity Jane kam für diese Aufgabe jedoch ebenso wenig infrage. Nur, wem konnte er sich sonst zeigen? Es blieb noch eine Möglichkeit.

»Jane, wo hat Annie ihr Zelt?«

Rücklings ließ sie sich auf die Matratze fallen. »Na, da, wo die Blümchen wachsen. Erst fragt mich das Luxusweib nach ihr, jetzt du. Verpisst euch doch alle.«

»Schlaf gut, Jane.« Er trat hinaus in den milden Maiabend. Dass *Little Miss Sure Shot* vor ihrem Zelt stets etliche Blumenkübel aufstellen ließ, hatte er ganz vergessen. Der Nase konnte er nicht folgen, denn den Blütenduft schluckte der von Tieren, Leder und dem bei der Show vergossenen Schweiß. Buffalo Bills Tross breitete sich als eine Stadt aus Zelten und Planwagen über ein riesiges Gelände aus. Wie zu seiner Zeit lag nach der Aufführung alles in erschöpfter Ruhe. Gedämpfte Stimmen drangen aus den Zelten, Pferde prusteten unter ihren Unterständen, in einem Gatter trabten drei Kamele umeinander. Von irgendwoher wehte der Gestank der Bisons heran.

Ein paar Sioux hatten sich um ein Kochfeuer versammelt und bürsteten ihre mit Federn und Perlen geschmückten Kostüme. Ein knorriger Alter in der Lederkleidung eines Trappers, die Pelzmütze unter dem Arm, kam vorbeigeschlendert und brummte einen Gruß. Die Hände in den Hosentaschen, den Kopf gesenkt, den Hut tief im Gesicht, nickte Sol ihm kurz zu. Dann sah er Annie Oakleys Zelt, umringt von Holzkisten, in denen einige Pflanzen ein eher kärgliches Dasein fristeten. Die Dame hatte einen Türhüter engagiert, der neben der Zeltöffnung auf einem Hocker saß, einen Fuß lässig auf dem anderen Bein, in den Händen eine ausgebreitete Zeitung.

Sol zögerte. Er musste mit Annie sprechen. Und er hätte sie sehr gerne wiedergesehen; auch sie würde niemals jemandem verraten, dass er hier war, wenn er sie darum bat. Doch der Mann stellte ein Risiko dar, das er nicht eingehen durfte. Wurde sein Steckbrief heute noch in den Zeitungen gedruckt?

Er wollte sich schon abwenden, als die Zeltplane aufflog. Keine andere als Bell Bennett trat mit einem weiten Schritt und gerafftem Kleid heraus.

»Haben Sie ganz herzlichen Dank, Mrs. Butler.« Sie gab Annie, die im Dunkel des Zelts kaum zu sehen war, die Hand.

»Keine Ursache. Ich wünsche Ihnen viel Erfolg.«

»Den wünsche ich Ihnen auch.« Bell rückte sich das lindgrüne Barett auf dem hochgesteckten Haar zurecht, aus dem sich – wieder einmal – einige vorwitzige Locken gelöst hatten und munter im Rhythmus ihrer Schritte tanzten. Die Handtasche am Arm, die Hände am weiten Rock, marschierte sie fünf, sechs Schritte entfernt an ihm vorbei. Ganz Energie, ganz die Lust auf das Abenteuer Weltausstellung. Verdammt, was für ein Prachtweib.

Tesla logierte hier sicher nicht, was also tat sie hier? Hatte sie Annie interviewt? Egal. Endlich hatte er sie wiedergefunden. Sol folgte ihr in gebührendem Abstand.

The White City. Hunderttausende Lichter. Elektrizität in ihrer ganzen mächtigen Pracht. Technische Wunder, die der Verstand sich weigerte, zu begreifen. Wunder der Baukunst, wie sie noch niemand erblickt hatte. Die ganze geballte menschliche Kreativität, all der Erfindungsreichtum, gebündelt in diesem Park am Lake Michigan. *Es gibt viele Eingänge. Wenn es Ihnen möglich ist, so beginnen Sie Ihre Tour mit einem Spaziergang über den Midway Plaisance Boulevard, der Sie geradewegs zum Eingangstor der Ausstellung führt. Bereits hier erwarten Sie vielerlei Eindrücke aus aller Welt.* Bell blätterte im Katalog und machte in Gedanken einen Kringel um das Gebäude der Elektrizität. Einige Wochen seien nötig, um die Ausstellung in Gänze zu erfassen, las Bell im Guide. Wie lange sie bleiben wollte, darüber hatte sie sich nur vage Gedanken gemacht. Die Miete fürs Pensionszimmer hatte sie vorsichtshalber im Voraus für zwei Wochen bezahlt.

Dicht an dicht drängten sich hier indianische, chinesische, algerische, deutsche, holländische Dörfer; Bell sah eine türkische Moschee, Marktszenen aus Kairo und Japan, eine Kathedrale, ein Alpenpanorama, ein römisches Haus – alles überragt von diesem phantastischen, geradezu bedrohlichen Gebilde, dem

Riesenrad. Es war fast neunzig Yards hoch, ein Gigant aus mächtigen Stahlverstrebungen. Monströs – ein anderes Wort mochte einem nicht dazu einfallen, und die Menschen machten ängstlich einen weiten Bogen um das Rad. In Betrieb war es noch nicht. Ein buntes Plakat kündigte eine demnächst stattfindende Einweihungsgala *in erleuchteter Nacht und mit illustren Gästen* an – wer die wohl waren? Über den Bau dieser speziellen Attraktion hatte Bell im Vorfeld einige Artikel gelesen, und alle hatten ein vernichtendes Urteil gefällt: Unverantwortlich, ein Sturm würde es zum Einsturz bringen, es war gefährlich, grotesk und albern. Wobei Bell da ganz andere Dinge albern gefunden hatte, die sich gewisse Leute ausgedacht hatten, um die letzte Weltausstellung in Paris und ihren Eiffelturm zu übertreffen. Wie etwa den mächtigsten Turm der Welt, von dessen Spitze Seile gespannt waren, an denen Gondeln herabfuhren – so hoch sollte er sein, dass das Gefälle sie bis nach New York und Pittsburgh brachte. *Da hat wohl jemand zu viel Jules Verne gelesen*, hatte auch ihr Vater gemeint und herzlich darüber gelacht. Über das Rad des Ingenieurs G. W. G. Ferris hatte er ebenfalls gelacht. Das Ferris-Rad jedoch ragte in all seiner Pracht über ihr auf. Sie trat in seinen Schatten. Hier unten gab es einige Hütten, die wohl die Technik beherbergten und einen Kassenstand. In schwindelerregender Höhe hockten Arbeiter an den Streben und den Gondeln, groß wie Pullman-Salonwagen, und legten letzte Hand an; das metallene Gehämmer fegte über den Boulevard. Die Achse, so hatte Bell gelesen, war der bisher größte aus Eisenguss gefertigte Gegenstand der Welt. Man konnte die gewaltige Kette sehen, die die Maschinen mit der Nabe des Rades verband. Ebenso ein Teilstück der Rohre, die zu zwei starken Dampfmaschinen führten. Wenn die erst in Betrieb waren … Würde die Vibration das Gebilde einstürzen lassen? Und wer würde überhaupt freiwillig in eine dieser sechsunddreißig Gondeln steigen?

Sie war entschlossen, es zu tun. Hoffentlich hielt ihr Mut stand.

»Gehen Sie da lieber weg, Miss«, rief ein junger Mann herüber. Er trug eine Sandwichtafel mit Plakaten der Ausstellung. Bell gehorchte, er reichte ihr einen Flugzettel und eilte weiter. Es war eine Programmliste des morgigen Tages. Und zwar eine endlose! Zeitgleich würde es einen afrikanischen Tanz, eine Elefantendressur in Hagenbecks Tierpark, eine spiritistische Sitzung mit garantierter Geistererscheinung im britischen Haus und noch unzählige andere Dinge geben. Eine Ballonfahrt in dreihundert Yards Höhe – auch das war gewagt, sollte sie das machen? In diesem Moment fühlte sie sich zu allem fähig. Für eine vergleichsweise harmlose Ballonfahrt wäre der Andrang sicher groß. Es gab außerdem eine Vorführung von Thomas Alva Edisons Kinetoscope in der Halle der Elektrizität. Dann …

»Bell.«

Sie fuhr herum. Hinter ihr war niemand. Nur in einigem Abstand eine Gruppe Passanten, die nicht wussten, wohin sie zuerst gucken sollten. Viele hatten Fähnchen in der einen, Zuckerwatte in der anderen Hand. Nein, die Stimme war aus der Düsternis unterhalb des Rades gekommen.

Sol. Sols Stimme.

Sie hatte sich getäuscht, ganz sicher. Es war doch so laut hier. Aber sie musste sich vergewissern. Sie *musste* nachsehen, bevor sie weitergehen konnte.

Langsam trat sie in den Schatten zwischen zwei Hütten. Ihr Herz hämmerte wie eine eigene kleine Dampfmaschine, die ihre Brust zu sprengen drohte. Leitern standen herum, Werkzeugkästen; alles roch nach Öl und Metall. Ein hölzernes Gestell war rund um die Grundpfeiler des Rades errichtet und mit Plakaten behängt; hier würden später die Besucher hinaufgehen, um weiter oben die Gondeln betreten zu können. Überall hingen lose Lichterketten. Und hier, unter der untersten Gondel, stand ein im Vergleich mit dem mächtigen Rad geradezu winziger Mensch. Ein Hut beschattete sein Gesicht. Er trug Nietenhosen und ein schwarzes Jackett mit abgewetzten Kanten: ein Arbeiter vielleicht, der sich zu den fünfzig Cent Eintritt nicht noch schicke Kleidung leisten konnte.

»Bell«, sagte er.

Sie wirbelte herum, wollte fortlaufen. Es *war* Sol! Schon war er bei ihr und riss sie an der Schulter mit sich unter die Gondel. »Lauf nicht weg, und schrei nicht, um Gottes willen«, knurrte er.

Irgendwie schaffte sie es, sich ihm zu entziehen. Wie es ihr gelang, unter den Rock zu greifen und die Pistole aus dem Strumpfband zu ziehen, wusste sie nicht. Aber plötzlich hatte sie den Deringer in der ausgestreckten Hand. Und zielte auf ihn.

Mit irrwitziger Schnelligkeit griff er hinter sich unter sein Jackett. Streckte seinerseits den Arm. Sie starrte in den Lauf seines Revolvers.

»Lassen Sie das, Mr. Tyner. Ich töte Sie sonst.«

III

THE WHITE CITY

»In welcher Halle ist der Papst?«, fragte eine Frau.
»Der Papst ist nicht hier, Madam«, sagte die Wache.
»Wo ist er denn?«
»In Italien in Europa, Madam.«
Die Frau runzelte die Stirn. »Und wie komme ich dahin?«

Von der Journalistin Teresa Dean aufgeschnappter Dialog
Aus *Der Teufel von Chicago* von Erik Larson

22

1. Mai 1893

Seine Reflexe waren schneller als seine Gedanken gewesen. Nur deshalb zielte er auf sie. Trotz der Düsternis hier unten erkannte Sol jede Einzelheit. Ihre schreckgeweiteten Augen. Die Sommersprossen auf ihrer Nase, die zuletzt noch nicht da gewesen waren. Ein Schweißtropfen lief ihren Hals hinunter und verschwand im spitzengerahmten Dekolleté. Sie war so voller Zorn, voller Leidenschaft für alles, was sie tat.

Er hasste es, sie bedrohen zu müssen. Dass sie zu schießen imstande war, wenn er seinen Revolver wegsteckte, glaubte er nicht. Aber Vermutungen konnte er sich in einer solchen Situation nicht leisten. Genauso wenig wie Gefühle.

»Bell. Dein Deringer ist ein Spielzeug mit nur einer Kugel im Lauf. Du magst ein forsches Mundwerk haben, aber eine Meisterschützin bist du gewiss nicht. Lass die Waffe sinken, Bell.«

»Stecken Sie doch Ihre weg.«

»Und was wirst du dann tun?«

»Nach den Guards schreien.«

Er versuchte sich an einem Lachen. Es klang mehr als unecht. »Empfängt man so seinen Gatten, liebste Bell?«

»Das sind Sie nicht.«

»Wir hatten einen Deal.«

»Vergessen Sie's. Ich schreie gleich.«

»Wenn du das tust, bin ich ein toter Mann.«

»Was Ihnen nur recht geschähe. Sie sind ein Zugräuber.«

»Wie kommst du darauf?«

Ihr Deringer zuckte. Halb drehte sie sich zur Seite, um den Arm so weit wie möglich auszustrecken. »*Mein* Geld ist in *Ihrer* Tasche!«

»Wie kommst du darauf?«

»Ich habe es an meiner Klammer erkannt. Sie sind ein Verbrecher!«

Das Geldbündel mit der Klammer, das er beim Spielen gewonnen hatte, war ihres? Ihm entwich ein fassungsloses Ächzen. »Mein Gott, das ist ... was soll ich sagen? Ich habe es nicht gestohlen. Bell, lass uns doch reden.«

»Ich rede nur mit der Polizei.« Ihr Kopf ruckte für eine halbe Sekunde seitwärts. War dort draußen ein Guard oder ein Constable? Von seiner Position aus sah er nichts.

»Nein. Du redest mit mir. Ich habe keinen Zug überfallen, glaub mir doch.«

»Pah. Erschießen Sie mich, wenn ich es nicht tue?«

»Nun, wäre ich das, wofür du mich hältst, würde ich genau das tun. Jeder würde glauben, das Schussgeräusch käme von der Arbeit am Riesenrad, nicht wahr?« Wie zum Beweis kamen von oben drei dröhnende Schläge, die einem fast das Trommelfell platzen ließen. »Sehen kann uns niemand, und bis jemand deine Leiche findet, bin ich längst woanders.«

»Sind Sie komplett wahnsinnig?«

Als Antwort winkelte er seinen Schussarm an. Langsam führte er den Lauf unter sein Kinn.

»Was – was soll das?« Ihr Arm begann zu zittern.

»Das geschieht, wenn du mich verrätst. Wie ich sagte: Ich bin dann tot. Würde ich dich töten wollen, hätte ich es längst tun können. Bell, hör endlich auf. Ich hasse, was ich hier tue.«

»Sie wollen mich erpressen.«

»Du zwingst mich dazu.«

Sie starrten sich an.

»Sie *sind* wahnsinnig.« Jetzt bebte auch ihre Stimme. Doch sie hielt stand. Wofür er ihr Respekt zollte.

»Nur verzweifelt.«

Ihr entwich ein leises Ächzen. War es Verachtung oder Hilflosigkeit? Allmählich begann ihr der Arm schwer zu werden und sank um einen Zoll hinab. Sie riss ihn wieder hoch. »Gut, erklären Sie sich.«

»Ich habe das Geld beim Kartenspiel gewonnen. Kurz bevor du zu mir kamst.«

»Bitte? Sie behaupten also, den Zug gar nicht überfallen zu haben?«

Er löste die Waffe vom Kinn. »So eine Verrücktheit kann ich mir in meiner Lage nicht leisten. Außerdem hasse ich Züge.«

Ihr Arm sank ein wenig. »Tatsächlich? Züge auch? Davon habe ich gar nichts bemerkt.«

Noch hielt er den Colt vor der Brust erhoben. »Spotte nur. Es ist schwierig genug, mir einzureden, dass nichts passieren wird, bei den wenigen Gelegenheiten, wenn ich mich doch mal in so ein Ding setzen muss. Wie gesagt, ich hatte in Corfu beim Pokern einen Lauf …«

»Oh, so ein Zufall! In Corfu.« Ihre Stimme troff vor Hohn.

»Kein Zufall. Der Zug war doch kurz vor Corfu überfallen worden, oder? Was tut ein Halunke, wenn er dumm genug ist, nach so einem Coup? Feiert seinen Erfolg in einem Saloon. Und da war ich. Wie *ich* nach Corfu kam, daran erinnerst du dich hoffentlich: Ich hatte eine verlorene Lady aufgegabelt und hingekarrt.«

»Er hat damit geprotzt?«

»Er hat mit irgendetwas geprotzt. Dass es ein erfolgreicher Raubzug gewesen war, hat er verschwiegen. Ich glaube, zwei Drinks mehr, und er hätte es verraten. Nachdem ich ihn ausgenommen hatte, wurde er allerdings wortkarg.«

Sie schwieg. Ihr Arm sank um einen weiteren Zoll.

»Er und sein Kumpan waren lausige Pokerspieler. Ich hatte zwar keine Ahnung, dass ich um dein Geld spiele, aber sei froh darum, dass ich da war. So kann ich es dir wiedergeben.«

Sie schluckte. Kämpfte mit sich. »Aber …«

»Aber?«

»Verdammt, Sol.«

»Nicht fluchen, Philea Fogg.«

Ihre Schultern zuckten, sie schluchzte auf. »Du Scheusal. Nenn mich nicht so!«

Endgültig sank ihr Arm, die andere Hand schlug sie vors Gesicht. Mit drei langen Sätzen war er bei ihr und entwand ihr den Deringer. Die eigene Waffe noch in der Hand, schob er ihr die Arme unter die Achseln, da sie zu fallen drohte. Sein Gesicht geriet an ihres, er atmete ihren zarten Parfümduft. Unmöglich, sich zurückzuhalten. Sie wollte etwas sagen, doch mit dem Mund klaubte er den Protestlaut von ihren Lippen. Er schmeckte Süße, glatte Zähne und Widerspenstigkeit, die schnell schmolz. Ihre Hände umschlossen seinen Nacken, gruben sich in sein Haar. Sie küsste ihn, wie sie alles tat: mit allen Fasern leidenschaftlich. »Warum«, flüsterte sie in seinen Mund, »hasst du Züge?«

»Bin mal mit einem entgleist«, presste er zwischen den Lippen hervor.

»O Gott.« Sie küsste ihn erneut. »Und ich zerre dich mit auf diese Reise.«

»Ich … halt's aus.«

»Musst du ja … Passepartout.«

Schließlich lösten sie sich voneinander. Hielten sich eine Armlänge auf Abstand und musterten sich lange. Ebenso wie er schien sie zu überlegen, ob das hier gerade Wirklichkeit war. Ob es etwas zu bereuen gab. Was ihn betraf – ganz sicher nicht. Zaghaft lächelte sie, während sie behutsam ihre Lippen betastete.

Ihm fiel ein, dass er den Revolver noch in der Hand hielt. Er steckte ihn im Rücken in den Gürtel und ordnete die Jacke darüber.

»Und was soll ich jetzt mit dir anfangen?«, warf sie ihm auf einmal wütend hin. »Du platzt in mein Leben, das in den letzten Tagen kompliziert genug war, und ich kann dich nicht gebrauchen, aber auch nicht loslassen. Eine Philea Fogg hat einen klaren Kopf, aber ich bin keine Philea Fogg. Nicht Nellie Bly. Ich bin einfach nur jemand, der sich jetzt irgendwo hinsetzen will, wo es ruhig ist, und durchatmen. Dafür ist die Weltausstellung der denkbar schlechteste Ort.«

Sie wischte sich durchs Gesicht, lachte und vergoss gleichzeitig Tränen.

»Es gibt hier weit und breit keinen ruhigen Ort, fürchte ich«, sagte er. »Aber einen, wo wir uns hinsetzen, uns einen Drink genehmigen und sprechen können, einen, wo ein paar Zeltplanen die Welt von uns abhalten – den wüsste ich.«

»Klingt perfekt.«

Sie hatte mit einer ähnlich schäbigen Pension wie ihrer gerechnet. Mit Wirtsleuten, die ein Auge zudrückten, wenn der Besuch eine Frau mit aufs Zimmer nahm. Vielleicht auch damit, dass sie die Feuerleiter benutzen würden, um heimlich hineinzugelangen. Nichts dergleichen. Sie saß auf jenem Stuhl, auf dem vorhin noch Calamity Jane gelümmelt hatte, und sah zu, wie die Revolverheldin mit den Stiefeln Dosen und Flaschen zur Seite kickte.

»So«, schnaubte Mrs. Clinton Burke *aka* Calamity Jane, »das ist jetzt fast so ordentlich wie drüben bei der Oakley, oder? Also macht's euch gemütlich. Aber meine Flaschen leer zu saufen kostet extra.« Sie ging zu Sol und hielt die Hand auf.

Er legte einen Geldschein hinein. »Du weißt Bescheid, Jane.«

»Na klar, du Penner. Vor mir habt ihr Ruhe.« Prustend stieß

sie ihn mit dem Ellbogen an. »Hätte nicht gedacht, dass du das Luxusweib anschleppst. Ist sie teuer?«

»Jane!«

»Ja, schon gut. Viel Spaß!« Sie stiefelte hinaus und schlug die Zeltöffnung so heftig zu, dass es knallte. Sol verknotete die Schnüre. Sollte jemand hineinwollen, würde er ein Messer gebrauchen müssen.

»Ich bin nicht das, was sie anscheinend denkt«, sagte Bell kläglich.

»Das denkt sie nicht.«

»Ich will nicht in eine Lage geraten, in der irgendjemand das denken könnte.«

»Bell.« Er beugte sich über sie, strich ihr über die Schultern und küsste sie auf die Stirn. Augenblicklich stiegen ihr wieder die Tränen in die Augen. Was hatte sie nicht alles erlebt und manches war wirklich zum Heulen gewesen! Aber von diesem Kuss – einem richtigen, nicht dem gestohlenen in ihrem Hotelzimmer in Cleveland – fühlte sie sich wie von einem Schnellzug der NYC überrollt. Sol wischte mit den Daumen die Tränen fort. »Das ist alles zu viel für dich.«

»Und ob.«

»Es tut uns sicher gut, etwas in den Magen zu bekommen.« Auf dem Midway hatte er noch schnell an einer Bude etwas zu essen gekauft. Er schob den Hocker in ihre Richtung und setzte sich; als Tisch diente ein Sattel. Was er aus dem Wachspapier schälte, war ihr vollkommen fremd. Sie betrachtete die mit Salat und Fleisch gefüllte Brottasche von jeder gebräunten Seite. Die Bude hatte, wenn sie sich nicht irrte, vor dem türkischen Haus gestanden. Sol kaute bereits. »Keine Ahnung, wie man das nennt. Aber schmecken tut's.«

Vorsichtig aß sie von dem in heller Soße getränkten Hammelfleisch. »Weißt du noch?«, fragte sie mit vollem Mund. »In Cleveland? Die Trattoria?«

»Wie könnte ich diesen denkwürdigen Abend vergessen …« In seinen Augen leuchtete ungewohnte Wehmut auf. »Ich möchte zukünftig oft von dir ›Weißt du noch?‹ hören.«

»O ja. Weißt du noch, wie ich dich nach diesem Abend beherbergt habe?«

»Gestern du, heute ich, morgen wieder du, und so werden wir schon irgendwie durchs Leben kommen?« Jetzt huschte ein Schatten über sein Gesicht. Durchs Leben. Nein, das würden sie nicht. Undenkbar. Weshalb auch? Wegen eines Kusses? Wegen anderthalb Küssen?

Bell legte den Rest ihres Brotes auf den Sattel, wo es sofort auf den Boden rutschte, packte Sol bei den Ohren und zog seinen Kopf zu sich. Überrascht stieß er ein Knurren aus. Mit einer Hand hielt er sein Brot wie zuvor sein Schießeisen, während er ihren stürmischen Kuss erwiderte. Bell schmeckte die Würze des Essens und das, was sie vorhin verschlungen hatte, das, was Sol ausmachte, und sie war hungrig wie noch nie in ihrem Leben.

Doch die Küsse brachten keine Antwort, keine, die ihre Gedanken zur Ruhe brachte. *Du musst im Moment leben, jetzt ist jetzt*, dachte sie, als sie ihn schließlich losließ und sein verhaltenes Lächeln sah. *Es ist der Zauber der Ausstellung. Du bist in Chicago, und du lebst hier ein anderes Leben.*

Sie aßen den Rest des Essens, schweigend, ließen einander nicht aus den Augen. Bell schlang das Fleisch hinunter, und plötzlich entwischte ihr ein Rülpsen.

»So was passiert mir sonst nie«, murmelte sie. »Ich hab so gierig gegessen.«

»Das, was du von dir gibst, ist nichts anderes als Musik in meinen Ohren.«

»Was du so redest …«

»Ich kann eigentlich nicht gut reden. Ich kann's dir aber zeigen.«

Erneut küsste er sie. So hätte sie endlos mit ihm plänkeln können. Doch er strich ihr sanft über die Wange und nickte mit dem Kinn in Richtung der Matratze.

»Wir haben einen langen Tag hinter uns, Bell. Lange Tage. Und wenn wir auch achtzig Tage brauchten, um unsere ganz eigene Welt aus Schwierigkeiten zu umkreisen, sollten wir uns jetzt ausruhen. Leg du dich hin, mir reichen der Boden und der Sattel für meinen Kopf.«

»Ich werde kein Auge zukriegen.« In den letzten Tagen hatte sie mehr erlebt als in den letzten Jahren. Und das war noch untertrieben! Sollte sie je an langen Winterabenden von ihren Enkelkindern aufgefordert werden: »Grandma, erzähl uns, wie es war!«, dann würde sie immer wissen: Die Weltausstellung ist gemeint. »Dazu schwirrt mir der Kopf zu sehr.«

Sie rückte sich die leise zischende Petroleumlampe zurecht, hob ihre Tasche auf den Schoß und kramte ihr Notizbuch hervor. Vielleicht würde ein wenig Schreiben für die nötige Bettschwere sorgen. Wenn nicht, würde es wenigstens die Gedanken ordnen.

Sol hatte sich erhoben, nachdenklich fuhr er sich durch die Haare. Er sah wirklich erschöpft aus. In seinem abenteuerlichen Leben hatte er sicher lernen müssen, sich hinzulegen, wenn sich die Gelegenheit bot und es nötig war.

»Gut. Passepartout meldet sich hiermit ab, Miss Fogg.« Er ließ sie los, strich ihr noch einmal zärtlich über den Rücken und begann sich einen Platz am Boden einzurichten. Mit einer Decke polsterte er den Boden, zwei weitere zog er über sich. Sein Kopf ruhte auf dem Sattel, der Hut auf seinem Gesicht.

Solomon Jones schlief schon nach wenigen Augenblicken wie ein Toter. Sie musste hinsehen, ob er auch wirklich atmete. Seine Hand schaute unter der Decke hervor. Der Bluterguss um den kleinen Finger war noch zu sehen, ansonsten schien er gut zu verheilen.

Sie schlug die Kladde auf und rückte sich die Brille zurecht. Tante Mabels Spruch. *Eine Frau muss tun, was ihr Herz ihr sagt*. Aber Mabel hatte sie an Rick verraten.

Ich hatte Angst um dich!, meldete sich die Stimme der Tante.

Dabei ist es nun Rick, der Probleme macht, fuhr sofort Tante Jessy dazwischen. *Ich habe immer geahnt, dass mit ihm nicht zu spaßen ist.*

He, Augenblick! Du bist doch die, die ihn immer verteidigt hat.

Na und? Dafür hast du dafür gesorgt, dass er das arme Kind wieder einfängt.

Also … mir gehen die Worte aus.

Ha! Dass ich das noch erleben darf.

»Mund halten, alle beide«, zischte Bell. »Ich will nicht an Rick denken, ich bin bei Sol.«

Sie stellte sich vor, wie beide Tanten ihre Brauen hoben und aus einem Munde fragten: *Wer, bei Gott, ist Sol?*

Das, schrieb Bell in ihre Kladde, *wüsste ich auch gerne.*

23

2. Mai 1893

Sol legte seine Wildlederjacke um ihre Schultern. Dafür war sie dankbar, denn sie empfand die Mainacht als kühl. Ein stahlschwarzer Himmel wölbte sich über ihnen, klar und sternenübersät. Blickte man geradeaus ostwärts, über den Park, verblassten die Sterne angesichts der Helligkeit der unzähligen Glühleuchten. Wie ein glitzernder Teppich breitete sich die Weltausstellung vor ihnen aus. Sie fühlte sich wie eine Königin, der man ein großes, wunderschönes Geschenk zu Füßen gelegt hatte.

Gebündeltes Licht ließ die Türme der Gebäude erstrahlen. Auch die Streben des Riesenrades waren inzwischen mit Lichterketten versehen.

»Ich möchte mit diesem Riesenrad fahren«, sagte sie.

Sie saßen auf dem obersten Rang der Arena, in luftiger Höhe, und es war still, denn es war die Zeit, in der die Nacht in den beginnenden Morgen überging. Beide waren sie zur gleichen Zeit erwacht und stillschweigend hier heraufgestiegen. Sie hatten die Welt jetzt ganz für sich allein. Ihre Arme berührten sich, ihr Atem war gleich. *Hattest du ihn gestern nicht noch erschießen wollen?*, fragte sie sich. Die Erinnerung amüsierte sie fast. Doch jetzt, da sie gründlicher darüber nachdachte, wurde ihr auch beklommen zumute. Was hätte nicht alles passieren können? »Es gab einen Tumult heute, hat Jane erzählt«, sagte Sol. »Als man es zu einem Testlauf in Betrieb genommen hat, hat es ziemlich gekracht, dieses Rad. Als würde es sich unter seinem

Gewicht selbst zermalmen. Es soll Schrauben und Muttern geregnet haben.«

»Oh. Das klingt ja nicht gerade vertrauenerweckend. Ich werde es mir wohl noch einmal überlegen. Es gibt hier ohnehin so viel zu tun.« Sie deutete in die Ferne. Das Lichtermeer beschrieb die Form einer Axt: Der Midway Plaisance Boulevard war der Stiel, die südliche, breitere Seite des Parks die Schneide. »Mehr als zweihundert Gebäude auf einer Fläche von fast zwei mal anderthalb Meilen. Das größte Ereignis in der Geschichte der amerikanischen Nation seit dem Bürgerkrieg. In wenigen Jahren praktisch aus dem Nichts eines sumpfigen Geländes gestampft, gegen zerstörerische Unwetter, Brände, die Häme der Öffentlichkeit, die bis zuletzt glaubte, das Ganze müsse in einer gigantischen Blamage münden ...«

»Wie hat man das eigentlich geschafft? Man baut keine solche Stadt in so kurzer Zeit.«

»Die Gebäude sind aus Eisen und Holz. Der weiße Verputz sieht nur aus, als sei er aus Stein.«

»Also eine Illusion, die wieder verschwinden wird.«

»Ja«, seufzte sie. »Ich werde so etwas nie wieder erleben.«

»Man erlebt sowieso viel zu viel.«

»Du vielleicht. Du bist ein Mann, du erlebst eine Menge. Ich bin eine Frau.«

»Na und? Wer immer dich an irgendetwas hindern will, auf den pfeifst du doch, oder?« Sol hatte zwei Flaschen Root Beer mit heraufgenommen. Beide waren halb geleert. Er tippte seine Flasche gegen ihre. »Trinken wir drauf. *Cheers.*« Genüsslich trank er, und sie tat es ihm nach. Bier mochte sie eigentlich nicht besonders, doch jetzt, in dieser stillen, riesigen Arena, auf der Weltausstellung – oder doch fast –, umhüllt von der Nacht, allein mit ihm, schmeckte es vorzüglich.

Sie schob eine Hand in seine Armbeuge. »Sag mir, wer bist du für mich? Henry oder Sol oder ein anderer?«

»Sol ...«, murmelte er. »Sol ist unbelastet. Anders als Henry. Oder Paul oder Peter oder wer auch immer. Und du hast ihn bisher benutzt. Das soll so bleiben.«

»Ich habe ihn noch gar nicht benutzt. Ich habe doch immer nur ›Mr. Jones‹ gesagt.«

»Das und ›Halunke‹ und ›Scheusal‹ und ›Verbrecher‹, und was noch? Wobei – gestern hast du ›Sol‹ zu mir gesagt. Zweimal.«

»Wirklich? Das hast du dir gemerkt, Solomon?«

»Ja, Bell. Ist Bell auch eine Abkürzung?«

»Das ... äh ... Ja. Ich gestehe.«

»Gestehen tut man schlimme Dinge.«

»Das *ist* schlimm.«

»Sag schon.«

»Versprich mir, nicht zu lachen.«

»Ich verspreche dir, zu versuchen, nicht zu lachen.«

»Halunke. Scheusal. Verbrecher. Also gut.«

»Nur Mut.«

»Mirabella.«

»Was?«

»Ich sagte: Mirabella!«

Er schwieg.

»Dir fällt nichts dazu ein?«

»Doch, Mirabella. Nur musste ich gerade an unser Hausmädchen denken, wie es im Keller Obst eingeweckt hat.«

Dafür gab sie ihm die Andeutung einer Ohrfeige; er tat so, als fliege sein Kopf zu ihr herum, und das Licht der Weißen Stadt war hell genug, sein Lächeln zu sehen, seinen Mund zu einem Kuss zu finden. »Solomon«, wisperte sie an seiner Wange, »ich hasse dich.« Ihr Name aus seinem Mund, seiner aus ihrem; es hatte etwas von einem geheimen Abkommen. Sie war jetzt seine Komplizin. Es sollte sie erschrecken, doch es fühlte sich so unwirklich an. Als erblicke sie ihr eigenes Leben durch das Okular eines Edison'schen Kinetoskops.

»Wie geht es weiter?«, fragte sie. »Mit uns?« Ihr Herz pochte.

»Wir können auch in der nächsten Nacht bei Jane schlafen«, erwiderte er. »Sie findet immer jemanden, der sie bewirtet. Das macht ihr nichts aus.« Das hatte sie nicht gemeint, dennoch stieß sie erleichtert den Atem aus. »Ich bin nirgends untergekommen. Genauer gesagt: Ich hatte es gar nicht erst versucht, ich wollte so schnell wie möglich hierher. Was brauche ich auch ein Zimmer? Ein Unterschlupf genügt, und der findet sich überall, wie du siehst.«

Sie stellte sich vor, ihn heimlich mit auf ihr Zimmer zu nehmen. Die irische Wirtin würde ihn mit dem riesigen Kochlöffel, mit dem sie ihren Hammeleintopf rührte, erschlagen. Und was sollte sie mit Solomon Jones auf dem kleinen Zimmer? Noch einmal küssen? Genügte das noch?

»Sol.« Sie packte ihn am Ärmel seines Hemdes, krallte die Finger in den Stoff. »Du hast mich geküsst.«

»Hab ich.« Ein Glanz legte sich über das Blau seiner Augen, das sogar im Schimmer der nächtlichen Lampen erkennbar war. Das Haar hing ihm in die Stirn; ihre andere Hand zuckte, sie wollte es fortstreichen, seine Wange berühren, sein Gesicht erneut zu ihr zwingen. Dieses Mal nicht für einen Kuss. Sondern um die Wahrheit zu erkennen.

»Wer bist du? Warum bist du auf der Flucht? Wieso hast du mehr als einen Namen? Wer ist deine Familie? Was soll das alles?«

»Bell, ich kann dir nur sagen: Ich weiß es nicht. Ich erinnere mich nicht an alles.«

»Was soll das heißen, du erinnerst dich nicht? Erzähl mir von dir. Erzähl mir von Henry Tyner.«

»Ich habe reichlich Erinnerungen, die ich lieber nicht hätte.«

Sie nickte. »Nur heraus damit!«

»Bell, das wird hässlich.«

»Das ahne ich. Ich höre dir zu.« Sie ließ ihn los, ergriff stattdessen den Kragen seiner Jacke, um sie fester um sich zu schlingen. »Sag mir, wer du bist, Solomon Henry Jones Tyner.«

Seine Kiefermuskeln mahlten. Unsichtbare Kräfte zerrten an ihm, Widerstand, Spannung, dann nahm er einen tiefen Atemzug.

Er stemmte sich hoch. Im Stehen trank er noch einen Schluck. Plötzlich schmeckte das Bier nicht mehr. Und die Abertausend Lichter wirkten unecht, verschwommen. Eine Illusion. Eine Traumgeschichte, diese Ausstellung. Ein Traum, die Frau an seiner Seite. War er ein Verbrecher? Seine Worte würden das, was zwischen Bell und ihm war, töten.

Doch er musste Farbe bekennen. Er blickte zu Bell hinab; sie saß leicht vorgebeugt, das Korsett machte ihren Rücken steif. Sie knetete die Finger. *Also los*, ermunterte er sich, *erklimm den Berg, der deine Vergangenheit ist. Oben kannst du ja vielleicht durchatmen. Und dich ansonsten hinabstürzen.*

Zeit schinden. Aus dem Zelt hatte er eine Decke mitgenommen, und jetzt, fand er, war die Zeit, da es für Bell unerträglich kalt sein musste. Er schüttelte die Decke sorgfältig aus und legte sie Bell um die Schultern. Dass er selbst nur das Hemd auf den Rippen hatte, störte ihn nicht; ihm war warm genug.

»Also gut.« Ihm entwich ein entschlossenes Knurren. »Ich werde verdächtigt, meinen Vater umgebracht zu haben, um an sein Erbe zu kommen. Eine Familie mittelloser Herumtreiber sind die Tyners nicht. Du wirst es nicht glauben, aber …«

»Bitte«, unterbrach sie ihn. »Bitte sag mir bei dem, was jetzt kommt, nicht, ich würde es nicht glauben. Ich will das alles hören, *weil* ich dir glaube.«

»Okay. Die Tyners kamen irgendwann vor dreihundert Jahren aus England, dort gehörten sie zum alten Landadel. Im Unabhängigkeitskrieg gewann John Abraham Tyner ein gutes

Stück Land oben bei Boston. Englische Landadlige haben die Liebe zu Pferden quasi im Blut, also errichtete er ein Gestüt und stieg in die Pferdezucht ein, ziemlich erfolgreich. Seitdem wollen eigentlich alle Tyners als Kind Cowboy werden, dann als Jugendliche in der Ferne irgendetwas Dämliches tun – bei Pferderennen reich werden oder als Kunstreiter berühmt, oder vielleicht gibt es ja einen Krieg, bei dem man sich auf dem Pferd beweisen kann. Aber wenn ihnen lange genug eingebläut wurde, dass das Leben eine Abfolge von Pflichten, Nackenschlägen und vernünftigen Entscheidungen ist oder sein soll, bleiben sie doch daheim, führen das Gestüt weiter und mehren das nicht unbeträchtliche Vermögen. Den ›Abraham‹ kriegen übrigens alle in unserer Familie.«

Bell hatte verwundert eine Braue gehoben. Er sah sie an. Die Worte kamen ihm vor wie Hammerschläge, viel zu schnell und zu hart, aber sie mussten hinaus. Dieses alte Leben war so lange her ... Mit dem letzten Schluck Bier versuchte er einen sauren Geschmack loszuwerden. Sein Blick verhakte sich an den Lichtern des Rades.

»Wie so viele halbwüchsige Jungs habe ich meinen Vater geliebt und gehasst. Seine Familie kann man sich nun mal nicht aussuchen, mein Vater war oft rücksichtslos, aber nie habe ich ihn mehr geliebt, als er mir meinen Thunderer ...«, seine Stimme drohte zu brechen, »... geschenkt hat.«

»Thunderer?« Ihre Stimme klang, als stünde sie zehn Schritte entfernt, und doch war sie wie ein wärmender Hauch um seine Schultern.

»Ein Classic Shetlandpony. Ich war fünf und von da an kaum noch aus dem Sattel zu bekommen. Dieses Tier war mir so nah, und das wurde uns beiden zum Verhängnis.«

Für Henry Abraham Tyner begann die Geschichte an einem sonnigen Junitag im Jahre 1879. Er war jetzt fünfzehn, und seine Lieblingsbeschäftigung war immer noch, mit Thunderer durch die Gegend zu streifen, entlang der Massachusetts Bay, über die Uferwiesen des Mystic River oder die Charlestown-Halbinsel hinauf zum Ort der Schlacht von Bunker Hill.

William Abraham verlangte von seinem Sohn regelmäßigen Schulbesuch, Boxenpflege und unbedingten Gehorsam. Über alles andere ließ sich reden. Tändelei mit Mägden? Egal. Die Begleichung eines Schuldscheins für den ersten heimlichen Bordellbesuch ohne eigenes Geld in den Taschen? Was scherte es ihn. Eine blutige Prügelei mit dem blasierten Sohn des Reverends? So etwas kam in den besten Familien vor. William konnte diese Dinge hinnehmen, über Tage, über Wochen friedlich sein, nur um plötzlich aus einem nichtigen Grund mit einer Faust oder dem Gürtel zuzuklatschen.

Vielleicht wäre er milder gewesen, wäre Henry nicht sein einziger Sohn gewesen, den er mit aller Gewalt vor der Welt und sich selbst bewahren wollte. Drei andere hatte Mary Rhonda während der Schwangerschaft oder kurz danach verloren. Dass Henry lebte, hinderte sie nicht daran, ihren Kummer in Brandy zu ersäufen und später, als sie es mit William nicht mehr aushielt, zu ihren Eltern nach Vermont zu gehen.

Henry galoppierte über den gekiesten Aufweg des Anwesens, einer prächtigen Villa im neogriechischen Stil, mit zwanzig weißen Säulen auf der Veranda, beschattet von den größten Eichen im Umkreis. Er ritt den kräftigen, weiß-braun gefleckten Constitution nicht nur, weil er dem kleinen Thunderer allmählich entwuchs. Thunderer war krank. Henry kannte etliche Pferdekrankheiten – Gallen, Mondblindheit, Koliken, was es nicht alles gab. Bei Thunderer hatte der Tierarzt Kreuzverschlag diagnostiziert.

Die Sorge hatte ihn heute frühzeitig nach Hause getrieben.

Sobald er nach Thunderer geschaut hatte, würde er ein Stück kalten Braten und zwei schrumpelige Winteräpfel, die noch in der Küche lagen, verdrücken. Morgen früh, wenn sein Vater und sämtliche Bediensteten noch in den Betten lagen, würde er aus dem Fenster im ersten Stock klettern und ein paar Freunde treffen. Schulstoff war ja gut und schön – aber Pokern zu lernen erschien ihm auch nicht unwichtig. Außerdem durfte er darauf hoffen, vor dem Schultag ein Mädchen zu treffen. Anne war die Schwester seines besten Kumpels. Als er sich vorige Woche mit ihr unterhalten hatte, hatte er gestammelt und war vermutlich knallrot angelaufen. Diese Peinlichkeit musste er unbedingt aus der Welt schaffen.

Vor der Freitreppe zügelte er den Schecken etwas zu ungestüm, sprang ab, warf dem rasch herbeigeeilten Stallknecht die Zügel zu und verabschiedete sich mit einer Karotte aus der Hosentasche von dem Tier.

»Mr. Tyner lässt ausrichten, du sollst in den Hausstall kommen«, sagte der Knecht Mr. Smith.

In den Hausstall. Hatte sich Thunderers Zustand verschlechtert? Henry rannte hinter das Haus, dort stand der Stall, ein schmucker Holzschuppen, nur fünfzig Schritte entfernt zwischen den Eichen. Das Tor war weit offen. Drinnen war es wie üblich so dunkel, dass man drei von der Decke baumelnde Petroleumlampen benötigte, um ausreichend sehen zu können. Zwei brannten; an der dritten hantierte sein Vater.

»Wird nicht mehr lange dauern, und ich tausche die stinkenden Dinger gegen diese neuartigen Glühlampen aus«, knurrte William. »In England sind sie schon im Einsatz.« Er meinte vielleicht diese gläsernen Kugeln mit Leuchtdrähten, aber sicher war sich Henry nicht.

Es roch vertraut nach Pferd, frischem Heu und ein wenig Mist. Die anderen Boxen waren leer, Silverstone, Washington und Phoebe waren auf der Koppel. Thunderer stand in seinem

Verschlag, wie Henry ihn zuletzt gesehen hatte: stark schwitzend, die Beine ausgestellt; die Augen, die wunderschönen, dicht bewimperten Augen zeigten Schmerz.

»Geht es Thunderer schlechter, Vater?« Sein Vater wollte, dass er ihn »Dad« nannte, aber das brachte er nicht über sich. Er wollte zu Thunderer laufen, doch William riss ihn am Kragen zu sich herum.

»Geh nicht mehr zu ihm, Sohn.«

»Wie-wieso?«, stotterte Henry. Manchmal fiel es ihm in seines Vaters Gegenwart schwer, ordentlich zu reden. »Er – er h-hat doch gar nichts Ansteckendes?«

»Du magst ihn zu sehr. Okay, Junge«, William ließ ihn los, »verabschiede dich. Aber mach's kurz.«

Was meinte er nur? Es klang, als sei Thunderer nicht mehr zu retten, und Henry blickte auf der Suche nach dem Tierarzt um sich, der diese unglaubliche Aussage getroffen haben musste. Er war nirgends zu sehen. Mit wild klopfendem Herzen rannte er zu Thunderer. Er fuhr mit der Hand unter die Pferdedecke und strich über die brettharte Flanke. Kreuzverschlag war eine Muskelkrankheit, die Ursache war unbekannt. Aber verschlechtert hatte sich der Zustand des Tiers seit dem letzten Mal eindeutig nicht. Henry streichelte den Hals und die bebenden Nüstern. Tief sog er den warmen Duft ein und schmiegte die Wange an Thunderers Hals.

»Das reicht jetzt«, durchschnitt Williams scharfe Stimme Thunderers schweren Atem. »Komm her, Sohn.«

Henry gehorchte. Er zuckte zurück, als Williams Hand seinen Kopf tätschelte. »Du wirst jetzt vernünftig sein.«

Er starrte in Williams Gesicht. Im Licht sah es bleich und alt aus; die schütteren Strähnen und der Backenbart standen wirr in alle Richtungen. Henry sah jede Ader, jede Falte, jede Pockennarbe, und jede Einzelheit widerte ihn an. Er riss sich los.

»W-was meinst du?«

»Das weißt du doch, Sohn.« William schien bemüht, sanft zu sprechen.

»Nein.«

»Das Pony ist todkrank, es muss erlöst werden.«

An Kreuzverschlag musste Thunderer nicht sterben, das wusste Henry. Das Tier musste nur still stehen, damit es sich wieder erholen konnte.

»Nein!«, schrie Henry. »Nein!«

Dafür bekam er die Hand des Vaters gegen die Schläfe geklatscht. Blinzelnd kämpfte er gegen den Schmerz und die Demütigung an, indem er Kiefermuskeln und Fäuste zusammenpresste.

»Sei ein Mann und tu, was ein Sohn tun muss: Versuch in meine Fußstapfen zu treten. Wenn du nur endlich begreifen würdest, wie wichtig das ist.«

»Du – du willst Th-th-thunderer umbringen?« Seine Stimme war ekelhaft schrill, wie die eines heulenden Mädchens. Mit zitternder Hand wischte er sich über die Augen. Dass er zu weinen begonnen hatte, hatte er nicht gemerkt.

»Nein. *Du* wirst ihn erlösen. Du hast zu viele Flausen im Kopf, und deine viel zu große Liebe zu Thunderer scheint mir ein großer Teil des Problems zu sein. Pferde sind herrliche Geschöpfe, aber ein Mann verliert sein Herz nicht an Tiere. Du wirst darüber hinwegkommen und irgendwann verstehen, dass das hier der Moment war, in dem du erwachsen wurdest. Vielleicht nicht morgen und auch nicht nächsten Monat, aber bald wirst du erkennen, dass Stärke aus Verlusten erwächst.«

William ging zu einer Wand, wo drei Flinten und ein riesiger Hirschfänger hingen. Er nahm eine Winchester herunter, lud sie und reichte sie Henry.

Der wich mit wildem Kopfschütteln zurück, was ihm die zweite Backpfeife einbrachte.

»D-der Arzt hat gesagt ...«

Wie einschlagende Bolzen bohrten sich Williams Finger in seine Schulter. »Der Arzt hat keine Ahnung! Seit Generationen züchten die Tyners Pferde. Ich weiß es besser als er. Los, nimm das Gewehr!«

Die Tränen liefen stumm, und Henry konnte kaum atmen vor Furcht und weil der Rotz ihm die Nase verklebte. Thunderer, sein guter Thunderer. Das vertraute fuchsfarbene Fell, Mähne und Schweif weiß wie Schafwolle. Die blanken Augen waren vor Furcht geweitet, schwarzes Lavagestein, in denen der nahende Tod stand. Als könne er jedes Wort verstehen.

»O Gott, nein.« Mit dem Handrücken fuhr sich Henry durch das Gesicht und verrotzte es noch mehr.

»Doch. Es muss sein. Ich will hier keine Reden schwingen müssen, Henry, verdammt! Tu es einfach. Soll ich's dir erklären? Sperr deine grünen Ohren auf: Erschieß ihn. Sei, *verdammt noch mal*, endlich ein Mann!«

»Er soll leben. Bitte. Vater. D-d-dad!« Seine Beine knickten ein, er konnte sich nicht mehr halten.

»Was soll das? Steh auf, du Nichtsnutz! Hab ich dich gelehrt, im Dreck zu kriechen wie ein Wurm?«

»Bbbbi...«

»Hoch mit dir!«

Henry wusste nicht, wie er es geschafft hatte, auf die Füße zu kommen. Seine Knochen waren aus Glas. In seinem Kopf war nichts als Entsetzen. Er blickte in Thunderers Augen. William drückte ihm die Winchester in die Hände; er wollte loslassen und spürte den Schmerz eines neuerlichen Schlags an der Schläfe.

»Los jetzt, Henry.«

Bitte. Vater. Bitte. Nicht.

»Zeig mir, dass du ein Tyner bist.«

Henry legte an.

Unkontrolliert zitterte der Lauf, legte sich zwischen seine Augen und Williams Brust. Sein Vater starrte ihn fassungslos an. Und verstummte. Endlich, endlich war er still. Endlich hatte er Respekt. So standen sie sich minutenlang gegenüber. Henry hörte ein Pfeifen in seinen Ohren; es war, als wäre er der hässlichen Welt seines Vaters entrückt. Sein Kopf war wie leer gefegt. Nur ein einziger Gedanke waberte durch sein Hirn: *Bist du imstande, abzudrücken?*

»Ich habe das Gewehr weggeworfen, stoisch meine Prügel kassiert und meine Flucht geplant.« Seine Worte klangen rau – dieser Unterton, der signalisierte: *Nimm dich in Acht vor mir, ich bin ein Verwundeter.* »Habe während der nächsten Tage heimlich das Haus auf den Kopf gestellt, um Geld und leicht zu verschachernde Wertsachen zusammenzuklauen und mein Bündel zu schnüren. Ich wollte weg. Weit weg. Nicht zu einem Mädchen, nicht zu irgendwelchen Freunden, die sowieso nicht für mich da gewesen wären. Schon gar nicht zu meinem Wrack von einer Mutter in Vermont. Einfach nur – weg.«

»Was wurde aus Thunderer?«, fragte sie. Seine Lider sanken, und sie verstand. »Du hast …?«

»Ja. Als ich wegging, machte ich einen Umweg über den Stall. Ich wusste, er hätte Thunderer getötet. Und ich wollte nicht, dass er von seiner Hand starb. Aber ich kann mich kaum erinnern, was dann geschah. Obwohl mir jede Einzelheit bis dahin völlig klar vor Augen steht, habe ich mich wohl einfach geweigert, diesen Augenblick in meine Erinnerungen aufzunehmen.«

»O Gott, Sol.« Sie schlug sich auf den Mund, um einen Entsetzenslaut abzuwürgen. Die Bilder des Dramas in jenem Stall hatten sich in ihre Netzhaut gebrannt wie ein Blitz. Ein verängstigtes Tier und ein Junge in Panik. Als sie fünfzehn gewesen war, hatte sie Tränen über ein Stoffpferdchen vergossen, das Tante Jessy aussortiert und einem Hausmädchen gegeben hatte, damit dieses es auf den Dachboden schaffte. *Du bist jetzt kein Kind mehr. Du bist eine junge Dame.* Trotzig hatte sie geweint. Warum durfte man nicht erwachsen werden, wann man wollte? Die jungen Männer, so hatte sie geglaubt, hatten es einfacher.

»Es ging nicht anders«, sagte er. »Nur so konnte ich alles hinter mir lassen.«

»Und dein Vater, du hast dich nicht von ihm verabschiedet?« Dieser Mann schien ein Monster von einem Vater zu sein. Unwillkürlich musste sie an ihren eigenen Vater denken. Von ihm fortzugehen, auch wenn es nur für ein kleines Abenteuer von einigen Tagen war, hatte sie nur schwer ertragen.

»O doch. Ich wollte nicht nachts klammheimlich verduften, ich wollte vor seinen Augen erhobenen Hauptes fortgehen. Ich wollte, dass er mir irgendetwas wie ›Ich habe keinen Sohn mehr!‹ hinterherwirft. Kurz habe ich sogar überlegt, auch sein Lieblingspferd abzuknallen.«

Ihr fehlten die Worte, sie griff hinauf in seinen Nacken, spürte verhärtete Muskeln und kalten Schweiß. Sanft glitten ihre Nägel über die Haut und den Ansatz seiner Haare.

»William versaute mir meinen Abgang gründlich. Kam hinter mir die Veranda heruntergestiefelt und rief: ›Warte, Junge, auf ein Wort noch!‹, und ich war dumm genug, stehen zu bleiben und mich umzudrehen. Ich hätte gehen sollen, statt mir sein Gerede anzuhören. Ich hätte die Beine in die Hand nehmen sollen, notfalls meinen ganzen Kram wegschmeißen, um schneller als seine Lügen zu sein.« Seine Muskeln wurden zu Eisen; er spie die Worte aus.

»Um Gottes willen, Sol, was hat er gesagt?«

»Er sagte: ›Du bist mein Sohn. Komm wieder, wann immer du willst, ich werde dir die Tür öffnen. Ich liebe dich.‹«

Sie schwieg.

»Und irgendwann kam ich wieder. Das war mein Unglück. Willst du das wirklich noch hören?« Bevor sie sagen konnte, dass sie wollte und musste, machte er vor dem Gesicht eine wegwerfende Geste. »Ich kann es dir ja doch nicht ersparen, obwohl du es nicht verstehen wirst, aber das tue ich ja auch nicht, und … es … Gott. Großer Gott.« Er verbarg sein Gesicht in den Händen. An seiner Schulter vorbei starrte sie in die Ferne, wo sich über den Lichtern der Himmel zu röten begann. Sie fühlte sich erschlagen und hellwach zugleich. Ihre Hand war auf seinen Rücken geglitten und wanderte nun, da er sich wieder aufrichtete, wie von selbst sein Rückgrat hinunter. Sie spürte die Ausbuchtung des Revolvers.

»Ich haute ab und lebte ein freies, wildes Leben.« Jetzt war seine Stimme tonlos und kalt. »Ich war ein Hobo, ein Vagabund, hütete Rinder, erwies mich beim Reiten und Schießen als so gut, dass ich Engagements in Wildwestshows bekam. Und wenn das Geld nicht reichte, ging ich pokern, nur um so manches Mal hinterher noch ärmer dazustehen. Bloß Züge hab ich nie überfallen.

Dann lernte ich eine Frau kennen. Ihr Name war Sarah. Eine Varietétänzerin. Sie war eiskalt, abgebrüht; sie machte mit mir, was sie wollte, und ich genoss es. Ich war ein Greenhorn, sie erfahrener, als ihr guttat. Wir studierten verschiedene Nummern ein: Sie ließ sich an ein rotierendes Rad schnallen, und ich schoss Rosen herunter, die sie in den Händen und zwischen den Zähnen hielt. Oder ich spielte den Messerwerfer. Ich war verliebt und stand jeden Abend Todesängste aus. Wir hielten dieses wilde Leben mehrere Jahre durch und reisten damit mehrmals bis an die Westküste, einmal sogar nach Europa. Es war die verdammt berauschendste Zeit meines Lebens.«

»Du hast sie nie verletzt?«

»Doch. Ein Mal.«

Sein Messer hatte Sarahs Unterarm geritzt. Nur eine, wenngleich tiefe, Fleischwunde. Er war so erschrocken wie sie.

Nach der Vorstellung saßen sie schweigend in ihrer gemeinsamen Garderobe. Ein Arzt hatte Sarahs Wunde genäht. Sie steckte noch in ihrem Kostüm, einem mit Rüschen und Volants übersäten durchsichtigen Seidenunterkleid, darunter ihr schwarzes Korsett. Sie war vollgepumpt mit Brandy, in das der Arzt Opium geträufelt hatte. Nun lag sie auf dem Kanapee, die Droge verlieh ihren Augen einen müden Glanz.

Er hockte sich neben sie auf den Boden. Auch er war noch halb in der Auftrittskluft, den fransenbesetzten Caps über den Nietenhosen. Sein kariertes Hemd mit der Lederweste hatte er ausgezogen, da ihm vor Entsetzen heiß geworden war. Er sah Sarah und sich im mannshohen Garderobenspiegel. Gott, sie sahen in diesem Aufzug beide so lächerlich aus. War ihm das nie aufgefallen?

Auf der Seite liegend blickte Sarah ihn an. Ihr Haar war rot, ihre Augen grün; sie kam aus Irland und war nicht einmal halb so unschuldig, wie sie aussah. »Wirst du mich irgendwann töten, Henry?«

»Mein Gott, Sarah!« Er fuhr sich durchs Haar. »Ich weiß wirklich nicht, wie das passieren konnte.«

»Nein?«

Nein. Doch, natürlich. Sie war an das drehende Rad gebunden gewesen, er hatte in schneller Folge zehn Messer auf sie geschleudert. Wie er es Hunderte Male zuvor getan hatte. Der Reiz lag ja im Risiko. Er hätte nicht einmal sagen können, was sein Fehler gewesen war.

»Lass uns damit aufhören, Henry. Ich hab's satt, und ich habe Angst.«

Angst? Sie? Er sah sie an, konnte es nicht fassen. »Sarah«, sagte er rau vor Schreck, »ich will nicht, dass du Angst haben musst.«

Sie hatte immer gesagt, dass irgendwann der Tag kommen würde, an dem dieses Spiel mit dem Tod vorbei war. War es jetzt so weit?

Er war zwanzig. Ein junger Mann, körperlich voll auf der Höhe, aber immer noch grün hinter den Ohren. Er hatte dieses unstete Leben gewählt, weil er hatte frei sein wollen. Die ersten Jahre waren tatsächlich ein Rausch gewesen: Frei von der Knute des Vaters ritt er auf dem Rücken all dieser Pferde durch all diese Vorstellungen und reiste von Ort zu Ort.

Frei zu sein, das bedeutete, zu tun, was er konnte und was ihm Bewunderung einbrachte – auch wenn es nur Reiten und Ballern war.

Frei zu sein, das war, sich in die Frau zu verlieben, die er wollte – und mit ihr alles zu teilen.

Der Traum eines jungen Burschen, der zwangsläufig irgendwann enden musste. Vielleicht nicht heute, wegen dieses verdammten Fehlers. Aber morgen vielleicht. Nicht weil der nächste Fehler folgen würde. Sondern weil die Zeit einfach vorbei war. Das Reiten und Schießen gaben ihm nichts mehr.

»Sag mir die Wahrheit, Sarah, bitte. Ich muss es wissen. Hast du wirklich Angst?«

»Ich habe es so satt, Henry! Dieses Leben, diesen Tingeltangel. Wir machen das schon viel zu lange. Ich könnte in New York tanzen! Stattdessen muss ich mich an diesem Rad drehen lassen wie ein blöder Hamster. Ich will nicht mehr.«

Zu tanzen war ihr Traum, das wusste er. Sich in Varietés präsentieren, wo reiche Männer im Zuschauerraum saßen. Dort, wo Sarah herkam – aus der Gosse –, träumten viele Mädchen davon. Er sah zu ihr hoch. »Wir haben so oft darüber gesprochen, Sarah. Hier in dieser Show bist du die Königin. Woanders nur eine von vielen.«

Sie fuhr hoch, holte für eine satte Ohrfeige aus; er riss die Hand hoch, um den Schlag abzufangen, doch sie besann sich anders und strich ihm sanft über die Wange. »Du denkst nicht richtig nach, Henry. Ich sage dir, was wir tun werden.«

Unschlüssig zuckte er mit den Schultern. »Woran denkst du gerade?«

»An dein Zuhause.«

»Ich habe kein Zuhause, das weißt du.«

Sie hob die Hand, als wolle sie nun doch zuschlagen. »Ohne deinen Stolz hätten wir längst ausgesorgt. Wir könnten tun, was wir wollen. Wenn du dich nur mit deinem Vater versöhnen würdest.«

Er sprang auf. »Das kann ich nicht. Und ich will es auch nicht!«

Sie schwieg. Er wünschte sich, sie würde ihn anschreien. Dieses kalte Schweigen schnürte ihm die Luft ab. Er spürte, dass wieder einmal ein Lebensabschnitt endete, wenn auch nicht so brutal wie der vorige.

Er war aufgestanden, hatte ihr den Rücken zugekehrt und blickte über den Park. Die Lichter begannen angesichts des sich rötenden Morgens zu verblassen. Bell dachte, dass es Zeit war, ins Zelt zurückzukehren, bevor sie jemand hier oben entdeckte.

»Wir hatten auch voneinander genug, aber das begriff weder sie noch ich. Oder sie begriff es ganz genau – wirklich durchschaut habe ich sie nie. Sie wusste natürlich von meiner Herkunft und dass da ein Batzen Geld zu holen war. Ich solle zu meinem Vater gehen, mir mein Erbe auszahlen lassen; sie lag mir damit in den Ohren. Er habe doch gesagt, dass ich jederzeit heimkehren könne ... Also tat ich, was ich niemals hätte tun sollen. Ich wollte sie nicht verlieren. Wenn ein Hund getreten und verjagt wird, ist er dankbar für jede Hand, die ihn streichelt.«

»Ach, Sol ...«

»Ich musste endlich erwachsen werden. Mein Gefühl sagte mir, dass es noch eine andere Möglichkeit geben müsste, als mit Sarah zu meinem Vater zu gehen und zu tun, was er für mich vorgesehen hatte, nämlich das Gestüt zu leiten. Ich wusste nicht recht, ob ich die Versöhnung wollte. Aber ich glaubte, dass sie notwendig wäre, um dieses andere Leben zu beginnen.«

»Das klingt sehr erwachsen und vernünftig.«

Er schüttelte den Kopf. »Letztlich tat ich es nur um Sarahs willen. Vielleicht ging deshalb alles schief. Weil ich mich gar nicht versöhnen wollte. Weil ich ihn immer noch hasste. Erwachsen wurde ich erst, nachdem alles vorbei war – in meinem zweiten Leben, das du kennst. Im Gefängnis. Auf der Flucht.«

Er wandte sich ihr zu und ergriff ihre Hände. »Es tut mir weh, dir von einer anderen Frau zu erzählen, und dir tut es sicherlich auch weh. Das tut mir leid.«

»Sol.« Sie stand auf und strich über seine Finger. »Hältst du mich für ein naives, romantisches Ding? Ich lese nicht nur Damenromane. Was glaubst du, was man in der *Heldin der tausend Abenteuer* zu lesen kriegt? Mord und Intrigen und dazu so einiges aus den Schlafzimmern der Mörder und Intrigantinnen. Du bist fast dreißig, was soll ich denn erwarten? Rick hat ja auch Erfahrungen.«

»Hat er dir das erzählt?«

»Ich kann zwei und zwei zusammenzählen und fremdes Parfum an seiner Kleidung erkennen. Ich bin nicht dumm. Und ich will deine Geschichte zu Ende hören. Sag, was du getan hast. Sag es.«

»Bell. Kleine, mutige Bell. Du hast das nicht verdient.«

»Rede.«

Er nickte, strich ihr eine Strähne hinters Ohr, musterte sie im schwachen Licht der ungezählten Glühlampen über dem

Jackson Park. Dann legte er beide Hände auf ihre Schultern, zog sie ganz nah zu sich heran, sodass ihre Stirn an seinem Kinn zu ruhen kam.

»Wir gingen zu meinem Vater. Ich weiß noch, dass er, wie er es versprochen hatte, die Tür öffnete. Er kam die Verandatreppe herunter, starrte uns an. Sarah, aufgedonnert wie im Varieté, machte einen Knicks. Er kam auf mich zu. Er hob eine Hand – bis heute weiß ich nicht, ob zum Schlag oder um mich an sich zu ziehen. Was danach geschah, ist aus meiner Erinnerung getilgt. Mir fehlen achtzehn Stunden. Mein Gedächtnis setzt erst wieder ein, als die Polizei das Haus stürmt. Sarah ist fort. Mein Vater liegt im Stall in seinem Blut. In meiner Hand halte ich einen Revolver mit leer geschossener Trommel.« Worte, abgehackt wie Schläge. Bell zuckte, er hielt sie so fest, dass sie kaum Luft bekam. Schwer wollten seine Hände sie niederdrücken, als suchten sie irgendeinen Halt. »Deshalb, Bell, werde ich gesucht. Nicht wegen eines Zugüberfalls, wie du dachtest. Ich wurde als Vatermörder zum Tode durch den Elektrischen Stuhl verurteilt, weil man mir meinen Gedächtnisverlust natürlich nicht glaubte. Drei vom Gericht bestellte Ärzte untersuchten mich, und alle kamen zu dem Schluss, dass ich simulierte. Nur weil ich fliehen konnte, wurde mir nicht die Ehre zuteil, als weltweit erster Mensch durch *westinghousing* zu sterben. Und wenn sie mich schnappen und doch noch grillen«, er stieß ein so hartes Lachen hervor, dass es ihr schmerzhaft ins Ohr drang, »werde ich wohl nicht einmal mehr in den Geschichtsbüchern auftauchen.«

»Und deshalb willst du zu Mr. Tesla …«

Seine Hände umfassten ihren Kopf, seine Stirn neigte sich ihrer zu. »Irgendetwas hat mein Vater gemacht, dass es mich das Gedächtnis kostete. Einen Stromschlag verpasst, glaube ich. Ich habe *alles* versucht, um die Erinnerung zurückzubekommen, du würdest staunen und dich vor Schreck abwenden, wenn ich dir erzählte, was alles. Drogen, Elektroschocks, lauter verrückte Dinge, und nichts und niemand konnte mir helfen. Wenn mir einer wiedergeben kann, was ich damals verloren habe, dann Tesla; keiner sonst weiß so viel über Elektrizität, und ich hoffe, dass er mir sagen kann, wie ich mein Gedächtnis wiedererlangen kann. Oder sogar, dass er mir dabei hilft. Soll er mich auf Pritschen schnallen und Tausende Volt durch meinen Körper jagen, wenn das nötig ist. Soll er mir Nadeln in den Schädel bohren, mir egal. Ich muss endlich wissen, warum ich auf der Flucht bin. Und deshalb krame ich alles Geld zusammen, was ich kriegen kann.«

»Du glaubst, du musst ihn bezahlen, um seine Hilfe zu bekommen?«

»Davon gehe ich doch besser aus. Er ist Geschäftsmann und ein Mitglied der High Society, der ständig mit teuren Geschenken überhäuft wird.«

»Und wenn er dir hilft und du herausfindest, dass du deinen Vater wirklich ermordet hast?«

»Dann ... ist das so.«

24

3. Mai 1893

Sie sprang aus der Gondel, eine Hand an den gerafften Rockschichten, die andere ergriff die eines ihr fremden Herrn am Ufer. Ein paar Frauen und Kinder belohnten ihr Manöver mit Händeklatschen; ein alter Mann schwenkte sogar seinen Hut.

»Als Gondoliere – oder sagt man ›Gondoliera‹? – machen Sie eine großartige Figur«, sagte der Gentleman, der half, die schwarz lackierte venezianische Gondel am Bugsteven festzuhalten.

»Nur hierbei?«, gab sie lächelnd zurück. Ihr Begleiter hatte jedenfalls keine gute Figur abgegeben. Alle viere in alle Himmelsrichtungen gestreckt, wankte er der Länge nach durch das schmale Boot, wobei es bedenklich schaukelte. Zu Anfang dieses Ausflugs auf der Lagune hatte er, auf dem Heckschnabel stehend, einen stattlichen Eindruck gemacht. Nur wenige Minuten später war er aufs Sitzbrett gesackt, und sie hatte das Ruder übernehmen müssen. Welche Enttäuschung! Dabei war es nicht ihre Idee gewesen: Er hatte unbedingt etwas Romantisches tun wollen. Sie hatte gerade noch abwehren können, ihr als Sahnehäubchen einen Akkordeonspieler dazuzumieten.

Schnaufend quälte sich Milton Hogwood an Land. Einer der Gondelvermieter, die an den künstlich angelegten Seen überall anzutreffen waren, war herbeigeeilt und kümmerte sich um das Gefährt.

»Ah, Mr. Vesichetti!«, rief Hogwood aus, nachdem er ein paar tiefe Atemzüge genommen hatte. »Sie hier! Als Zeuge unserer denkwürdigen Ankunft!« Er klopfte sich das Jackett ab, dabei war er nirgends schmutzig. Er lachte. Im Abtun peinlicher Auftritte war er geübt.

»Wir wollten uns doch hier treffen, Mr. Hogwood.« Ein eleganter junger Mann löste sich aus der Reihe der Gaffer und hob zum Gruß den Derby.

»Aber ja, aber ja! Sarah, darf ich dir einen guten Geschäftsfreund vorstellen? Mr. Rick Vesichetti aus New York. Rick? Dies ist Miss Sarah Hughes, ihres Zeichens Tanzkünstlerin, gefeiert an Ost- und Westküste.«

Alter Schmeichler, dachte Sarah. Sie schätzte an Milton Hogwood, dass er so unverfroren zugab, auf die Weltausstellung mit einer Dame zu reisen, die ihren eigenen Nachnamen trug. Was sein Privatleben betraf, legte er eine erstaunliche Offenheit an den Tag. Er sah aus, wie man sich einen skrupellosen Saloonbesitzer im Wilden Westen vorstellte: einiges über fünfzig, mit ergrauten Schläfen und erschlaffenden Wangen; doch er war groß, seine Zähne waren gut, sein Haar voll, und sein Gesicht, pockenvernarbt wie bei vielen Männern, hatte das gewisse Etwas.

Die Westküste hatte Sarah seit Jahren nicht gesehen; niemand erinnerte sich dort an sie. Obwohl sie das Bett eines Milliardärs teilte, war sie oft unzufrieden. Sie war eine Tanzkünstlerin gewesen, davor eine Artistin; heute war sie eine Hure mit einem einzigen Kunden. »Mätresse« hatte man früher eine wie sie genannt, und ihre Bezahlung waren Geschenke und Gefälligkeiten. Schmuck. Oder eine Fahrt zur Weltausstellung.

Rick Vesichetti nahm ihre Hand und deutete mit formvollendeter Verbeugung einen Handkuss an. Was für ein stilsicherer Mann! Und der zarte Moustache, kaum mehr als die Andeutung eines Schnauzbarts, war eine Augenweide. Er war der dunkle Typ, um zwei Zoll zu klein, der klassische Italiener. Schwarzer Cutaway mit Samtrevers, das Hemd im Glencheck-

Muster, in der Krawatte ein Diamant. Der Derby aus Seide. Kein Ring an den gepflegten Fingern.

»Wie gefällt Ihnen die Ausstellung, Miss Hughes? Ich fühle mich erschlagen von all den Eindrücken, Sie jedoch strahlen eine Stärke aus, gegen die selbst die goldene Statue der Republik, die dort drüben auf dem Bassin schwebt, verblassen muss.«

»Wenn Sie meinen, Mr. Vesichetti. Man tut, was man kann.«

Ihr entging nicht Miltons stolzes Lächeln. Er mochte es, wenn sie mit forscher Kühle auftrat, wie eine dieser adligen Fürstinnen, die aus der Alten Welt herübergekommen waren.

»Ich mag es, wenn Damen so ungestüm vorpreschen.« Mr. Vesichettis Blick sprühte Feuer. »Und ich hoffe, wir haben bald wieder die Gelegenheit, uns zu unterhalten. Leider ruft selbst an solch einem großartigen Ort die Pflicht. Wenn Sie uns bitte für einen Augenblick entschuldigen würden?«

Huldvoll nickte sie, und er und Milton zogen sich einige Schritte an die Balustrade zurück. Sarah ließ sich auf einer der Bänke nieder, die das künstlich angelegte Ufer säumten. Es tat gut, durchatmen zu können. In dem dicken Ausstellungsführer, den jeder hier mit sich herumtrug, wurde Zartbesaiteten angeraten, vor dem Besuch ein stärkendes Tonikum zu sich zu nehmen: Es könne passieren, dass man vor Ergriffenheit weinen müsse. Sarah war alles andere als dünnhäutig, und sie weinte nicht. Aber hysterisch schluchzende Frauen, die sich an den Armen ihrer Gatten dahinschleppten, hatte sie tatsächlich zur Genüge gesehen. Auch die Herren wirkten erschlagen. Alles hier war gemacht, den Verstand zu sprengen. Die Ausstellung war exotisch und gigantisch und wie einem Fiebertraum entsprungen. Die besten Architekten Amerikas hatten zweihundert Gebäude entworfen, darunter befand sich das größte je von Menschenhand erschaffene: die Halle der *Manufactures and Liberal Arts*, die sich über dem jenseitigen Ufer erhob wie das Haus der Götter des Olymps. Es konnte das Washingtoner

Kapitol, die große Pyramide, die Kathedrale von Winchester, die Saint Paul's Cathedral und den Madison Square Garden fassen – alles gleichzeitig. Allein die Türme an den Ecken und über dem Eingang waren groß wie der Pariser Triumphbogen. Dutzende Flaggen über dem monströsen gewölbten Dach kündeten von der Schaffenskraft dieses Landes.

Sarah konnte sich für all das kaum mehr begeistern, der Anblick machte sie müde. Sie blickte zu ihrem Begleiter hinüber. Vor dem strahlenden Weiß der arkadenartigen Fassade stachen Rick Vesichetti und Milton wie Scherenschnitte ab. Ja, sie war müde. Nicht nur im Hinblick auf die Weltausstellung, sondern vor allem, was ihre Beziehung zu Milton Hogwood anbelangte.

Sie lauschte, die Herren sprachen über Aktien, über Edison und dieses andere Weltgenie, das unter irgendeinem Stein in Kroatien – wo immer das war – hervorgekrochen war, um jetzt Klunkerträgerinnen wie die Vanderbilt oder die Astor zum Dahinschmelzen zu bringen, als sei er ein Prinz. »Alles, was er anfasst, wird zu Gold …«, hörte sie Milton sagen. Von wem die Rede war, hörte sie nicht heraus. »Glauben Sie wirklich, bei der Frage, ob Gleich- oder Wechselstrom, greift er daneben? Sehen Sie sich doch mal um, Mr. Vesichetti! Alles erstrahlt mit der Kraft von Westinghousens Wechselstrom. Man hat seinen Namen in den Schmutz gezogen, es gibt sogar ein Wort für das ›Töten durch Wechselstrom‹ …«

»*Westinghousing*«, erwiderte Mr. Vesichetti. »Hat sich bisher aber nicht durchgesetzt.«

Miltons Arm beschrieb einen weiten Bogen, seine Augen sprühten beinahe Funken. *Wärst du bei mir noch so leidenschaftlich*, dachte Sarah. »Das hier ist ein Triumph, und für nichts anderes sollte dieser Name stehen!«

Mr. Vesichetti zeigte sich unbeeindruckt. »Die Ausstellung hat gerade erst begonnen. Es kann noch viel passieren. Zum

Beispiel, dass dieses Gebäude dort unter der eigenen Last zusammenbricht.«

»Das wollen wir doch nicht hoffen. Worauf setzen Sie denn derzeit?«

»Automobile.«

»Ach! Diese Männerspielzeuge? Ich bete, dass Sie damit nicht auf die Nase fallen, Mr. Vesichetti.«

Sarah hatte sich schnell in diese neue Art der Fortbewegung verliebt. Nicht, dass sie je in einem Motorwagen gesessen hätte. Aber sie wusste noch genau, wie sie im Januar vor zwei Jahren erstmals ein Automobil erblickt hatte, am Fenster von Miltons Luxuswohnung im Dakota am Central Park. Unten war ein dunkelblaues Automobil über die schneebedeckte Straße gerutscht und hatte die Passanten in ihren Schlitten in halsbrecherischen Manövern überholt – bevor es in einer Schneewehe stecken geblieben war. Sarah war in Pantoffeln und ohne Hut und Mantel hinausgeeilt, um sich das Ding anzusehen. Der Motor röhrte noch, der Fahrer kämpfte damit, die Tür gegen die Schneelast aufzudrücken, und Sarah stand daneben und sog alles in sich auf. Die dampfenden Metallflächen versprühten die Kraft eines Ritterpanzers. Das Getöse unter der Motorhaube klang angriffslustig. So etwas wollte sie auch.

Rick würde mir bestimmt eines kaufen, dachte sie. Er – der andere. Rick. *Aber Milton nicht.*

Milton wollte von seinen Pferdekutschen nicht lassen. Sarah liebte Pferde. Aber Kutschen, diese plumpen, wippenden Kabinen, die so unpraktisch waren, die hasste sie.

»Noch mal zurück zu Tesla ...« Die Herren schlenderten zu ihr zurück. Beide hatten Gehstöcke, die wie Klavierlack glänzten, doch der Italiener schwang seinen eleganter. »Heute Abend gibt er im Haus der Elektrizität eine Vorstellung. Seine Darbietungen sind so berühmt wie berüchtigt. Nichts für schwache Nerven. Werden Sie da sein?«

Rick Vesichetti sah sie an, als sei sie es gewesen, die diese Frage gestellt hatte. »Selbstverständlich«, antwortete er. Ihr war die eine Sekunde des Zögerns nicht entgangen, und sie hätte darauf gewettet, dass er daran noch gar nicht gedacht und auch keine Eintrittskarten hatte. Die waren sehr begehrt, hatte sie in der Morgenzeitung gelesen. Das Publikum würde exklusiv sein: zweihundert Plätze zu horrenden Preisen, bezahlbar allein für Angehörige der High Society. Milton hatte für diesen Pflichttermin ebenfalls nicht vorgesorgt, was sie wirklich ärgerte. Vielleicht würde er sich wenigstens jetzt noch einmal ins Zeug legen und sich um Karten kümmern.

»Ist dir nicht gut, Liebes?«, fragte Milton besorgt. »Hättest du vielleicht doch ein Tonikum gebraucht?«

Ach, Milton, du dummer Hund. Er sollte wissen, dass sie so leicht nicht zu beeindrucken war. Nicht wie all diese ergriffenen Ladies, die sich an die Uferbalustrade oder die Arme ihrer Männer klammerten, um vom Anblick der Kunsthalle, deren Spiegelung auf dem sonnenüberfluteten Wasser sie noch mächtiger erscheinen ließ, nicht ohnmächtig zu werden. Milton würde es sein, der später wie erschlagen ins Hotelbett sank, nicht sie. Sie fand, eine so besondere Reise müsste abends mit einem möglichst wilden Schäferstündchen abgerundet werden. Sie blickte Rick Vesichetti in die italienisch-schwarzen Augen. Während sie ihn anlächelte, dachte sie: *Schätze, ich werde darauf verzichten müssen. Milton bringt es nicht mehr.*

Bell saß auf einer Bank mitten auf dem Midway Plaisance. Auf dem Schoß hatte sie ihre Kladde. Ihr Federhalter schwebte über dem Papier, ihre Stimmung war gedrückt. Sie, Bell Bennett, würde im *Observer* keine tägliche Kolumne über die Weltausstellung veröffentlichen. Es waren andere, die sich bis zum Ausstellungsende im Oktober hier aufhalten und all die Pracht in ihrer Gänze sehen und schmecken würden. Sie war im Grunde illegal hier, wenn auch nicht dem Gesetz nach. Unwillkürlich blickte sie sich über die Schulter. Nein, kein Rick. Auch kein Reporter ihres Vaters. Dieses paranoide Über-die-Schulter-Gucken sollte sie sich abgewöhnen. Das Gelände war so groß; so viele Menschen waren hier. Und ob Rick die Wahrheit gesagt hatte und auch hier war, wusste sie ja gar nicht.

Aber Sol hatte sie auch gefunden.

Eher ein Beweis dafür, dass Gott es gut mit ihr meinte. Und dann würde er schon dafür sorgen, dass Rick sie nicht fand.

Drüben am Riesenrad tat sich einiges. Fleißig wurde an einer Tribüne gezimmert. Ob man die bei dem Probelauf herabgeregneten Schrauben alle gefunden und zugeordnet hatte? Und wenn nicht, mussten sich die feinen Gäste, darunter die Astor und der Vizepräsident, Sorgen machen? Cleveland würde zur Einweihung des Riesenrads nicht zugegen sein, wie sie gehört hatte; er dinierte zur gleichen Zeit mit den spanischen Gesandten im Washington-Gebäude. Man würde schon aufpassen, dass den hohen Herrschaften nichts geschah. Ein Zelt, vermutlich fürs Catering, war bereits aufgestellt. Zäune lehnten an einem Haus im algerischen Dorf; Bell nahm an, dass man das Areal weitläufig absperren würde. An diesen Zäunen würden sich später die nicht geladenen Zuschauer drängeln, um zuzusehen, wie sich die feinen Leute in die Radgondeln wagten. Sie, Bell, würde eine von ihnen sein. Von den Zuschauern, nicht von den Mutigen.

Aber das war auch nicht wichtig. Solange es ihr nur gelang, zu Tesla vorzudringen. Ihm abzuringen, Sol zu helfen. Sie würde ihm alles Geld geben, das Sol eigens zu diesem Zweck zusammengerafft hatte. Darunter ein Tausend-Dollar-Bündel, das, als sie im Zug in seiner Tasche gewühlt hatte, noch nicht da bemerkt hatte.

Bell zwang sich an etwas Schönes zu denken. Hier zu sitzen und das Geschehen zu beobachten war großartig. Die fremdartigen Häuser. Drüben die »Straßen von Kairo« mit ihren Bauten wie aus *Tausendundeiner Nacht.* Sogar ein altägyptisches Haus hatte man gebaut, mit bunten Malereien und Hieroglyphen. Basarmusik klang herüber, und am Eingang zur Straße hockten Männer in Burnussen und ließen Schlangen tanzen. Sicher würden tausend Photographien vom Midway Plaisance gemacht werden, trotzdem skizzierte Bell die Szenerie. Zeichnen war nicht ihre größte Stärke, doch für ein paar sinnvolle Striche reichte es. In späteren Jahren würde sie auf dieses Bild blicken und an diese Zeit denken. An das Abenteuer. Ihre Verwirrung. Ihr Glück. War es Glück? Hatte sie sich in Henry Tyner, den gesuchten Mörder, verliebt? Es war ein Glück, das in einem Kokon gesponnener Traurigkeit und Mutlosigkeit zu ersticken drohte. Das Einzige, was half, war so zu tun, als gäbe es nur diesen einen Tag. Und morgen wieder. Und übermorgen wieder … Aber irgendwann würde der Tag kommen, an dem alles vorbei war, und am Ende des Tages würde sie gehen müssen.

Vielleicht schon heute, wenn man ihn schnappte.

Erneut sah sie über die Schulter. Kein Guard, der schnellen Schrittes über den Weg eilte, weil er Henry Tyner erkannt hatte.

Sie holte das neue Fernglas aus ihrer Tasche. Sie hatte es vorhin im Deutschen Haus gekauft. *Carl Zeiss Jena, bestes Fabrikat der Welt.* Sie ließ den Blick über den Boulevard bis zu dessen Ostende schweifen. Ein Ballon schwebte über den Toren, Türmen und Dächern der Weltausstellung; eine Hochbahntrasse brachte die Besucher zu der Endstation, die sich in einem Turm befand. Was für ein Ameisengewimmel! Bell drehte sich seitwärts, erhaschte strahlende Gesichter und fand Sol, der sich, die bunt gekachelte türkische Moschee im Rücken, mit einem Mann unterhielt. Dieser drehte einen kleinen Kasten in den Händen und erklärte offenbar dessen Funktionen. Sol hatte den Hut abgenommen und fuhr sich durch die dichten, dunklen Strähnen. Hatte sie je einen besser aussehenden Mann gesehen? Heute früh hatte er aus seiner Ledertasche diesen schwarzen, höchst eleganten Aufzug gezaubert. Ein taillierter Gehrock, dessen Schöße fast bis zu den Kniekehlen reichten – herrlich altmodisch, ein Gedicht. Dazu die dunkelblaue Weste, das cremefarbene Hemd mit angeknöpftem weißem Stehkragen, weiße Manschetten und die zu einem Windsorknoten gebundene schwarze Seidenkrawatte. Alles zerknittert, doch Calamity Jane hatte auf einem Rost ein uraltes Bügeleisen erhitzt und die Sachen schnell und geschickt geplättet.

Die Garnitur war eine andere als jene, die er in Detroit getragen hatte.

So ein Fernglas war eine feine Sache. Sol war fünfzehn Schritte von ihr entfernt, und sie sah jede Einzelheit. Das starke Blau seiner Augen, die gegeneinander geschobenen Brauen, er hörte konzentriert zu. Die schön geschwungenen Lippen, die zu einem bemühten Lächeln gehoben waren. Eine feine Kerbe in der Bell zugewandten Wange, die sich zum Grübchen erweiterte, wenn sein Lächeln breiter wurde. Die Koteletten waren ausgeprägt, ebenso der Schatten über den Lippen und den Wangen. Auf dem Steckbrief hatte er noch einen Schnurrbart getragen. Dass er keinerlei Bart trug, war ungewöhnlich, aber Bell gefiel es. Wenn ein Mann mit Haaren um den Mund nicht aufpasste, konnte man darin noch am Abend sehen, was er zum Frühstück verspeist hatte.

Bell bemerkte Sols Anspannung, wenngleich er sie gut verbarg. Kannte sie ihn inzwischen so gut? Erst vor Kurzem hatte sie den Deringer auf ihn gerichtet. Und doch war es ewig her – wie viele Leben hatte sie eigentlich in diesen Tagen gelebt?

Sie versuchte sich vorzustellen, dass dieser Mann ein Mörder war. Sogar ein Vatermörder. Es gelang ihr nicht. Der Gedanke war so kalt und fern; sie konnte einfach nicht daran glauben. Sie sehnte sich danach, zu wissen, was wirklich geschehen war –

wie musste es erst ihm ergehen? Auch das konnte sie sich kaum vorstellen: wie es war, so bitter und hart verfolgt zu werden. Kein Leben zu haben, das diese Bezeichnung verdiente.

Konnte er es getan haben? Im Affekt vielleicht? Sol war ein Mann voller brodelnder Leidenschaft.

Dennoch.

Sie wollte es nicht glauben. Sie beschloss, das auch nicht zu tun. Bis der Beweis des Gegenteils erbracht war. Der niemals käme. Weil es nicht sein konnte.

Sie ließ das Glas in die andere Richtung schweifen. Da war wieder das monströse Rad, umgeben von den orientalischen Ausstellern. Dort drüben war eine Eisbahn – wie hatten sie es nur geschafft, mitten im Frühling eine Eisfläche zu zaubern? Einige Leute schnürten sich die Schlittschuhe – im gleißenden Sonnenschein! Dahinter erhob sich eine Hausfassade wie der Eingang zu einem griechischen Tempel. Dort herrschte ein fröhliches Kommen und Gehen. An den Säulen klebten bunte Plakate. Dann sah sie …

»Das ist nicht zu fassen«, entfuhr es ihr. Wie von der Sehne geschnellt sprang sie hoch.

25

3. Mai 1893

»Einen doppelten Whiskey.«

»Sehr wohl, Sir.«

Dort draußen tobte die Ausstellung mit einem Menschen- und Maschinenmaterial, dass es einen wahnsinnig machte. Er dankte Gott und allen Heiligen dafür, dass es Rückzugsorte wie diesen gab. Jetzt, am frühen Vormittag, war es noch ruhig hier im Clubraum des Casinos am großen Pier. Nur drüben an einem der kleinen, runden Marmortische saß eine Frau und schluchzte in ihr Spitzentaschentuch. Ihr Gatte hielt ihre Hand, auch er machte einen benommenen Eindruck. Ihnen war der ganze Zirkus offenbar auch zu viel. Rick nahm sein Glas entgegen und betrachtete die wie Bernstein glänzende Flüssigkeit. Jenseits der Fenster erstrahlten Fontänen im Licht des strahlenden Maitages. Er nahm einen tiefen Schluck und lehnte sich in den bequemen Fauteuil zurück. Der Club war nach seinem Geschmack; duftige Schwaden von Zigarren schwebten über Topfpflanzen, und dem Piano an der Wand entlockte ein Mann unaufdringliche Klänge.

Im Eingang erschien Gianluca, ließ den Blick schweifen und eilte auf ihn zu. »Sogar hier gibt's heulende Frauen«, sagte sein Bruder, während er sich ihm gegenüber in einen Sessel fallen ließ. Mit einem Zucken seines markanten Kahlschädels deutete er zu dem Paar.

Hoffentlich geht es Bell gut, dachte Rick unwillkürlich. Ihm wurde schlecht, als er an den Moment zurückdachte, da er begriffen hatte, dass sie verschwunden war. Nicht einfach verschwunden. Abgehauen. Eine ganze Stunde hatte er gebraucht, bis vollständig zu ihm durchgedrungen war, dass sie kein Opfer einer Entführung, sondern ihrer eigenen Dummheit geworden war. Was war nur mit ihr los? Sobald er sie wiederhatte, würde er dafür sorgen, dass sie in ein Sanatorium kam. Später dann, wenn sie erst einmal verheiratet waren, würde er für eine klare Linie sorgen. Ihren Reporterflausen würde er ein Ende setzen; selbst John Bennett konnte sich dieser Notwendigkeit nicht verschließen.

Er drehte das Glas in den Fingern und sog nachdenklich an der Zigarre. Jeder andere Mann würde es sich einfach machen und die Verlobung – gut, noch waren sie nicht verlobt, aber doch fast – aufkündigen. Aber Bell war es wert, einige Mühen in sie zu investieren. Sie war so zauberhaft! Ein wunderbares Mädchen, das seine Zuneigung verdiente. Diese Phase war nur eine Krise, womöglich wirklich hervorgerufen durch ein Frauenleiden. Krisen galt es zu bekämpfen und zu überwinden. Ein Mann gab nicht einfach auf. Ein Mann kämpfte um das, was ihm am Herzen lag.

»Möchten Sie auch einen Whiskey?«, fragte der Kellner Gianluca. Der schüttelte den Kopf und orderte einen Hochprozentigen. Rick neigte sich vor, als der Kellner fort war, und legte eine Hand auf Gianlucas Arm.

»Wir brauchen einen kühlen Kopf, Bruder.«

»Klar. Hab ich. Immer. Aber kapieren tu ich nichts«, brummte Gianluca. Er bekam seinen Drink und leerte das Glas zur Hälfte. »Hieß es nicht, der Präsident solle bei der Eröffnung sterben?«, raunte er Rick zu, nachdem der Kellner außer Hörweite war. »Er trägt seinen Speckbauch aber immer noch durch die Gegend und lässt sich feiern.«

»Sprich nicht so despektierlich über den Präsidenten.«

»Seit wann so empfindlich?«

»Auch ein toter Präsident ist der Präsident.«

»Aber er lebt! Wir haben aufs falsche Pferd gesetzt, Tyner hat uns eine lange Nase gedreht. Wenn ich ihn in die Finger kriege ...« Gianluca ballte die Faust.

»Beruhig dich, Brüderchen.«

»Tyner hat es verdient, dass ich ihm die Fresse poliere.«

»Dazu wirst du hoffentlich noch Gelegenheit haben.«

»Aber was ist passiert, Ricky? Was zum Teufel ist schiefgelaufen?«

Wenn ich das wüsste, dachte Rick. Er zog ein Papier aus der Innenseite seines Jacketts und entfaltete es.

»Was ist das?« Gianluca neigte sich vor.

»Eine technische Skizze.« Rick hatte Stunden damit verbracht, sie zu entschlüsseln. Weder der Maulwurf, der sie ihm überlassen hatte, noch ein anderer aus der Familie hatte es für nötig erachtet, sie ihm zu erklären. Er hätte diesen Schaltplan gar nicht bekommen, hätte er nicht insistiert, besser in die Pläne eingeweiht zu werden.

»Zeig mal her.«

Unauffällig sah Rick sich um, ob jemand sie beobachtete. Das war nicht der Fall. Er legte die Skizze auf den Tisch und glättete sie.

Gianluca rümpfte die Nase. »Das ist was für Gelehrte. Die ganzen Linien, Zahlen und so. Kann ich nichts mit anfangen. Du etwa?«

»Ja.« Ein wenig jedenfalls. »Diese Skizze verrät, wie die von der Familie engagierten Techniker den Schalter präpariert haben, mit dessen Umlegen Grover Cleveland die Maschinen des Jackson Park in Gang gebracht hat. Er hätte einen tödlichen Stromschlag bekommen, vor aller Augen auf der Tribüne gegrillt werden sollen.«

»Ja«, sagte Gianluca. »*Das* weiß ich doch, verdammte Scheiße!«

Rick hatte sich dies während der Herfahrt zigmal vorzustellen versucht: die massige Statur Clevelands, wie sie wild zuckte. Kreischende, unmenschliche Laute aus einem aufgerissenen Mund. Ein Todestanz, welcher der Welt demonstrierte, was *westinghousing* bedeutete. Tod durch Wechselstrom. Es wäre das Ende des Wechselstroms gewesen. *Vergesst die Tyners und Kemmlers und alle, die in Todeszellen auf Elektrischen Stühlen sterben. Dort oben vor zigtausend Leuten und der Weltpresse tanzt der Präsident.*

»Aber es ist ihm nichts passiert«, sagte Rick, als sei es nötig, diesen Umstand noch einmal zu erwähnen.

»Weil Tyner verduftet ist.«

Dass das der Grund war, lag auf der Hand. Doch so war es nicht. Rick betrachtete noch einmal den Plan. Vielleicht hatte er etwas übersehen? Verdammt, warum konnte er nicht in den hässlichen Kopf des Maulwurfs blicken? Warum hatte man ihn nicht einfach eingeweiht, statt ihn herumrätseln zu lassen?

Laut Plan, soweit er ihn verstand, hätte Tyner im Schutz der Menge mit einem gezielten Schuss das Kabel durchtrennen sollen, das mit den Maschinen verbunden war. Kein Strom, kein Licht, keine *White City* mehr, sondern das vollkommene Fiasko.

Tyner hatte es nicht getan. Wahrscheinlich, weil er kalte Füße gekriegt und sich abgesetzt hatte – trotz seiner Vorgeschichte war er eben doch nicht der perfekte Mann für den Coup gewesen. Aber Tyners Schuss hatte nichts mit dem präparierten Schalter zu tun. Dass Cleveland keinen Stromschlag bekommen hatte, war nicht Tyners Schuld.

Wessen dann?

Hatte die Familie einen Fehler gemacht? Eine öffentliche und gut bewachte Tribüne zu präparieren war gewiss alles andere als einfach. Und wie ging es jetzt weiter? Es passte nicht zur Familie, einfach die Köpfe einzuziehen und gar nichts mehr zu tun. Der Maulwurf war nicht der Typ, in seinem dunklen Loch zu sitzen und *keine* Pläne zu schmieden. Diese Geschichte war hiermit nicht beendet. Womöglich fing sie gerade erst an?

»Ich weiß auch nicht, was jetzt passiert, Brüderchen. Wir werden es beizeiten erfahren.« Das hoffte er. Warum, zum Teufel, erklärte sich ihm niemand?

Gianluca neigte sich wieder vor; um seine mächtigen Schultern knirschte das Jackett. Fast sah es so aus, als wolle er mit der Faust auf den Tisch hämmern. Ob die Marmorplatte das aushielt, dessen war sich Rick nicht sicher. »Diese ganze Sache passt vorne und hinten nicht zusammen.«

»So ist es.«

»Das ist so eine Scheiße, Ricky!«

»Schscht!« Rick legte einen Finger an den Mund und lächelte. Dann steckte er den Plan weg. Zuversicht zeigen, auch wenn er sie nicht empfand – das war das Einzige, was er jetzt tun konnte. »Alles wird sich fügen.«

»Tom?« *Ich brauche einen anderen Namen, wenn du mich in der Öffentlichkeit ansprichst*, hatte er gesagt. *Welchen möchtest du?* Theodore, Quinlan und Valentino hatte er verworfen. *Ich darf nur irgendein Tom, Dick oder Harry sein.*

»Liebes?«, erwiderte er.

»Dort drüben habe ich etwas entdeckt. Bin gleich zurück!«

Er nickte, und sie hörte den Mann mit dem Kästchen fragen, als sie ging: »Wir können gleich noch reden. Sicherlich möchten Sie Ihre Gattin begleiten?«

»Sie kommt schon klar.«

Bell eilte hinüber zu dem Tempel und huschte zwischen den plakatierten Säulen hindurch ins Innere. Hier hatten die unterschiedlichsten Hersteller in langen Reihen ihre Verkaufstische und Buden. Es duftete intensiv nach Kräutern, Seife und Gebratenem, und das Stimmengewirr brach sich an der Hallendecke.

Schnurstracks marschierte sie auf den Verkaufsstand mit der Wäsche zu. Um ihn herum hatte sich ein Häufchen Passanten versammelt, die reichlich schockiert aussahen. »Man hatte mir gesagt, dass es auf der Ausstellung alles gebe«, schimpfte eine ältere Dame, »und, bei Gott, das ist wahr. Komm, Al, wir werden uns hüten, so etwas in aller Öffentlichkeit zu betrachten. Der Herrgott hat es so eingerichtet, dass es dafür Bestellkataloge gibt, und daran sollte man nicht rütteln.«

Bell fing sich empörte Blicke ein, als sie ohne Federlesen an den mit Korsetts beladenen Verkaufsstand trat. Sofort wieselte ein Verkäufer auf sie zu. Am Revers trug er ein Schild mit der Aufschrift *Donovan's Bestes – frisch und gekräftigt durch den Tag. Elektrische Korsetts für Ladies und Gents*. An der Wand und an Ständern hingen etliche herrliche Korsetts, und sie erkannte sofort das Modell *Dame de Luxe*, das jetzt ihres wäre, wäre nicht der Zugräuber dazwischengeplatzt.

»Guten Tag, Sir. Sagen Sie, ist Mr. Unger vielleicht hier? Mr. Horace Unger? Falls ja, würde ich ihn gerne begrüßen.«

»Horace Unger, werte Dame?«

»So ist es. Er ist Handelsvertreter für Donovan's.«

Er kratzte sich an der Schläfe. »Bedaure, Ma'am, aber der Name sagt mir nichts. Warten Sie, ich werde Mr. Wollesley fragen, den Bezirksleiter.« Er verschwand hinter einer mit Plakaten bestückten Trennwand, kurz darauf trat ein anderer Herr an sie heran.

Doch auch Mr. Wollesley schüttelte den Kopf. »Horace Unger? Tut mir leid, Ma'am.«

Sie zeigte ihm die Visitenkarte, die Mr. Unger ihr gegeben hatte. »Sehen Sie, da steht es, er ist zuständig für Chicago, Illinois.«

Der Mann drehte die Karte hin und her. »Mir sind alle Vertreter für Illinois und Michigan bekannt. Es tut mir leid, aber ich kann mir das nicht erklären. Wenn Sie mir erlauben, Ihnen zu helfen? Dürfte ich Ihnen unser Modell *Dame de Luxe*…?«

»Danke, nein.« Es war sinnlos, sie nahm die Karte zurück und ging weiter. Hatte sie irgendetwas falsch verstanden? Hier auf der Visitenkarte stand es doch schwarz auf weiß!

Mr. Unger war so ein freundlicher, zuvorkommender Mensch gewesen. Ein netter älterer Herr, so groß und schlank und dabei ungelenk wie eine Tanne. Ein Handelsvertreter mit kaputtem Rücken, sichtlich seiner Arbeit müde. Er hatte ihren Koffer getragen, und er hatte sie mit einem Revolver in seinem Handelskoffer gegen den Zugräuber verteidigen wollen. So ein Erlebnis schweißte zusammen; wie schade war es, dass sie ihn heute offensichtlich hier nicht antreffen würde. Noch einmal betrachtete sie die Visitenkarte. Wahrscheinlich war Mr. Wolesley doch nicht so gut unterrichtet, wie er selbst glaubte.

Sie fand sich vor einem Schmuckstand wieder. Zwei Männer der Columbian Guard hatten sich hier breitbeinig aufgestellt. Was es hier alles zu sehen gab! Bell seufzte. Perlenketten, Schmucksteine, silberne Taschenuhren ... Wunderschöne schlichte Goldringe. Eheringe. Kurzerhand probierte sie einige an. Einer passte, als habe er nur auf sie gewartet. Das Gegenstück würde, wenn sie ihrem Augenmaß trauen durfte, genau über Sols Finger passen. Sie zückte ihre Geldbörse.

»Dieses Paar kaufe ich.«

»Madam? Das ist doch die Aufgabe des Herrn ...«

»Ich kaufe sie!«, fauchte sie. Zum Teufel mit diesem ständigen *Aber-der-Herr*-Getue!

Mit ihrer Beute kehrte sie zu Sol zurück. Der war inzwischen allein. Das Kästchen, das der Mann ihm offeriert hatte, war in seine Hände übergewechselt.

»Es ist ein Photoapparat«, sagte er. »Eine ›Columbus-Box-Camera‹ von Kodak. Die verleihen sie hier überall.«

»Das kleine Ding da?« Bell lachte. »Und ich dachte, der Mann will dir Zigarren verkaufen.«

Sol hielt sich das kleine Ding vors Gesicht und ließ ein

schnappendes Geräusch erklingen. Dann gab er es ihr. »Hier, Liebes. Ich dachte, es macht dir Spaß. Wenn der Rollfilm voll ist, kann man ihn an den Kodakbuden auf dem Gelände abgeben und später wieder abholen. Hier, du brauchst auch den Ausleihzettel. Der Typ meinte, den muss man bei einer Kontrolle parat haben. Die Firma ist da wohl sehr streng. Er sagte, sie hätten als Einzige die Lizenz für Verleihkameras.«

Er kam ihr wie ein zu groß geratener Junge vor, der für ein paar Augenblicke die Freude an einem unbeschwerten Leben wiedergefunden hatte. »Ach, Sol. Tom«, verbesserte sie sich hastig und nahm die Kamera; mit der anderen Hand strich sie über seine Wange. »Ich habe auch etwas für dich.«

»Tatsächlich? Da bin ich ja gespannt.«

Sie gab ihm die Schatulle mit den Ringen. Als er sie öffnete, stockte ihm der Atem. »Bell, was …?« In seinem sonst so verhärteten Gesicht löste sich etwas, er errötete leicht.

»Wir spielen wieder ein Ehepaar, und für eine perfekte Tarnung sind Ringe einfach dringend vonnöten. Das musst du wohl einsehen.«

»Und ich hatte geglaubt, an alles zu denken, Teufel auch. Du bist die gerissenste Frau, die ich kenne, höchstens Jane ausgenommen. Auf so eine Idee zu kommen und die Ringe einfach zu kaufen, das schafft nur meine Philea Fogg.«

»Nicht fluchen, benimm dich doch! Und zieh mir den Ring an, los.«

Behutsam pflückte Sol den kleineren Ring heraus, ergriff ihre Hand und streifte ihn – sein Blick mit ihrem verhakt – über den Ringfinger. »Irgendetwas Gescheites sollte ich jetzt wohl sagen«, murmelte er.

»Etwas anderes als einen Fluch bringst du doch sowieso kaum über die Lippen.«

»Ich bin mir nicht sicher, ob ich den anderen Ring wirklich tragen sollte.«

»Wieso, trägt man in Massachusetts die Ringe in der Rocktasche? Passepartout macht immer, was Phileas Fogg sagt – los, hoch mit der Hand.« Sie schob den Ring über seinen Finger. Er saß wie angegossen. Sie hielt seine Hand fest. »Sind das die Momente, an die man später so gern zurückdenkt und sich wünscht, man wäre noch einmal dort? Und da sind wir gerade? Wir leben in diesem einen Augenblick?«

»So sieht's aus, Liebes.«

»Liebes«, echote sie. Das Wort schmeckte wie Honig.

»Wegen der Tarnung«, erinnerte er sie.

»Ja. Natürlich.« Sie lachte. »Was sonst, Tom?«

Durch Bells Fernglas blickte er über die Lagune. Der Horizont des Lake Michigan verlor sich im Dunst; das Wasser jedoch strahlte wie ein flach geschliffener, polierter Edelstein, ein Lapislazuli mit weißgoldenen Einsprengseln. Die unterschiedlichsten Schiffe hatten die Segel gesetzt. Sol versuchte die Typen, die alle im Guide gelistet waren, zuzuordnen. Indische Daus, deren spitze weiße Segel wie hingetupft aussahen. Die der chinesischen Dschunken leuchteten wie knallrote dicke Flecken. Eine stolze britische Fregatte aus der napoleonischen Zeit befuhr den See und Nachbauten jener drei Karavellen, die Christoph Kolumbus, den Namensgeber der Ausstellung, vor vierhundert Jahren an diesen Kontinent gebracht hatten. Sämtliche Schiffe und Boote überragend ein hochmodernes Dampfschiff.

Es war schön, den Schiffen hinterherzuschauen. So zu tun, als sei man irgendein Besucher, der einfach nur Spaß haben und sich zudem ein wenig informieren wollte. Sol drehte sich landeinwärts, fand mit dem Fernglas Bell auf der Bank, wo sie sich hingesetzt hatte, um in ihrem Notizbuch zu schreiben. Sie saß nur zehn Schritte entfernt. Sie sah hoch, lächelte, hob auf ihre typische Art die linke Braue, als wolle sie sagen: *Stör mich nicht*, schob sich die Brille auf der Nase zurecht und beugte sich wieder über ihre Arbeit. Neben sich auf der Bank hatte sie ihr Tintenfässchen abgestellt.

Trotz mehrerer Gelegenheiten hatte er nicht mehr in ihrem Büchlein geschnüffelt. Sie war nicht mehr nur irgendjemand, den er am Wegesrand aufgegabelt hatte. Sie war eine Frau, deren Vertrauen er nicht enttäuschen wollte. Deren Geheimnisse er respektierte.

Und in deren Geheimnisse er eingeweiht werden wollte. Was das betraf, herrschte zwischen ihnen noch ein Ungleichgewicht. Es lag wohl daran, dass er derjenige mit dem gewaltigen Paket von einem Misthaufen auf dem Rücken war.

In der Nacht hatte er wieder einmal schlecht geträumt. Ab und zu geschah das. Dann steckte er in tiefen Sümpfen, in Luft aus Glas oder mit den Füßen in Eisen, konnte nicht weglaufen, während Gefängniswärter mit Schlagstöcken hinter ihm her waren. Oder er träumte, mit geknebeltem Mund vor dem Richter zu stehen, der ihn anschrie, er möge endlich das Maul aufmachen und gestehen. Es war nicht so, dass er schweißgebadet aus diesen Träumen hochfuhr. Meistens erinnerte er sich nach dem Aufwachen nur schwach. Diesmal jedoch hatte er sich aus einem besonders fiesen Traum wachkämpfen müssen, hatte die Augen aufgerissen und erleichtert festgestellt, dass er *nicht* gerade Zeuge wurde, wie Thomas Alva Edison Thunderer vor einer Zuschauermenge verkabelte und grillte, während dieser mit der Stimme seines Vaters William das konkurrierende Stromsystem verdammte.

Er hatte in die Stille hinein gelauscht und festgestellt, dass auch Bell schlecht träumte.

Sie hatte Worte ausgestoßen. Ob er den Namen Rick erkannt hatte? Sicher war er sich nicht.

Er hatte überlegt, sie diesem Traum zu entreißen, sie in die Arme zu schließen und ihr zu sagen, nein, zu zeigen, dass sie sicher war.

Er hatte ihre Hand ergriffen, mit dem Daumen ihren Puls gestreichelt, bis es vorüber gewesen war.

Nie mehr sollte sie von Rick träumen müssen. Nie mehr von etwas anderem, das ihr Angst machte. Trotz allem war sie am Morgen gewohnt tatendurstig aufgewacht. Ein neuer Tag auf dieser wunderlichen Ausstellung. Der nächste Tag, von dem er nicht wusste, wo er enden würde. Noch einmal in Janes verlottertem Zelt? Oder im nächstgelegenen Knast?

Dass Bell so beharrlich glauben wollte, dass er kein Mörder war, während er selbst zweifelte – das rechnete er ihr mehr als alles andere hoch an. Auch gelang ihr scheinbar mühelos und mit sichtlicher Freude, ihren Part in der Inszenierung eines jungen, glücklichen Touristenehepaars zu spielen. Womit hatte er so viel Vertrauen verdient?

Ein Junge mit einer Sandwichtafel kam vorüber, auf dem Ausstellungsplakat stand *Hier trifft sich die Welt*; er bot Bell Postkarten an. Natürlich griff sie in ihre Börse und kaufte gleich fünf Stück. Von Souvenirs der Ausstellung konnte sie nicht genug bekommen; sie nannte bereits Gedenkmünzen, Briefmarken und Anstecknadeln ihr Eigen.

So vieles an ihr gefiel ihm. Diese Begeisterung für die kleinen Dinge stand gewiss nicht an letzter Stelle.

Der Junge ging weiter, und Bell winkte eifrig mit den Karten. Gehorsam schlenderte Sol zu ihr, gab ihr das Fernglas zurück und machte Anstalten, sich neben sie zu setzen. Lachend fischte sie das Tintenfass unter seinem Hintern hervor, schraubte es zu und ließ es in ihre Tasche gleiten, die längst aus allen Nähten platzte.

»Sieh mal, das Elektrizitätsgebäude.« Sie hob eine der Karten, und er ergötzte sich an ihrer Freude. »Und auf dieser hier: ein Maurenpalast, den haben wir ja noch gar nicht gesehen, wo ist der bloß? Er ist wunderschön.«

»Wie war das noch?«, sagte er schmunzelnd. »Man braucht

zwei Wochen, um die Ausstellung sehen zu können, und selbst dann hat man sie nicht in ihrer Gänze erfasst? Und du beklagst dich darüber, dass dir in zwei Tagen ein orientalisches Haus durch die Lappen gehen könnte?«

»Aber es ist wirklich schön!« Sie zog die Stirn kraus, als überlegte sie, wie sie das alles, was auf sie wartete, bewältigen sollte. Sol sah sie lächelnd an, er fühlte sich wie ein ganz normaler Mann, der mit seiner verwöhnten Gattin plänkelte. Gott, wie sehr er sich wünschte, dass dies Wirklichkeit würde.

»Jetzt kommt das Beste«, sagte sie und wedelte mit der dritten Karte.

»Lass mich raten: Diese Karte zeigt das Riesenrad.«

»Nein.«

»Soll ich weiterraten?«

»Nein! Das dauert mir zu lange.« Sie hielt ihm die Karte vor die Nase. »Das ist eine Photographie, die vom Ballon aus gemacht wurde.« Sie deutete zu dem Riesending hinauf, das dreihundert Yards über dem Park schwebte. »Was für ein Ausblick! Ich will da hinauf, Sol, es mit eigenen Augen sehen.«

In einer übertriebenen Geste schlug er die Hände über dem Kopf zusammen. »Wann denn? Vor oder nachdem wir bei Tesla waren oder vor einem Guard weggelaufen sind, weil er mich erkannt hat?«

Sie knuffte ihm in die Seite. »Ich dachte, du hast nur Angst vor Telephonen und Zügen, nicht vor Ballons.«

»Okay. Vor deinem Willen muss man kapitulieren. Schauen wir uns das Ding morgen an. Sofern es nicht von einem Pulk Guards bewacht wird. Weißt du, ich möchte nicht von da oben in den See springen müssen, weil mir das als einzige Fluchtmöglichkeit bleibt.«

»Wir werden wachsam sein. Notfalls bleibst du unten und winkst mir hinauf. Obwohl – das fände ich wirklich schade.«

»Dass ich dir winke?«

»Dass du – ach, Sol!«

»Hatten wir uns nicht auf Tom geeinigt?«

»Vergessen.«

Gemeinsam lachten sie los. Ja, Wirklichkeit. Genau das. Bitte.

»Diese hier kriegt mein Daddy.« Sie hielt die Ballonkarte hoch.

»Schick ihm beste Grüße von dem Typen, der seine Tochter einem anderen Kerl abspenstig gemacht hat, dessen Name mir mal wieder nicht einfällt. Und der verdammt stolz darauf ist, dass sie ihn mag.«

Errötete sie? Sie berührte mit der Karte ihr Kinn. »In Gedanken habe ich ihm schon oft von dir erzählt. Ich habe ihm gesagt, wer du bist. Ein Meisterschütze. Ein hervorragender Artist.«

»Ach ja? Und du hast ihm nicht gesagt, dass ich in Wahrheit gar nicht so ein harter Typ bin?«

»Das sage ich ihm noch, wenn ich mich das nächste Mal in Gedanken mit ihm unterhalte. Weißt du überhaupt, dass du der erste Mensch bist, dem ich verrate, was für verrückte Sachen mir durch den Kopf geistern?« Sie schlug eine Hand vor den Mund. »Zwiegespräche zu führen mit Leuten, die nicht da sind, das ist wirklich peinlich.«

»Bin ich also der Erste, der dir sagt, dass du liebenswerte Schrullen hast?«

Sie kicherte und hob zwei weitere Karten. »Und die und die kriegen meine Tanten. Eine für Tante Mabel in Buffalo.«

»Der Name sagt mir noch etwas.«

»Die andere an Tante Jessy.«

»Die sagt mir noch nichts.«

»Sie ist diejenige, die dir am Ende, wenn all das hier gut für uns ausgegangen sein sollte, vielleicht doch noch den Kopf abreißt.«

»Klingt entzückend. Wirklich, Liebes, ich gäbe einiges darum, das zu erleben.«

»Wir werden noch vieles gemeinsam erleben.«

»Du und ich.«

Wie schade, dass er ihre gute Laune bald wieder zerstören würde. Denn er hatte ihr immer noch nicht gesagt, wer Rick wirklich war.

Bell musste feststellen, dass Tretbootfahren eine recht unschickliche Angelegenheit war – bei jedem Beinschwung flog ihr Rocksaum hoch und entblößte ihre Strümpfe. Allein das anzügliche Geraschel des seidenen Unterrocks! Gottlob wurde es vom Platschen der Pedale ins Wasser übertönt. Anstrengend war die Fahrt außerdem. Aber lustig. Sie hatten sich für das Tretboot entschieden, damit Sol seine verletzte Hand schonen konnte. Er hatte sich einen Strohhut gekauft, wie ihn die meisten Männer bei diesem schönen Wetter trugen; so fiel er nicht einmal auf dem Präsentierteller auf, den die Lagune darstellte. Seite an Seite gelangten sie in den Schatten des größten Gebäudes der Welt. Hier ging ihr nun endgültig die Puste aus.

»Du musst uns allein ans Ufer bringen«, beschied sie ihm. Vorsichtig drehte sie sich auf dem Gesäß. Sie kramte die Kodak hervor. »Also, wie war das? Blende auf elf, Verschlusszeit auf M? Und dann hier drücken?« Sie hielt sich die Kamera vors Auge, fixierte Sol und ließ es klicken. »Und jetzt mit diesem Schalter den Film weiterdrehen, ja?«

»Was weiß ich? Du bist für diesen modernen Kram zuständig.«

»Aber dir hat man's erklärt. Wo waren deine Ohren?«

»Keine Ahnung. Meine Augen waren jedenfalls bei einer schönen Frau.«

»Hoffentlich sind die Bilder etwas geworden.« Ein paar passten noch auf den Rollfilm. Sie hielt die Kamera Richtung Ufer. Majestätische Gebäude in klassizistischem Stil, mit tausend Säulen und Erkern und Türmen, davon hatte sie erst einmal genug. Die beiden weißen Hirsche dort drüben an der Anlegestelle, die sahen lustig aus. *Snap!* Ein Schwanenpaar hob sich auf die Stufen und verscheuchte die Flamingos. *Snap!* Bell legte die Box in den Schoß. Sol strampelte nicht, also dümpelten sie auf den Wellen, die die anderen Boote und Gondeln machten, und sahen den Leuten zu. Glückliche Gesichter überall. Finger, die hierhin und dorthin zeigten. Ein junges Pärchen, das sich schüchtern im Schatten einer der vielen exotischen Palmen küsste. Dann schob sich eine dunkle Wand in ihr Blickfeld, und Bell sah erstaunt hoch. Ein Wikingerschiff glitt vorbei. Sie hob die Box, hoffentlich reichte der Film dafür noch aus. Aber wenn sie ihn abgab, konnte sie ja einen neuen kaufen.

»Ich glaube, wir müssen etwas Abstand gewinnen, Sol.«

»In der Tat.«

»Schnell! Mach schon!«

»Verdammt.« Er trat in die Pedale.

»Nein, nicht in diese Richtung!«, schrie sie. Sie wollte ihm helfen, doch es war zu spät, sie waren in den Regen einer der vielen Fontänen geraten. Sie riss die Hände über den Kopf, als könne das ihr Barett retten. Ein ruinierter Hut war eigentlich eine Katastrophe, doch auf einmal musste sie so laut lachen, dass ihr der Bauch im Korsett wehtat. Sol hatte unterdessen Mühe, das Boot aus der Gefahrenzone zu bringen, weil er sich so amüsierte. *Es ist so schön zu sehen, dass du wieder lachen kannst*, dachte sie. *Wenn ich es war, die das geschafft hat, dann will ich das künftig zehnmal am Tag tun.* Sie löste die Klammern und nahm ihr Hütchen ab. Viel hatten sie nicht abbekommen, doch es fühlte sich eindeutig nass an. Sie strich sich über die feuchten Haare. »Jetzt brauche ich als Erstes einen neuen Hut. Eine Dame ohne Kopfbedeckung, das geht ja nicht.«

»Ich würde dir meinen geben, aber ich brauche ihn als Versteck.«

»Eine Kreissäge auf Damenhaar, nein danke. Oh, was haben wir denn da?« Auf dem Wasser schwammen Flugzettel. Bell fischte einen heraus. »Schau mal, Tesla!« Sie hielt das durchnässte Stück Papier hoch. Die Zeichnung zeigte unverkennbar Nikola Tesla, die Arme ausgebreitet, zwischen seinen Händen zuckten Blitze. Darüber schwebte sein zierliches Gesicht. Um ihn als Magier erscheinen zu lassen, hatte man ihm einen dämonischen Ausdruck in die Augen gelegt. »›Die Zukunft der Welt in einem einzigen Haus. Besuchen Sie das Elektrizitätsgebäude.‹ Von der Show heute Abend steht da aber nichts. Kein Wunder, die ist nur für exklusive Gäste. Aber vielleicht haben wir ja Glück und kriegen ihn danach zu fassen. Wobei«, nachdenklich biss sie sich auf die Lippe, »was das betraf, hatte ich bei ihm bisher immer Pech. Aber wir müssen es versuchen.«

»Du«, sagte Sol. Er richtete sich auf. »Ich nicht.«

»Aber – es geht doch um dich!«

»Heute Abend geht es erst einmal um dein Interview. Ihn fragen, ob er auch mit mir reden will, kannst du allein.«

»Wieso willst du nicht mit?«

»Weil ich heute Abend einen anderen Termin habe.«

»Ach so.« Sie war verwirrt. Was für einen Termin konnte ein Mann auf der Flucht haben? »Das wusste ich nicht.«

»Lass uns aussteigen. Ich habe Hunger.«

Was hatte er plötzlich?

Kurz darauf saßen sie in einem der Restaurants des Marine Cafés. Das markante Haus mit den lustigen kegelförmigen Dächern, die es wie eine riesige Spielzeugburg aussehen ließen, hatte auf Bells Besuchsliste weit oben gestanden. Hier gab es Fischspezialitäten aus aller Herren Länder, und sie hatten auf der Veranda im zweiten Stock ein lauschiges Plätzchen gefunden. Die anderen Gäste erfreuten sich am schönen Blick über einen Teil der Lagune mit der bewaldeten Insel, hinter der sich der

Palast der Feinen Künste erhob; zu ihrer Rechten befand sich das kleine Women's Building, was immer das war, dahinter lag das Tor zum Midway Plaisance, unverkennbar mit dem Ferris-Rad und der Hochbahnstation.

Sie hatten eine japanische Spezialität gegessen, rohen Fisch in Reis gewickelt und mit einer Art grünem Papier ummantelt. Nicht uninteressant. Vielleicht hätten sie doch in den schwedischen Raum gehen sollen, oder gab es da nur dieses seltsame Elchfleisch? Oder wie wäre es mit Eisbein und Sauerkraut an der deutschen Theke gewesen? Jetzt war es zu spät, sie hatte das Essen ohnehin nicht genossen. Dieses lastende Schweigen. Dann dieser eine Satz, der noch in ihren Ohren hallte. Mit Wehmut dachte sie an den Abend in der Trattoria zurück. *Da warst du nur ein Hobo für mich, wenn auch ein äußerst attraktiver,* dachte sie. *Ich wusste nichts von dir. Und jetzt tischst du mir ein Entsetzen nach dem anderen auf.*

»Ob die hier wohl Schokolade haben?«

»Das bezweifle ich.«

»Bitte sage das noch einmal. Ich glaube, ich habe dich nicht richtig verstanden.«

»Ich sagte, ich bezweifle es.«

»Heilige Mutter Gottes! Das andere!«

»Rick Vesichetti will den Präsidenten töten. Den Präsidenten der Vereinigten Staaten.«

»Wie kommst du auf etwas so Verrücktes? Solomon Jones! Ich habe dir einiges durchgehen lassen, aber das geht zu weit!«

»Es tut mir sehr leid, dir den schönen Tag zu versauen.«

Seine stoische Ruhe machte sie nur noch nervöser. Mit den Essstäbchen versuchte sie das letzte Reisröllchen in den Griff zu bekommen; es drohte in hohem Bogen vom Tisch zu fliegen. Dass Sol es aufgefangen und zurückgelegt hatte, begriff sie erst, als es unschuldig wieder vor ihr lag. Bell blickte sich um. In schwarz glänzende Kimonos gehüllte Japaner trugen Bambustabletts an die Tische. Und der runde Hut mit den Seidenblüten dort, den eine Dame trug, der war wirklich hübsch! Am Nachbartisch schob eine rundliche Frau ihrem Terrier verstohlen ein Reisröllchen ins Maul. Ein junger Mann sah seiner Angebeteten mit leuchtenden Augen dabei zu, wie sie mit den Essstäbchen kämpfte, und die finsteren Gesichter eines älteren Ehepaars deuteten auf einen Zwist hin. *Normale Leute mit normalen Problemen*, dachte Bell. *Könnte ich bitte mit jemandem tauschen? Bin nicht wählerisch. Biete vergrätzten Ex-Verehrer und hübschen Kerl mit 4500-Dollar-Steckbrief, der gerade gesagt hat, Ersterer plane ein Attentat auf den Präsidenten.*

»Bell. Weißt du noch, wie ich mit dem kaputten Finger in dein Hotelzimmer kam?«

»Nur zu gut. Du hast nicht erklärt, wie es dazu kam. Hast irgendetwas von ›gestolpert‹ gemurmelt.«

»Rick – und seine Mobster-Gang – hatten mich in der Mangel. Weil sie mir den Auftrag für diesen Mord aufs Auge drücken wollten. Mit meiner Vergangenheit hielten sie mich für den perfekten Kandidaten.«

»Himmelherrgott.« Sie presste die Finger an die Schläfen, zwang sich, das Gehörte zu verarbeiten. »Das war in Cleveland. Aber Rick kann gar nicht dort gewesen sein. Woher willst du wissen, dass er es war? Hat er sich dir vorgestellt? Mit seinem richtigen Namen?«

»Nein. Du erinnerst dich, dass er im Hotel anrief? An jenem Morgen, als der Knall aus Teslas Zimmer dich ausknockte und ich dich aufs Zimmer trug?«

»Auch das nur zu gut«, sagte sie. Sie wusste es noch: Rick hatte sie dort angerufen, und Sol war an den Apparat gegangen, da sie halb ohnmächtig auf dem Kanapee gelegen hatte. Auf ihre Frage, wer angerufen habe, hatte Sol gesagt: *Keine Ahnung. Ein Rick Irgendwas.*

»Als die Kerle mich von der Trattoria in ein gottverlassenes Hinterzimmer schleppten und in die Zange nahmen, fiel mir auf, dass ich die Stimme kannte, aber ich hatte nicht die Nerven, mich damit näher zu beschäftigen. Erst am Tag darauf, als ich die Mobster vom Post Office in South Bend aus anrufen sollte. Genauer gesagt ihn. Er war am Telephon, und da fiel es mir wie Schuppen von den Augen. Ich wiederhole es ungern, aber dein Zukünftiger will den Präsidenten tot sehen.«

»Aber das ist doch Wahnsinn.« Sie sprang auf, wusste nicht, was sie wollte, ob sie fort von Sol wollte, schreien, weinen, ihn schlagen, das Geschirr vom Tisch fegen. Die anderen Gäste schauten zu ihr herüber. »Das ist unmöglich!«

»Du glaubst, ich lüge?«

Sie sackte zurück auf den Stuhl. Sol griff über den Tisch, legte seine Hand auf ihre. Vernünftig betrachtet sollte sie sich entziehen, doch sie hielt still. Zum Teufel mit der Vernunft!

»Heute Nacht sagtest du, dass du alles glauben würdest, was ich erzähle, entsinnst du dich? Ich sage die Wahrheit, ich schwöre es. Bell ...«

»Schscht.« Sie musste die Augen schließen, um die Puzzleteile in ihre richtigen Positionen schieben zu können. Als sie bei den Schrocks mit ihrem Daddy telephoniert hatte, hatte der gesagt, Rick sei auf dem Weg nach Chicago. Zur Ausstellung. Weshalb? Ach ja, wegen Automobilen. Nur deshalb war er ja so schnell bei ihr gewesen. Die gemeinsame Fahrt in der Motordroschke war ihr bestens in Erinnerung: Sie hatte sich eine zwei Yards dicke Mauer zwischen ihm und ihr gewünscht. Seine Anspannung war fast zu greifen gewesen. Fahrig hatte er in irgendwelchen Unterlagen geblättert. So benahm sich ein Mann, den ein Berg von Sorgen plagte. Aber das alles waren keine Beweise dafür, dass er ein Attentat geplant hatte, um Gottes willen, natürlich nicht ...

»Gianluca«, stieß sie hervor. »Was du sagst, passt eher zu

Gianluca. Rick nennt ihn gerne seinen ›Mann fürs Grobe‹, auch wenn mir nie so recht klar war, was er damit meinte.«

»Gianluca?«

»Sein Bruder.« Kläglich blickte Bell ihn an. »Sie haben wirklich genau die gleichen Stimmen.«

»Wenn er etwas von einem Zerberus an sich hat und eine Glatze, dann ist er's.«

Gianluca. Mit ihm hatte sie wenig zu tun. Rick hielt ihn von ihr fern, weil er sich, ihrem Eindruck nach, für seinen ungeschliffenen Bruder ein wenig schämte. Im Grunde war Gianluca für sie nichts anderes gewesen als irgendeiner von Ricks Bodyguards: eine rohe Kraft, die im Hintergrund lauerte. Zu ihr war er stets höflich, ein bisschen onkelhaft gewesen. »Solche Dinge wie das mit deinem Finger würde ich ihm zutrauen. Aber dass er das Hirn hätte für Mordpläne ... Nein, das passt nicht.«

»Sehe ich auch so. Bei diesem Duo ist Rick der Kopf, der andere die Faust.«

Gianluca und Rick ... wollten den Präsidenten töten. Weil ein Fremder, Sol, ihr das sagte. Und sie war geneigt, dem Fremden zu glauben.

Sie stellte sich vor, wie sie den Tanten davon erzählte. Beide würden nach Luft schnappen, sich ansehen und fragen: *Ob wohl ein Aufenthalt in einer Heilanstalt für hysterische Frauen etwas für sie wäre, wie Rick es vorgeschlagen hat?*

Ihr zwei seid besser mal still, dachte Bell knurrig. »Ich sage jetzt nicht, dass ich es für möglich halte, Sol. Ich sage jetzt nur, dass ich die Möglichkeit nicht gänzlich ausschließe. Genügt dir das?«

»Das ist mehr, als ich gehofft habe.«

»Gut. Was tun wir denn jetzt?«

»Vom Chicagoer Bahnhof aus habe ich die Polizei angerufen. Ich hatte nicht den Eindruck, dass man meine Warnung sonderlich ernst nahm. Dem Präsidenten ist ja auch nichts passiert. Ricks Plan ist anders, als ich dachte. Ich habe wirklich keinen Schimmer, wie diese Sache ansonsten ablaufen soll. Sie durchschauen zu wollen, kommt mir vor wie Schattenboxen.«

»Wir sollen also abwarten und gar nichts tun? Soll ich nicht zur Polizei gehen?«

Dazu schwieg er, und sie begriff, weshalb. Wenn man sie ausfragte, käme unweigerlich dabei heraus, dass ihre Informationen nichts wert waren, denn sie kamen von einem gesuchten Verbrecher. Wenn man ihr nicht glaubte, so war es Sols Glück.

»Er sagte mir, falls irgendetwas misslingt, soll ich mich am zweiten Ausstellungsabend um neun Uhr im Deutschen Haus einfinden. Beim Stollwerck-Tempel, was immer das sein soll. Vielleicht will er mir dann Plan B erörtern. Und dieses Mal werde ich mich nicht ins Bockshorn jagen lassen.«

Was sollte das heißen? Sie mochte es sich nicht vorstellen. In ihrem Magen ballte sich Übelkeit. »Das ist also dein ›Termin‹. Wo ist denn dieser Tempel überhaupt? Moment.« Sie holte den Ausstellungsführer aus ihrer Tasche. »›... im Stil des ausgehenden Mittelalters erbaut, ist das Deutsche Haus ein typisches Repräsentationsstück deutscher Baukunst, als einziges aus Stein und Eisen errichtet. Die Außenseite ist mit den Wappen aller deutscher Staaten und dem Adler ... Das Haus soll Chicago zum Geschenk gemacht werden ... Zu den Ausstellern im Inneren zählen ...‹ Das *glaube* ich jetzt nicht. O Gott.«

»Was glaubst du nicht?«, fragte er beunruhigt.

»Dieser Tempel, der im Deutschen Haus steht – er ist mehr als sechs Yards hoch und *ganz aus Schokolade*!«

»Du bist blass. Mir scheint, das bringt dich fast mehr aus der Fassung als die Tatsache, dass dein Zukünftiger Dreck am Stiefel hat, und zwar einen ziemlich fetten Brocken. Du bist wirklich die ungewöhnlichste Frau, die ich kenne.«

Sie packte den Guide wieder ein. »Lass uns gehen, ich brauche dringend frische Luft.«

Er zahlte, gemeinsam erhoben sie sich. Das verbliebene Reisröllchen ließ Bell heimlich fallen, als sie an dem Terrier vorüberkam. Schließlich standen sie am Ufer der Lagune, das Sandburgenhaus im Rücken, vor sich eine Wand aus blauen und violetten Hortensiendolden. Auf jeder Bank hockten Besucher, plauderten und lockten Entenvögel an. Bell zückte ihre Kamerabox.

»Ich werde mit dir kommen«, sagte sie. »Dann sehe ich ja, ob es wirklich Gianluca oder Rick oder beide sind. Und wenn sie mich sehen, dann … laufe ich schnell weg.«

»Nein, du musst zu Tesla. Wir machen das anders. Ich nehme das Ding da mit und versuche sie unbemerkt zu photographieren.«

»Ach du liebe Zeit. Wenn sie es merken? Das gefällt mir nicht.«

»An dieser ganzen Sache gefällt einem gar nichts, weil sie ein riesiger …« Höflich verschluckte er den Rest.

»… Dreckshaufen von einem Scheißhaufen ist.«

»Das hast du jetzt gesagt.«

»Von Calamity Jane lernt man halt schnell.«

26

3. Mai 1893

Allein von seiner Größe her wäre das Elektrizitätsgebäude vor der irrwitzig riesigen Industrie- und Kunsthalle, die sich dahinter erhob, verblasst. Doch seine Konturen mitsamt der Kuppel waren mit Lichterketten erhellt. Lichtstrahlen, die von allen vier Ecken in die Abendwolken ragten, signalisierten, welch außerordentliches Ereignis hier gleich stattfinden würde. Etwa ein Dutzend Journalisten begleitete die Gäste und ihre Entourage, und was Bell an Schmuck und kostbaren Stoffen glitzern sah, raubte ihr den Atem. War das nicht einer von den Fisks? Dort, die Vanderbilt, herrje, welch ein Kleid! Der Mann dort, das war William Baker, der Präsident der Ausstellung. Und diese kraftvolle Erscheinung, das musste Carter Harrison, Chicagos Bürgermeister, sein. Die jüngste Schwester des verstorbenen spanischen Königs, Infanta Eulalia, erkennbar an den Schärpen mit den Landesfarben, schritt so majestätisch dahin und sah so blasiert drein, wie man es von einer hohen Dame erwartete. Bells Hoffnungen, irgendwie eine Eintrittskarte für die Vorführung zu ergattern, zerplatzten. Warum, zum Donner, hatte sie keinen Presseausweis? Sobald sie wieder zu Hause war, *musste* ihr Vater ihr endlich einen geben! Nur nützte ihr das jetzt nichts.

Doch nun war sie hier, also ließ sie sich mit dem Strom der Gaffer treiben, die der prominente Pulk hinter sich herzog wie ein Schiffsheck das aufgewühlte Wasser. Ganz so bunt wie bei den Eröffnungsfeierlichkeiten war das Treiben nicht; sie gelangte mühelos ganz nach vorne. Fast hätte sie der Gattin des Bürgermeisters auf den Saum des Kleides aus bordeauxroter Tuffseide treten können. Columbian Guards ordneten vor dem Gebäude den Zuschauerstrom; die Bodyguards der feinen Gäste mussten ihre Waffen abgeben, die gewöhnlichen Diener draußen bleiben. Fast alle, die durch den Portikus traten, legten noch schnell den Kopf in den Nacken, um die Fassade mit den beleuchteten ionischen Säulen und den riesigen, von innen strahlenden Fenstern bewundern zu können. Vierzigtausend Glasscheiben waren hier verbaut, so viele wie in sonst keinem Haus der Welt. Das Gebäude war ein riesiges strahlendes Juwel, eine Machtdemonstration des Wechselstroms.

Bell würde bis nach der Vorstellung warten müssen, um es in Ruhe zu betrachten. Und dabei hätte sie ihr letztes Geld gegeben, um das alles zu sehen! Bei allen Heiligen, es musste doch eine Möglichkeit …

»Hallo! Oh, wie schön, Sie zu sehen!«, rief sie über das Stimmengewirr hinweg und winkte. Rasch kämpfte sie sich zu dem Mann durch. Frack und Zylinder trugen hier alle, doch *er* war unverkennbar. »Mr. Westinghouse!«

Der wuchtige Industrielle erstrahlte über beide Pausbacken. »Miss Bennett, welch eine äußerst freudige Überraschung!« Er ergriff ihre Hand und führte sie bis kurz vor seinen Mund; sein Walrossschnäuzer kitzelte ihren Handrücken. Er starrte einen Augenblick zu lange auf ihre Hand. Dass es ihr Ehering war, der ihn stutzen ließ, konnte Bell nur vermuten. »Wie ist es Ihnen ergangen? Ich denke immer wieder an Sie, Miss Bennett – die junge Reporterin auf den Spuren der Bly.«

»Ich …« Jemand rempelte sie von hinten an, und sie hatte Mühe, sich abzufangen, um nicht gegen Mr. Westinghousens blütenweiße Hemdbrust zu fallen.

»Hoppla. Ziemlicher Andrang hier. Wir sind alle spät dran. Hören Sie, da ertönt schon der erste Gong! Da Sie allein sind: Darf ich Ihnen den Arm bieten?«

An George Westinghousens Arm aufzutreten würde ihr sicher so manche Tür öffnen. Zumindest würde es für Blicke sorgen. »Es – es tut mir leid, Mr. Westinghouse.« Verlegen nestelte sie an dem neuen Hut, den sie unterwegs rasch gekauft hatte, einem kleinen, hellblauen *pork pie*. »Aber ich habe ja gar keine Eintrittskarte.«

»Na, Sie als Angehörige der Gattung Schreiberling haben doch sicher Zutritt?«, dröhnte er.

»Ich hatte gehofft ...«

»Wir müssen uns beeilen.« Rasch griff er in die Innentasche seines Fracks und zog ein Billett hervor. »Nehmen Sie dieses.«

»Haben Sie vielen Dank.« Sie nahm es in Empfang. So ein Glück! »Aber, Mr. Westinghouse, wie kommen Sie denn jetzt hinein?«

»Ich? Ich lasse die Veranstaltung platzen, wenn man mich nicht durchlässt.« Lachend warf er sich in die mächtige Brust. »Ich bin Mr. Teslas Investor, schon vergessen? Jetzt aber flott mit uns beiden!«

Mit der Hand an ihrem Rücken dirigierte er sie an den Guards vorbei. »Die Dame gehört zu mir«, erklärte er dem Diener, der mit weißen Glacéhandschuhen die Tickets prüfte, und das kostbare Stück Papier in ihren Händen erwies sich als überflüssig. »Sagen Sie, Miss Bennett, haben Sie nun endlich Ihr Interview bekommen?«

»Bedauerlicherweise nicht. Ich hoffe nachher Glück zu haben.«

Mitsamt den zweihundert geladenen Gästen, die den Duft von teuren Parfums und von Erfolg verströmten, trat Bell durch die an die zwanzig Fuß hohe Eingangstür. Ihr entging nicht, wie die spanischen Damen ein Kreuzzeichen vor der Brust machten. Das Innere des Gebäudes war atemberaubend. Eine Halle, groß wie ein Bahnhof, ein filigranes Spitzdach aus eisernen Streben, das nicht weniger als tausend Glasfenster hielt. Mehrere Treppenaufgänge führten zu einer umlaufenden Galerie, und über allem wölbte sich die Öffnung der Kuppel. Die Halle war fast bis zum Dach gefüllt, es gab Dutzende von Pavillons, Türmen, Maschinen, groß wie Häuser, und alles erstrahlte im Licht ungezählter Lampen in allen Größen, von Glühfäden bis zu dreißig Fuß hohen Straßenlaternen. Bedeutende Namen aus der Geschichte der Erforschung der Elektrizität standen in Leuchtschrift an den Balustraden im oberen Stock: Franklin, Galvani, Ampère, Faraday, Sturgeon, Ohm, Morse, Siemens, Volta ... Wege, so breit wie Boulevards, führten um die kleine Leuchtstadt herum, doch jetzt flanierte dort niemand, denn mit Seilen an Messingständern hatte man den Eingangsbereich vom Rest der Halle abgetrennt. Hier gab es, von der Bestuhlung abgesehen, nur eine hüfthohe Bühne, deren Boden mit weißem Leinen bedeckt war wie ein riesiger Esstisch. Darauf befanden sich ein Tisch, ebenfalls bedeckt, und eine Stehlampe. Bell entdeckte unter denen, die sich zögernd einen Platz suchten, Mr. Edison. Seine berüchtigte Liederlichkeit zeigte sich in einem mäßig sitzenden Anzug und dem angegrauten Hemdkragen. Seine Miene war verkniffen; vielleicht war er nur hier, um das Treiben der Konkurrenz zu beobachten.

»Werden Sie auch bei der Einweihungsgala des Ferris-Rades zugegen sein?«, fragte Mr. Westinghouse. Den Blick über die Köpfe der Anwesenden gerichtet, steckte er sich einen Zigarillo in den Mund. Ohne Bells Antwort abzuwarten, fuhr er fort: »Diese Geschichte von der Soirée in der Villa der Vanderbilts, die kennen Sie doch sicher. Als Mrs. Cornelius Vanderbilt als elektrisches Licht verkleidet auftrat – in einem mit Diamanten besetzten Satinkleid?«

»Ich dachte, es habe sich um kleine Glühlampen gehandelt.«

»Das ist ein Gerücht. Die Diamanten, zweitausend sollen es gewesen sein, waren lediglich gut in Szene gesetzt. Bei der Ferris-Gala, offiziell natürlich eine Wohltätigkeitsveranstaltung zugunsten – also, das habe ich jetzt vergessen. Wie auch immer. Sie kennen Mrs. Ava Willing Astor?«

»Nicht persönlich.« Aus den Zeitungen war ihr die schillerndste Person der New Yorker High Society natürlich bekannt. Die Astor war nicht nur für ihre extravagante Garderobe berühmt, sondern auch für ihre Partys, auf denen sie gelegentlich als ägyptische Prinzessin auftrat.

»Sie will die Vanderbilt in den Schatten stellen. Indem sie eine Galarobe trägt, die *tatsächlich* mit Glühlämpchen besteckt ist. Und ich …« Er machte eine Kunstpause, indem er sich um seinen Zigarillo kümmerte. Nach dem ersten Zug ließ er die Bombe platzen: »Ich werde sie einschalten.«

Sie musterte ihn verwirrt.

»Ich weiß, Sie fragen sich, weshalb ihr Gatte das nicht tut. Seine Versicherung hat es ihm untersagt. Eigentlich wollte er es unbedingt selbst übernehmen.«

»Hat er keine Angst vor … Sie wissen schon?« Das Wort auszusprechen, wäre ein fürchterlicher Fauxpas.

»Weiß ich das? Ach so! Nein, nein. Als Anhänger des Wechselstroms fürchtet er kein *westinghousing*. Du meine Güte, ich sollte das Wort nicht benutzen; am Ende setzt es sich doch noch durch.«

Sie räusperte sich. »Mr. Westinghouse, ich habe mich eben eigentlich etwas anderes gefragt: Weshalb erzählen Sie mir das?«

»Nun, ich fühle mich Ihnen gegenüber so, als hätte ich eine Bringschuld. So oft sagte ich zu Ihnen, dass Sie dann und dann Mr. Tesla sicherlich antreffen werden – er wird auch bei der Gala sein, jedoch nur als geladener Gast –, aber es will wohl nicht so recht klappen, hm? Wäre er irgendein Angestellter, würde ich ihn zu einem Termin verdonnern, aber versuchen Sie das mal bei einem exzentrischen Genie.«

»Nein, nein«, sagte sie schnell, »unter solchen Umständen zu ihm zu gelangen, wäre mir auch nicht recht.«

»Als kleine Entschädigung würde ich Ihnen gerne anbieten, mich während der Gala zu interviewen. Was halten Sie davon?«

»Oh, das klingt wirklich großartig!«

»Na also.« Seiner Brieftasche entnahm er eine Karte. »Und eine zweite, falls Sie jemanden mitbringen mögen.«

»Womit habe ich Ihre Großzügigkeit nur verdient, Mr. Westinghouse?«

»Da ich Sie mitten in der Wildnis auflas, fühle ich mich bemüßigt, Sie für diese Unannehmlichkeit zu entschädigen, möge es auch nicht meine Schuld gewesen sein. Aber bitte entschuldigen Sie mich jetzt!« Schon war er mit einem lauten »Hallo, Mr. Rockefeller, haben Sie etwa den Petroleumlämpchen den Rücken gekehrt?« ein paar Schritte weitergeeilt, und sie konnte sich nur noch bei seinem massigen Rücken bedanken. Ohnehin erklang der zweite Gong, woraufhin die Gäste sich beeilten, ihre Plätze einzunehmen. Bell fand einen Stuhl in der zweitletzten Reihe. Plötzlich erloschen innerhalb weniger Sekunden unter leisem Knallen und Knacken sämtliche Lichter.

»Ladies und Gentlemen, seien Sie herzlich willkommen«, erhob sich eine Stimme mit leicht fremdartigem Akzent. »Und seien Sie ganz unbesorgt. Dunkelheit ist ein natürlicher Zustand. Sie nicht zu mögen jedoch ebenso. Daher will ich Sie nicht lange auf die Folter spannen. Darf ich mich vorstellen? Nikola Tesla. Erfinder.«

Ja, ja! Lautlos klatschte Bell in die Hände. Man konnte erahnen, dass er über ein paar seitliche Stufen leichtfüßig auf die Bühne eilte. Während er in die Mitte schritt, flammte ein Licht in seiner Hand auf. Eine Kugel aus elektrischem Licht, doch ein Kabel war nirgends zu sehen. Kleine Lichtblitze waberten daraus hervor und erzeugten die ersten vorsichtigen »Ah!« und »Oh!« Als er die Bühnenmitte erreicht hatte, steckte er die Kugel in die Hosentasche. Oder? Sie war einfach weg.

»Ich denke, wir fangen mit einer normalen elektrischen

Lampe an, wie Sie sie doch sicher inzwischen daheim haben.« Er knipste die Stehlampe an. »Bitte vergeben Sie mir diesen hässlichen Lampenschirm. Wir haben hier ein Riesenrad mit sechsunddreißig eisenbahnwaggongroßen Gondeln, aber es war nicht möglich, eine geschmackvollere Lampe zu organisieren. Ich würde ja gerne sämtliche Requisiten aus eigener Tasche bezahlen, aber ... Mr. Westinghouse? Ich denke, wir sollten nach der Vorstellung noch einmal über meine Tantiemen reden.«

Vorsichtiges Gelächter. Mr. Westinghouse winkte jovial in die Menge. Tesla, obschon hochgewachsen, stand auf Schuhen, deren Korksohlen an die zehn Zoll maßen. In dem weißen Anzug und mit weißer Krawatte wirkte er wie ein moderner Engel. Schlank, das Gesicht schmal und zart, die Augen so blau wie die von Sol, schlug er die Menge mühelos in seinen Bann. Dass seine Stimme fast so hell wie die einer Frau war, passte zu ihm.

Mit eleganten Bewegungen zog er die Decke vom Tisch. Darunter fanden sich etliche geheimnisvolle Apparaturen. »Wessen immer Sie jetzt Zeuge werden, Ladies und Gentlemen, seien Sie versichert, dass ich jedes dieser Experimente unzählige Male wiederholt habe. Jede Gerätschaft habe ich mit eigener Hand entworfen, jede wurde in meinem Hause hergestellt. Sie mögen den Strom ein wundersames Feuerwerk nennen, nicht beherrschbar, magisch, außerhalb menschlicher Macht stehend. Sehen Sie etwa dies.« Er nahm eine Glasröhre in die Hand. »Aus dieser Röhre wurde die Luft herausgepumpt. Ich halte sie in der Hand, berühre nun diesen Draht hier, der Wechselstrom hoher Intensität führt, und Sie sehen, was geschieht. Oh, ich denke, das hier brauchen wir nicht mehr.« Mit der freien Hand zog er an der Schnur der Stehlampe, die wieder erlosch. Doch zugleich flammte die Röhre auf, ein grellweißes Licht.

In dem Moment, als er es wieder erlöschen ließ, sah sie Rick.

Er saß nur zwei Reihen vor ihr. Sie griff sich an die Kehle. Rick? Hier? Wirklich? Wie war er an das Billett gekommen? Ja, er war ein wohlhabender, reicher Unternehmer aus New York, doch kein Angehöriger der gehobensten Gesellschaftsschicht.

Na und? Bist du nicht auch hier, Bell?

Auf der Bühne wechselten die Lichter, wurden größer und bunter; leuchtende Regenbogen zerplatzten, begleitet vom Raunen der Zuschauer, das stetig lauter und begeisterter wurde. Tesla stellte sich zwischen zwei kopfgroße Kugeln, streckte die Arme nach ihnen aus, und Kaskaden bläulicher Blitze waberten und knisterten zwischen den Kugeln und seinen Händen, tanzten über seine Arme und Schultern. Die Zuschauer stöhnten vor Entsetzen, und Bell, die Hand vor den Mund geschlagen, starrte auf Ricks Rücken.

»Dies ist eine Karbonknopflampe. Eine kleine Glaskugel mit einem Stück festen Platins am Ende eines Drahts.« Die Kugel erstrahlte zigmal heller als eine gewöhnliche Edison'sche Glühlampe. »Durch meinen Körper rauscht jetzt eine Hochspannung von mehreren Hunderttausend Volt. Dies ist kosmische Strahlung und das Ganze hier nichts anderes als das Modell einer Sonne.«

Vor der Bühne sank eine Dame in Ohnmacht. Die Dame, die an Ricks Seite saß, schob die Hand in seine Armbeuge.

»Phänomene, die wir bisher als Wunder betrachtet haben, fangen wir nun an zu begreifen.«

Bell nutzte den tosenden Applaus, der erneut aufbrandete, und flüchtete aus der Halle. Im Vorraum blieb sie stehen, keuchte erschöpft wie nach einem langen Lauf. Was sollte sie jetzt tun? Sie wünschte sich, Sol wäre hier. Und Gianluca, war der etwa auch in der Halle? Ihre Gedanken wirbelten durcheinander. Wen traf Sol jetzt bei diesem Stollwerck-Tempel, wenn sie alle hier waren?

»Ist etwas nicht in Ordnung, Ma'am?«, fragte einer der Saalordner.

»Doch, doch. Ich bin nur ... ein bisschen ... ängstlich.«

»Ja, solch ein Spektakel kann einer zarten Damenseele sicher Angst machen. Ich hab's vorhin bei der Probe gesehen. Sie können sich bei den Sanitätern kurz ausruhen, wenn Sie möchten.«

»Danke.« Sie lächelte schief. »Ich ziehe es doch vor, schnell weglaufen zu können. Falls das Gebäude einstürzt.«

»Das wird schon nicht passieren. Obwohl es vorhin ziemlich gewackelt hat.«

»Der Funke einer Induktionsspule«, drang Teslas Stimme heraus, »das Glühen einer Glühlampe, die Manifestationen der mechanischen Kräfte von Strömen und Magneten entziehen sich nicht mehr unserem Verständnis; an die Stelle des bislang Unbegreiflichen scheint nun ein einfacher Mechanismus zu treten. Und obwohl bis zur Aufklärung seiner genauen Natur alles noch Vermutung ist, wissen wir doch, dass die Wahrheit nicht mehr lange verborgen bleiben kann, und instinktiv fühlen wir, dass wir bald verstehen werden. Wir bewundern diese herrlichen Phänomene, diese seltsamen Kräfte immer noch, aber wir sind nicht mehr länger hilflos!«

Und sie verpasste das alles gerade! Es war zum Haareraufen. Ein bisschen konnte sie doch bestimmt aus sicherer Entfernung zugucken; Rick würde sich bestimmt nicht umdrehen. Ein Blitz zuckte, ein richtiger Blitz. Wirklich, der Boden vibrierte. Nein, sie musste weg; es war viel zu gefährlich, sich hier herumzudrücken, wenn Rick ... Wann aber, verflixt, bekam sie endlich ihr Interview? Schon um Sols willen musste sie zu Tesla gelangen. Wenn sie irgendwo verborgen wartete ... Zwei Frauen stürzten schreiend auf sie zu, verfolgt von ihren Männern, die sie zu schnappen versuchten. Drinnen war die Unruhe groß. Jemand weinte, ein anderer rief etwas, das zornig klang, Edison vielleicht? Ein weiteres Paar kam heraus; Bell bekam einen Ellbogen in die Seite, sodass sie aufs Gesäß stürzte. Stammelnd entschuldigte sich der Ordner, während er ihr aufhalf. Um Gottes willen, sie musste weg, bevor es einen Aufruhr gab. Bevor Rick über sie stolperte. Sie bedankte sich hastig, ordnete im Laufen die Rockschichten und rannte.

Sie lief nordwärts, vorbei am Kunsthaus, über eine Brücke, vorbei am Café de la Marine mit seinen exotischen Fischgerichten; auch jetzt duftete es dort verführerisch nach Meer. Auf den Parkwegen mit den ausländischen Häusern war um diese Zeit nur noch wenig los. Für die Gebäude der Schweden, der Türken oder der Briten am Nordpier hatte sie jetzt kaum einen Blick. Das *Germany Building* war so, wie man es erwarten durfte: ein spätmittelalterliches Schlösschen mit Türmen und Türmchen, rot geziegelten Giebeln und Gauben und Fachwerkfronten. Ein riesiger, schlecht gelaunt wirkender Adler überragte das Eingangsportal. Bell sah den Stollwerck-Tempel schon von Weitem.

Mit seiner Spitze, einem Weltapfel mit Kreuz, stieß er fast an die Hallendecke. Auf einem Marmor nachempfundenen Podest thronte eine Frau mit Siegeskranz, umringt von sechs Säulen und bekrönt mit einem Kuppelbaldachin, von dem weitere Adler herunterschauten. Schön war das Ding nicht, aber war das wichtig, wenn es ganz aus Schokolade war? Woraus war die weiße Schrift *Stollwerck, Cologne, New York* gemacht? Bell starrte die glänzende Oberfläche an, wagte nicht, sie zu berühren, obwohl sie nur die Hand auszustrecken brauchte. Figurenreliefs waren in Augenhöhe in die Schokolade geschnitzt. Oder gegossen? Wie hatte man solche Gesichter erschaffen können? Und wie würden sie schmecken? Bell musste schlucken. Wo um alles in der Welt kriegte sie jetzt ein Stück Schokolade her? In der Handtasche musste sie nicht nachschauen, da war nichts mehr. Bestimmt gab es hier einen Verkaufsstand; hastig sah sie sich um …

Sol. Da stand er, nah am Tempel, halb verdeckt von einigen staunenden Besuchern. Bei ihm ein Guard.

»Es tut mir leid, Sir, aber ich muss Sie bitten, mich zu begleiten.«

Um Gottes willen! Man hatte ihn erkannt. Dass der Mann so höflich war, lag sicher nur daran, dass er kein Aufhebens machen wollte. Wo immer er Sol hinbrachte, dort würden zehn bis an die Zähne bewaffnete Constables warten.

Sol wirkte gefasst. Sein Blick, mit dem er den um eine Handbreit kleineren Gesetzeshüter bedachte, war verächtlich. Sehr überzeugend kehrte er den sich belästigt fühlenden Gentleman heraus. Aber das würde ihn kaum retten. Die behandschuhte Hand des Guards lag auf seinen Unterarm, den er leicht angewinkelt hielt, als wolle er ein lästiges Insekt abschütteln. Seine Rechte war unter den geöffneten Gehrock geschlüpft. Wollte er etwa seinen verborgenen Revolver ziehen?

»Die Herren?« Sie hastete auf die beiden Männer zu. »Darf ich wissen, was hier vor sich geht?«

»Darf ich fragen, wer Sie sind?«, kam die Gegenfrage des Guards.

»Mrs. Thomas Jones.« Entschlossen reckte sie ihm das Kinn entgegen. »Dies ist mein Mann! Was hat er verbrochen, dass Sie ihn so behandeln?«

Sol schüttelte die Hand des Guards von seinem Arm und richtete sich den Rock.

»Ich bedaure die Unannehmlichkeiten, Mrs. Jones«, sagte der Guard. »Ich bat Ihren Gatten, mir den Ausleihschein der Kodak-Box zu zeigen. Aber er hat ihn nicht. Wir sind angewiesen, den Diebstahl dieser Kameras streng zu ahnden …«

Hastig wühlte Bell in ihrer Tasche und zerrte den Zettel hervor. »Bitte! Dürfen wir jetzt gehen?«

Der Guard warf einen umständlich langen Blick darauf. »Selbstverständlich. Es tut mir leid …« Doch sie hatte sich bereits bei Sol untergehakt und ihn ein Stück weiter gezogen. Sie eilten zurück ins Freie. Unter einer ausladenden Eiche fanden sie eine Bank, die kaum einzusehen war.

»Danke«, sagte er. »Fürs Raushauen. Wie war die Show?«

»Atemberaubend. Mr. Teslas Experimente lösten eine kleine Panik unter den Damen aus; leider habe ich nicht alles sehen können.«

»Das Interview?«

Sie schüttelte den Kopf.

»Du kriegst diesen Tesla nicht am Schlafittchen und ich nicht meine Auftraggeber. Als hätte sich die Weltausstellung höchstselbst gegen uns verschworen.«

»Ich habe Rick gesehen.«

Er stieß einen überraschten Laut aus.

»Und du …« Sie nahm ihm das Tuch ab, das er noch in der Hand hielt, suchte die saubere Seite und tupfte sich den Schweiß von der Stirn. »Du hast niemanden getroffen, du konntest keine Photographie von deinem Auftraggeber machen. Wie auch – der Mann, den du dafür hältst, war ja bei der Show. Du musst mir den Beweis für alles, was du über Rick gesagt hast, schuldig bleiben, sehe ich das richtig?« Tränen tropften auf das zusammengeknüllte Tuch zwischen ihren Fingern. Sie presste es auf die Lippen, kämpfte darum, ein Aufschluchzen zu unterdrücken. »Und trotzdem, ich … ich kann nicht anders, als dir zu glauben, ist das nicht verrückt? Da war eine Dame bei Rick, mit der er recht vertraut schien, also betrügt er mich, aber das tue ich mit dir ja auch. Ricks Anblick hat mir solche Angst gemacht, ich dachte, ich sterbe allein von seinem Blick, wenn er sich jetzt umdreht und mich sieht. Ich glaube, es wäre jetzt ganz gut, wenn du sagtest, ich solle aufhören, Unsinn zu reden.«

Doch er sagte nichts. Sie starrte hinauf in den Sternenhimmel. Das schwarze Oval des festgezurrten Freiluftballons wirkte wie das Loch in einen über ihr schwebenden Abgrund. Sie schloss die Augen. *Denk für eine Minute nicht an Rick. Wirst du das schaffen? Denk an den Mann neben dir. Denn er ist hier, und da hast du ihn so viel lieber als jeden anderen.*

»Liebes? Ich habe etwas für dich.«

Er legte etwas in ihre Handfläche. Vorsichtig ließ sie die Finger darüber gleiten. Es war glatt, besaß Flügel und einen Raubvogelschnabel; es war eindeutig ein Adler aus massiver Schokolade.

»Sol! Woher…?« Sie ertastete eine Bruchkante. »Das hast du nicht gekauft.«

»Ich hätte dir gerne eine Tafel Stollwerck gekauft, aber die Bude war geschlossen.«

»Du hast den Vogel vom Tempel gebrochen!«

»Er drohte sowieso bald abzufallen. Das arme Tier ist mir sozusagen in die Hand gefallen.«

»Du bist doch ein Lügner vor dem Herrn. Und ich glaube dir alles. Ich bin wirklich nicht bei Sinnen.« Sie brach sich ein dickes Stück Schokolade ab und stopfte es sich in den Mund.

27

3. Mai 1893

Dass Schokolade auf Frauen eine solche Wirkung haben konnte, davon hatte er gehört. Trotz ihrer misslichen Lage stöhnte Bell glückselig, während sie das Zeug aß. Vielleicht hätte er nicht so ein riesiges Stück klauen sollen; wer mochte wissen, welche Ingredienzien die Deutschen verarbeitet hatten?

»Bist du in Ordnung?«, fragte er. Sie schien satt zu sein.

»Den Umständen entsprechend, ja. Das ist die beste Schokolade, die ich kenne. Nur die Schweizer, die machen es noch besser.«

»Das freut mich. Falls du etwas entbehren kannst, hätte ich auch gerne ein Stück. Nicht zu klein.« Sie gab ihm etwas, das sich anfühlte wie ein Teil des Adlerflügels. »Danke«, sagte er. »Wir beide sollten jetzt zum Elektrizitätsgebäude gehen. Die Show dürfte bald zu Ende sein, falls sie es nicht schon ist. Du siehst zu, dass du dir Tesla schnappst, und ich schaue, ob ich Rick zu fassen kriege.«

»O Gott, Sol, ich glaube, ich schaffe es nicht, noch einmal dorthin zu gehen.«

»Du bist vollgepumpt mit Schokolade; du schaffst es.«

»Und wenn Rick mich sieht?«

»Wir passen auf. Komm.« Er legte einen Arm um ihre Schultern und zog sie mit sich hoch. Wie versehentlich glitt ihre Hand unter seinen Rock, legte sich auf seine Bauchmuskeln, die sich leicht zusammenzogen. Ihm war danach, das Hemd aus dem Hosenbund zu ziehen, damit sie Zugriff auf seine blanke

Haut hatte. Ihr Haar umspielte seine Nase. *Später*, dachte er mit einem tiefen Atemzug. Er musste einen kühlen Kopf behalten.

Arm in Arm, ein junges Ehepaar, das den lauschigen Abend genoss wie so viele, schlenderten sie zum Elektrizitätshaus. Wie jedes der zweihundert Gebäude blieb es in der Nacht erleuchtet, doch die Show schien vorbei zu sein. Um die Statue Benjamin Franklins vor dem Eingang hatten sich einige Gäste mitsamt ihrer Entourage versammelt, über ihnen hatte sich eine Qualmwolke beachtlichen Ausmaßes gebildet, fast jeder rauchte, und es wurde leidenschaftlich diskutiert; wie ein Schwarm von Glühwürmchen zuckten die Glutpunkte hin und her.

»Erkennst du irgendwen?«, fragte Sol leise.

»Unter den Hüten sehe ich nur schwarze Schatten.« Bell hatte sich fest bei ihm eingehakt. »Ich glaube, Mr. Westinghouse ist nicht mehr da. Ihn würde man heraushören. Aber Rick? Ich weiß nicht ... nein, ich sehe ihn nicht.«

»Den anderen? Den Glatzkopf?«

»Gianluca? Hmm ... nein.«

Sol sah sich weiter um. Er musste diese Kerle treffen und endlich den wahren Plan aus ihnen herausquetschen. Mit der freien Hand prüfte er den Sitz seines Colts im Rücken – eher aus einem Bedürfnis heraus, sich eines gewissen Schutzes zu versichern. Selbst wenn er während einer Schießerei hier unter den Augen der Welt nicht verreckte, würde er gefasst werden, und sein Tod wäre die Folge. Wie fühlte es sich an, unter Strom zu sterben? In den Tagen nach William Kemmlers Hinrichtung hatte er alle Zeitungsständer weiträumig gemieden.

»Was denkst du?«, wisperte Bell.

»Ich denke, ich werde mich unter die Männer mischen. Wenn Rick noch da ist, wird er mich hoffentlich bemerken und ansprechen. Und dann sehe ich weiter.«

»Oh, oh, Sol, ich weiß nicht, ob das wirklich so gut ...«

»Schsch.« Er küsste ihren Haaransatz. »Viel Glück, Liebes.«

Auf seinem Weg zu dem Pulk am Denkmal riss er mit dem Daumen ein Streichholz an und entzündete eine Zigarette. Er blickte sich nicht um. Gelassen schritt er auf die plaudernden Männer zu. Berühmte Leute waren zugegen, hatte Bell gesagt. Im Näherkommen waren ihre Gesichter besser erkennbar, doch ihre Züge sagten ihm nichts. In manchen Augen glomm nicht allein die Erinnerung an das Spektakel, sondern auch die Gier, aus dem Gesehenen Geld zu machen, so schien es Sol. Den Wortfetzen entnahm er, dass die Aktien der Edison General Electric soeben sanken und die der Westinghouse Electric stiegen. *Teufelskerl, Zauberer, Weltmacht, Kredite, Renditen, Long- und Shortgehen* und *Auf dem Parkett tanzen* und *Eine Hand wäscht die andere* – ein wirres Geflecht von Zauberformeln aus einer Welt, die ihm vollkommen fremd war. Er mischte sich unter die Männer, hob zum Gruß den Hut, schlenderte von Grüppchen zu Grüppchen und hoffte auf Rick oder die Glatze zu treffen. Dann würde er ihnen die mit Schokolade verschmierte Hand reichen und sie wissen lassen, dass er sich nicht zum Narren halten ließ.

Er sah sie nicht.

Niemand sprach ihn an.

Begleitet von einem Knurren warf er den Rest der Schokolade ins Gebüsch. Diese beschissenen Mobster waren längst weg! Zur Sicherheit nahm er einen Umweg und kehrte zu dem Ort zurück, an dem er mit Bell gestanden hatte. Sie war nicht da, und er stellte sich auf eine längere Wartezeit ein – ein Interview brauchte sicherlich seine Zeit –, doch bereits nach einer Viertelstunde war sie wieder bei ihm.

»Nichts«, sagte sie, und der Ärger über die neuerliche Enttäuschung schwang in ihrer Stimme mit. »Tesla ist noch da; aber eine ganze Armada von Journalisten belagert ihn. Einer seiner Zerberusse sagte, ich solle mir keine Hoffnung machen, noch an die Reihe zu kommen. Mr. Tesla wolle am Ende des

Tages ganz gewiss keine Fragen zu seiner Garderobe oder der Marke seiner Haarpomade beantworten müssen. Ich hätte diesem arroganten Kerl am liebsten …« Höflich verzichtete sie auf die nähere Ausführung ihrer Absichten. »Und du?«

»Auch nichts. So langsam habe ich das Gefühl, dass die ganze Sache mit dem Auftrag eine Finte ist, ein Verwirrspiel, um etwas anderes zu verschleiern.«

»Wie meinst du das?«

»Wirf den Ratten etwas Leckeres hin, und sie bemerken den Speck nicht, der so groß wie der Ballon dort oben über ihren Köpfen hängt.«

Darüber dachten sie beide nach, während sie ziellos weitergingen. Er war müde. Sie nicht? Sie schien wirklich ein unerschöpfliches Quell der Energie zu sein. »Was tun wir jetzt?«, fragte sie.

»Ich weiß es nicht, Liebes, und mein Bedarf an Aufregung ist für heute gedeckt. Eine Bar wäre jetzt schön. Wo man mir zum Drink eine Wasserschüssel und ein Handtuch reicht.« Er hob die Hand, in der der Klumpen Schokolade geschmolzen war. »Hast du mein Taschentuch noch oder ein anderes?«

Sie baute sich vor ihm auf. Hier waren nur wenige Laternen, doch das Licht der Weißen Stadt ließ ihre dunklen Augen aufblitzen. »Bedaure, Sir. Eine Dame macht ihr Spitzentaschentuch nicht ohne Not schmutzig.« Sie ergriff seine Hand, hob sie vors Gesicht. Als ihre Lippen die Innenfläche küssten, bekam er einen Schlag; fast hätte er sie zurückgerissen. Er spürte ihre Zungenspitze. Genüsslich leckte sie die Schokolade ab, nahm zwei seiner Finger in den Mund und hielt die anderen fest.

»Bell …« Mit der freien Hand packte er sie und zerrte sie rücklings mit sich vom Weg herunter. Zweige streiften seine Schultern. Dann waren sie im Schutz tiefer Schatten. Nicht, dass es ihn sonderlich gestört hätte, wenn jemand sie beim Austausch solcher Zärtlichkeiten gesehen hätte. Doch ein Rest seines Verstandes hatte ihn daran erinnert, den Feinden kein unnötiges Ziel zu bieten. »Verdammt, Bell, was tust du?« Er entwand ihr die Hand, um ihren von Schokolade verschmierten Mund zu küssen. Seine Zunge forderte Einlass, den sie ihm bereitwillig gewährte. Mehr noch, sie saugte an ihr wie zuvor an seinen Fingern. Die Energie, die er eben noch vermisst hatte, raste Schwall um Schwall durch seinen Leib.

»Ich brauche etwas Gescheites zu essen«, keuchte sie zwischen gierigen Küssen. »Wie wäre es nach einem Tempel aus Schokolade mit einem Zehn-Tonnen-Käse im Wisconsin-Haus? Mit einer Prise von Lots Weib, der Freiheitsstatue aus Salz? Danach waschen wir uns die Hände an der Hängebrücke aus Seife und trocknen sie an der Lokomotive ganz aus Seide.«

»Gibt es eigentlich nichts«, seine Hände waren an ihrem Hals; an den Wangen hatte er schwarze Spuren hinterlassen, »das dir die Sprache verschlägt?«

»Doch«, ihre Arme waren unter seinem Jackett, zerrten am Hemdstoff, »ich glaube, es geschieht gerade.«

Er streifte ihr Jäckchen von den Schultern. »Ich will sehen, ob das stimmt.«

Ihre gespreizten Finger streiften seine bloße Haut. »Ich lüge nicht. Nicht so wie du.«

Er knöpfte ihre Bluse auf, schob mit den Lippen den Saum des Unterkleids ein Stück herunter. Vom Korsett gestützt, hoben sich ihm ihre Brüste entgegen. Bell nestelte an seinem Gürtel. Währenddessen ließen sie die Münder nicht voneinander. Undeutlich nahm er noch wahr, dass er mit ihr auf die Knie sackte. Die Zeit, sinnlose Dinge zu reden, war vorbei.

Das South-Dakota-Gebäude sei das Richtige, um die Füße ein wenig hochzulegen, war es Sarah zu Ohren gekommen. Von außen unauffällig, beherbergte es im Innern einen Saloon aus der Zeit, als der Westen noch nicht voll erschlossen gewesen war.

Verschnörkelter Stuck, Seidentapeten, hinter dem Tresen ein Spiegel, der von Wand zu Wand reichte. Hunderte verschiedener Drinks, die der Barman nur mit der linken Hand ausschenkte – in der rechten hielt er einen Revolver. In einer Ecke klimperte ein Mann am Klavier, in einer anderen konnten sich die Herren rasieren lassen, und auf der Karte stand Biberschwanzragout. Sie und Rick hatten sich nicht lange damit aufgehalten, den Erlebnissen zuzuhören, die ein zerlumpter und scheinbar betrunkener Trapper zum Besten gab. Für eine Stunde und einen Dollar – teurer als das Ticket für die gesamte Ausstellung – konnte man ein Zimmer im ersten Stock mieten. Selbstverständlich ging man offiziell davon aus, dass die Räume zu keinen anderen Zwecken genutzt wurden, als sich ein wenig frisch zu machen und auszuruhen. Für eine anderweitige Nutzung sprach jedoch, dass von jenseits der Wand eindeutiges Stöhnen zu vernehmen war und im Schankraum eine aufgetakelte Fregatte ganz im Stil alter Turnürenmode Rick auf der Treppe zugeraunt hatte: »Betatschen nur fünfzig Cent, magst du?«

Sarah betrachtete den schlafenden Rick. Eine Viertelstunde heftiger Sex hatte kaum ausgereicht, sie davon abzulenken, dass sie nach der Vorstellung im Elektrizitätsgebäude, draußen beim Benjamin-Franklin-Denkmal, einen Geist aus der Vergangenheit gesehen hatte.

Vor Ricks Gestalt schob sich das Bild des anderen Mannes, mit dem sie durch den Westen getourt war, mit dem sie atemberaubende Vorstellungen gegeben hatte. Dem sie sich anvertraut hatte, abends an ein drehendes Rad gebunden, nachts in seinen Armen.

Henry Tyner.

Ein Frösteln tanzte über ihren Körper wie das Lichtgewaber vorhin über die Arme des europäischen Erfinders. Sie angelte nach ihrer Bluse und warf sie sich über die Schultern, dann sank sie zurück in die Laken.

Henry Tyner.

So lange hatte sie nicht mehr an ihn gedacht. Hatte ihn mit aller Gewalt aus sich herausgerissen und dann irgendwann vergessen. Nun, da sie ihn gesehen hatte, stand er ihr wieder in aller Klarheit vor Augen. Seine starke Präsenz, die Aura von Zorn und Gewalt. Leidenschaft und Härte. Kühnheit und doch auch Verletzlichkeit. All das hatte sie aufgeben müssen wegen eines einzigen Fehlers. Dieser eine Tag hatte alles verändert. Sie hatte leben wollen. Er hätte sterben müssen.

Wenn er lebt, bin ich die, die sterben muss.

Henry Tyner, gleichermaßen Heimsuchung und Versuchung.

Sarah atmete durch. Sie zwang sich, sich zu beruhigen. Sie lebte, weil sie ihrem Instinkt traute. Ihrem Verstand, dem sie erlaubte, hinzuhören. Alles andere gehörte in die schmonzettenhaften Träume der jungen Frau, die sie längst nicht mehr war.

Henry Tyner lebte.

Henry Tyner war tot, jedenfalls für sie. Dieser hier an ihrer Seite, Rick Vesichetti, der lebte. Um sich zu vergewissern, dass es so war, berührte sie seine schweißfeuchte Haut. Sie musste lächeln. Wie schnell war es gegangen – er und sie. Ein paar Blicke, ein paar geflüsterte Anweisungen von ihr an ihn, von ihm an sie. Von Milton hatte sie allmählich genug. Vor zwei Jahren hatte sie Milton in einem seiner New Yorker Varietés kennengelernt. Nach ihrem Tanz hatte er ihr keine Blumen geschickt wie andere Verehrer, sondern gleich drei Modelle einer exklusiven »elektrischen« Dessous-Linie, Korsetts und Seidenleibchen mit eingenähten Magneten. Darin hatte sie ihn verführt. Sein Reichtum hatte sie zunächst berauscht. Doch seine zur Schau getragene jugendliche Arroganz passte nicht mehr zu ihm. Als er in der letzten Nacht zu ihr ins Hotelbett gekrochen war, hatte sie erstmals festgestellt, dass es sie ekelte, seinen schweißfeuchten Rücken zu umarmen. Sie hatte gehofft, ein

Besuch in Chicago würde ihrer Beziehung neuen Schwung verleihen, aber dem war nicht so. Vielmehr ließ das gigantische Lichtermeer seinen Teint verwaschen aussehen, und jede Pore ließ sich zählen. Sie war seine Falten und Schrunden leid; sie wollte wieder einen jungen Mann, einen, der vor Kraft strotzte, aber noch formbar war. Sie wollte wieder verliebt sein.

Rick Vesichetti gehörte nicht zu den »New Yorker Vierhundert«, die zu den Bällen der Astors geladen wurden. Er stank trotzdem nach Geld. Und wie hatte ein Angehöriger der High Society so treffend gesagt? *Jemand kann mit einer Million Dollar heutzutage so glücklich sein, als sei er reich.*

Als er sich hastig entkleidet hatte, war ein Achselholster mit einem Stilett zum Vorschein gekommen; es hatte ihre Erregung nur mehr befeuert. Der Mann war ein Krimineller, dafür hatte eine Varietédame eine Nase. Die sagte ihr auch, dass er einer italienischen Verbrecherorganisation angehörte. Rick Vesichetti war ein Geschenk des Schicksals. Sie war erfahren darin, ein solches Geschenk zu erkennen und blitzschnell zuzugreifen.

Zwei schicksalhafte Begegnungen an einem Tag – das musste doch bedeuten, dass hier zwei Räder ineinandergriffen. Ihr Instinkt sagte ihr, dass sie nicht zögern durfte.

Sie hatte gewusst, dass Henry dem Todeszug entkommen war, dem Zug, der ihn geradewegs zum Elektrischen Stuhl hätte bringen sollen und in einer Januarnacht vor gut drei Jahren entgleist war. In den folgenden Wochen hatte sie beinahe jeden Zeitungsartikel, der sich mit seinem Verbleib beschäftigte, verschlungen. Bald war das öffentliche Interesse erlahmt, und langsam auch ihres. Es waren neue Männer gekommen. Sie war überzeugt gewesen, dass Henry sich irgendwo verkrochen hatte, so weit weg, wie es nur möglich war. Kanada. Mexiko. Noch weiter weg. Südamerika, Australien. So weit weg wie der Mond. Doch jetzt war er hier. An jenem Ort, auf den die Welt blickte.

Entweder war er wahnsinnig. Oder er verfolgte einen Plan. Was sollte sie tun? Sich verkriechen? Sich hinter einem Schleier verbergen wie eine Witwe? Milton einreden, dass sie auf der Stelle Chicago verlassen mussten? Aber eine Flucht würde sie nicht schützen. Wenn Henry heute auf der Weltausstellung war, konnte er morgen auf dem Broadway in New York sein. Wenn er ihr hier fast in die Arme lief, konnte er das überall tun. Die Gefahr, in der sie sich befand, ließ sich nicht eindämmen. Sie ließ sich nur ausmerzen.

Rick erwachte. Er griff nach ihr und dirigierte sie auf die Knie. Die Erregung schlug in ihren Leib wie Pistolenkugeln. Sie biss ins Kissen und krallte die Finger ins Laken, während er in sie stieß.

Danach lagen sie schwer atmend beieinander. Plötzlich musste Sarah lachen.

»Was ist so lustig?«

»Ich musste gerade daran denken, dass man uns bestimmt unten im Schankraum gehört hat. South Dakota sollte uns dafür entlohnen, dass wir diese Kulisse mit passenden Geräuschen untermalen.«

»Wir können's gleich gerne noch einmal tun.« Er griff nach seiner Anzugjacke und holte sich eine Zigarette; seine Lider flatterten vor Genuss, und nach einigen Zügen schien der Zorn verflogen. Doch sie meinte zu spüren, wie er unter seiner Haut weiter lauerte. Sie setzte sich auf. Präsentierte ihm, was er eben besessen hatte und weiterhin besitzen durfte: ihren festen, sinnlichen Körper, ihre schweren Brüste. Jetzt – alles auf eine Karte.

»Tötest du?«

Er musterte sie aus schmalen Augen. »Warum fragst du?«

»Was wird es mich kosten, wenn du es tust?«

»Wer ist er?«

»Jemand, der mir wehtun kann.«

»Sein Name?«

»Henry Tyner.«

»Henry Tyner«, wiederholte er langsam. Mit dem letzten Zug schloss er die Augen. Den Stummel warf er in sein geleertes Whiskeyglas, das auf dem Schemel an seiner Bettseite stand. »Henry Tyner. Wie viele Männer dieses Namens gibt es wohl?«

»Ich weiß nicht?«

»Ist er der Kerl, der auf dem Elektrischen Stuhl hätte sterben sollen?«

Für einen langen Augenblick schwieg sie. So schnell erinnerte sich Rick daran, dass Henry Tyner dieser Mann war? Nun, das sprach für einen messerscharfen Verstand. Gestern Mittag hatte sie mit Milton im Elektrizitätshaus vor dem Stuhl gestanden, hatte die Photographien und Erklärungen im Schaukasten studiert, und jetzt malte sie sich mit wohligem Gruseln aus, wie Henry dort festgeschnallt saß.

»Er hat mir sehr weh getan«, flüsterte sie.

28

4. Mai 1893

Bell starrte zur Zeltdecke hinauf. Sie lag auf Calamity Janes Matratze, neben ihr ein Mann. Ein Mann, mit dem sie etwas getan hatte, das man »Liebe machen« nannte. Würde dort oben ein Spiegel hängen, so sähe sie eine vor Glückseligkeit und Verwirrung lächelnde Frau. Sie sähe sich selbst mit zerzaustem Haar und aufgeschnürtem und von den Schultern gezerrtem Seidenunterkleid, mit geröteten Spuren seines Mundes auf der Haut und entblößten Schenkeln, auf denen der Schweiß glitzerte. Eingebettet in diese primitive, unordentliche Umgebung, kam sie sich vor wie die frivolste Saloondame aus Calamity Janes Erzählungen. Seufzend räkelte sie sich. Ihr Körper war noch bis in die Spitzen erfüllt von all diesen neuen Empfindungen, die Sol aus ihr herausgekitzelt hatte. Er war über sie gekommen und hatte sie verführt. Sie rollte sich auf die Seite, eine Hand zwischen den Schenkeln, die sie nun übereinander schloss. Und betrachtete ihn. Er lag auf dem Rücken; der Schlaf entspannte seine Züge und verlieh ihm etwas Jugendliches. Wirr umspielten seine schweißfeuchten Strähnen sein Gesicht. Da waren eine kleine Narbe am Kinn und eine unterhalb des Auges. Eine am Oberarm, ein Schnitt, vielleicht aus seiner Zeit als Artist? Die Narben erinnerten sie daran, dass sie ihn nicht wirklich kannte. Auch, wenn es sich anders anfühlte.

Ihr Finger schwebte über seiner Stirn, zeichnete sein Profil nach, ließ sich von seinen Bartstoppeln kitzeln. Den Hals hinunter, die Schulter und den Arm entlang. Feste Muskelstränge, harte Sehnen. Die Adern über der Hand.

Diese Hand hatte gemordet?

Niemals.

Und woher willst du das wissen, Bell?

Ich weiß es einfach.

Sein Finger war nicht ganz verheilt, man sah noch den Bluterguss, der bereits ins Grüngelbe changierte.

Sie berührte seinen Hals. Seine Hand fuhr hoch und umklammerte ihre. Doch er schien nicht aufzuwachen. Sie hielt still. Allmählich entspannten sich seine Finger, und die Hand sackte herab. Sie dachte daran zurück, wie vorsichtig sie gewesen war, als er in ihrem Hotelzimmer schlafend auf dem Kanapee gelegen hatte. Der hastig geraubte erste Kuss, jetzt musste sie keine Küsse mehr stehlen. Plötzlich riss er die Augen auf; sein Kopf ruckte zwei Zoll hoch und sackte wieder hinab.

»Manchmal träume ich, dass ich auf einer Lok stehe oder auf einem Tender, die Füße auf Geröll aus Kohlen«, sagte er mit rauer Stimme. »Der Zug rast über eine Klippe, ich falle mit ihm – und wache ruckartig auf.«

»Und das hast du eben auch geträumt?«

»Ich träumte, dass jemand mir eine Hand reicht. Aber sicher bin ich mir nicht.«

Sein müder Blick glitt über die Zeltdecke wie zuvor ihrer. Er drehte den Kopf zu ihr; ein zaghaftes Lächeln brachte ein Wangengrübchen zum Vorschein.

Stille. Die Welt verschwand, schmolz zu diesen zwei Punkten blauer Augen. Fast erschrak sie, als er sich herumwälzte. Er umfasste ihren Kopf, hielt ihn, während er sich über sie neigte und sie innig küsste.

Sie umschlang ihn, ließ ihn in sich gleiten. Langsam bewegte er sich in ihr. Genüsslich, mit weniger Hast als zuvor. Für einen Moment überwältigte sie dieses neuartige Gefühl. Irgendwie hatte sie gedacht, es sei so unglaublich, dass man es nur einmal erleben könne. Nun stellte sie fest, sie hatte sich geirrt.

»He, ihr zwei! Wollt ihr Kaffee?«

Diese Stimme kam von zu weit her, um ihr Rechenschaft abzulegen.

»Hört ihr nicht?«

Doch sie näherte sich. Mit einem Knurren löste sich Sol und warf sich wieder auf den Rücken. Dann schwang er sich hoch. Er knüpfte die Eingangsplane auf und hob sie an; Calamity Jane steckte den Kopf herein. Und grinste frech.

»Hier.« Sie reichte ihm zwei Emailletassen. »Ich hab doch jetzt nicht gestört?«

Als Antwort gab Sol ihr einen Klaps auf die Krempe ihres gefiederten Huts, sodass er ihr in die Stirn rutschte.

»Wenn ihr noch irgendetwas braucht, bin bei meinem Gaul.« Sie zog sich zurück; Sol kehrte auf die Matratze zurück, ließ sich in den Schneidersitz sinken und reichte Bell eine Tasse. Sie tranken schweigend, sahen sich dabei an. Schöne Augenblicke – obwohl das Getränk scheußlich war.

»Nutzen wir ihre Gastfreundschaft aus?«, fragte Bell. »Wir sollten uns etwas anderes suchen.«

»Sie hilft gern, glaub mir. Sie lässt sich das nur nicht so gerne anmerken.«

»Bist du sicher?«

»Sie hat sogar Pestkranke gepflegt, die sonst keiner anfassen wollte; steht davon nichts in ihren Heftromanen?«

»Nein. Ich vermute, solche Geschichten sind nicht attraktiv genug. Schade, ich hätte das gerne gelesen.«

»Du hast ja auch vor gar nichts Angst.«

»Wie könnte ich denn auch, mit diesem Mann an meiner Seite?« Sie stieß ihm den Finger vor die Brust. »Der hoffentlich nicht bemerkt, dass meine Glieder in Wirklichkeit vor Angst schlottern.«

Er lächelte. »Gut zu wissen, Mrs. Jones. Und was das Wohnproblem betrifft – wir haben ja gar keine Wahl. Selbst wenn wir *wirklich*«, er hob die Hand mit dem Ehering, »verheiratet wären.«

Bell stellte die Tasse neben sich auf dem Boden ab. Ihr fröstelte, und sie zog den Quilt mit beiden Fäusten bis ans Kinn. Forschend sah er sie an.

»Ich frage mich gerade, was wir hier tun«, murmelte sie. »Ich kam hierher, um mich als Journalistin zu beweisen, so wie Nellie Bly. Ob die wohl während ihrer Reise eine Affäre hatte? Wenn ja, hat sie es in ihrem Buch verschwiegen. Und ich? Krempele innerhalb weniger Tage mein ganzes Leben um und brenne mit einem Mann durch, der ... der ... na, du weißt schon, was ich sagen will.«

»Der auf dem elektrischen Stuhl hätte sterben sollen?«

»Das meinte ich jetzt nicht, aber ja, du hast recht. Ziemlich viel für eine junge Dame, oder? Und dann habe ich es immer noch nicht geschafft, dieses dumme Interview zu kriegen. Was passt Tesla nur nicht an mir? Hat er was gegen Frauen, die in männliche Domänen eindringen?«

»Du hast bloß Pech gehabt, glaube ich. Oder er mag einfach keine Frauen? Verheiratet ist er ja nicht, oder?«

»Er hat keine Frau, weil er sich ganz seiner Arbeit widmen muss. Er ist durchdrungen von seinem Forscherehrgeiz und seinen Aufgaben, und sei es, die Schritte zu zählen, die er zurücklegt. Bevor er etwas isst, rechnet er das Volumen seines Essens aus. Was er zu lesen anfängt, bringt er zu Ende. Es gibt da eine Anekdote, der zufolge er sich geärgert hat, als er feststellte, dass er den Schriftsteller Voltaire fürchterlich langweilig fand, der aber zweiundsiebzig Bände geschrieben hatte. Er hat sie alle gelesen!«

»Okay, dann hat der Bursche natürlich keine Zeit für solche Sachen.« Was Sol damit meinte, zeigte er ihr sogleich; er schob ihre Hände mitsamt der Decke herunter, neigte sich vor und liebkoste mit der Zunge ihre Brustspitzen. Dann sah er sie mit solchem Schalk an, dass sie lachen musste. »Jeder normale Mann würde sich auf den Ärger einen Drink genehmigen und die Bücher aus dem Fenster werfen.«

»Du würdest das tun?«

»Na gut, ich würde sie verkaufen.«

»Du bist kein normaler Mann. Aber so einen will ich auch gar nicht. Ich möchte mit dir noch oft Schokolade klauen und auf Seen nass werden und *Row Your Boat* singen.«

Er ließ seine geleerte Tasse irgendwohin kullern und schob sich zu ihr unter die Decke. So hockten sie beieinander, die Glieder umschlungen, die Nasenspitzen aneinander. »Bell«, sagte er. »Wir schnappen uns Tesla. Notfalls mit Gewalt.«

»Was du redest!« Sie gab ihm einen sanften Klaps auf die Wange.

»Guten Morgen, Jane. Ich wollte Ihnen noch einmal sagen, wie dankbar ich …«

»Spar dir das, Schätzchen, bei so was werde ich immer ganz rührselig, und das kann ich gar nicht leiden. War die Nacht denn gut?«

Bells Gesicht glühte auf. »Danke der Nachfrage.«

»Das heißt bei feinen Pinkels ›Ja‹, soweit ich weiß.« Calamity Jane grinste. Sie hockte mit ein paar Cowboys an einem Tisch und schaufelte Getreidebrei in sich hinein. »Außerdem sieht man es dir an. Keine Angst, ich verrat's niemandem.«

Die Männer bekamen große Ohren, und Bell beeilte sich, das Thema zu wechseln: »Gibt es hier die Möglichkeit zu telephonieren?«

»Gibt es. Komm, Luxusweib, ich zeig's dir. Bevor du dich verirrst und in einem großen Haufen Bisonscheiße stecken bleibst.« Da Calamity Jane heute in Rock und Bluse unterwegs war, wirkte ihre Sprache besonders derb. Anders als ihr Gang, der sich der fraulichen Aufmachung anpasste. »Na, was guckst du so? Gefalle ich dir nicht?«

»Doch, gewiss, ich bin nur erstaunt. Beginnt denn nicht gleich die Vormittagsshow?«

»Doch, aber ohne mich. Ich habe heute nur einen Auftritt, bei der Gala heute Abend am Ferris-Rad. Mein Kostüm muss ein bisschen geflickt werden. Und weißt du was? Ich fluche ganz gerne manchmal *nicht*. Ist nämlich auch anstrengend.«

»Ist es manchmal schwierig, eine Westernlegende zu sein?«

Jane lachte giftig. »Jetzt bleib mir bloß mit deinem beschissenen Reportergehabe vom Leib! Frag doch deinen Kunstschützen, der kann auch einiges erzählen. Von damals – wir nannten ihn einen ›*Golden Boy*‹, weil ihm alles glückte und jeder ihn mochte und weil er so verteufelt gut aussieht. Dann war er weg, und was er die letzten Jahre erlebt hat, erzählt er dir sicher lieber als mir. Hat er?«

»Ich bin an der Sache dran«, sagte Bell.

»Ha, du redest wirklich wie so ein blöder Schreiberling. Sorry, nichts gegen dich, ja? Ich mag dich irgendwie, Luxusweib.«

»Ich dich auch, Flintenweib.«

Sie liefen durch das halbe Lager, und auch Mr. William Cody kam an ihnen vorüber; er hob zum Gruß den weißen Hut, doch Bell hatte nicht den Eindruck, dass er sich an sie erinnerte. Calamity Jane hob die Plane eines Zeltes, das zu Bells Überraschung im Innern wie ein Kontor aussah. Hinter dem Schreibtisch thronte ein Mann mit Augenschirm und abgewetzten Ärmelschonern über dem Hemd. »Mr. Codys Buchhalter«, erklärte Jane. »Hey, Ike! Darf die Dame den ›Singenden Draht‹ benutzen?«

Der rundliche Mann erhob sich und machte einen Diener in Bells Richtung. »Selbstverständlich, Madam. Bitte sehr, zu

Ihrer Verfügung.« Er wies auf den Apparat an der Ecke seines Schreibtischs, nur um ihn dann zu sich heranzuziehen. »Wo habe ich nur meine Manieren? Ich werde für Sie die Verbindung herstellen.«

Bell nannte die Nummer des heimischen Anschlusses. Sie schmunzelte, da sie an das Telephon im Schuppen der Amischen denken musste. In New York war zu telephonieren ganz selbstverständlich, doch auf ihrer Reise machte jeder ein Aufhebens darum. Schließlich hatte sie den Hörer am Ohr und hörte die vertraute Stimme ihres Vaters.

»Da ist ja meine Kleine. Wie geht es dir? Bist du in Chicago?«

»Ja, Dad. Alles ist gut gegangen. Die Ausstellung ist so großartig, Daddy, ich kann das gar nicht beschreiben. Ich habe Grover Cleveland gesehen! Aber nur von Weitem.«

Das verschlug ihm für ein paar Sekunden die Sprache. »Wie ist das Hotel?«, fragte er dann. »Ist damit alles in Ordnung?«

Sie war sich nicht sicher, ob er in Wahrheit wissen wollte, ob mit Rick alles in Ordnung war, ob er bereits von ihrem Zerwürfnis wusste. Doch sie konnte aufatmen: Wie es schien, hatte Rick noch nicht mit ihm gesprochen. Von einer Frau sitzen gelassen worden zu sein, war ja auch nichts, womit man stolz hausieren ging. »Die Unterkunft ist wunderbar, Dad. Die Leute hier sind sehr nett und zuvorkommend.«

»Chicago ist so ein übles Pflaster …«

»Nicht das Ausstellungsgelände«, beruhigte sie ihn. »Hier stehen an allen Ecken und Enden Wachleute.«

»Trotzdem muss Rick auf dich aufpassen, und traue niemandem! Mir ist immer noch nicht recht, dass du einfach losgezogen bist, aber …«

»Daddy.«

»Ja, ja, ich will das jetzt am Telephon nicht wieder aufrollen, meine Süße. Hast du mit Nikola Tesla reden können?«

Es freute sie, dass er das fragte. Ihm von ihrem Misserfolg erzählen zu müssen, jedoch nicht. »Bisher ist es mir nicht gelungen, zu ihm vorgelassen zu werden.«

»Du weißt doch, dass ich montags im Club immer den alten Pulitzer treffe.«

»Ja.«

»Der hat mir einen Tipp für dich mitgegeben.«

»Jaaa?« Sie lauschte, blickte dabei Mr. Codys Buchhalter an, der über seine Unterlagen gebeugt saß und an einem Bleistift kaute. Im Zelteingang stand Calamity Jane, die Hände an der Taille, als korrigiere sie den Sitz des Korsetts. Bell blickte an ihr vorbei in den Ausschnitt eines blauen Himmels, hielt den Hörer mit beiden Händen fest, wenngleich ihr Vater so laut sprach wie gewohnt. Das Gehörte ließ sie erstarren. *Was?*, dachte sie. *Das darf doch nicht wahr sein?!* Wie betäubt verabschiedete sie sich. Knallte den Hörer auf die Gabel und stürzte aus dem Zelt.

29

4. Mai 1893

Die Straßen von Kairo rund um das ägyptische Dorf waren ein denkbar seltsamer Treffpunkt. Passend zu dem nordafrikanischen Flair war heute ein besonders warmer Tag, die Sonne stach auf Rick herunter. Er nahm den Derby ab und wischte sich mit einem Taschentuch über die Stirn und den Nacken. Das Gewimmel machte es nicht besser. Lärm und Gerüche prallten wie Geschosse auf seine Sinne. Um ihn herum wogte eine orientalisch anmutende Menschenmenge, in der sich die amerikanischen Besucher verloren. Baumwollgewänder, Schleier, Sandalen, alles schreiend bunt. Nur die Kinder waren bis auf Hüfttücher nackt. Überall vor den kastenförmigen Lehmhäusern hockten braungebrannte Männer mit ledrigen Gesichtern und schlechten Zähnen, verkauften aus Säcken Dutzende unterschiedliche Gewürze, brieten in riesigen Pfannen Zeug, das zu kosten mehr als gewagt wäre. Flötenspieler, Schlangenbeschwörer, Feuerschlucker. Händler, Jongleure, Taschendiebe. War er wirklich noch in Chicago? Unwillkürlich blickte er in Richtung des Midway, wo sich über den Flachdächern des ägyptischen Dorfes das Ferris-Rad erhob.

Im Weitergehen geriet er in eine Parade von Hirtinnen, die Kamele und Ziegen an Stricken führten. Dieser Gestank! In einer Sänfte trugen acht geölte Schwarze einen als Pharao kostümierten Mann heran. Der Kerl war mit unechtem Goldschmuck überhäuft. Die bunte Pracht des alten Ägypten hätte Rick durchaus gerne näher betrachtet, doch ein Blick auf seine Taschenuhr mahnte ihn zur Eile. Ah, dort drüben war das *Memphis*, wie das Schild über der Gaststätte verriet. An zwei ägyptischen Holzkriegern vorbei trat er durch einen Perlenvorhang in den Schankraum. Hier roch es durchdringend nach gebratenem Hammel und dem süßlichen Gewaber, das aus Wasserpfeifen drang. Ein paar amerikanische Herren lümmelten auf Kissen und glotzten eine verhüllt tanzende Dame an.

Hier unten war Pitbull nicht. Ein arabischer Kellner empfing Rick mit einem Kotau und führte ihn eine schmale Treppe hinauf aufs Dach.

Rick hatte sich den Mann, der für die Familie als Spitzel in der Pinkerton-Detektei arbeitete, stets als seines Decknamens würdig vorgestellt: gedrungen, fies, ein Kraftpaket. Doch Pitbull war ein schlanker Herr in den Dreißigern, mit einem Gesicht, das man attraktiv hätte nennen können, wäre es nicht von Pockennarben übersät gewesen. Im Schneidersitz saß er im Schatten einer Palme, um sich herum seidene Kissen, vor sich ein niedriger Tisch. Er hatte sein Jackett abgelegt und den Hemdkragen abgeknöpft. Doch seine Haltung war vornehm.

»Es freut mich, Sie kennenzulernen. Bitte setzen Sie sich zu mir, und fühlen Sie sich frei, Ihr Jackett abzulegen.« Er erhob sich und wies auf den Platz ihm gegenüber. »Wie gefällt Ihnen die Lokalität?«

»Sie ist reizvoll«, erwiderte Rick. Zugegeben, es war erleichternd, sich des Jacketts entledigen zu können und sich von einer verhüllten Frau mit einem Fächer aus Straußenfedern Luft zufächeln zu lassen. Und das niedrige Sitzen in den Kissen erwies sich als erstaunlich bequem. »Sicherlich der denkbar ungewöhnlichste Ort für ein Treffen.«

»Das will ich meinen. Man fühlt sich wie ein britischer Lord in einem Kolonialland. Darf ich?« Der Mann, dessen wahren Namen Rick nicht kannte, schenkte ihm aus einer eisgekühlten Karaffe eine goldfarbene Flüssigkeit in ein Glas. »Ginger

Beer. Das Beste bei dieser Hitze. Möchten Sie etwas essen? Hier serviert man Antilopensteak und Schlangenragout. Beides soll sehr gut sein. Ich denke, ich werde probieren.«

»Was soll ich sagen?« Rick zwang sich ein leichtes Lachen ab. »Das nenne ich ambitioniert. Da will ich nicht passen.«

»Wann haben wir dazu je wieder die Gelegenheit? Die Ausstellung zu besuchen heißt, mutig zu sein. Anders ergäbe das alles ja auch keinen Sinn.« Pitbull orderte beim wartenden Kellner zu dem Essen eine Auswahl an Getränken, die Rick zusagte. Wüsste er den Grund dieses Treffens, so wäre er geneigt, sich langsam zu entspannen. »Man hat das Gefühl, sich wirklich im Orient zu befinden, nicht wahr, Mr. Vesichetti? Haben Sie je von diesem Erfinder Nikola Tesla gehört?«

Rick musste sich zwingen, keine Grimasse zu ziehen. »Ist es möglich, nicht von ihm zu hören?«

»Da haben Sie ganz recht! Wie dem auch sei, er hat gesagt, eines Tages könne es eine Maschine geben, einen Ring, der frei um den Erdball schwebt. Unter ihm würde sich die Erde drehen, während eine gegenläufige Kraft ihn still halte, und so sei es möglich, innerhalb eines halben Tages auf die andere Seite der Erdkugel zu gelangen. Hier auf der Ausstellung mag man glauben, man sei auf genau diese Art in die Ferne gereist – mit einem Fingerschnippen ist man plötzlich im Orient.«

Ja, diese Geschichte hatte Bell ihm auch erzählt. Unmöglich, den Namen Tesla zu hören, ohne an Bell zu denken. Wehmut, Enttäuschung, bitterer Zorn, all das sprang ihn an, und er zwang seine Gefühle zurück. Er brauchte jetzt einen kühlen Kopf. Das Ginger Beer tat gut, doch ein Bourbon wäre noch besser. Er winkte dem Kellner und nannte seinen Wunsch. »Wenn man das Rad dort drüben sieht«, meinte er dann, »möchte man wirklich glauben, dass es so etwas geben wird.«

Pitbull nickte. »Unsere Enkel werden eines Tages klüger sein und wissen, was möglich ist.«

Rick fragte sich kurz, ob hier nicht eine Verwechslung vorlag. Womöglich war dieser smarte Bursche gar nicht Pitbull. Der da war ein Gelehrter. Einer, der mit glänzenden Augen den Vorlesungen des Kroaten lauschte. Heiliger Gennaro, wie konnte dieser Kerl nur so unverschämt *harmlos* wirken?

Die nächste Bemerkung belehrte ihn eines Besseren: »Bevor ich es vergesse: Ich soll Sie ganz herzlich von Melly grüßen.«

Die vierzig Jahre jüngere Schlampe von Enrico, dem Maulwurf. Herzlich? Dieses Wort passte nicht zu Melly. Nun ja. »Ist sie etwa auch hier?«, fragte Rick.

»Nein. Ich habe mit dem Maulwurf telephoniert. Deshalb«, Pitbull machte eine Geste, die wohl heiter wirken sollte, »sind wir ja hier.«

»Haben Sie auch einen Namen, mit dem ich Sie ansprechen kann?«

»Aber natürlich, wie unhöflich von mir! Nennen Sie mich einfach John.«

»Schön. John.« Der dreifache Whiskey kam zur rechten Zeit. Rick ließ ihn sanft im Glas kreisen und erschnupperte Noten von Lavendel und Holz. Er nahm einen großen Schluck und ließ die geschmeidige Flüssigkeit auf der Zunge rollen, bevor er schluckte. »Wir sind hier, um die weitere Vorgehensweise zu besprechen. Ich höre.«

»Gut. Kurz gesagt: Eine weitere Vorgehensweise, wie Sie sie erwarten, wird es nicht geben.«

Rick brauchte zwei Sekunden, um sich zu fassen. »Können Sie mir das erklären?«

»Natürlich. Sämtliche Anordnungen, die man Ihnen zukommen ließ, sind hinfällig.«

Rick schlug eine Faust auf den Tisch. »Was soll das bedeuten? Ich habe den Eindruck, dass einige Köpfe in der Organisation der Aufgabe nicht gewachsen sind.« Eine gewagte Aussage, die ihn den Kopf kosten konnte, und er bereute seinen

Ausbruch sofort. Etwas milder fügte er hinzu: »Ich verstehe ja, dass ein so gewaltiger Plan nicht reibungslos vonstattengehen kann, aber …«

»Es war nie der Plan der Organisation, den Präsidenten zu töten.«

»Zum Teufel. Was soll das heißen?«

Mit einem dezenten Fingerzeig wies Pitbull darauf hin, dass er schweigen musste: Das Essen wurde serviert. Ein Junge im weißen Burnus brachte ein Tablett und ordnete verschiedene Schalen auf dem Tischchen an. Das undefinierbare Ragout, das nicht uninteressant duftete. Verschiedene Gemüsesorten, von denen Rick nur grüne Bohnen erkannte. Frittierte Bällchen. Und das zweifellos Beste: eine Zigarrenkiste.

Rick starrte auf das fremde Zeug und ließ den Satz im Kopf kreisen: *Es war nie der Plan …* Mit schwer verständlichem Akzent erklärte der Araber, worum es sich bei all den Spezialitäten handelte, doch nichts davon drang in Ricks Bewusstsein. Was, zur Hölle, ging hier vor?

»Die Dame mit dem Fächer versteht uns übrigens nicht«, bemerkte Pitbull, nachdem der Junge gegangen war. »Wir können frei reden.«

Einige Schritte entfernt hatten sich zwei weitere Gäste niedergelassen. Hören würden sie nichts; der Geräuschteppich, der über dem Dorf schwebte, war zu ausgeprägt. Der perfekte Ort für ein konspiratives Treffen. Nah an der Dachkante hatte man einen guten Blick über das Treiben dort unten. Sollte sich die Polizei dem Haus nähern, bliebe es nicht unbemerkt. Von dem Pharao war nichts mehr zu sehen. Männer in Lendenschurzen und mit Holzschilden und Speeren marschierten nun die Straße entlang.

Es war nie der Plan …

»So vermessen sind selbst wir nicht. Der Präsident ist uns heilig. Und es wäre auch in niemandes Interesse«, durchdrang

Pitbulls Stimme Ricks Verwirrung. »Amerika steckt in einer Wirtschaftskrise. Clevelands gewaltsamer Tod würde sie nur noch verschlimmern. Dabei sind es doch gerade unsere Konten, die wir retten wollen, nicht wahr? Genießen Sie das Essen, Mr. Vesichetti!«

Rick gefiel es nicht, auf welche Weise er *wir* sagte. Als gehöre er, Rick Vesichetti, nicht dazu. Unauffällig rieb er mit dem Daumen über das Brandmal auf der Innenseite seiner rechten Hand. Nicht allein mit seinem Schwur hatte er bewiesen, ein Teil der Familie zu sein. Sondern auch mit seiner Treue. »Reden Sie weiter«, sagte er rau.

»Sehen Sie, auf der Weltausstellung ein Attentat dieser Größenordnung zu planen – man kann es kaum völlig geheim halten. Allein die Guards überall; die meisten von denen sind ausgebildete Polizisten, keine Feuerwehrleute auf einem Kostümball. Dazu kommen die ganzen privaten Wachdienste. Und Bodyguards. Hier hält sich ja schließlich die Crème de la Crème der Wirtschaft auf.«

»Die Vierhundert«, murmelte Rick.

»Ja, die Vierhundert. Gewalt liegt hier sozusagen in der Luft. Jeder Einzelne hat genug Leichen im Keller, um ins Gefängnis zu wandern, hätte er sich mithilfe seines Reichtums und seines Einflusses nicht unantastbar gemacht. Dazu diese ganzen harmlosen, bunten, berühmten Gestalten. Leute wie dieser Tesla oder die *femme fatale* der Astors. Wobei ich für all diese Unternehmersgattinnen, was ihre moralische Integrität betrifft, keine Hand ins Feuer legen würde. Die Welt wird wohl niemals erfahren, wie viele absichtlich verursachte Unglücke es während dieser Monate geben wird. Geschweige denn die harmlosere Begleitmusik: Erpressungen, Rufmorde, all das – Sie sind ja selbst Geschäftsmann, Sie werden sich in diesem Metier bestens auskennen.«

Was für ein Schwätzer. Rick ließ das Ragout stehen; sein

Magen war wie zugeschnürt. Stattdessen zündete er sich eine Zigarre an, die passte sowieso besser zum Bourbon.

»Die Zeitungen haben die Gefahr, dass Cleveland bei der Eröffnung durch einen Stromschlag stirbt, geradezu heraufbeschworen. Wir sind lediglich auf diesen Zug aufgesprungen.«

»Warum?«

»Um zu vertuschen, dass eine andere prominente Person sterben wird. Eine, deren Tod Aufsehen erregt. Genug, um die Gefährlichkeit des Wechselstroms aller Welt vor Augen zu führen. Jedoch eine, deren Tod für die Wall Street keine Bedeutung hat. Um den United States Secret Service von diesem Plan abzulenken, haben wir Sie und Tyner als Köder eingesetzt. Und wie spielt man eine solche Rolle am besten? Indem man gar nicht weiß, dass man es tut. Indem man überzeugt ist von dem, was man macht. Darf ich?«

Pitbull goss zweifingerhoch Whiskey in Ricks Glas. Sogleich trank Rick die Hälfte aus. Tief atmete er durch. »Weiter.«

»Also haben wir für die Behörden ein schönes Paket zusammengeschnürt: Der flüchtige Todgeweihte, der den eigenen Vater erschossen hat. Der imstande ist, aus größerer Entfernung das Kabel durchzuschießen, das die Weltausstellung bei der Eröffnung erhellt. Wir haben den Behörden die technische Zeichnung, die auch Sie haben, zugespielt. Alles, was wir taten, was Sie taten, was Tyner tat, diente allein dazu, auf das Ziel Cleveland hinzuweisen. Eigentlich ist es erstaunlich, dass er sich trotz allem nicht davon abhalten ließ, den Schalter zu betätigen. Aber er ist ja für seine Sturheit und Unerschrockenheit bekannt.«

Liebend gern hätte Rick seine Fassungslosigkeit augenblicklich in einer ganzen Gallone Whiskey ertränkt. Er war der Idiot, der mit diesem Coup im Grunde gar nichts zu tun hatte. Eine dämliche Randfigur. Ein dressierter Affe.

Ich habe Tyner an der Nase herumgeführt, dachte er. *Ohne zu ahnen, dass ich selbst einen Nasenring trage.*

Dämliche Anweisungen wie die, in eine Zahnarztpraxis neben einem Police Office einzubrechen, hatte er brav an Tyner weitergegeben. Und hatte der Schaltplan, so wie er ihn gedeutet hatte, nicht ohnehin etwas abenteuerlich gewirkt? Ein Kabel, das Tyner hätte durchschießen sollen? Nun stellte sich heraus, dass all dieser Unsinn nur veranstaltet worden war, um die Welt und ganz besonders ihn selbst zum Narren zu halten. Wäre Tyner verhaftet worden, hätte auch das in den Plan gepasst. Sogar wenn er, Rick, geschnappt worden wäre und gesungen hätte – wenn er sich zum Singen hätte bringen lassen –, wäre es nicht zum Schaden der Organisation gewesen.

»Uns kommt aber auch der Zufall zu Hilfe: Der Präsident wird heute Abend bei einer Feier im Spanischen Haus erneut einen Lichtschalter betätigen. Ich schätze, vor lauter Agenten des Secret Service wird man die anderen Gäste kaum sehen.« Pitbull lachte. »Natürlich sind auch dort, wo wir dann tätig werden, Sicherheitskräfte. Aber sie werden den Lauf der Dinge nicht aufhalten können.«

»Heute Abend also findet das eigentliche Attentat statt?«

»So ist es.«

»Wo?«

»Bei der Gala am Riesenrad.«

»Und wen wird es treffen?«

Pitbull hatte ein Stück Schlange auf die Gabel gespießt, betrachtete es von allen Seiten und schob es sich in den Mund. »Das Zeug ist wirklich gut. Sie sollten es probieren.«

Rick lächelte und wünschte ihm gleichzeitig weitere Pocken an den Hals.

»Kommen wir nun zu Tyner. Die Anweisung, ihn ins Deutsche Haus zu bestellen, diente lediglich dem Zweck, zu sehen, ob er es bis auf die Ausstellung schafft.« Pitbull gefiel sich im Dozieren. Als Angestellter der weltgrößten Detektei, die im Ruf stand, auch vor Gewalt nicht zurückzuschrecken, hatte er mit

Sicherheit jede Menge Insiderwissen angehäuft. Ein schwer deutbares Lächeln umspielte Pitbulls Mund unter dem etwas zu üppigen Schnauzbart. Er griff in seine Brusttasche. »Und wir hätten Tyner bei dieser Gelegenheit wieder kontaktieren können, falls es noch Verwendung für ihn gegeben hätte. Was nicht der Fall war. Ich war persönlich vor Ort im deutschen Haus. Dabei gelang mir ... Aber sehen Sie selbst, Mr. Vesichetti.«

Es war eine Photographie, die er hervorzog und vor Rick auf den Tisch legte.

Tyner. Und Bell. Arm in Arm.

Etwas bohrte sich in Ricks Magen. Grenzenlose Eifersucht. Er nahm das Bild, konnte nicht verhindern, dass seine Finger zitterten. Er hob es vor die Augen. Die Konturen waberten, mischten sich mit den Bildern der Erinnerung. Bell, seine lebhafte, kapriziöse Bell. Die ihm den Rücken gekehrt hatte. Sich vollkommen schamlos einem anderen an den Hals geworfen hatte. Ausgerechnet diesem. Wie, zur Hölle, war das nur möglich? Mit der freien Hand griff Rick das Glas und kippte den Rest des Bourbons in sich hinein.

»Sie haben den Treueschwur geleistet.« Pitbull hielt die eigene versengte Handfläche hoch. »Und die Familie braucht Ihre Hilfe, Mr. Vesichetti. Sie setzt große Stücke auf Sie.«

Ach ja? *Ach ja? Zur Hölle mit euch.* »Was soll ich tun?«

»Was Sie am besten können. Töten. Schnell und unauffällig.«

»Tyner?«

»Und Miss Bennett. Die beiden sind ein Sicherheitsrisiko.«

»Ich soll die Frau töten, mit der ich liiert bin?« Seine Stimme kam ihm fremd und kalt vor. Bell – ein Sicherheitsrisiko. Er musste nicht fragen, weshalb man das glaubte. Man ging sicher davon aus, dass sie von Tyner einiges erfahren hatte. Außerdem war in der Familie bekannt, dass sie eine Neugiernase war, die gern Reporter spielte.

Pitbulls Schweigen war beredt. Etwas überhastet langte Rick nach der Whiskeyflasche und goss sich nach. Trank und sog kräftig an der Zigarre. Diese grenzenlose, ohnmächtige Wut, sie ballte sich jetzt wie ein Stein in ihm zusammen. Nun gut. Dies waren Tatsachen. Damit musste er klarkommen. Er straffte sich. »Womit habe ich diese riesige Karaffe reinen Weins verdient?«

»Es ist der Wunsch des Maulwurfs. Er will, dass Sie diese Chance nutzen, sich zu beweisen.« Pitbull lehnte sich vor, er lächelte. »Er mag Sie sehr. Auch wenn es kein Ruhmesblatt ist, sich von seinem Mädchen derart hinters Licht führen zu lassen.« Der feine Mann hatte eindeutig Spaß daran, Rick zu provozieren. »Ihre Affäre mit dieser Halbweltdame betrachtet man unter diesen Umständen sehr wohlwollend. Es ist sicher angenehm, so schnell Trost zu finden.«

Aha, das wussten sie also auch. Dieser Pitbull schien alles über ihn zu wissen, einschließlich seiner Schuhgröße. Dass er, Rick, nicht den richtigen Namen dieses Kerls wusste, ja, nicht einmal dessen Gesicht gekannt hatte, zeigte ihm mehr als alles andere, an welcher Stelle der Nahrungskette er selbst innerhalb der Organisation stand.

Er dachte an das Stilett unter seiner linken Achsel. Und dass er es dem pockennarbigen Pinkerton-Kerl liebend gerne in den Bauch stoßen würde. In orientalischen Gasthäusern starben sicher häufig Leute. Hatte Pitbull nicht selbst gesagt, es werde auf der Ausstellung Tote geben? Bei dem Lärm würde niemand seinen Schrei hören. Und er selbst könnte sich mit einem Sprung vom Dach in den Schutz der Menge leicht in Sicherheit bringen. Tief atmete Rick durch. Nein, es sich nur auszumalen, genügte nicht. Er *wollte* töten.

»Übernehmen Sie den Auftrag? Wir würden uns sehr freuen.« Pitbull lächelte so unbedarft, als offerierte er einen Arbeitsplatz im Stammhaus der Pinkertons. Rick dachte an Gianluca und seinen Schlagring; auf einen Wink hin würde er diesem gelackten Typen im Anzug die Visage polieren. Rick wollte eine Faust ballen. Seine Hand lag so fest um das Whiskeyglas, dass sich die Knöchel weiß abzeichneten. Für diese Entscheidung brauchte er einen kühlen Kopf. Aber hatte er überhaupt eine Wahl? Nein. Es ging nicht nur um die Gefahr, die für sein Vermögen bestand, es ging nicht nur um seine beschissenen Aktien von General Electric. Nicht allein um seinen Schwur, den zu brechen ihn das Leben kosten würde. Er würde der Familie zeigen, dass es falsch war, einen Mann wie ihn zum Narren zu halten. Er würde Tyner töten. Keine Fehler mehr machen. Sich als unersetzlich erweisen. Sich vom Maulwurf oder von Melly ein »Gut gemacht, Ricky« abholen. Er wünschte sich, dass Enrico zu seinem Augenlicht auch sein Gehör und seine verdammte Zunge verlor. Zu einem wimmernden, gliedlosen Wurm sollte er werden. Und Bell? Scheiße. Während er trank, sah er in den Himmel. Er versuchte sich vorzustellen, wie hoch oben Teslas phantastischer Ring das Blau teilte. Hätte er die Möglichkeit, innerhalb kürzester Zeit den Kontinent zu wechseln, wäre seine Entscheidung eine andere.

Mit dem Whiskey schluckte er einen widerlichen Geschmack herunter. Das leere Glas stellte er ab.

»Dann freuen Sie sich mal«, sagte er. »Sie haben Ihren Mann.«

Tatsächlich lächelte Pitbull. Sogar mit den Augen. Dieser Lackaffe hatte sogar die Begabung, Wohlgefühl zu verbreiten, selbst wenn er sein Gegenüber gerade vernichtete. »Das ist schön, Rick. Ich darf doch Rick sagen?«

»Ich denke nicht – John.« Rick setzte seinerseits ein Lächeln auf, o ja, das konnte er auch. »Geben Sie mir das Photo?«

»Bitte.« Pitbull schob es über den Tisch, und Rick ließ es im Jackett verschwinden. »Und denken Sie daran: Unauffällig!«

30

4. Mai 1893

Sie war gerne mit ihm zusammen. Im Bett war er großartig. Fast so gut wie Henry. Aber Liebe? Sarah ahnte, dass dazu mehr gehörte. Am Meer beieinander sitzen und schweigen. Sich Sorgen machen, wenn der andere fort war. Zu wissen, dass man selbst eine Lücke hinterließ, wenn man starb. Aber sie wollte keine Angst haben, und sie wollte an Verluste nicht denken.

Ihre neue Liebschaft könnte schnell woanders enden als auf einer Bank an einem Sandstrand am Meer. *Töte Henry*, dachte sie, während sie Rick betrachtete. *Töte ihn für mich.*

Noch war er ihr die Antwort schuldig. Er war von einem Treffen mit einem angeblichen Freund zurückgekehrt. Hier in sein Doppelzimmer im Alcazar, in das er sie eingeladen und wo er sie noch am Morgen geliebt hatte. Fern von der Ausstellung hatte sie den Tag im angrenzenden Bad verbracht, mit allem denkbaren Luxus, den ein Hotel gehobener Klasse bot – und gewartet.

Wie reich bist du?, hatte sie ihn gefragt. *Ich bin reich, Sarah. Ich werde einer der Vierhundert sein.*

»Ich bin nur ein Bauer in diesem Spiel«, sagte er jetzt.

Er saß in einem der brokatbezogenen Fauteuils, hatte sich der Anzugjacke entledigt und fingerte vergeblich am Knoten seiner Krawatte herum. Rick Vesichetti war eindeutig betrunken. Das störte sie nicht. Das Aroma von Whiskey war wie das Parfum reicher, skrupelloser Herren. Sie alle tranken ihn wie Wasser, ihre Damen soffen stärkende Tonika. Dazu der Duft teurer Zigarren. Sie wusste aus Erfahrung: Je mehr Alkohol die Besucher im Varieté orderten, desto mehr drohten daheim ihre Bankkonten zu platzen. Ihr gefiel Ricks Stimmung nicht. Sie mochte seinen Zorn. Sie mochte seine Kraft. Doch etwas schien in seiner Kehle zu sitzen, das sie nur als Weinerlichkeit bezeichnen konnte. Wenigstens war er anders als Milton noch formbar: geschmeidiger, kühler Ton, und ihre Hände waren stark.

Auf dem Knie balancierte er ein Whiskeyglas. Er trank. Sarah, nur im Negligé, lümmelte auf der Lehne. Er sollte ihren Duft wahrnehmen, ihre Nähe spüren. Doch er war ganz versunken in seinem Elend. »Sie wusste nie etwas von meiner Familie«, brummte er. Es klang, als spräche er mit sich selbst, und sie reagierte nicht. »Von meiner anderen Familie. Auch John Bennett war immer ahnungslos wie ein frisch gewickeltes Baby. Und Bell besitzt einfach keine Spürnase. Andernfalls hätte sie etwas mitbekommen müssen. Ein Beweis, dass ihr Gerede von der Reporterkarriere nur ein Luftschloss ist. Bell, was hast du nur getan?«

Sie dachte an den Tag vor mehr als neun Jahren zurück. Ein warmer Spätsommertag. Sie und Henry waren am Meer gewesen. Hatten im Sand gesessen und der Sonne beim Untergehen zugesehen. Hatten sich im Sand geliebt, als es dunkel genug gewesen war, dass sie vor den Blicken anderer Ausflügler geschützt waren. Sie dachte an die Angst, die sie gespürt hatte. Die Angst vor der Liebe. Sie wollte nicht lieben; schon gar keinen jüngeren Mann, der irgendwann fort wäre. *Stoß ihn von dir, geh weg, sei frei.* Das hatte sie gedacht. Ohne zu ahnen, dass sie genau das am Tag danach tun würde.

Am Tag zuvor hatte sie Henry die Entscheidung abgezwungen, sich mit seinem Vater zu versöhnen.

Ich tu's nur dir zuliebe, Sarah, hatte er gesagt. Er hatte gewusst, dass er das Erbe seines Vaters brauchte, um sie halten zu können.

Vom Heiraten war nie die Rede gewesen. Sarah wollte das Leben genießen, und Henry wollte es an ihrer Seite tun. Ohne die gefährlichen Vorstellungen in den Tingelshows. Einfach leben. Solange es für sie beide gemeinsam noch möglich war. Und sobald sein Blick auf ihren Körper kritisch und seine Ausreden, warum er irgendwo gewesen war, fadenscheinig würden, hatte sie vor, mit seinem Geld zu gehen. Eine kurze Zeit der Trauer für ihn, eine kürzere für sie, und das nächste Leben an der nächsten Schulter wartete. Vielleicht sogar in Europa? Sie hatte schon immer Paris sehen wollen. Montmatre, das Leben echter Künstler, echter Bohème. Wo man Absinth und nicht Whiskey trank. Das große Amerika war im Grunde viel zu provinziell. Vielleicht war dort der *Golden Boy* zu finden, von dem sie träumte. Ein Mann, dem Glück und Herzen zuflogen, dem alles gelang. Henry hatte sich letztlich nicht als *Golden Boy* erwiesen. Würde Rick es tun?

Ob Europa in Ricks Träumen vorkam? Sie wusste zu wenig über ihn. Er war ehrgeizig, das war gut. Er war zerrissen von Ehrgeiz – was er daraus wohl machen würde? Er war formbar. Er war ein Mann, der einer Frau verfallen konnte. Der Beweis dafür lag als Photographie in seiner Hand.

Bell, das war seine Verflossene. »Was hat sie denn getan?« Ihre Hand kraulte seinen Nacken.

»Sie hat mich mit diesem Kerl betrogen.« Er reichte ihr das Bild; sein Daumen glitt vom Kopf des Mannes, an dessen Arm Bell schritt.

Sarah wollte aufschreien. Sie riss die Photographie an sich. Wirklich, er war es.

Henry.

Wieder Henry!

Sie rannte ins Bad und, weil sie auch dort vor Entsetzen keine Luft bekam, zurück ins Zimmer, wo sie das Fenster aufriss. Fünf Stockwerke tiefer lärmte sich der abendliche Verkehr am

Haus entlang. Die Stadt stank erbärmlich. Sie musste atmen. Musste den Geistern der Vergangenheit entfliehen. Sie keuchte wie nach einem langen Lauf und starrte auf die Photographie in ihren Händen. Nach allem, was er erlebt hatte, musste er ein anderer geworden sein. Sie hatte geglaubt, er wäre kein träumerischer Kerl mehr, sondern hart und bitter. Vor allem hart. So wirkte er auf diesem Bild jedoch nicht. Eher heiter.

Schade, dass ich dich hassen muss, Henry, dachte sie. *Aber ich will leben.* »Die Welt ist so groß«, murmelte sie. »Aber die Weltausstellung anscheinend sehr klein. Und ziemlich verrückt.« Ihre Gedanken rasten. Offenbar hatte Henry einen Grund gehabt, beim Elektrizitätsgebäude aufzutauchen. Hatte er Rick gesucht? War diese Bell der Grund gewesen? War um die Dame ein Duell entbrannt? Oder hatte das Schicksal einfach einen fiesen Humor? Sie hob die Photopappe vors Auge. Diese Bell war bestimmt ein kleines Naivchen, das sich das gute Kleid von einer Tante geliehen hatte. Eine Pute, dumm genug, sich mit einem gesuchten Verbrecher einzulassen. Wie war Henry nur an sie geraten? Aber er hatte in den letzten Jahren sicherlich häufiger Gras gefressen als an Kristallgläsern genippt. Sarah malte sich aus, wie er ins Haus der Putenfamilie gestolpert war, mal wieder verfolgt oder verprügelt oder beides, und wie das Herz der Pute vor Mitleid zerflossen war.

Sie kehrte zu Rick zurück und gab ihm die Photographie. Sollte er noch eine Weile darauf starren und den Hass in sich wachsen lassen. »Dann hast du ja jetzt zwei Gründe, ihn zu töten: weil er dir eine Frau ausgespannt hat und weil du es für mich tun musst.«

»Ihn töten«, echote er. Sein Blick war leer.

»Ja. Ja!« *Ich ende auf dem Stuhl, wenn du das nicht für mich tust, Ricky.* Laut aussprechen durfte sie es nicht. Er hatte sie nicht gefragt, wie Henry ihr wehgetan habe. Er schien zu akzeptieren, dass dies ihr Geheimnis bleiben musste.

Es wäre so viel einfacher, könnte sie es selbst erledigen. Würde sie es über sich bringen? Sicher. Ihr Leben hing schließlich davon ab. Aber er war Henry Tyner, ein Mann, ein Meisterschütze, schnell und wendig, ihr in jeder Hinsicht überlegen.

»Sie wollen ja auch, dass ich das tue«, murmelte Rick in sein Glas.

»Wer ist ›sie‹?«

Statt einer Antwort soff er.

Sarah baute sich vor ihm auf. »Sie – das sind die, die wollen, dass du nur ein Bauer bist, richtig?« An der Schulter stieß sie ihn gegen die gepolsterte Rückenlehne; fast entglitt ihm das Glas. »Dann schwing dich zum Turm auf, Rick! Zeig ihnen, was für ein eisernes Rückgrat du hast.«

»Ja. Ich töte ihn. Aber *sie*?«

»Ricky ...« Sie beugte sich über ihn, öffnete seine Krawatte, zog sie aus dem Kragen und begann sein Hemd aufzuknöpfen. Er war hübsch, wenn er lächelte, so wie jetzt. Rittlings setzte sie sich auf seine Schenkel, rieb die Nase an seinem Hals und atmete den Duft nach Makassaröl ein. Sein Atem wurde schwer. Ja, solche fordernden Zärtlichkeiten hatte Henry damals auch genossen. Sie nahm Rick das Glas ab und stellte es auf die Lehne des Sessels. Es würde herunterfallen, aber das war ihr gleich. Von der Photographie wollte er nicht lassen, nun gut.

»Du hast so schöne, starke Hände. Sie passen hierzu ...« Ihre Hand fuhr über seine Brust, gelangten zu seiner Achsel, wo das Holster mit dem Stilett saß. Behutsam zog sie es heraus. »Ich mag Männer mit verborgenen Waffen. Es macht mit mir, dass ich mich ständig auf der Hut fühlen muss. Das nennt man, glaube ich, ›unter Strom stehen‹.«

Er nahm das Stilett und schnitt die schimmernde Seide ihrer Unterwäsche von oben nach unten auf. Die Spitze bohrte sich in ihren Nabel. Ihr ganzer Körper war elektrisiert; sie wagte kaum zu atmen. Er drehte das Stilett, dann warf er es beiseite;

sein Arm umfasste sie, wollte sie näher ziehen. Aber die Linke hielt noch immer das Photo, er starrte darauf.

»Rick, tu das doch weg …«

»Heiliger Gennaro! Was ist das?«

Er sprang auf; fast wäre sie gefallen. Die Photographie hielt er hoch erhoben, und jetzt war er es, der damit ruhelos durchs Zimmer schritt. Sarah nahm ihren seidenen Hausmantel vom Bett, warf ihn sich über und wartete geduldig. Schließlich ließ er das Bild sinken. In der Hosentasche kramte er nach einem Streichholz und riss es mit dem Daumen an. Die Flamme hielt er unter die Photographie. Rauchige Flämmchen züngelten auf, fraßen sie. Den Rest warf er in einen gläsernen Aschenbecher.

»Ich töte sie alle«, sagte er. Sein Blick war jetzt völlig klar. Klar und hart, wie sie es wollte.

»Was hast du darauf entdeckt?«

»Bell hatte keinen Ring. Auf dem Photo trägt sie einen. So wie er.« Als habe er einen widerlichen Geschmack auf der Zunge, fuhr er sich mit dem Handrücken über den Mund.

31

4. Mai 1893

»Jetzt bin ich aber gespannt«, murmelte Bell. Sie stand vor der Tür zu Nikola Teslas, ja, was, Labor? Domizil? Hier, im hinteren Teil des Elektrizitätsgebäudes, hatte der Erfinder einen Trakt für sich. Darin bereite er sich auf seine Shows vor, hatte sein Sekretär gesagt. Ein eigener kleiner Bau, wie es in der riesigen Halle viele gab. Die Fassade war wie der Eingang zu einer Fabrik gestaltet, errichtet aus Ziegeln und mit schmalen, hohen Fenstern. Darüber schwebte eine aus Glas gefertigte Leuchtschrift: *Nikola Tesla Polyphase System.*

Sein Sekretär, der sich als Mr. Cochran vorgestellt hatte, kehrte zurück. »Sie haben Glück, Miss Bennett. Dr. Teslas Terminkalender platzt aus allen Nähten, wie Sie sich sicher denken können …«

»Ja«, sagte sie aufgeregt. »Ja.«

»Aber er kann ein wenig Zeit für Sie erübrigen.«

»Wunderbar! Wann darf ich ihn besuchen?«

»Wenn es Ihnen recht wäre – jetzt.«

»Ob es …? Selbstverständlich!« Sie konnte ihr Glück kaum fassen. Endlich.

»Dann folgen Sie mir bitte.«

»Mr. Pulitzers Tipp ist ja wie ein ›Sesam, öffne dich‹«, raunte Sol in ihr Ohr. »Auf ins Reich des Dschinn. Ich warte auf dein Zeichen.«

Hoffentlich erklärte sich Tesla bereit, Sol zu helfen. Später, nach dem Interview. Bei dem sie – hoffentlich – genügend glänzen konnte, um ihn für sich zu gewinnen. Sie betrat den Vorraum. Ein wuchtiger Eichenschreibtisch, ein Konferenztisch, Plakate an den Wänden. Auf einem Podest stand ein Modell des Niagara-Kraftwerks, auf einem anderen die Tesla-Spule, ein Transformator aus glänzendem Kupfer; es sah fast wie ein Kunstwerk aus. Mr. Cochran nahm eine Emailleschüssel aus einem Schrank und stellte sie auf den Schreibtisch.

»Es ist unerlässlich, dass Sie sich vorher die Hände waschen. Sonst wird er Sie nicht begrüßen.«

Eine seltsame Vorsichtsmaßnahme, doch Bell gehorchte einfach. Nikola Tesla war nicht wie gewöhnliche Menschen. Sie erinnerte sich, wie Mr. Westinghouse im Zug gesagt hatte, er könne Geräusche als schlechten Geschmack auf der Zunge wahrnehmen. Alle seine Sinne waren äußerst empfindlich. Was andere Menschen als normal empfanden, löste bei ihm tiefe Aversionen aus. Beispielsweise Perlenschmuck, wie Joseph Pulitzer ihrem Vater verraten hatte. Wie oft ihre Ohrringe es gewesen waren, die ein Treffen vereitelt hatten, wusste sie nicht. *Jetzt* würden sie ihr jedenfalls nicht im Weg stehen: Sie trug sie in der Handtasche.

Plötzlich begann alles zu vibrieren; das Wasser in der Schale tanzte. Erschrocken sah sie Mr. Cochran an, der beruhigend eine Hand hob. »Nur ein Experiment, stören Sie sich nicht daran. Es ist gleich wieder vorbei.«

Eine Sekunde danach war alles ruhig, als sei nichts gewesen. Verwirrt trocknete sich Bell die Hände, dann durfte sie in den hinteren Teil des Gebäudes treten. Eine kleine Halle in der Halle, mehr als fünfzehn Fuß hoch. Tische mit technischen Gerätschaften, ähnlich denen bei seiner Vorführung. Doch alles war unordentlicher; überall wuchsen Bücher- und Zeitungsstapel, und auf einem Teller mit einem angetrockneten Sandwich lagen einige Schrauben und Kupferdrähte. Ein Billardtisch nahm ein komplettes Viertel des Raums für sich in Anspruch.

Mr. Tesla saß an einem Schreibtisch und war in eine Notiz vertieft; seine Hand ruhte auf einem kleinen Gegenstand. Auf Mr. Cochrans Räuspern hin erhob er sich und ließ das Ding in der Hosentasche verschwinden. Geschmeidig kam er auf Bell zu. Streckte die Hand aus. Schenkte ihr ein Lächeln. Mechanisch reichte sie ihm die Hand, die er zum Kinn hob.

»Sehr erfreut, Miss Bennett. Ich bin Nikola Tesla.«

Ja, ja. Ich weiß. Ihr entwich ein Seufzen.

»Die intellektuelle Boa constrictor«, wie die *New York Times* ihn nannte. »Der Magier schwarzer Künste«. »Der orientalische Zauberer«. Sie verstand, warum allein sein Anblick Damen in Ohnmacht fallen ließ. Heute trug er keine Plateausohlen, dennoch war er ungewöhnlich groß und schlank. Die braunen Haare waren ordentlich gescheitelt und pomadiert. Ein zartes, ovales Gesicht. Große, ausdrucksstarke Augen mit schweren Lidern, die, halb gesenkt, den Eindruck machten, er befinde sich dauerhaft in einer Art visionärem Wachtraum. Seine Kleidung war klassisch: schwarze Tuchhose, schwarze Weste über einem beige-gestreiften Hemd.

»Wie kann ich Ihnen helfen, Miss Bennett? Abgesehen davon, Ihnen einen Platz anzubieten.« Er sah sich um und kam offenbar zu dem Schluss, dass sein Schreibtischstuhl die einzig passable Sitzmöglichkeit war. Rasch schob er seine Unterlagen beiseite. »Bitte entschuldigen Sie die Unordnung.«

Aufgeräumt war es hier wirklich nicht, doch in den Redaktionsräumen ihres Vaters hatte sie schon anderes gesehen. Sie strich sich den Rock glatt und ließ sich auf dem Lederstuhl nieder. Hier saß er sonst. Hier arbeitete er sonst. Und hier saß und arbeitete jetzt sie. Behutsam legte sie die Fingerspitzen aneinander. Durchatmen. Die Chance beim Schopf packen. Jetzt.

»Ich schreibe für die Frauenbeilage des *New York Observer* und plane eine Artikelserie, die die Leserinnen darüber aufklärt, wie Elektrizität funktioniert, welche Gefahren von ihr ausgehen, welche elektrischen Erfindungen es gibt und welche eines Tages vielleicht möglich sind.«

»Das ist recht ambitioniert.«

»Finden Sie?« Lächeln. Locker klingen. Eine entspannte Atmosphäre schaffen. Puh. Sie nahm die Kladde und den Füllfederhalter in die Hand. »Hatten Sie denn schon mit weiblichen Journalisten zu tun?«

»Natürlich.«

Natürlich? »Das wundert mich«, gestand sie. »Technik aus weiblicher Sicht – so etwas habe ich noch nie gelesen.«

»Das wiederum wundert mich nicht.« Mr. Tesla schmunzelte. Ihr gefiel sein fremdartiger, rauer Akzent. »Es waren ausnahmslos Klatschkolumnistinnen. Für gewöhnlich fragten sie, wann und wen ich zu heiraten gedenke, und wenn ich länger als zwei Sekunden eine Antwort schuldig blieb, warfen sie mit den Namen möglicher Kandidatinnen um sich.«

Das wollte Bell nicht auf ihren Berufsgenossinnen sitzen lassen. »Könnte das vielleicht daran liegen, dass man Frauen, die es wagen, sich in das männliche Metier der Technik zu begeben, in eine bestimmte Ecke drängt?«

»Vielleicht. Aber bei den Teekränzchen, die die Damenwelt so abhält, geht es, so hörte ich, nicht gerade zu wie im New Yorker Presseclub. Dort beschäftigt man sich wohl eher mit Séancen oder der Frage, ob ich in einem Raumschiff oder auf dem Rücken eines geheimnisvollen großen Vogels von dem Planeten Venus gekommen sei.«

»Das hat man Sie gefragt? Im Ernst?« Sie unterdrückte ein Prusten. »Aber ob Sie es glauben oder nicht, eine Einladung in den New Yorker Presseclub ist einer meiner größten Wünsche.«

Er nahm sich einen Whiskey vom Sideboard. Ihr lag die Frage auf der Zunge, wie es sich verhielt mit dem Gerücht, dass er jeglichem Laster abschwor. Aber womöglich war dieses Thema zu »weiblich«.

»Wenn Sie Ihre forsche Vorgehensweise konsequent verfolgen, werden Sie sicher irgendwann die erste Frau im Presseclub sein, Miss Bennett. Darf ich Ihnen eine Limonade anbieten?«

»Danke, gern. Aber ich wäre ja gar nicht die erste; Nellie Bly ist doch schon drin.«

Er stellte ihr ein Glas mit Zitronenlimonade vor die Kladde und hob fragend die Brauen.

»Nellie Bly?«, fragte Bell. »Die kennen Sie nicht? Die Frau, die in zweiundsiebzig Tagen um die Welt reiste?«

»Bedaure. Ich kenne nur Jules Vernes Roman *Reise um die Erde in achtzig Tagen.*«

»Sie hat bewiesen, dass diese Geschichte wahr sein kann.« Vor Aufregung entglitt ihr der Federhalter und fiel auf den Boden.

Tesla hob ihn auf und legte ihn ihr in die Hand. »Verne ist in der Tat kein Phantast, sondern ein Visionär. Vielleicht werden Sie ja noch erleben, wie die Menschheit auf dem Mond landet. Oder innerhalb eines Tages um den Erdball reist. Nun, Miss Bennett, was möchten Sie von mir wissen?«

Ja, was nur? Sie starrte auf den Schreibtisch vor sich. Neben ihrer Kladde lag eine Ausgabe des *Electric Engineer.* Und ein Buch von Mark Twain. Kleine intellektuelle Berge, die zu erklimmen sie sich nicht imstande fühlte. Ihre Finger glitten über die Notizen, die sie über Nikola Tesla gesammelt hatte ... *schreibt Gedichte ... photographisches Gedächtnis ... großartiger Billardspieler ... gleichzeitig Rechts- und Linkshänder ... perfekter Kopfrechner ... behauptet von sich, in der Phantasie in ferne Länder zu reisen und mit Erfahrungen und Bekanntschaften zurückzukehren, als hätte er es wirklich erlebt ...* In diesem Augenblick glaubte sie, scheitern zu müssen. Sie war viel zu klein für seine Welt.

Die ganze Halle wirkte geheimnisvoll in ihrer elektrischen Pracht, jetzt, da sie leer war und für den normalen Publikumsverkehr geschlossen. *Wartungsarbeiten*, wie ein Schild am Eingang verkündete. Gelegentlich hörte Sol aus dem vorderen Bereich die Schritte und Stimmen von Arbeitern und knallende Hammerschläge. Ansonsten war das Elektrizitätsgebäude gespenstisch still. Mit den bunten Häusern, Buden und elektrischen Attraktionen wirkte es wie eine Art futuristischer Jahrmarkt. Es gab Spielautomaten, die so hoch wie zwei Männer waren. Türme voller Glühlampen, deren Lichter in wilden Mustern auf- und abschwollen. Ein – jetzt stilles – Orchester aus lebensgroßen Puppen, davor ein Schild, das verriet, dass die Musik, die man hier in Chicago hörte, in Wahrheit im gleichen Augenblick in New York gespielt wurde. Zwei Namen prangten überall: Westinghouse und Edison. Sol sah riesige schwarz glänzende Maschinenräder, deren Zweck ihm nicht klar war. Und den Elektrischen Stuhl.

Er berührte das rötlich-braune Holz. Die ledernen Manschetten. Einen der Kabelstränge. Was erhoffte er sich davon? Dass irgendetwas wie durch ein Wunder seinem Gedächtnis auf die Sprünge half? Dieser wuchtige Stuhl mit seiner hohen Rückenlehne hatte etwas Thronartiges an sich. Die Schautafeln ringsum verliehen ihm eine bedeutsame und geheimnisvolle Aura. Doch außer Ekel verspürte Sol nichts.

Wie es Bell wohl erging? Ihn beschlich das Gefühl, dass dieses Interview der Wendepunkt für sie beide war. Wenn sie bekamen, was sie sich erhofften – was würde danach sein? Bells Weg führte zurück nach New York. Der seine hing davon ab, ob Tesla ihm helfen konnte. Vielleicht war es völlig utopisch, hier und heute eine Heilung zu erhoffen. Ein Gefühl der Panik überkam ihn. Er hatte sich an diesen Moment festgeklammert. Was, wenn er sich weiterhin nicht erinnerte? Flucht auf ewig? Was, *wenn* er sich erinnerte?

Wenn er unschuldig war? Auch dann musste er sich der Justiz ausliefern. Hoffen, dass der Fall neu aufgerollt wurde.

Ein knallendes Geräusch ließ ihn aufmerken. Fast wie ein Schuss. Aber wer sollte hier schießen? Die Mechaniker hatten das verursacht.

Und wenn du schuldig bist? Wenn du es getan hast, 344? Was tust du dann?

Bisher hatte er vermieden, darüber nachzudenken. Seine Erinnerungen waren weggesperrt, es war, als stünde er vor einer Mauer. Diesem Jenseitsland musste er sich bald stellen. Plötzlich war ihm das Jackett zu eng; er warf es von den Schultern und über den Stuhl – dafür war ein Stuhl ja da. Auch die Weste war zu viel. Fort mit der Krawatte, er wollte atmen. Er fummelte die oberen Hemdknöpfe auf. Streifte den Hut ab und warf den Kopf in den Nacken. Schloss die Augen. *Behalte die Nerven. Noch ist alles gut.* Atmen. Langsam und bewusst atmen. Allmählich schwand die Panik. Es blieben ein wildes Herzklopfen und Schweiß auf der Stirn, den er mit dem Hemdsärmel abwischte.

Als er nach der Weste greifen wollte, hörte er unweit von sich einen lauten Knall, dann ein Röcheln. Dazu ein wüstes Fluchen, das bedrohlich klang.

»Verdammt sollst du sein, dass du Archie getötet hast.«

Lautlos schlich er in die Richtung, aus der die Geräusche kamen. Zwischen zwei verschnörkelten, bunt bemalten Maschinen undefinierbaren Zwecks entdeckte er sie. Das Opfer war ein schlaksiger Sechziger ganz in Schwarz, der an einen Bestattungsunternehmer denken ließ. Und es gab ein zweites Opfer, das mehrere Schritte entfernt auf dem Bauch lag. Ganz offensichtlich hatte dieser Mann bereits das Zeitliche gesegnet. Und ganz offensichtlich durch den Schuss, den Sol gehört hatte. Seine Gedanken rasten. Was tun? Gleich würden die Mechaniker auftauchen. Er lauschte. Niemand kam. Anscheinend war der Schuss im vorderen Teil der Halle unbemerkt geblieben.

Sol schnalzte mit der Zunge. Der Angreifer fuhr herum. Wie erwartet, hielt er eine Knarre in der Hand. Aber auch Sol hatte seinen Colt hochgerissen. »Herunter mit dem Ding!«, befahl er ruhig. »Glauben Sie mir, ich bin schneller und ziele besser.«

Jetzt erkannte er ihn. Sol hatte den Kerl schon einmal gesehen. In einer verrotteten Bude in Cleveland. Er war einer von der Mobster-Bande, dic ihn in der Mangel gehabt hatte.

Der Mann bedeutete ihm mit einem Kopfnicken, dass er gehorchen würde. Auch auf seinem Gesicht zeichnete sich Erkennen ab. Den Lauf des Revolvers auf den Kopf des Mobsters gerichtet, näherte sich Sol langsamen Schrittes. Der andere bückte sich und ließ seine Waffe mit leisem Klacken auf den Boden fallen. Dann griff er unter sein Jackett, zog etwas hervor, schwang herum. Was er tat, begriff Sol erst, als der schwarzgekleidete Schlaksige stöhnend in die Knie sackte. Mit zwei langen Schritten war Sol bei dem Angreifer. Zu schießen wagte er nicht; er holte aus und knallte den Revolverlauf an die Stirn des Mannes. Der taumelte, doch richtig erwischt hatte er den Kerl offenbar nicht. Aber er musste den Griff um den Hals des Schwarzgekleideten lösen. Ein Messer fiel zu Boden, das Opfer sackte in Sols Arme. Er konnte nur zusehen, wie der andere sein Schießeisen ergriff und, die Hand an die Stirn gepresst, fortlief.

»Ich hole Hilfe«, sagte Sol.

»Nein.« Das Gesicht des Alten war weiß wie Schnee, seine Lider flatterten. »Zu spät. Wer sind Sie?«

»Irgendjemand.« Sol half ihm, sich auszustrecken, und kniete an seiner Seite. Das Hemd unter dem Gehrock färbte sich in Windeseile rot. Eines war klar: Keine noch so rasche Hilfe der Welt würde diesen Mann retten. »Wer sind *Sie*? Was wollen die von Ihnen?«

»Ich … bin … Hören Sie …«

»Ja, ich höre.« Sol blickte über die Schulter. Ohne Zweifel war der Mörder noch in der Nähe; er würde sich vergewissern wollen, dass sein Opfer starb. Und wenn er mitbekam, dass er, Sol, etwas erfuhr, das der Sterbende mit ins Grab nehmen sollte, dann …

»Kann nicht … reden. Tut so … weh. Agnes. Agnes!«

»Wer ist Agnes?«

»Meine Frau.« Mit bebenden Fingern tastete der Mann in die Innentasche. Sol holte heraus, was er haben wollte. Die Brieftasche? Wollte er ihm ein Photo seiner Agnes zeigen? Nein, die zittrige Hand stieß das Lederetui beiseite, sodass ein Schwung Visitenkarten herausglitt und sich auf dem Boden verteilte. *Horace Unger, Handelsvertreter für Donovan's*, war darauf zu lesen. *Weltneuheit Elektrische Wäsche.* Der Mann versuchte erneut, in die Gehrocktasche zu greifen, doch er schaffte es nicht mehr. Was Sol daraufhin hervorzog, war ein Messingstern. *United States Secret Service.* Dazu ein kleines Ausweisdokument.

Horace Unger, Special Agent.

»Hören Sie zu …« Der Mann vermochte nur noch zu flüstern. Sein Atem kam in wilden Stößen. Seine Finger krallten sich über seinem Bauch, im sinnlosen Bestreben, die Blutung aufzuhalten. »Sie müssen die Zielperson warnen.«

»Welche Zielperson, Mr. Unger? Ziel wofür?« Sol sah sich um. Der Mobster war nicht zu sehen. Doch irgendwo lauerte er.

»Ich habe herausgefunden, dass … Agnes.« Blut, vermischt mit Speichel, quoll Unger aus dem Mundwinkel. »Oh, Agnes, ich liebe dich.«

Der Mann redete wirr. »Ich werde einen Guard holen«, sagte Sol.

»Nein!« Eine blutige Hand packte mit erstaunlicher Kraft seinen Arm. Ungers Augen weiteten sich auf eine Art, die kaum möglich schien. »Keine Zeit! Sie müssen ... zuhören! Sie müssen ... sie warnen.«

»Wen? Die Zielperson?«

Schritte hinter ihm. Im Herumfahren sprang Sol auf, die Waffe beidhändig im Anschlag. Unger war nicht mehr zu retten; um seines eigenen Lebens willen musste Sol den Mobster stellen. Ein Revolverlauf blitzte auf. Der Mann stand hinter einem mannshohen Automaten. Halb trat er hervor, zielte auf Sol, der sich mit einem Hechtsprung hinter die andere Seite des Automaten rettete. Dort zog er sein Messer aus dem Stiefel. Mochte der andere schießen; er selbst würde zu vermeiden versuchen, solchen Lärm zu machen. Er lauschte. Jetzt kam ihm die Halle laut vor – überall knackten und knisterten die Stromleitungen. Er hörte Schritte. Die sich entfernten. Er wagte einen Blick. Der Mobster eilte in Richtung des Tesla-Hauses.

Sol setzte ihm nach. Das gleißende Licht einer illuminierten Säule blendete ihn für einen langen Augenblick. Wild beschrieb er mit dem Revolver einen Bogen. Verflucht, wo war der Kerl? Rhythmisches Rasseln hallte von der Hallendecke wider. Was war das? Natürlich, die Feuerleiter! Der Mann war neben dem Gebäude, das der Erfinder bewohnte, über eine schmale Eisentreppe hinauf zur Galerie geeilt. Sol stellte den Stiefel auf die unterste Stufe.

»Dr. Tesla, was haben Sie vorhin gemacht? Als das Haus gebebt hat?«

Bells Stimme, leise, doch klar und deutlich.

»Ein kleines Gerät, das ich erfunden habe. Ich nenne es einen ›elektromechanischen Oszillator‹. Mittels Kabel an einen Eisenpfeiler angeschlossen, könnten die Schwingungen innerhalb einer Stunde die, sagen wir, Brooklyn Bridge zum Einsturz bringen. Nur eine kleine Spielerei, passt in die Hosentasche. Theoretisch wäre es denkbar, auf ähnliche Art die Erdkugel zu spalten.«

Die Zielperson. Nicht Cleveland. Wer dann? Unger hatte einen Namen nennen wollen, es aber nicht mehr geschafft.

»Wie sieht die Welt in hundert Jahren aus?«

»Immer vorausgesetzt, die Menschheit ist dann klüger geworden?«, lautete Teslas Antwort. »Die fortschreitende Entwicklung des Menschen hängt in lebenswichtiger Weise von seinen Erfindungen ab. Sie sind die wichtigsten Produkte seines kreativen Verstandes. Ihr letztendlicher Zweck ist die völlige Herrschaft des Geistes über die materielle Welt und die Nutzbarmachung der Naturkräfte für die menschlichen Bedürfnisse. Ja, die Elektrizität hat die Macht, Hunger zu besiegen, Frieden zu schaffen. In hundert Jahren wird man gelernt haben, mittels Solarmaschinen die Kraft der Sonne zu nutzen.«

Tesla? Konnte Tesla derjenige sein, den diese Leute tot sehen wollten? Sol hastete nach oben. An dieser Stelle der Galerie war ein Sims mit Eisengeländer, nicht für Besucher gedacht. Er sah, wie sich etwas hinter einem riesigen Banner mit der Aufschrift *Westinghouse Electric & Manufacturing Co.* verdächtig bewegte.

»Kriege können verhindert werden, wenn der physikalische Grund für ihr Auftreten beseitigt ist, und das ist das riesige Ausmaß des Planeten. Die Schranken für Gespräche, für Reisende und für die Versorgung werden fallen, und so können dauerhafte freundschaftliche Beziehungen aufrechterhalten werden.«

Mit wenigen langen Schritten war er in dem schmalen Raum zwischen Banner und gläsernen Fenstern. Er sprang, erwischte den Mann an den Schultern und riss ihn zu Boden. Drohend vibrierte das Fensterglas. Dahinter wölbte sich ein tiefroter Abendhimmel über der Weißen Stadt.

»Es wird ein für jedermann verfügbares Kommunikationsnetz geben, es wird kabellos sein; ich nenne es ›Funk‹. Der Geschwindigkeitsrekord von hundert Meilen pro Stunde, den die

Dampflokomotive der West Albany jetzt aufstellte, wird um das Doppelte geschlagen sein.«

»Was haben Sie vor?«, knurrte Sol. Er musste sich zwingen, nicht laut zu schreien. Rücklings lag der Mobster unter ihm. Seinen Hut hatte er verloren; sein Haar war schütter, doch er schien noch jung zu sein. Ein helles Gesicht, das zu wenig Sonne abbekam. Und ein fieser Blick.

»Irgendwann wird es möglich sein, jedes erdenkliche Bild von anderswo auf der Welt auf einen Schirm zu projizieren. Man wird mittels Strahlen Knochengerüste sichtbar machen. Man wird das Wetter beherrschen. Man wird keine achtzig Tage benötigen, um die Welt zu umkreisen. Sondern nur einen einzigen.«

Langsam löste er eine Hand von der Anzugschulter des Mannes. Während er das Knie in dessen Brust gedrückt hielt, sodass der Mann kaum atmen konnte, tastete er dessen Taschen nach weiteren Waffen ab. Sol fand nichts.

»Es gibt so viele Möglichkeiten, man muss sie nur ausloten, um herauszufinden, ob man sie verwirklichen kann. So entwarf ich etwa vor einer Weile in Gedanken eine Röhre unterhalb des Atlantiks, die Post transportiert. Der Plan war jedoch nicht zu realisieren, weil sich ihr Reibungswiderstand gegenüber dem Wasserfluss nicht exakt bemessen ließ.«

Im Aufstehen zerrte Sol den Mann auf die Füße. Ihn mit sich zu den Guards zerren konnte er nicht, ohne sich selbst auszuliefern. Er musste ihn außer Gefecht setzen. Vorher jedoch hätte er liebend gern aus ihm herausgeprügelt, warum er den Agenten abgestochen hatte. Wer die Zielperson war.

»Was sind Ihre nächsten Pläne, Dr. Tesla? Was darf die Menschheit bei den nächsten Weltausstellungen von Ihnen erwarten?«

»Ich hoffe, ich werde dann per Funk Nachrichten über den Atlantik verschicken.«

Scheinbar bereitwillig ließ der Kerl sich von Sol herumdirigieren, als habe er aufgegeben. Das ging fast ein bisschen zu leicht.

»Was ist Funk?«

»Elektromagnetische Wellen, die sich frei im Raum bewegen. Ihre Existenz wurde vor einigen Jahren in Deutschland nachgewiesen.«

Sol packte ihn am Kragen, während er ihm mit der Linken die Messerklinge in die Achsel stieß. Gerade so weit, dass er ihn am Haken hatte wie einen Fisch. Der Mobster stöhnte unterdrückt. »Jetzt langsam vorwärts«, raunte Sol in sein Ohr. »Zuerst der rechte Fuß. Dann der linke. So ist es gut. Die Hände still halten! Wenn du Schwierigkeiten machst, wirst du es bereuen, Freundchen.«

Jäh warf sich der Kerl nach vorne. Sol folgte der Bewegung, stach zu. Er spürte, wie die Klingenspitze erneut in Fleisch drang. Der Mann war herumgewirbelt, hatte plötzlich selbst ein Messer in der Hand – wo hatte er es gehabt? Sol sprang zurück. Der andere kletterte über das Geländer. Wollte über das Glasdach des Tesla-Hauses fliehen. Oder den Erfinder von oben erledigen? Sol stürzte ans Geländer, entdeckte breite metallene Streben zwischen den Glaspaneelen. Wie verrückt musste man sein, um darüber abhauen zu wollen?

»Dass man Motoren über eine Entfernung von einigen Yards kabellos betreiben kann, ist bereits nachgewiesen. Ich glaube, dass es möglich ist, diese Entfernung auf viele Meilen zu strecken.«

Der Mann griff sich unter die Achsel, fasste dann nach dem Geländer, um das Gleichgewicht zu halten. Die blutigen Finger rutschten ab. Zwei Schritte weit taumelte er über eine Strebe. Sol schwang sich über das Geländer, reckte sich nach der Schulter des Mannes. Doch er konnte nicht verhindern, dass der Scheißkerl mit einem Fuß auf das Glasdach geriet.

»Und wovon träumen Sie noch, Dr. Tesla?«

Knirschend breiteten sich Sprünge im Glas aus.

»Vom Fliegen ...«

Sol sah Tesla und Bell fünf Yards unter sich; beide hatten die Augen weit aufgerissen und die Köpfe in den Nacken geworfen. Mit einem Knall brach das Glasdach ein.

Bell glaubte ihren Augen nicht zu trauen. Niemand anderer als Sol stürzte, begleitet von gläsernem Regen, auf Nikola Teslas Billardtisch. Ein zweiter Mann, der ihr fremd war, schlug mit einem entsetzlich knackenden Geräusch auf dem Boden auf. Stöhnend und auf allen vieren kauernd schüttelte Sol die Splitter ab. »Sol!« Sie war vom Schreibtisch aufgesprungen und rannte auf ihn zu; er wuchtete sich über die Kante des Billardtisches und stieß sie versehentlich beiseite, sodass sie selbst fast hinfiel. Er warf sich auf den am Boden Liegenden und packte ihn an den Schultern, als wolle er ihn schütteln.

Er hielt inne. »Hat sich das Genick gebrochen«, murmelte er.

»Um Gottes willen, Sol ... was ...?« Sie hatte die Hand vor den Mund geschlagen und starrte den Toten an.

Sol stemmte sich hoch. Betastete seine Arme, wischte Glassplitter herunter, griff sich an den Hals, wo er sich offenbar verletzt hatte. »Ich weiß auch nicht, *was*.« Er starrte auf die Blutspur auf seiner Handfläche, fuhr sich dann durch die zerzausten Haare. Er wirkte verwirrt. »Bell, ich ... tut mir leid, hier so hereinzuschneien, aber ... Unger. Er hat einen Mann namens Unger ... Ich muss mich setzen ...«

»Tun Sie das.« Tesla winkte ihn zu dem Schreibtischstuhl, auf den Sol niedersank. Er entdeckte das halb geleerte Limonadeglas und schüttete sich den Rest ins Gesicht.

»Einen Whiskey?« Tesla brachte ihm ein Glas. Sol leerte es in einem Zug.

»Besser«, murmelte er. Sein Blick klärte sich. Bell war an seine Seite geeilt und betastete vorsichtig seine Schultern.

»Bist du verletzt?«

»Ich glaube nicht.«

»Was ist passiert? Wer ist der Mann?«

»Du kennst ihn nicht?«

»Sollte ich?«

»Er ist einer von Rick Vesichettis Handlangern. Und er hat einen Mann erstochen, der sich Horace Unger nannte. Ein Agent des United States Secret Service, der sich als Handelsvertreter ausgegeben hat.«

»Horace Unger?«

Nahm der Wahnsinn denn kein Ende?

Nikola Tesla war an die andere Seite des Stuhls getreten. Ruhig fragte er: »Wo ist er?«

»Draußen. Ganz in der Nähe des Elektrischen Stuhls. Ich bin sicher, er ist tot.«

»Ich werde nachsehen.« Tesla eilte seinem Sekretär entgegen, den der Lärm herbeigelockt hatte, fasste ihn am Ellbogen und bedeutete ihm, ihn zu begleiten. Bell raffte ihr Kleid, hastete ihnen hinterher. Sie musste Mr. Unger sehen, musste sich vergewissern. Gleichzeitig würgte sie die Furcht. Diesen armen Mann wollte sie nicht tot sehen, nein, nein. *Special Agent?* Das mochte die Waffe in seinem Handelskoffer erklären. Aber er hatte doch so arglos gewirkt. Sie sah Tesla vor dem Haus neben einem Mann knien, ja, das war Horace Unger, unverwechselbar in diesem schwarzen, ein wenig zu großen Anzug. Er lebte noch, hatte sich irgendwie aufgesetzt und presste beide Hände auf seinen Bauch. Himmel, so viel Blut … Neben Tesla stürzte sie auf die Knie.

»Mr. Unger«, schluchzte sie. »Sie sind es wirklich.« So alt. So todesbleich. Am liebsten hätte sie seine Wangen berührt, doch das wagte sie nicht.

»Miss Bennett …«

So viel wollte sie fragen: Wer war er wirklich, was war passiert, und, um Gottes willen, wollte er, dass sie seine Hand hielt? Nichts brachte sie heraus, ihre Kehle war zu eng. Hilflos blickte sie über ihn hinweg zu Mr. Tesla. Er hatte eine Hand auf dem Knie, mit dem Rücken der anderen fuhr er sich über den Mund. Ekelte er sich wieder vor irgendetwas?

»Was ist passiert, Mr. Unger?«, fragte er.

»Dr. Tesla«, keuchte Unger. Bell hatte den Eindruck, dass die beiden Männer sich kannten. »Jemand … hat herausgefunden, wer ich … wirklich bin. Hat mich … hierher verfolgt. Ich … wusste das nicht.« Mehrmals musste er schlucken. Sein Atem roch metallisch, nach Blut. »Hat geglaubt, ich hätte einen Plan entdeckt. Aber ich wusste von keinem Plan. Wollte ihn … zwingen, mich aufzuklären. Hab ihn … angeschossen. Aber da war … noch einer. Der … hat … mich … erwischt. O Gott!« Plötzlich riss er die Augen auf. »Agnes! Agnes, du bist hier.« Mit blutiger Hand fuchtelte er, bekam Bells Arm zu fassen. Jetzt endlich wagte sie, seine Hand zu ergreifen. »Agnes, liebe Agnes, du bist hier.«

»Ja.« Sie schluckte. »Ja.«

»Ich … Tesla …« Sein Blick klärte sich noch einmal, suchte die Augen des Erfinders. »Er sagte, es sei … zu spät. Sie wird leuchten wie eine Fackel. Die Zielperson. O Agnes. Ich bin so froh, dich noch einmal zu sehen.«

Die letzten Worte sprach er schnell und hart. Sein Blick erstarb. Tesla schloss ihm die Augen und half Bell auf. Als sie sich umdrehte, sah sie Sol. Sie fühlte sich wie betäubt.

»Ich kannte ihn«, hörte sie Tesla sagen. Irgendwie schaffte sie es, ihr Taschentuch aus dem Jackenärmel zu ziehen und sich die Hände abzuwischen. Das Blut war so klebrig, so warm – ekelhaft! Tränen verschleierten ihren Blick. »Allerdings hatte er sich mir unter einem anderen Namen vorgestellt. Und zwar als Vertreter für Kupferdraht. Miss Bennett, wird es gehen? Mr. Cochran, holen Sie bitte ein Glas Wasser für die Dame. Und die Waschschüssel; wir müssen uns säubern. Darf ich fragen, wer Sie sind?«

»Solomon Jones. Miss Bennett gehört zu mir.«

»Gut, Mr. Jones. Mr. Unger war von der Regierung damit beauftragt, mich zu observieren. Ich besitze seit zwei Jahren die amerikanische Staatsbürgerschaft, aber Ausländer bin ich dennoch, und ich komme aus einem Land, das kaum jemand kennt. Den Behörden macht das wohl Angst. Jedenfalls war es für mich ein Leichtes, Unger zu durchschauen. Er war für mich wie ein zweiter Schatten, den ich irgendwie lieb gewonnen habe. Er war sehr freundlich; ja, ich bedaure, dass er nicht mehr da ist. Sie werden nichts davon aufschreiben, Miss Bennett.«

»Nein, nein«, stotterte sie. »Ich danke Ihnen sehr für das Interview.«

»Gern geschehen.«

Seine ruhige Stimme hatte etwas Mechanisches. Mr. Cochran brachte die Schüssel, ein Handtuch, das Gleiche, das sie vorhin benutzt hatte; Sol half ihr, die Ärmel zurückzuziehen, wie einem ungeschickten Kind, und all das kam ihr so unwirklich vor.

»Ist alles in Ordnung, Miss Bennett?«, fragte Tesla. »Dann folgen Sie mir. Sie auch, Mr. Jones.«

Sie eilten den Weg entlang, der zum Ausgang führte. Bell hatte Mühe, mit den Männern Schritt zu halten. »Dr. Tesla«, sagte sie, an seine Seite hastend. »Ich muss den anderen Grund erwähnen, weshalb ich Sie aufsuchte, so taktlos das in der gegenwärtigen Lage auch ist. Aber Mr. Jones braucht Ihre Hilfe. Und ich fürchte, dass wir später keine Gelegenheit mehr haben werden, dieses Anliegen vorzutragen.« Sie schwieg, da Tesla stehen geblieben war und sie durchdringend ansah. Diese ganze

Angelegenheit drohte aus dem Gleisbett zu laufen. Nein, der Zug war längst auf die Seite gekippt.

»Ich hatte vor einigen Jahren einen Unfall, Mr. Tesla«, sagte Sol. »Daraus resultierte ein Gedächtnisverlust. Mir fehlen einige Stunden. Achtzehn, um genau zu sein. Und die hätte ich gerne zurück.«

»Weshalb glauben Sie, ich könne Ihnen helfen?«

»Ich weiß nicht, ob Sie das können. Aber ich glaube, dass, wenn es einer kann, Sie es sind.«

»Was haben Sie bisher unternommen?«

»Ich habe mir selbst Stromschläge verpasst, doch außer Höllenschmerzen hat mir das nichts eingebracht. Ich habe Ärzte unterschiedlichster Fachgebiete aufgesucht. Keiner konnte mir helfen.«

»Könnte es sein, dass diese Fehlversuche auch damit zusammenhingen, dass Sie niemals die wahren Umstände Ihres Gedächtnisverlusts schilderten?«

Sol atmete schwer.

»Sie sprechen nicht die Wahrheit, Mr. Jones.«

Bell blickte von einem zum anderen. »Dr. Tesla, es ist …«, begann sie, doch Sol hob die Hand.

Er sah Tesla unverwandt an. »Ich habe das Lügen, soweit es meine Person betrifft, perfektioniert. Aber Sie kann ich offenbar nicht täuschen. Was mir beweist, dass ich recht daran tue, Sie um Hilfe zu bitten. Ich werde jeden Preis zahlen, den Sie verlangen, sofern er nicht fünfstellig ist, denn das kann ich nicht. Ich lege mein Schicksal in Ihre Hand. Rufen Sie die Guards, und Sie werden 4500 Dollar Belohnung einstreichen.« Bell öffnete den Mund; was sie sagen wollte, wusste sie nicht, doch seine Offenheit machte ihr Angst. »Nein, Bell …« Sol drückte ihre Hand. »Ich bin am Ziel – so oder so. Daher, Mr. Tesla: Ich bin der Mann, der an Kemmlers Stelle als Erster auf dem Elektrischen Stuhl hätte sterben sollen. Weil ich angeblich meinen Vater getötet habe. Helfen Sie mir, mich daran zu erinnern, ob das der Wahrheit entspricht.«

Tesla gab mit keiner Regung zu verstehen, wie er das Geständnis aufnahm. »Reden wir später darüber. Wir müssen uns beeilen. Um die Behörden kümmere ich mich. Aber die werden nicht so schnell reagieren, wie Sie es jetzt können. Es zählt jede Minute. Sie müssen als Erstes Mr. Westinghouse warnen, und tun Sie es unauffällig. Die ›Fackel‹, von der der Mann sprach – ich bin mir sicher, dass er die Dame meinte, die auf der Gala im elektrisch beleuchteten Kleid auftreten wird: Mrs. John Jacob Astor – Ava Willing Astor. Ich schließe daraus, dass das Kleid heimlich präpariert wurde. Und dass sie, sobald Mr. Westinghouse ahnungslos den Schalter umlegt, sterben wird. Diese Tat ist das letzte Aufbäumen eines Gegners des Wechselstroms.«

»Kein Irrtum möglich?«

»Meine Intuition irrt nie, Miss Bennett.«

32

4. Mai 1893

»Das gefällt mir nicht, Bell.« Sol hielt sie am Ellbogen zurück. Sie standen an einer Absperrung, die weiträumig um das Veranstaltungsareal am Rad verlief. Lediglich einen schmalen Weg am Rande des Midway hatte man freigelassen, damit die Besucher ungehindert das Gelände verlassen konnten. Mittlerweile war es dunkel geworden, die Leute hatten sich zerstreut, bis auf einige Hundert Schaulustige, die sich am Absperrseil drängelten.

»Mir auch nicht, Sol«, sagte sie. »Aber du fällst auf, und das unweigerlich. So derangiert wie du ist hier keiner unterwegs. Und sogar den Revolvergriff im Rücken kann man sehen.«

Er griff hinter sich. »Nicht zu ändern ohne Jackett.«

»So leger unterwegs, Sohn?«, sagte ein älterer Herr grinsend, und eine Dame schüttelte missbilligend den Kopf.

»Bestimmt ist er betrunken!«

»Er ist Artist«, sagte Bell. Hastig zog sie Sol ein Stück weiter. »Ich muss da alleine durch. Was, wenn einer der Guards dich erkennt? Nein, ich will mich nicht auch noch um dich sorgen müssen. Ich gehe ja nur schnell hinein, suche Mr. Westinghouse und sage ihm, dass er diesen Schalter nicht betätigen darf. Er wird mir ganz sicher glauben. Und dann soll er zu der Astor gehen und sie aus ihrem elektrischen Kleid schälen; wir beide werden dann ganz weit weg sein.«

»Also gut. Ich sehe ein, dass es so besser ist. Aber gib mir für alle Fälle eine der beiden Karten, die du von ihm hast.« Das tat sie, wenngleich sie hoffte, dass diese anderen Fälle niemals eintreten würden. Aufmunternd hob Sol mit dem Finger ihr Kinn. »Dann los, rasende Reporterin. Ich warte hier.«

Bell schlängelte sich zu einem der Guards durch, die die Absperrung bewachten. Sie zeigte ihr Billett vor, und er hakte das Seil auf. Rasch lief sie in den inneren Bereich und hielt nach Mr. Westinghousens auffälliger Gestalt Ausschau.

Ihre robuste Tagesgarderobe passte nicht zu diesem Anlass. Die Leute hier waren noch feiner gekleidet als bei Teslas Show. Die Damen trugen Füchse und Opossums um die Schultern, um die abendliche Kühle abzuwehren. Diamanten blitzten in Dekolletés auf und lagen als zwei Zoll breite Bänder um faltige Hälse. Die Herren hatten sich in Frack und Zylinder geworfen und wärmten sich mit Zigarren. Diener in weißer Livree huschten mit Tabletts umher; auch Bell bekam eine Champagnerflöte. Für ihr kleines Vorhaben brauchte es keinen großen Mut, dennoch trank sie das Glas im Weitergehen aus. Von den dargebotenen Kanapees ließ sie die Finger, sie durfte nicht noch mehr Zeit verlieren. Wo war nur Mr. Westinghouse? Sie glaubte einen Carnegie zu entdecken, und der Herr dort drüben sah wie ein Rockefeller aus. Plötzlich wurde ihr bewusst, dass auch Rick hier sein könnte. Wobei diese Klientel ein paar Nummern zu groß für ihn war. Aber wenn er eine Karte für die gestrige Show ergattert hatte, dann vielleicht auch eine für dieses Ereignis? Eines wusste sie: Er *wäre* gerne hier. Sie musste höllisch aufpassen.

Geschickt schlängelte sie sich zu einem zehn mal zehn Yards großen Baldachin durch, unter dem sich einige sehr wichtig aussehende Herren versammelt hatten. Alle älteren Datums; hier war kein Rick. Doch auch kein Westinghouse. Flüchtig fragte Bell sich, was sie tun würde, sollte Rick wieder auftauchen. Und sie diesmal sehen. *Nicht darüber nachdenken!* Sie sprach eine der weiß gewandeten Servicekräfte an: »Können Sie mir sagen, wo Mr. Westinghouse ist?«

»Er müsste hier irgendwo sein. Ich habe ihm eben ein Lachshäppchen *à l'Amiral* gereicht, Madam.«

Verflixt. Sie sah ihn nicht. »Sie haben nicht zufällig ein Programm für mich?«

»Es gibt kein Programm, Madam. Es ist eine Überraschungsgala.«

»Aha. Wo genau wird Mrs. Astor denn auftreten?«

»Auf der Bühne unterhalb des Rades.«

Vage war eine erhöhte Bühne zu erkennen, die noch im Dunkeln lag. Zu Fächern gefaltete *Stars and Stripes* hingen von der Plattform und an den Dächern der Buden. Das Rad selbst, der schwarze Gigant, stand still und war unbeleuchtet. Unterhalb der Bühne spielte sich ein Orchester warm.

»Und wo, denken Sie, ist sie jetzt?«

»Bedaure, aber das darf ich ...«

»Sie dürfen.« Sie steckte ihm einen Geldschein in die Jackentasche. Dass ihre Finger vor Nervosität zitterten, bemerkte er hoffentlich nicht. »Glauben Sie mir, Sie tun das Richtige, wenn Sie es mir sagen. Ich komme mit einer Botschaft von Mr. Tesla.«

»Wenn das so ist, Madam. Gehen Sie in Richtung des Rades, dann werden Sie unweigerlich auf einen Eisenbahnwaggon stoßen; er dient ihr als Garderobe.«

»Haben Sie vielen Dank.« Bell eilte weiter. Wenn sie Mr. Westinghouse nicht fand, musste sie direkt bei Mrs. Astor vorstellig werden. Warum nur musste alles so schwierig sein? Ohne Weiteres gelangte man nicht zu einer der berühmtesten Damen der High Society. Bell erreichte den Waggon. Tatsächlich hatte man der Astor eigens einen Pullman-Salonwagen herbeigeschafft. In dunklem Grün, mit goldenen Verzierungen; die Vorhänge aus schwerem Samt waren zugezogen, doch es schimmerte Licht hindurch. Vor der Tür standen wie düstere Felsen zwei Leibwächter.

»Ist es wohl möglich, Mrs. Astor zu sprechen? Es ist sehr dringend.«

»In welcher Angelegenheit, Ma'am?«

»Sie …« Sie dachte an Mr. Teslas Anweisung, unauffällig vorzugehen. Aber das war wohl schwer möglich. »Sie ist in Gefahr. Sie darf dieses elektrische Kleid nicht anziehen. Unter keinen Umständen!«

»Haben Sie vielen Dank für Ihre Warnung, Ma'am«, sagte einer der Männer mit freundlichem Lächeln. Er machte eine unmissverständliche Geste. »Aber nun gehen Sie bitte.«

»Sie sagen es ihr wirklich?«

»Selbstverständlich.«

»Gut, dann … Vielen Dank.«

»Keine Ursache.«

Er wirkte kein bisschen beunruhigt. Verwirrt entfernte sich Bell einige Schritte. Ihr wäre es weitaus lieber gewesen, mit Mr. Westinghouse zu sprechen, aber warum zum Donner war er ausgerechnet jetzt so schwer auffindbar? Nun ja. Am besten kehrte sie zu den anderen Gästen zurück und versuchte noch einmal ihr Glück. Im grässlichen Gefühl, gerade einen fürchterlichen Fehler begangen zu haben, wandte sie sich dem Trubel vor der Bühne zu.

»Bell.«

Ihr Name wehte aus der Dunkelheit unterhalb des Rades heran. Vom gleichen Ort, an dem Sol sie vor drei Tagen angesprochen hatte.

Rick, formten ihre Lippen lautlos. Alle Heiligen, Rick. Er hatte sie entdeckt. Der Schreck sprang sie an wie ein eisiger Wasserschwall. Zweifelsohne war er noch sehr wütend, weil sie einfach davongelaufen war. Sie musste mit ihm reden. Musste sehen, ob sie eine Chance hatte, ihn zu besänftigen.

Aber warum kam er nicht auf sie zu?

»Bell, komm her. Komm *bitte* her.«

Sie erinnerte sich noch gut an seine unterschwellige Strenge, der sie stets Folge geleistet hatte. Jetzt wusste sie auch, dass es unterschwellige *Furcht* gewesen war, die sie hatte gehorchen lassen. So leicht ließ sich das nicht abschütteln. Wenn sie ihn aus seiner Deckung zwang, wäre er nur noch wütender.

»Rick«, sagte sie, als sie vorsichtig der Stimme nachging. »Rick, ich hatte gehofft ...«

»Mich nie wiederzusehen, stimmt's, Süße?« Er kam ihr ein paar Schritte entgegen. »Aber du weißt doch, du musst keine Angst vor mir haben.« Leise lachte er. »Ich kann dir einfach nicht lange böse sein. Weißt du noch, wie du mir im Central Park weggelaufen bist?«

Daran wollte sie nicht denken. Es war ein Spiel gewesen. Sie hatten sich wegen irgendeiner Belanglosigkeit gestritten, und eher im Spaß war sie davongerannt. Geendet hatte das Ganze am Bethesda-Brunnen in einem derart stürmischen Kuss, dass sie beide fast ins Wasser gefallen wären.

Rick streckte die Hand nach ihr aus. Über die Schulter blickte sie zurück zu dem Salonwagen. Die Bodyguards standen unbewegt. Würden sie kommen, wenn sie schrie? Ein lautes Knacken drang aus der Höhe – die Lichter des Rades begannen aufzuleuchten, begleitet vom Raunen der Gäste. Bell hörte, wie einige klatschten. Gehörte diese dröhnende Stimme, die sich über die der anderen erhob, nicht Mr. Westinghouse?

»Ich ahnte, dass ich dich auf dieser Veranstaltung finde«, sagte Rick sanft. »So etwas lässt du dir ja nicht entgehen, nicht wahr?« Das Licht machte sein Gesicht fahl. Er war so elegant und distinguiert gekleidet, wie sie es von ihm kannte. Sie suchte das angenehme Gefühl, das sie einst bei seinem Anblick empfunden hatte. Doch da war nichts. Sie spürte nichts als Kälte.

»Mrs. Astor ist in Gefahr«, sagte sie.

»Tatsächlich?«

»Ja, das Kleid, das sie trägt ...« Sie stockte. Wie zuvor bei den Leibwächtern beschlich sie das Gefühl, etwas Falsches zu tun.

Rick hatte ihre Hand ergriffen. Sanft strich sein Daumen über ihren Handrücken. »Das elektrische Kleid? Aber Bell, seit wann hast du Angst vor Elektrizität? Da passiert schon nichts.«

Plötzlich verstand Bell. Die Bodyguards hatten geglaubt, sie fürchte lediglich die Elektrizität. Im entscheidenden Moment hatte sie nicht daran gedacht, dass man sie einfach nur für eine hysterische Frau halten würde. Sie hatten gar nicht begriffen, gar nicht begreifen können, dass die Gefahr sehr real war. So ein Mist! Sie hatte alles falsch gemacht. Warum um alles in der Welt hatte Tesla nicht diese Aufgabe übernommen? Warum hatte er es nicht stattdessen ihr überlassen, die Polizei zu informieren? Aber womöglich hätte sie auch das nicht hingekriegt.

»Lass mich los, Rick. Ich muss dringend jemanden ...«

»Gar nichts musst du.«

»Rick! Ich schreie!«

»Warum? Ich tu dir doch nichts. Ich bin's doch, Ricky, dein Ricky, hast du mich so schnell vergessen?«

Seine Stimme war eine Spur zu hoch; sie versprach Gefahr. Zu spät begriff Bell, dass er sie längst unter das Rad gezogen hatte. Genau dorthin, wo Sol und sie sich gegenseitig mit Waffen bedroht hatten. Das Licht reichte kaum bis hierher. Verzweifelt blickte sie zurück, suchte den Astor-Waggon, doch die Kartenhäuschen und hölzernen Verkleidungen des Radfundaments versperrten ihr die Sicht. Der Boden vibrierte, die verborgene Dampfmaschine nahm ihre Arbeit auf; ächzend begann sich das Rad zu drehen. Die Zuschauer applaudierten dem Monstrum wie aus weiter Ferne. Das Orchester spielte einen Tusch.

»Hallo, Bell.«

»Gianluca? Du bist auch hier?« Was ging hier vor? Und wer war diese Frau? Bell hatte sie noch nie gesehen. »Ich weiß nicht, was ihr von mir wollt«, sagte sie. Die Furcht ließ ihre Worte hohl klingen. »Aber wenn ihr mich nicht gehen lasst, schreie ich wirklich.«

»Du bist nicht auf unserer Seite, Bell«, sagte Gianluca. Er hielt eine Hand erhoben, als wolle er sie schlagen. »Du hast die Familie enttäuscht. Du hast Ricky enttäuscht. Ständig muss er sich wegen dir ärgern. Ich hab ja schon immer geahnt, dass du ein Problem bist …«

»Halt's Maul, Bruder.«

Bell riss sich los, fuhr herum. Ein stinkendes Tuch wurde von hinten auf ihr Gesicht gepresst. Rasch fehlte ihr die Luft für jegliche Gegenwehr. *Rick, was ist bloß aus dir geworden?*, dachte sie. Und: *Sol, ich fürchte, ich werde es nicht schaffen. Vielleicht kannst du das Unglück noch verhindern.*

Sol hatte sich mit seinem Billett Einlass verschafft, ungeachtet seiner unpassenden Garderobe. Hätte er geahnt, dass es ihn an diesem Abend noch hierhin verschlagen würde, hätte er sein Jackett nicht auf dem Elektrischen Stuhl liegen lassen. Nun ja. Die kritischen Blicke waren ihm gleich, solange man ihn in Ruhe ließ. »Die Astor lässt aber auf sich warten«, hörte er einen Mann neben sich sagen, der vergnügt an einer Pfeife sog. »Oder ist sie in einer der Gondeln?«

»Die Vanderbilt kam damals in ihrem Diamantenkleid eine Treppe hinabgeschwebt«, erwiderte eine Frau aufgeregt. »Bestimmt will die Astor sie übertreffen, indem sie jetzt aus dem Riesenrad steigt. Ihre Ideen sind legendär.«

»Von einer altägyptischen Prinzessin darf man ja auch einiges erwarten. Oder war es eine römische Vestalin, als die sie glaubt wiedergeboren zu sein?«

»Spotten Sie nicht!«

Sämtliche Anwesenden hatten die Köpfe in die Nacken gelegt und hielten nach Lady Astor Ausschau. Sol hatte andere Sorgen. War Bells Warnung angekommen? Und wo blieb sie?

Er erkannte im Gewühl Westinghouse, der unruhig auf seine Taschenuhr blickte und sich mit einigen Herren beriet. »Haben Sie Miss Bennett gesehen, Mr. Westinghouse?«, fragte Sol, nachdem er sich zu ihm durchgeschoben hatte. Er erntete einen irritierten Blick, der wohl auch seiner Aufmachung galt, und ein Kopfschütteln.

»Darf ich fragen, wer das zu wissen wünscht?« Offenbar hatte der Elektromagnat es sich zur Aufgabe gemacht, Bell vor windigen Burschen zu schützen.

»Hat sie mit Ihnen gesprochen?«, fragte Sol stattdessen.

»Bedaure, nein«, erwiderte Westinghouse abweisend.

Verdammt! Sol ging rasch weiter. Er fiel unter diesen Leuten auf; seine Gegenwart konnte Bell schwerlich entgehen. Es sei denn, irgendetwas war ihr zugestoßen.

Rick Vesichetti. Sie war auf Vesichetti getroffen. Der hatte sie aus Zorn abgestochen. Sols Phantasie schlug wüste Wellen. Anders war nicht zu erklären, dass er jetzt Sarah sah. Sie hatte sich nicht verändert – eine unterkühlte Schönheit mit breiter Hüfte und schmaler Taille, mit starken Händen und ungewöhnlich groß. Sie trug ein Kleid aus malvenfarbener Seide, auf dem sich das Licht des sich drehenden Rades brach, die dunkelblonden Haare in üppige Locken gelegt, auf dem Kopf einen Hut mit bunten Seidenblumen. Edel und stolz, passend zum Anlass, und doch, wie üblich, eine Spur zu aufgedonnert. Ihr rot lackierter Mund lächelte ihn an. Er suchte Bell und fand Sarah, was für eine neuerliche Verrücktheit war dies?

»Henry? Ich hatte gehofft, dich hier zu finden.«

»Sarah ... Woher ...?« Er wusste nicht, was er sagen sollte. Ihr Anblick ließ ihn seltsam kalt. Er konnte nicht glauben, dass sie hier war. Ihm kam die Sandwichtafel in den Sinn, die der Junge gestern getragen hatte: *Hier trifft sich die Welt.* Aber musste die Welt so penetrant sein?

»Ich bin hier, um die Ausstellung zu besuchen, Henry«, sagte sie, als könne sie ihm seine Verwunderung von der Stirn ablesen. »Ansonsten lebe ich mittlerweile in New York, und du? Wie ist es dir in den letzten Jahren ergangen?« Sie wusste nicht, was mit ihm geschehen war? Oder machte sie sich über ihn lustig? Warum war *sie* nicht überrascht? Halb wandte sie ihm die Schulter zu, sie blickte das Rad hinauf. Das Orchester spielte inzwischen *Illinois*.

»Ich freue mich, dich wiederzusehen, Sarah.«

Unter schweren Lidern musterte sie ihn von oben bis unten. »Ja, ja, ich mich auch. Aber was sollen die Leute von mir denken, wenn ich mich mit einem Kerl in so einem unpassenden Aufzug unterhalte? Komm, lass uns irgendwohin gehen, wo uns niemand sieht.«

Irgendetwas läuft hier komplett aus dem Ruder, hämmerte es in seinem Kopf, während er ihr folgte. Die Hände am gerafften Rock, marschierte sie mit langen Schritten voran. Ein Bild blitzte vor seinem inneren Auge auf: Boston. Sarah schritt auf das Haus seines Vaters zu. Damals hatte er still bewundert, wie geschickt sie mit der Fülle der Stoffschichten und Volants hantierte; musste man nicht unweigerlich auf den Saum treten und die Verandastufen hinaufstolpern? Aber so war Sarah; keine Frau, die er kannte, besaß eine solche Körperbeherrschung. Sie war geschaffen für feine Kleider.

Sie befanden sich jetzt im Schatten des Rads, aus dem Augenwinkel sah er einen Pullman-Waggon. Dahinter die geschlossenen Verkaufsbuden und Holzzäune, alle mit Flaggen und Wimpeln geschmückt. Was wollte Sarah mit ihm in diesem düsteren Loch dort, das den Eingang zum Maschinenraum, der Unterwelt des Rades, darstellte? Aus der Schwärze löste sich niemand anderer als Rick Vesichetti. Er kam auf ihn zu. Hob zum Gruß den Seidenderby.

»Guten Abend, Mr. Tyner. Hat Sarah Sie also tatsächlich gefunden, und das so schnell. Wir hatten gehofft, dass Sie uns mit einem Besuch beehren.« Vesichetti griff unter sein Jackett, als wolle er eine Brieftasche hervorziehen, doch es war ein Stilett. »Darf ich Sie bitten, mit uns in unsere kleine Höhle zu kommen? Nur für ein kleines Gespräch.«

»Ist Bell bei Ihnen?«

»Aber ja.«

Wenn du ihr irgendetwas angetan hast ... Sol folgte dem eigenartigen Paar, obschon ihm klar war, dass er im Begriff war, den Fuß in ein riesengroßes Fangeisen zu stellen. Er hatte keine Wahl; er musste wissen, was mit Bell war. Wussten die beiden, was dieser Ort ihm bedeutete? Hier hatten er und Bell sich gegenübergestanden, sich gegenseitig bedroht, sich zum ersten Mal richtig geküsst.

Sie betraten den Unterbau. Der Geruch des Maschinenöls hing schwer im eisernen Gebälk, durch die Sohlen spürte er die leichte Vibration des Bodens. Das Ächzen der Antriebskette erfüllte den Raum, und wie aus weiter Ferne war das Wummern der Dampfmaschine zu hören.

Bell lag am Boden auf der Seite, offenbar bewusstlos. Verletzt schien sie nicht zu sein. Bei ihr kniete der glatzköpfige Zerberus. Knarrend näherte sich die nächste Gondel, wie ein gewaltiger Waggon schwebte sie langsam dicht über ihren Köpfen hinweg, ihr riesenhafter Schatten verschluckte Bell und ihren Bewacher. Nach langen Sekunden brachen wieder die Lichtfinger durch die unzähligen Stahlstreben des Giganten.

Sol spürte seine Finger zucken. Er wollte ihn schlagen. Ihn bestrafen, für das, was er Bell angetan hatte. Er zwang sich zur Ruhe. »So sehen wir uns also wieder«, knurrte er. »Ihr steht anscheinend darauf, euch wie die Ratten an schummrigen Orten zu versammeln. Nun, habt ihr wieder einen Auftrag für mich? Wer soll's denn nach dem Präsidenten diesmal sein? Die Astor? Soll ich auf die Bühne gehen und sie abknallen? Lasst mich teilhaben an euren verqueren Gedanken.«

»Red du nur«, sagte Vesichetti leise. »Solange du still hältst. Wenn du dich bewegst, ergeht es Bell noch schlechter.«

»Was bist du eigentlich für ein krankes Arschloch?«

Sarah trat an Sols andere Seite, griff hinter seinen Rücken, dann in seinen Stiefel und trat wieder vor ihn. In einer Hand seinen Colt, in der anderen sein Messer.

Er lag am Boden. Krümmte sich. Der Schmerz raste wieder und wieder durch seinen Körper. Er berührte das Metall nicht mehr, aber war die Elektrizität immer noch in ihm? Es fühlte sich so an. Wie ein Insekt fühlte er sich, das man auf einen glühenden Draht gespießt hatte. Zur Bewegungsunfähigkeit verdammt, ohne Chance auf Entkommen. Er sah, dass sein rechter Arm, der etwas Metallisches berührt hatte, gebrochen war. Der Stromschlag hatte seine Knochen bersten lassen. Es war ein Teufelszeug. Irgendwie schaffte er es, sich herumzuwälzen. Er sah die Frau, wer war sie? Sarah? War das ihr Name? Sie stand im offenen Tor des Stalls. In der Hand einen Revolver. Die Augen weit aufgerissen.

Henry!

Das Messer warf sie weit von sich, den Colt reichte sie Vesichetti. Sie lächelte. »Sorry. Ich hab leider nicht vergessen, wo du dein Zeug trägst.«

Ein zweites Bild: Sarah. Die gleiche übertrieben gelockte Frisur. Das gleiche Lächeln. Sie standen im Salon seines Vaters.

Die sich überlagernden Bilder verwirrten ihn. Er blinzelte. Bell. Sarah war egal, nur Bell zählte jetzt. Was sollte er tun? Er würde alles dafür geben, wüsste er sie in Sicherheit.

»Und? Wie geht es jetzt weiter?«, fragte er.

»Wir zwei machen jetzt einen kleinen Spaziergang durch den Park.« Mit dem Colt zielte Vesichetti auf Sol; das Stilett hielt er nun mit der linken Hand. »Gianluca und Sarah kommen mit Bell nach. Wenn du nicht spurst, ist sie tot. Wenn sie nicht spurt, bist du tot.«

In Sol stieg heiße Wut auf. Dass sie ihn umbringen wollten – geschenkt. Aber Bell? Seine Gedanken wirbelten durcheinander. Die Mobster waren hier, weil sie gewusst hatten, dass die Wahrscheinlichkeit, Bell aufzustöbern, bei dieser Gala hoch war. Und wo Bell war, war auch er. Und jetzt wollten sie Bell und ihn in einem stillen Winkel des Parks beseitigen. Und dann in den See werfen. Oder bis zur Unkenntlichkeit verstümmeln. Bell Bennett, leichtfertige Verlegerstochter aus New York: eine von unzähligen Frauen, die sich nach Chicago aufmachten und einfach … verschwanden.

»Das wird nicht klappen«, warf Sarah ein. »Ich kenne ihn. Er wird Probleme machen. Nein, schlagt ihn hier und jetzt nieder. Erschießt die Frau und dann drückt ihm den Colt in die Hand. Dann gehen wir unterhalb des Rades auf die andere Seite des Midway und sehen zu, dass wir verschwinden. Er ist ein Mörder auf der Flucht. Niemand wird bezweifeln, dass er sie umgebracht hat.« Der Schatten der nächsten Gondel schwärzte ihr Gesicht.

»Und mein Motiv?«

»Brauchst du eins?« Das Licht kehrte zurück, brachte wieder eine schöne Frau zum Vorschein. »Also gut. Die Reporterschlange ist dir auf die Schliche gekommen. Ist irgendwie an dich geraten, hat vielleicht in deinen Sachen gewühlt und da oder sonst wo Hinweise auf deine Identität entdeckt. Vielleicht ergaunertes Geld? Das ihr gehörte? Gar deinen Steckbrief?«

Dass sie Punkt um Punkt so zielsicher traf, zeigte ihm, dass der Plan aufgehen würde. Trotzdem glaubte er so etwas wie Angst in ihrer Stimme wahrzunehmen. Hatte sie doch Skrupel? Der Glatzkopf Gianluca hatte jedenfalls keine, er rieb die Finger aneinander, als könne er nicht erwarten, endlich zuzuschlagen.

»Rick ist Zeuge. Er war es, der dich niedergeschlagen hat, aber Bells Tod nicht mehr verhindern konnte.«

Vesichetti zog eine Grimasse. Es war ihm unschwer anzusehen, wie ihm die Aussicht missfiel, diese Rolle zu spielen. *Ich bin am Ende*, dachte Sol. Kein von langer Hand durchdachter Plan könnte so wasserdicht sein wie dieser aus dem Boden gestampfte.

Sarah kam auf ihn zu und sah zu ihm hoch. »Tut mir wirklich leid, Henry«, murmelte sie. »Aber ich muss an mich denken. Du bist doch sowieso verloren.«

»Oh, oh, Ricky«, sagte Gianluca. »Sie wacht auf. Kein guter Zeitpunkt.«

Im Zurücktreten schwang Sarah herum, und Sol sah, wie Bell sich stöhnend auf dem Boden wälzte. Ihre Lider flatterten.

»Worauf wartest du?«, zischte Sarah.

Worauf wartest du, Henry? Geh zu deinem Vater in den Salon, da sitzt er und säuft. Du willst dich mit ihm versöhnen? Ihr beide seid wie Feuer und Wasser. Sieh zu, dass du seine Zusage bekommst, dass er dir dein Erbe auszahlt. Bevor er völlig betrunken ist.

Und dann, Sarah? Was tun wir dann? Ich dachte, du wolltest hier mit mir leben.

Mir war nicht klar, dass dein Vater wirklich so ein widerlicher Kerl ist. Mit dem lebe ich nicht unter einem Dach, niemals. Wir leben anderswo. Mit dem Geld. Wieso nur hast du ihn damals nicht abgeknallt?

»Ladies und Gentlemen! Darf ich mich vorstellen? Mein Name ist George Westinghouse.« Die Stentorstimme des Erfinders und Großindustriellen war bis hierher klar und deutlich zu vernehmen. »Sie haben sich versammelt, um Zeuge eines unvergesslichen Augenblicks zu werden. Eine Galarobe, besteckt mit tausend Glühlämpchen, sollte Mrs. Astor in eine Göttin des Lichts verwandeln. Ich bin sehr, sehr betrübt, Ihnen mitteilen zu müssen, dass Mrs. Astor ihren Auftritt überraschend abgesagt hat. Sie lässt ausrichten, dass sie indisponiert ist.«

Bell machte Anstalten, sich aufzurichten; ihre Hände tasteten über den Boden. Es sah nicht so aus, als habe sie schon begriffen, in welcher Lage sie sich befand.

Der Lauf von Sols eigener Waffe berührte seine Schläfe, als Vesichetti ihn bedrohte. »Ho, ruhig, Brauner! Schön stillhalten.«

»Es ist vorbei, die Astor wird nicht sterben«, knurrte Sol. »Ihr Knallchargen habt auf ganzer Linie versagt.«

»Halt's Maul.«

»Rick! So tu doch etwas!« *Henry! So geh doch endlich! Er ist im Stall? Dann geh in den Stall!*

Mittlerweile kauerte Bell auf allen vieren, ein Speichelfaden rann ihr aus dem Mund. Die Nachwirkungen von Chloroform, vermutete Sol. Gianluca stand über sie gebeugt und hielt sie mit beiden Pranken fest. Sol spannte die Muskeln an. Wenn die nächste Gondel das Licht raubte, würde er es tun: auf Sarah zuspringen, die Hände um ihre Kehle legen und sie als Geisel nehmen.

»Ich kann sie nicht töten«, murmelte Vesichetti.

»Du musst!«, fauchte Sarah.

Du musst, Henry!

Du hast keine Wahl.

Du musst, du musst, du musst ...

Gianluca riss Bell mit einem Ruck hoch. »Ich tu's für dich, Ricky. Ich lass es wie einen Unfall aussehen, ja? Schau weg, Ricky, es wird ganz schnell gehen.«

Wie ein Kind hob er sie in die Höhe, und Sol fragte sich, was um alles in der Welt er tun wollte. Als die nächste Gondel kam, begriff er. Bells Glieder hingen kraftlos an ihrem Körper herunter. Vesichetti war abgelenkt; Sol rammte ihm den Ellbogen gegen die Brust, sodass er japsend in die Knie ging. Ein schneller Griff nach dem fallen gelassenen Stilett. Der Glatzkopf hatte sich halb gedreht, Bell war im Schussfeld, keine Zeit, zu hadern. Er zielte schnell und unbewusst; das Stilett entglitt Sols Hand, flog zwischen Bells Arm und ihrer Flanke in Glatzes Gesicht. Im gleichen Augenblick, da Gianluca mit Bell im Arm in die Knie sackte, glitt die Gondel über sie hinweg.

»Bruder«, hörte er Rick neben sich stöhnen. Sol entwand dem benommenen Vesichetti den Revolver. Das Blatt hatte sich gewendet.

Rick! Rick! Es war eine fremde Frau, die diesen Namen schrie. *Rick, wir müssen das jetzt durchziehen. Rick, Rick* ... Die Stimme hallte in Bells benommenem Schädel. *Gianluca ist tot.* Wer sagte das? Egal. Träume waren das, Albträume, darum musste man sich nicht kümmern. Bell fand sich auf kaltem, öligem Boden wieder. Um sie herum rauschten mechanische Geräusche. Eisengeschwängerte Luft. Beim Versuch, aufzustehen, fasste sie in warme, klebrige Flüssigkeit. O Gott, was war hier passiert? Sie wollte weg, nur weg ... Ihr Körper fühlte sich an, als wären sämtliche Knochen gebrochen, trotzdem schaffte sie es irgendwie, sich auf die Füße zu stemmen und nicht wieder zu fallen. Wo war sie hier? Licht sickerte von oben auf sie herab, doch zu sehen vermochte sie kaum, alles war düster. Sie wankte vorwärts, ihre Finger stießen gegen Holz – eine Bretterwand? Sie tastete sich weiter. Verlor den Halt. Fand dann Metall. Ein Gestänge, nein, eine Leiter, die einen Fluchtweg versprach. Ihre Hände krallten sich darum, ihr Fuß fand eine Strebe. Hinauf, nur fort! Alle Kraft musste sie aufbieten, damit ihre blutverschmierten Hände nicht von den Streben abglitten.

»Bell.«

Fast hätte sie geschrien vor Schreck, doch ihr entwich nur ein Krächzen. Es schien ihr, als legte sich eine Hand an ihr Gesäß und drücke sie nach oben.

»Schnell, weiter, Bell. Kriegst du das hin?«

»Wwwas? Wer ...?«

»Ich bin's. Sol.«

»Haltet sie auf!« Irgendjemand – eine weibliche Stimme.

»Bell!« Das war eindeutig Rick. »Komm zurück!«

Ich tu alles, nur nicht das. »Ich – ich schaffe es nicht, Sol.« Sie war ein Beutel aus Gallert, ein Sack Mehl, ein halb toter Körper ohne jede Kraft. Was hatten sie nur mit ihr gemacht? Dunkel erinnerte sie sich an ein Tuch vor ihrem Gesicht und etwas Widerliches, das sie eingeatmet hatte.

»Und ob du das schaffst.« Dicht an ihrem Ohr gab Sol das vertraute Knurren von sich. Er war an ihrer Seite, hatte sie im Arm, wuchtete sie die Leiter hinauf, sodass ihr keine Wahl blieb, als sie Sprosse um Sprosse zu erklimmen. Ihre Hände waren nicht länger schlüpfrig, sondern widerlich klebrig. Ein gefährliches Rauschen näherte sich. Eine der Gondeln. Plötzlich ein Knall, der ihr fast das Trommelfell zerriss. Sol war an ihr vorbeigeklettert, mit dem Stiefel trat er auf ihre Schulter, dass sie glaubte, sie müsse brechen.

»Deine Hand, Bell!«

Sie reckte den Arm, der sich mit seinem verkeilte. Mit einem Ruck hob er sie hoch.

Sol staunte darüber, so etwas wie Glück zu haben: Er hatte Vesichetti überwältigt, und dass es ihm jetzt gelungen war, eine der Gondeln zu entern, erschien ihm unglaublich. Er hatte das Schloss der Gondeltür aufgeschossen, sie aufgetreten und sich hineingeworfen. Hatte sich auf den Bauch gewälzt und Bells Arm gepackt. Hier endete sein Glück. Den Revolver hatte er bei dieser halsbrecherischen Aktion verloren, und es war ihm nicht gelungen, Bell mit sich in die Kabine zu ziehen. Ein Teil von ihm wollte sein Entsetzen herausbrüllen, der andere Teil erwog nüchtern, was jetzt geschah: Das Rad trug Bell und ihn in schwindelerregende Höhen, und seine Hand begann langsam an Bells Arm abzugleiten.

Mit der anderen Hand versuchte er nach ihrer Schulter zu greifen, ihr Kleid zu packen, doch er bekam sie nicht zu fassen. Stattdessen packte er mit beiden Händen ihren einen Arm.

Eine Kugel pfiff dicht an seinem Kopf vorbei. Auf dem Dach der unteren Gondel stand Vesichetti. Eine Hand am stählernen Rad, hielt er seine Waffe erhoben. War der Kerl jetzt komplett wahnsinnig geworden? Längst konnten sämtliche Leute dort unten im Publikum von tausenden Glühlampen erhellt sehen, was hier vor sich ging. Sol hörte ihre Schreie, bemerkte, wie sie heraufdeuteten und die Hände vor die offenen Münder gepresst hatten. Die Musik des Orchesters erstarb mit einem Misston.

»Vesichetti!«, schrie er. »Du hast keine Chance mehr. Der ganze Mist, den du dir da ausgedacht hast, ist vorbei.«

»Bell!«, rief der Mobster. »Bell!« Und dann, nach einem weiteren Schuss: »Tyner! Dich knall ich ab, und wenn es das Letzte ist, was ich tue. Du kriegst Bell nicht.«

»So halte doch jemand das Rad an«, kam es von unten, doch das geschah nicht. Ein paar vergessene Schrauben erzeugten beim Herabregnen hallende Töne. Bell schrie, als Vesichetti die dritte Kugel verschoss. Im Aufsteigen geriet die obere Gondel nah an Vesichettis ausgestreckte Hände heran; es wäre ihm möglich, Bells Füße zu packen. Er schien zu überlegen, ob er das tun sollte; aber vielleicht besaß er noch einen Rest von Verstand, der ihm sagte, dass von all seinen sinnlosen Taten dies die unsinnigste wäre. Das Gondeldach war leicht abgeschrägt, und er hatte Mühe, das Gleichgewicht zu halten.

Er zielte auf Sol. Fünf, sechs Fuß zwischen dem Lauf und Sols Stirn, mehr war da nicht. Die Gondeln schwankten nur leicht. In seiner Verzweiflung mobilisierte Sol sämtliche Kräfte, versuchte Bell hochzureißen. Ein tierischer Schmerz jagte von seiner rechten Hand bis in seine Schulter hinauf; zwischen seinen Händen sackte Bell ein Stück herab. Jetzt spürte er nur noch Angst um sie.

Vater, du hast dieses Ding an den Platz gestellt, wo Thunderers Box war?

Ja, glaubst du, ich will diese Maschine im Haus haben? Man stellt Hausgeneratoren in Ställe oder Keller. Geh nicht zu nah ran, der Elektriker sagte, einige Kabel seien falsch angeschlossen, deshalb steht das Ding unter Strom. Das soll heute noch in Ordnung gebracht werden.

Und du stellst es bis dahin nicht ab?

Wozu? Niemand fasst es an. Nicht einmal die Mäuse.

Die Frau, die ihm vertraute, die sein Leben ändern konnte, die er um Gottes willen nicht verlieren wollte, drohte ihm zu entgleiten. Er wollte sie verdammt noch mal retten. Doch der Tod war wieder da und wollte sie beide fressen.

Du willst dein Erbe? Mit welchem Recht? Was wird später auf deinem Grabstein stehen? Henry Tyner, ein Mann, der sein Erbe verspielt hat? Oder hast du noch irgendein anderes Talent, auf das du stolz sein kannst?

Vater, ich bin nicht gekommen, um zu streiten.

Natürlich nicht, du suchst wie der Strom den Weg des geringsten Widerstands! Und diese Frau, die du angeschleppt hast! Sie ist unserer Familie nicht würdig. Sie wird dich endgültig in den Abgrund reißen. Ich hab sie bereits durchschaut, als sie wie eine Königin die Verandatreppe heraufgewackelt kam. Die spekuliert nur aufs Erbe, das war mir klar. Ha, hab ich deinen wunden Punkt getroffen, Sohn? Dann fang mal an, dein Hirn einzuschalten. Im Gegensatz zu dir sehe ich alles ganz klar. Die Frau ekelt sich vor mir. Sieht mich an, als sei ich eine Spinne, die auf ihrem Diamanten sitzt.

Du täuschst dich in Sarah.
Henry, hör auf! Sonst knall ich dir eine!

»Du musst mir helfen, Liebes«, würgte er zwischen zusammengebissenen Zähnen hervor. Die vierte Kugel schlug gegen den metallenen Türrahmen und flog ihm als Querschläger um die Ohren. Bell sah ihn an. Ihm schien, als habe sich ihr Blick geklärt. Es tat ihm weh, ihre nackte Verzweiflung zu sehen. Die Erkenntnis, dass sie beide sterben würden – sobald er getroffen war, würde sie abstürzen. Mit der freien Hand raffte sie die Rockschichten. Griff unter sich. Förderte den Deringer zutage. Und reichte ihn zu ihm herauf. Ein Kraftakt; sie stöhnte laut. *Gut gemacht, Bell, mein tapferes Mädchen.* Er musste eine Hand lösen, um die Waffe greifen zu können. Sie zitterte unkontrolliert.

Mit einem Ruck stoppte das Rad. Fast hätte er die lächerlich kleine Waffe fallen lassen. Mittlerweile hatte die Gondel den Zenit erreicht; Vesichettis Gondel war fast auf gleicher Höhe. Eine Hand am Rad, beugte Vesichetti ein Knie und zielte.

Henry? War er das? Oder der ältere Mann, der am Boden herumzuckte und im Begriff war zu sterben? In der Zeit, in der die Frau auf ihn zukam, stürzte er von einer Ohnmacht in die andere, es mochten hundert sein. Die Luft stank nach Eisen, nach Blut und nach Tod. Wo war er hier? Was tat er hier? Wer war die Frau, die an seiner Seite kniete? Und unentwegt »Henry« rief.

Kein Henry. Den gab es nicht. Er selbst war nur ein Klumpen Fleisch, eingehüllt von einer Schicht aus Schmerz und Sinnlosigkeit und Angst.

Henry?
Wer bist du? Hilf mir doch.

Es schien, als vergingen Stunden, da sie nachdenklich auf ihn herabblickte. Aber was waren Stunden? Das musste er nicht wissen. Aus der Masse, die sein Leib zu sein vorgab, rann das Wissen wie Mehl aus einem kaputten Sack.

Sie gab ihm ein Ding. Wie nannte man es? Waffe? Es hatte getötet. Das Ding … Waffe … Vater … Tod.

Sol wusste, er hatte nur einen Schuss. *Beim Zielen nicht nachdenken. Erfahrung, Gespür, ein gutes Auge und viel Instinkt …* Der winzige Lauf zielte auf Vesichettis Brust. Er drückte ab. Nichts! Ladehemmung.

»Wer war denn so dämlich und hat das beschissene Rad angehalten?«, kläffte unten eine ihm wohlbekannte Stimme. Jane? »Habt ihr eure dämlichen Köpfe nur zum Zylinderschleppen? Seht zu, dass ihr sie da runterholt, ihr Idioten!«

Plötzlich begann das Rad zu vibrieren. Eine unsichtbare Kraft schien das Gestänge heraufzukriechen und zum Leben zu erwecken. Die Gondeln schwankten. Erschrockene Schreie drangen herauf. Sol ächzte, Bell keuchte vor Entsetzen. Was war das, ein Erdbeben? Aus dem Augenwinkel sah er, wie Rick Vesichettis Füße am Schrägdach abglitten. Er fiel.

»Bell. Du musst mir helfen, sonst kann ich dich nicht hochziehen.« Sie hörte seine Worte, aber sie konnte nicht gehorchen. Ihre Muskeln waren immer noch wie aus Watte.

»Ich kann nicht, Sol.«

»Doch, du kannst. Sieh mich an.«

Sie tat es. Sie sah hinauf in seine Augen.

»Komm schon, Philea. Du musst nach Hause. Dein Passepartout hat nämlich vergessen, den Gashahn zuzudrehen.«

Sie hätte gelacht, wenn es nicht zu viel Kraft gekostet hätte. Irgendwie schaffte sie es tatsächlich, mit der freien Hand nach dem Türrahmen zu tasten und sich daran festzukrallen. Mit einem Schrei, in dem all seine Kraft lag, zog Sol sie in die Gondel. Sie kam auf ihm zu liegen, spürte seinen erhitzten, vor Anstrengung angespannten Körper. Sein schweißnasses Gesicht war unter ihr; mit beiden Händen umfasste sie es. Rick war gefallen, das hatte sie gesehen. Stumm war er in der Tiefe entschwunden, und sogar die Menge hatte zu all dem geschwiegen, als genügten Schreie nicht mehr, das Entsetzen auszudrücken. So plötzlich, wie das Rad gebebt hatte, stand es wieder still. Bell lauschte. Hier oben pfiff der Wind um die Gondel, die leicht in ihren Halterungen ächzte. Der Innenraum war groß und mit Holzbänken sowie riesigen, bis fast zum Boden reichenden Glasfenstern ausgestattet. Sie musste nur den Kopf heben, um über eine unfassliche Weite hellen Lichts zu blicken, ein Meer aus Sternen über einem schwarzen Land. Das Wunder elektrischen Lichts.

»Geht es dir gut?«, fragte Sol.

»Ich – ja …« Sie strich sich über das zerzauste Haar, wie um sich zu vergewissern. Der Schreck oder die kalte Luft hier oben hatten ihre Benommenheit zerstreut, es war nur ein leichtes Pochen hinter ihrer Stirn geblieben. »Und dir?«

Er setzte sich auf. Erschrocken sah sie, dass er am ganzen Leib zitterte. Er hielt sich die rechte Hand; offenbar hatte er sich den kleinen Finger wieder ausgerenkt. »Ich … ich erinnere mich wieder. Nicht völlig; es sind Bilder, wie Albträume. Aber ich bin mir sicher, meinen Vater nicht umgebracht zu haben.«

Sie wollte sagen, wie sehr sie das erleichterte, doch sie brachte kein Wort heraus, so elend sah er aus. Sie öffnete die Arme; er zog sie an sich, nein, er warf sich auf sie, umschlang sie mit aller Kraft.

»Sarah hat es getan«, sagte er. »Sarah …«

»Diese Frau war Sarah?«

Er nickte. »Mein Vater stritt mit mir, schlug mich, ich taumelte gegen irgendetwas, das unter Strom stand. Ich sehe es wieder vor mir, ein mannshohes gusseisernes Ding; es sah aus, als habe man mehrere Eisensterne groß wie Wagenräder nebeneinander in ein Gestell gehängt.«

»Ein Generator.«

»Sie hat ... meinen Vater erschossen.« Er keuchte dicht an ihrem Ohr, dass es ihr durch Mark und Bein ging. Die blanke Angst, nein, die Panik musste seine Blockade gelöst haben. »Dann bekam sie es mit der nackten Angst um ihr eigenes Leben zu tun. Deshalb drückte sie mir die Waffe in die Hand. So war es. Ja, ich bin sicher. Es ist alles noch so wirr in meinem Kopf, es tut weh, Bell, ich möchte schlafen, tagelang ... ich bin ... so ... erschöpft.«

Bell schob ihn ein Stück von sich, um über sein Gesicht zu streichen. Sol sah aus, als sei er Dutzende Meilen am Stück gerannt. Tränen benetzten ihre Finger; sie strich sie weg. Er versuchte sich an einem Lächeln, das gequält ausfiel.

»Bell.« Er ergriff ihren Kopf mit beiden Händen, sah sie an und neigte sich vor, um sie zu küssen. Sie schloss ihn in die Arme.

Ja, sie wünschte ihm den langen, tiefen Schlaf, in dem er all das wieder vergaß. Dies war nicht der beste aller Orte hierfür. Doch sie wiegte ihn, gab ihm Halt, sodass er wenigstens tief durchatmen konnte. Gern hätte sie etwas gesagt wie *Du hast es geschafft*, doch Worte waren jetzt zu viel. Sie starrte durch das Fensterglas in die wundersame Nacht, in den von den Lichtern schimmernden schwarzen Himmel, über dem als schwärzester Punkt der Ballon schwebte. *Wir sind ja ganz oben*, dachte Bell. *Und niemand kann uns etwas anhaben. Nicht für die nächsten Minuten. Wir halten sie fest, bis sie zur Ewigkeit geworden sind.*

Das Anrucken des Rades ließ sie in die raue Wirklichkeit zurückkehren. Die Glocke eines Feuerwehrwagens ertönte.

»Was war das eben?« Widerstrebend löste er sich von ihr. »Ein Erdbeben?«

»Sol, du musst irgendwie verschwinden! Wenn wir unten aus der Gondel steigen, wirst du geradewegs in Handschellen abgeführt!«

Er sprang auf die Beine und war mit ein paar langen Schritten an der Tür auf der anderen Seite. Mit den Händen wischte er sich die Erschöpfung aus dem Gesicht. Er schob den Riegel auf und öffnete sie. »Ich habe eine Chance: Wenn die Gondel an der Ausstiegsplattform hält, springe ich hier hinunter. Ich kann auf der anderen Seite des Midway verschwinden. Dann sehe ich zu, dass ich zu Janes Zelt gelange, und warte dort auf dich.«

»Ich werde da sein«, sagte sie. Auch sie hatte es geschafft, auf die Füße zu kommen. *Ich werde da sein. Und du wirst auch da sein. Ich liebe dich, Sol.* »Alles Gute«, wisperte sie. Die Gondel verlangsamte sich. Ein Blick über die Schulter: Die Leute waren so nah, dass sie einzelne Gesichter erkennen konnte. Sie entdeckte sogar Mr. Westinghouse.

»Ich warte auf dich.« Sol hatte die Tür aufgedrückt. Dann wandte er sich ab, ging leicht in die Knie. Und war verschwunden.

Bell fuhr herum. Die zersplitterte Tür wurde aufgerissen, ein Mann in Uniform starrte sie völlig konsterniert an. »Madam?«, begann er stockend. »Mir fehlen die Worte für das, was wir mit ansehen mussten. Kommen Sie. Können Sie gehen?«

»Ja.« Bell raffte ihr Kleid und stieg auf die Plattform hinaus. Hunderte Gesichter waren ihr zugewandt. Aus mehreren Richtungen flammte Blitzlichtpulver auf. Derangiert, wie sie war, musste sie ihren wackeligen Abstieg über die Treppe mit Würde ausgleichen. Ihre Knie zitterten, doch sie schaffte es. Jemand legte ihr eine Jacke um die Schultern. Zwischen den Gästen waren etliche Guards und Constables, die sich besprachen und einander Anweisungen erteilten, und sie wusste, sie würde etliche Fragen beantworten müssen.

Etwa: »Wer war der Mann, der Sie vor dem Fall bewahrt hat, Madam?«

»Ein Arbeiter, glaube ich. Ich kannte ihn nicht. Ist er nicht mehr da?«

»Sieht nicht so aus.«

»Schade. Ich hätte mich gerne bei ihm bedankt.«

»He, hört doch mit euren blöden Photos auf, ja?« Calamity Jane, komplett in ihrem Westernkostüm, hatte sich am Fuß der Treppe aufgebaut. Viel mochte nicht fehlen, und sie würde mit der Flinte fuchteln, die über ihrer Schulter lag. »Das Luxusweib hat doch wirklich genug Scheiße mitgemacht, verdammt!«

»Na, na«, mahnte Mr. Westinghouse. »Aber wo sie recht hat, hat sie recht. Ich verklage jeden, der die Lady jetzt photographiert! Das hier ist nicht irgendjemand. Es ist Bell Bennett vom *New York Observer.*«

Unten blickte Bell zur Bühne hinauf. Alles sah aus wie zuvor. Ava Willing Astor war ganz offensichtlich nicht aufgetreten. Dafür konnte es nur eine Erklärung geben: Ihre Wachleute waren doch noch auf die Idee gekommen, ihre Warnung ernst zu nehmen. Die Erleichterung ließ Bells Knie noch einmal weich werden. »Könnte ich bitte etwas zu trinken haben?«, fragte sie schüchtern in die Runde.

»Hier.« Kein anderer als Nikola Tesla reichte ihr eine Champagnerflöte.

Sie nahm einen Schluck. Welche Wohltat! »Sagen Sie«, sie neigte sich ihm zu, »waren Sie das? Das Beben?«

Zur Antwort griff er in seine Hosentasche und zog seinen Oszillator heraus.

»Sagten Sie nicht ›*unauffällig*‹, Dr. Tesla?«

Er lächelte. »Ich habe mich wohl geirrt.«

Epilog

New York, 31. Oktober 1893

»Ich habe Ihre Artikelserie über Elektrizität mit Vergnügen gelesen, Miss Bennett. Endlich glaube ich die Sache mit dem Strom begriffen zu haben, diese geheimnisvolle Welt aus Spannungen, Widerständen, Entladungen, die unseren Alltag so hell macht. Ach, bevor ich es vergesse! Ich habe Ihnen etwas mitgebracht.«

Bell legte die Kladde und den Füllfederhalter beiseite und nahm ein Kästchen in Empfang. Es war mit Abbildungen von Schiffen, Eisenbahnen und exotischen Gebäuden verziert, und auf dem Deckel prangte das Gesicht einer attraktiven Frau mit entschlossenem Blick.

»Was für eine zauberhafte Überraschung. Das Nellie-Bly-Brettspiel! Das wollte ich schon immer haben. Und«, vorsichtig strich Bell mit dem Finger über den Schriftzug unter dem Porträt, »Sie haben es sogar signiert! Haben Sie vielen Dank.«

»Keine Ursache.« Die Frau, die ganz real und so schön wie auf der Abbildung vor ihr saß, schenkte ihr ein strahlendes Lächeln. »Es ist die kleine Reiseausgabe für die Handtasche. Ich hoffe, es wird Ihnen so manche langweilige Zugfahrt verkürzen.«

»Oh, ich *hoffe* auf langweilige Zugfahrten.« Bell lachte. »Bitte keine Entgleisungen, Überfälle und sonstige Zwischenfälle.«

»Kanada ist allerdings ein raues Pflaster, und ungemütlich kalt wird es um diese Jahreszeit dort auch sein. Wenn Sie noch einen Rat brauchen …«

»Von Ihnen immer, Miss Bly.«

»Dann vergessen Sie diese dumme Muffmode, die nur dazu gedacht ist, die Hände einer Frau zu fesseln, und nehmen ein Paar robuste Lederhandschuhe. Das Gleiche gilt für einschüssige Deringer – Schnickschnack, nichts weiter. Ein Revolver sollte es schon sein, und er gehört in die Handtasche und nicht unter den Rock.«

»Ich werde es beherzigen.« Das mit dem Deringer hatte Calamity Jane ihr auch schon gesagt. Bell lauschte auf die Stimmen ihrer Tanten, wartete auf ein pikiertes *Mit was für Leuten du dich immer einlässt* und *Bist du sicher, dass du das tun willst, Bell*? Doch die Tanten waren verstummt.

Ein Hausdiener schlängelte sich durch die ledernen Sitzgruppen und machte mit einer Verbeugung und einem Silbertablett am Tisch Halt. »Ihr Bahnticket, Miss Bennett.«

»Danke sehr.« Bell nahm den Umschlag in Empfang und verstaute ihn in ihrer Handtasche.

Nellie Bly erhob sich. »Für mich wird es nun Zeit, und ich will Sie nicht länger bei Ihrer Arbeit stören.«

»Es war mir ein Vergnügen, Miss Bly.« Bell reichte ihr zum Abschied die Hand. Ihretwegen hätte dieses Interview noch länger dauern können. Was diese Frau alles erlebt hatte! Welche Pläne noch in ihr schlummerten! Dagegen war sie selbst noch ganz am Anfang.

Aber sie hatte einen großen Erfolg mit ihrer Artikelserie im *New York Observer* eingefahren, gekrönt von dem Interview mit Nikola Tesla; die seltsamen Ereignisse jenes Tages – der ermordete Agent, das Drama am Ferris-Rad – hatten das öffentliche Interesse nur mehr befeuert. Sie war nun fast wie Nellie Bly. Eine ungewöhnliche Frau. Eine Journalistin mit einem Presseausweis, der ihr die Tore zu diesen Räumlichkeiten geöffnet hatte: dem New Yorker Presseclub.

Dicke lederne Fauteuils, Eichentische, Gemälde, Bücherregale und tropische Topfpflanzen aus aller Welt. Und Zeitungen.

Wo man ging und saß, Zeitungen. Der lichte Raum mit sechs Yards hoher Stuckdecke war von Geraschel, Tabakqualm und dem Gemurmel der Herren erfüllt, die ihre Köpfe zusammengesteckt hatten. Manche lasen, manche schrieben; andere hasteten durch den Raum, als gelte es irgendwo eine wichtige Nachricht abzugreifen. Und sie beäugten Nellie Bly so misstrauisch wie bewundernd, während sie in ihrem schlichten Wollkleid hinausmarschierte.

Erst recht betrachteten die Herren Bell als exotisches Gewächs, um deren Tisch man besser einen großen Bogen machte. Doch weichen würde sie nicht! Nach Miss Bly war sie die zweite hier, und bestimmt würden weitere Frauen folgen. Dann würde sich in den altehrwürdigen Räumlichkeiten so einiges ändern.

Erneut kam der Hausdiener zu ihr. »Miss Bell, ein Telegramm für Sie.«

»Danke.« Sie fischte den Umschlag vom Silberteller und riss ihn auf. Das Telegramm war von der berühmten Detektei Pinkerton.

AUFTRAG KURZ VOR ABSCHLUSS STOP ZIELPERSON IN PHILADELPHIA AUSFINDIG GEMACHT STOP

Gott sei Dank. Die ersehnte Nachricht.

Die Zielperson. Und mit ihr der steinige Weg, der vor ihnen lag. Sol wusste, dass er seinen Vater nicht getötet hatte. Dass es Sarah Hughes gewesen war. So war sie der Schlüssel zu seiner Freiheit. Sie galt es zu finden. Bells Vater hatte einen Rechtsanwalt engagiert, der nur darauf wartete, den Fall neu aufrollen zu können. Bell steckte das Telegramm in ihre Handtasche und blätterte in ihrer Kladde, wie sie es gern tat, um in Erinnerungen zu schwelgen. Fast bis zur letzten Seite war das Buch gefüllt mit Notizen, Kritzeleien, eingeklebten Postkarten und Artikeln. Autogrammen von George Westinghouse, Nikola Tesla, Thomas Alva Edison und weiteren prominenten Besuchern der Weltausstellung. Und da waren die wenigen gelungenen Photographien aus der Kodak-Boxkamera. Sol im Tretboot. Sol vor dem Elektrizitätsgebäude. Sie selbst auf einer Bank am Lake Michigan, die Kladde auf dem Schoß, wie sie aufblickte und ihn anlächelte. Dann folgten die Zeitungsausschnitte. *Tod am Ferris-Rad.* Ein schrecklicher Abend, der das Rad der Weltausstellung nicht zum Stocken gebracht hatte. Noch Wochen nach jenem Abend hatte sie, kaum dass sie im Bett gelegen und die Augen geschlossen hatte, die schrecklichen Bilder gesehen, hatte sich selbst in unendliche Abgründe fallen gespürt. Es war besser geworden.

Jane hatte Sol in ihrem Planwagen, mit dem sie bei der Gala erschienen war, vom Ausstellungsgelände geschmuggelt; in ihrem Zelt hatte Bell ihn noch einmal sehen können, bevor er seine Flucht wieder aufgenommen hatte. Seitdem – Telephonate, gelegentliche Treffen in abgelegenen Gegenden, Träume vom Ende der Flucht.

Sarah Hughes war einfach verschwunden. Um Rick hatte Bell geweint, ja. Er hätte ein so prächtiger Kerl sein können, wenn er nicht so fürchterlich hoch hinausgewollt hätte.

»Miss Bennett, ein Telephonanruf für Sie.«

»Oh. Ich halte Sie ja heute ganz schön auf Trab.«

»Aus Winnipeg.«

»Oh!« Hastig stopfte sie ihre Sachen in die Tasche und sprang auf. Jetzt nur nicht hektisch werden unter all den prüfenden Blicken der Gentlemen, die nur darauf lauerten, behaupten zu können, dass einer Frau die Atmosphäre eines Clubs nicht guttat. Vielleicht sollte sie einmal über die angebliche Nervenschwäche der Frauen einen Artikel schreiben. Sie gab dem Hausdiener einen Nickel, bedankte sich und schritt hoheitsvoll in Richtung Tür. Sie unternahm einen kleinen Umweg zu ihrem Vater, der eine von fünf New Yorker Zeitungen, die er täglich studierte, vor seinem massigen Körper hochhielt. Die

Titelseite der *Times* würdigte noch einmal die Weltausstellung, die gestern ihre Pforten geschlossen hatte. Eine großartige Zeit war für Amerika zu Ende gegangen; die Welt war gekommen, hatte gestaunt und vor Ehrfurcht geweint, hieß es. Ihr Vater ließ seine Lektüre sinken und strahlte sie an. Wie sehr es sie freute, wenn sie seinen Stolz auf sie so in seinen Augen leuchten sah! Sie drückte ihm einen Kuss auf die Wange. Schmunzelnd strich er sich den Schnauzbart glatt.

»Nun, gefällt's dir hier, Bell?« Seine dröhnende Stimme ließ noch den letzten Mann auf sie aufmerksam werden.

»Aber ja, Daddy. Okay, ein bisschen steif geht es hier schon zu. Und die Luft könnte besser sein.«

»Mein Stichwort – mir ist nach einer Zigarre.« Er zog eine aus der Westentasche. »Aber das Rauchen gewöhn dir bitte nicht auch noch an.«

»Bestimmt nicht, Daddy.«

Der Herr, in dessen Gesellschaft sich ihr Vater befand, legte seine Zeitung auf den Tisch vor sich und rückte seinen Kneifer zurecht, um sie besser mustern zu können. »Noch mehr von Ihrer Sorte, und wir kriegen hier Apfelkuchen und Früchtetee serviert. ›Eine Suffragette in diesem Haus!‹, sagte ich, als die Bly hier aufkreuzte, und jetzt sind es schon zwei. Wer hat nur die Büchse der Pandora geöffnet, John?«

»Ich glaube, das war die Zeit selbst, Alfred.« An Bell gewandt, deutete er mit dem Daumen auf den Herrn. »Wenn's nach Alfred ginge, müssten wir hier unsere Zeitungen noch im Licht von Petroleumlampen lesen. Beachte ihn nicht weiter, Bell.«

Dem Herrn entwich ein Protestlaut, und er verschanzte sich wieder hinter seiner Zeitung.

»Ich muss sowieso ans Telephon, Daddy.« Sie schenkte ihm ein Lächeln und schritt hinaus. Im Club gab es gleich drei Telephonapparate; jeder befand sich in einer eigenen kleinen

Kabine. Der Hausdiener öffnete ihr die Glastür der ersten und reichte ihr, nachdem sie auf dem Stuhl Platz genommen hatte, den Messinghörer, dann ging er hinaus und schloss sorgfältig die Tür. *Fast ein Staatsakt*, dachte Bell belustigt. Mit beiden Händen drückte sie den Hörer an ihr Ohr. Sie hörte ein Knacken und ihren eigenen schnellen Atem.

»Ja?«

»Ich bin's, Philea. Passepartout.«

»Passepartout! Bist du okay?«

»Klar bin ich das, Liebes.« Er klang angespannt. Was wohl auch seiner Eigenart geschuldet war, dass ihm beim Telephonieren schlecht wurde.

»Du rufst zur rechten Zeit an.« Aus Sicherheitsgründen vermied sie es, ihn mit seinem alten Namen anzusprechen. In Winnipeg würde sie ihn Jack nennen. »Ich habe gute Neuigkeiten. Pinkerton ist an Sarah Hughes dran.«

»Wie gut, das zu hören, bei Gott! Ich sehne mich nach guten Nachrichten! Vor allem aber nach dir.«

»Es sind nur noch drei Tage, bis ich bei dir bin.«

»Ich werde der Erste sein, der am Bahnsteig steht und die Zugtüren auf der Suche nach seinem Mädchen aufreißt.«

»Bitte keine auffälligen Aktivitäten, gleich welcher Art.«

»Ich sehne mich eben so sehr danach, mit dir zusammen etwas möglichst Auffälliges zu tun.«

»So auffällig wie das, was wir im Mai getan haben, auf dem Riesenrad?«

»Ja, in etwa. Aber weniger gefährlich. Vielleicht fangen wir damit an, am Central Park in einem Automobil herumzubrettern und gegen einen Hydranten zu donnern. Irgendetwas, was die Polizei auf den Plan ruft, und ich werde ihr ins Gesicht lachen, während ich mit dir im Wasserstrahl stehe, und keine Angst vor ihnen haben. Weil meine Flucht dann verdammt noch mal vorbei ist.«

»So etwas in der Art machen wir. Vielleicht nicht genau das; so ein Auto ist schließlich teuer, und ich will nicht, dass wir uns die Knochen brechen.«

»Wenn du erst hier bist, überlegen wir uns das. Philea, ich muss auflegen, die Amtsdame verlangt den nächsten Dime von mir, den ich erst ergaunern muss. Deine Stimme wird mich durch den Tag tragen. Miss Fogg, Passepartout meldet sich hiermit ab. Ich ...«

Ein Klicken, er war fort. Sie konnte nur noch »Ich dich auch« in den Hörer flüstern.

Sie stand auf, ging hinaus und schloss die Tür.

Auf nach Kanada!

Nachwort

Das Ringen um die Vorherrschaft der Stromsysteme ging als »Stromkrieg« in die Geschichte ein. Die Kontrahenten bekämpften sich mit den im Roman geschilderten Mitteln, und auch die Furcht der Öffentlichkeit vor dem Unfalltod des Präsidenten wurde in den Zeitungen geschürt. Dass windige Leute, die das Wechselstromsystem bekämpften, zwei und zwei zusammenzählten und ein Attentat inszenieren wollten, ist allein der Phantasie geschuldet. Dass all die machtbesessenen Industriemagnaten und Inhaber gegnerischer Aktien ein solches Szenario wenigstens durchspielten, dürfte jedoch wahrscheinlich sein.

Die in sechsundzwanzig Monaten aus einem sumpfigen Gelände gestampfte Weltausstellung präsentierte nicht nur uns mittlerweile Wohlbekanntes und Weltbewegendes wie den Reißverschluss und die Geschirrspülmaschine, sondern vor allem Dinge, die bald wieder zerfielen. Riesige Gebäude aus Holz, Leinen und Gips und Kurioses wie Landkarten aus Gewürzgurken, Freiheitsstatuen aus Salz oder Türme und Figuren aus Schokolade. Auch das Riesenrad von George Washington Gale Ferris, das den Eiffelturm der Pariser Weltausstellung vier Jahre zuvor übertreffen sollte, wurde einige Jahre später verschrottet.

Einige wenige zeitliche Abläufe mussten der Handlung angepasst werden. So war das Rad bei der Eröffnung noch nicht fertiggestellt, die Probefahrt mitsamt ihren herabregnenden

Schrauben fand am 11. Juni statt. Auch hatte Nikola Tesla seinen geheimnisvollen Oszillator erst fünf Jahre später in der Hosentasche. Damit gelang es ihm nach eigener Aussage, in New York ein kleines Erdbeben hervorzurufen. Bei Reportern und Polizeibeamten entschuldigte er sich höflich und erklärte, er könne in wenigen Minuten die Brooklyn Bridge zerstören, wenn ihm danach sei.

Man braucht den Namen eines Hoteliers mitsamt seinem Etablissement nicht zu erwähnen, wenn die Heldin dort gar nicht absteigt. Im Falle von H. H. Holmes und seinem World's Fair Hotel habe ich eine Ausnahme gemacht. Hätte Bell dort eingecheckt, wäre ein Roman ganz anderer Art entstanden. Falls es einen solchen nicht gibt, dann in jedem Falle ein Sachbuch inklusive Verfilmung mit Leonardo DiCaprio. Der geneigte Leser möge nach dem *Teufel von Chicago* Ausschau halten und um Bells willen erleichtert aufatmen.

Danksagung

Mein Dank gilt dem DuMont Verlag für eine wundervolle Zusammenarbeit. Ebenso meinem Agenten Uwe Neumahr. Und meiner Autorenfreundin Julie Leuze, der ich diese Erwähnung unbedingt noch schulde.

Isabel Beto, Juli 2016